HEYNE <

MICHAEL KORYTA

DIE MIR DEN TOD WÜNSCHEN

THRILLER

AUS DEM AMERIKANISCHEN VON ULRIKE CLEWING

WILHELM HEYNE VERLAG
MÜNCHEN

Die Originalausgabe
THOSE WHO WISH ME DEAD erschien 2014 bei
Little,Brown and Company

Verlagsgruppe Random House FSC® N001967

Vollständige deutsche Erstausgabe 05/2016
Copyright © 2014 by Michael Koryta
Copyright © 2016 der deutschsprachigen Ausgabe
by Wilhelm Heyne Verlag, München,
in der Verlagsgruppe Random House GmbH
Printed in Germany
Umschlaggestaltung: Johannes Wiebel/punchdesign, München
Umschlagmotiv: © Johannes Wiebel unter Verwendung von
dreamstime.com und shutterstock.com
Satz: Fotosatz Amann, Memmingen
Druck und Bindung: CPI books GmbH, Leck
ISBN: 978-3-453-43844-6

www.heyne.de

ERSTER TEIL
DER VERBORGENE ZEUGE

1

Am letzten Tag des Lebens von Jace Wilson stand der Drei-
zehnjährige am Rand eines Steinbruchs, den Blick auf das
kalte, ruhige Wasser gerichtet, und verstand endlich, was
ihm seine Mutter vor ein paar Jahren einmal gesagt hatte:
Du kannst Schwierigkeiten bekommen, wenn du Furcht
zeigst; noch größere Schwierigkeiten bekommst du aber,
wenn du die Angst leugnest. Damals hatte Jace nicht so richtig verstanden, was sie damit meinte. Heute schon.

Vom Dach, wie sie die höchste Stelle nannten, war es ein
Sprung aus etwa zwanzig Metern ins Wasser, und Jace hatte
hundert Dollar gewettet – hundert Dollar, die er nicht einmal hatte –, und das alles nur, weil er ein bisschen Angst
hatte durchblicken lassen. Natürlich war es eine dumme
Wette, auf die er sich auch niemals eingelassen hätte, wenn
die Mädchen nicht da gewesen wären, zugehört und gelacht
hätten. Aber sie waren nun mal da gewesen, und deshalb
ging es nicht nur um hundert Mäuse, sondern um eine Menge
mehr als das, und ihm blieben zwei Tage, sich zu überlegen,
wie er das regeln konnte.

Nicht alle, die sich vom Dach runtertrauten, hatten es
geschafft. Sie hatten schon Leichen aus dem Steinbruch ge-

zogen, ältere Jugendliche, Collegestudenten, vielleicht sogar Taucher. So genau wusste er das nicht. Aber dass von denen keiner große Höhen gescheut hatte, glaubte er fest.

»Was hast du dir da nur eingebrockt«, flüsterte er und blickte zu der Lücke im Drahtzaun zurück, die von dem alten Easton-Brothers-Steinbruch zu seinem Hinterhof führte. Sein Haus stand gleich hinter dem aufgelassenen Steinbruch, und Jace verbrachte dort Stunden mit Entdeckungstouren und Schwimmen – und damit, sich von den Felsvorsprüngen fernzuhalten. Denn das Einzige, was er in dem Steinbruch *niemals* tat, war, sich mit einem Kopfsprung in den See zu stürzen. Ihm war schon nicht wohl, wenn er den Abbruchkanten zu nahe kam; immer wenn er sich ein wenig zu nah herantraute, nur um einen kurzen Blick hinunter zu riskieren, wurde ihm schwindlig, er bekam weiche Knie und musste ganz schnell den Rückzug antreten. Vor ein paar Stunden hatten ihm all die Stunden, die er allein im Steinbruch verbracht hatte, zu der Lüge gereicht, die er brauchte. Als Wayne Potter anfing, ihn wegen der Höhenangst zu foppen, nur weil Jace die Leiter nicht hinaufsteigen wollte, die ein Handwerker am Schulgebäude hatte stehen lassen und über die man aufs Dach gelangte, hatte Jace ihn damit abgespeist, dass er keine Leiter hinaufsteigen müsse, um zu beweisen, dass ihn Höhen nicht schreckten, weil er im Steinbruch schließlich immer schon von den Felskanten ins Wasser springen würde. Und er wähnte sich sicher, dass Wayne sich das noch nie getraut hatte.

Natürlich hatte Wayne ihn prompt beim Wort genommen. Natürlich führte Wayne sofort das Dach ins Feld. Und natürlich hatte Wayne einen älteren Bruder, der am Wochenende mit ihnen dort hinausfahren würde.

»Du bist ein Idiot«, sagte Jace laut zu sich, während er den Kiesweg hinabging, der mit Zigarettenkippen und Bierdosen übersät war und zu einer der breiten Steinplatten in dem alten Steinbruch führte, von der er auf einen Tümpel blicken konnte, von dem er *sicher* war, dass er die nötige Tiefe besaß, um hineinspringen. Fang klein an, hatte er sich überlegt. Aus dieser Höhe, die er auf etwa fünf Meter schätzte, würde er es schaffen. Dann würde er zum nächsten gehen, wo es etwas höher war, zehn Meter mindestens. Er sah über das Wasser, und ihm wurde schwindlig. Das Dach war mindestens *zweimal* so hoch?

»Versuch es«, sagte er. Sich laut Mut zuzureden tat gut. Hier draußen, so allein, vermittelte es ihm ein wenig mehr Selbstvertrauen. »Versuch es einfach. Ein Sprung ins Wasser wird dich schon nicht umbringen. Nicht aus dieser Höhe.«

Immer noch ging er am Rand auf und ab, stets auf einen sicheren Abstand von einem Meter bedacht, als könnten seine Beine einfach unter ihm nachgeben und er kopfüber die Klippe hinunterstürzen, um dann mit gebrochenem Genick da unten im Wasser zu treiben.

»Feigling«, sagte er zu sich, denn so hatte man ihn an diesem Tag schon beschimpft, vor den Mädchen, und das hatte ihn so wütend gemacht, dass er – *fast* – die Leiter hinaufgestiegen wäre. Stattdessen hatte er sich zur Rettung seiner Ehre den verlassenen Steinbruch ausgesucht. Im Nachhinein betrachtet, hätte er vermutlich gut daran getan, die Leiter hinaufzusteigen.

Das Grollen des Donners hallte von den hohen Felswänden und vom Wasser wider, was im Steinbruch noch dumpfer und bedrohlicher klang, als er das oben auf der Straße täte. Schon auf dem Heimweg von der Schule war es sehr windig gewesen, aber die Böen hatten an Kraft deutlich zugenommen. Staub wirbelte zwischen den Steinen auf, und von Westen her eilten zwei tiefschwarze Wolken heran, die zuckende Blitze mit sich schleppten.

Kein guter Zeitpunkt, ins Wasser zu gehen. An den Gedanken klammerte er sich, lieferte er ihm doch einen guten Grund, nicht zu springen. »Wayne Potter ist es nicht wert, sich von einem Blitz das Lebenslicht ausknipsen zu lassen.«

Also machte er sich auf den Rückweg und hatte die Lücke im Zaun schon fast erreicht, als er innehielt.

Wayne Potter war immer noch da. Und kommenden Samstag würde er mit seinem Bruder da sein, und sie würden Jace zum Dach mitnehmen und zusehen, wie ihm vor Angst die Pisse das Bein hinunterlief, und sich den Arsch ablachen. Und am Montag würde Wayne in die Schule kommen und alles erzählen, wenn er nicht schon vorher alle angerufen hatte. Oder, noch schlimmer, er würde sie alle mitschleppen, damit sie zusehen konnten. Und wenn er auch noch die Mädchen mitbringt?

Diese Vorstellung brachte ihn zu einem Entschluss. Ein Kopfsprung ins Wasser war schon schlimm genug, aber vor den Augen der Mädchen *nicht* zu springen? Das war schlimmer, und der Preis um einiges höher.

»Du solltest doch springen«, sagte er. »Los, Junge, reiß dich zusammen. Spring einfach.«

Zügig machte er sich auf den Weg zurück, denn wenn er sich jetzt zu viel Zeit ließ, baute sich nur Angst in ihm auf. Deshalb wollte er sich beeilen, es hinter sich bringen, damit er wusste, dass er es schaffen *konnte*. War der Anfang erst mal gemacht, wäre der Rest nur noch ein Kinderspiel. Er musste ja nur von ein wenig höher springen, das war alles. Er trat sich die Schuhe von den Füßen, zog T-Shirt und Jeans aus und ließ sie auf den Fels fallen.

Als der nächste Donner niederkrachte, hielt er sich die Nase mit Daumen und Zeigefinger zu – wie ein Kleinkind, ja, und es war ihm egal – und redete wieder auf sich ein.

»Ich bin kein Feigling.«

Mit zusammengedrückter Nase klang seine Stimme hoch und mädchenhaft. Ein letztes Mal sah er auf das Wasser hinab, schloss die Augen, ging in die Knie und stieß sich von der Felskante ab.

So hoch war es gar nicht. All seiner Angst zum Trotz war es schnell vorbei und endete schmerzfrei, abgesehen von dem Schreck, der ihn durchfuhr, als er in das eiskalte Wasser tauchte. Er ließ sich auf den Grund sinken – Wasser machte ihm nicht das Geringste aus, er schwamm gern, nur hineinspringen mochte er nicht – und wartete auf den Moment, in dem er glatten, kühlen Stein berührte.

Das passierte jedoch nicht. Stattdessen traf er mit den Füßen auf etwas Seltsames, etwas, das sich irgendwie weich und trotzdem hart anfühlte. Erschreckt zuckte er zurück, denn was es auch war, es gehörte nicht hierher. Er öffnete die Augen, blinzelte in das Wasser, das ihm in den Augen brannte, und sah den Toten.

Er saß fast aufrecht mit dem Rücken an den Stein gelehnt, die Beine vor sich ausgestreckt. Der Kopf war zur Seite geneigt, als wäre er müde. Das blonde Haar schwebte in der Strömung, die Jace erzeugt hatte, und erhob sich in Strähnen über dem Kopf des Toten, als tanzte es im dunklen Wasser. Die Oberlippe war hochgezogen, als würde er jemanden anlächeln, ein gemeines, höhnisches Grinsen, das Jace die Zähne zeigte. Die Füße waren an den Knöcheln mit einem Seil zusammengebunden, das an einer alten Hantel festgemacht war.

Einen kurzen Moment lang schwebte Jace über ihm, keine anderthalb Meter von ihm entfernt. Vielleicht lag es an dem trüben Wasser, durch das er ihn sah, dass er das Gefühl hatte, nichts zu tun zu haben mit dem, was er da sah, dass er sich die Leiche hier unten nur einbildete. Erst als er erkannte, warum der Kopf des Mannes zur Seite geneigt war, überkam ihn das Grauen, das ihn eigentlich gleich hätte packen müssen. Die Kehle des Mannes war durchschnitten. Der Spalt war so breit, dass das Wasser wie durch eine offene Rinne strömte. Der Anblick ließ Jace mit hektischen, zappelnden Bewegungen an die Oberfläche zurückschnellen. Es waren keine fünf Meter, die er zu bewältigen hatte, dennoch glaubte er nicht, es nach oben zu schaffen, war überzeugt, ertrinken und für immer neben der anderen Leiche liegen zu müssen.

Kaum an der Wasseroberfläche wollte er um Hilfe schreien, aber das Ergebnis war kläglich. Er bekam Wasser in den Mund, verschluckte sich, und ihn ergriff das Gefühl zu ertrinken, weil er auch über Wasser nicht atmen konnte.

Schließlich bekam er Luft und spuckte aus, was sich an Wasser in seinem Mund gesammelt hatte.

Wasser, das den Toten schon umspült hatte.

Übelkeit stieg in ihm auf, und er schwamm um sein Leben, bis er feststellte, dass er die falsche Richtung zu den Steilhängen gewählt hatte, wo es keine Stelle gab, an der er herauskommen konnte. Von Panik ergriffen, drehte er sich um und erspähte ein paar niedrige Felsen. Um ihn herum hallte der Donner, als er mit dem Kopf untertauchte und schwamm. Der erste Versuch, sich mit den Armen herauszuziehen, misslang. Er glitt ins Wasser zurück und tauchte wieder mit dem Kopf unter.

Na los, Jace! Mach, dass du rauskommst, du musst raus hier…

Der zweite Versuch gelang. Er ließ sich auf den Bauch fallen, und das Wasser rann an ihm herunter. Wieder war es in seinem Mund, tropfte ihm von den Lippen, und erneut stellte er sich vor, wie es durch die klaffende Wunde in der Kehle des Toten geströmt war. Er würgte und erbrach sich auf die Felsen. Hals und Nase brannten. Auf allen vieren und mit letzter Kraft zog er sich vom Wasser weg, als könnte es nach ihm greifen, sein Bein packen und ihn wieder hineinziehen.

»Verdammte Scheiße«, keuchte er. Nicht nur seine Stimme zitterte. Er bebte am ganzen Körper. Als er glaubte, seine Beine könnten ihn wieder tragen, stand er vorsichtig auf. Die Böen der Gewitterfront ließen das Wasser auf seiner Haut und die tropfnasse Boxershorts noch kälter erscheinen. Er schlang die Arme um sich und erwischte sich bei dem albernen Gedanken: *Ich habe mein Handtuch vergessen.* Erst jetzt bemerkte er, dass er auf der falschen Seite des Steinbruchs aus dem Wasser gestiegen war. Seine Kleider lagen auf einem Haufen auf der gegenüberliegenden Seite.

Ihr wollt mich wohl verarschen, dachte er, während er die steilen Felswände hinaufsah, die seine Seite des Sees begrenzten. Dort hinaufzuklettern dürfte nicht einfach sein. Eigentlich war er nicht mal sicher, ob es *überhaupt* ging. Über ihm nichts als steil aufragender glatter Stein. Weiter unten, unterhalb des Sees, gab es einen Abhang, der zu einem Gelände hinabführte, das mit Büschen und Dornenhecken übersät war. Ohne Schuhe und Hose würde es ein beschwerlicher, schmerzhafter Weg werden. Dabei könnte es so schnell gehen: einfach zurück ins Wasser und hinüberschwimmen.

Er starrte auf den Kleiderhaufen, der so nah vor ihm lag, dass er mühelos einen Stein hätte hinüberwerfen können. Das Handy steckte in der Tasche seiner Jeans.

Ich muss Hilfe holen, dachte er, *ich muss jemanden herholen. Und zwar schnell.*

Aber er rührte sich nicht von der Stelle. Die Vorstellung, zurück in dieses Wasser zu springen … er starrte in das trübe, grüne Nass, das jetzt noch dunkler zu sein schien, als es zuvor schon gewesen war. Und plötzlich zuckte ein greller Blitz, das Gewitter zog schnell heran.

»Er wird dir schon nichts tun«, sagte er, während er in kleinen Schritten auf das Wasser zuging. »Er wird nicht aufwachen und dich schnappen.«

Während er sich das einredete, fiel ihm etwas auf, das er in dem verzweifelten Bemühen, wegzukommen, zuerst gar nicht bemerkt hatte. Wieder aufwachen würde der Mann nicht, nein, aber er war vor gar nicht langer Zeit seines Lebens beraubt worden. Die Haut, das Haar, seine Augen, die hochgezogene, an die Zähne gepresste Lippe ... selbst die Wunde an seinem Hals war noch nicht in Zersetzung übergegangen. Jace war sich nicht sicher, wie lange so etwas dauerte, aber ihm schien, dass es schneller ging als das, was er gerade gesehen hatte.

Er ist noch nicht lange da ...

Dieses Mal ließ ihn der Donner zusammenfahren. Er sah sich im Steinbruch um, sein Blick wanderte die oberen Abbruchkanten entlang, hielt Ausschau nach jemandem, der ihn vielleicht beobachtete.

Niemand zu sehen.

Mach, dass du hier wegkommst, wies er sich an, konnte sich aber nicht überwinden, loszuschwimmen. Unvorstellbar der Gedanke, wieder in dieses Wasser zu tauchen, über den Mann mit den durch eine Hantel beschwerten, zusammengebundenen Füßen, dem zur Seite geneigten Kopf und der durchgeschnittenen Kehle hinwegzuschwimmen. Also machte er sich auf den Weg zum Abhang. Dort bildete ein Wall aus Felsplatten eine Verbindung zwischen den beiden Seiten, der Tümpel, in dem er gerade gewesen war, auf der Rechten, der andere zur Linken. Zu dem See auf der linken Seite ging es ungeheuerliche zehn Meter hinab, die er sich als nächste Stufe zum Üben für das Dach ausgesucht hatte. Aus unerfindlichen Gründen konnten sich Pflanzen auf der schmalen Platte halten, wenn auch nur niedere. Die Gewächse zwischen den Steinen schienen ausnahmslos Dornen zu tragen. Fast wäre er in die Scherben einer zerbrochenen Flasche getreten, während er sich durch das Gestrüpp arbeitete. Dornen verhakten sich in seinem Fleisch. Er verzog das Gesicht, ging aber langsam weiter, während warmes Blut sich in das kalte Wasser an seinen Beinen mischte. Erste Regentropfen fielen herab, und über ihm grollte der Donner und hallte von den Steilwänden wider, als wollte die Erde ihm etwas entgegensetzen.

»*Verdammt!*« Er war auf einen Dorn getreten, der ihn in die Fußsohle stach und beim nächsten Schritt noch tiefer hineingetreten wurde. Auf einem Bein stehend, hatte er sich den Dorn gerade herausgezogen, das Blut quoll aus dem Stich hervor, als er Motorengeräusche vernahm.

Zuerst dachte er, dass es Sicherheitsleute wären oder etwas in der Art. Das wäre gut. Das wäre sogar *wunderbar*, denn, was immer er sich für seinen Ausflug in den Steinbruch einfangen würde, war es wert, hier rauszukommen. Eine Weile rührte er sich nicht vom Fleck, auf einem Bein balancierend, den blutenden Fuß in der Hand, und lauschte. Das Motorengeräusch kam näher, jemand fuhr den Kiesweg hinauf, der von einem verschlossenen Tor versperrt war.

Der Mörder kommt zurück, schoss es ihm durch den Kopf, und im selben Augenblick schlug starre Unentschlossenheit in blankes Entsetzen um. Er stand mitten auf dem Wall, auf der am besten einzusehenden Stelle im ganzen Steinbruch.

Er drehte sich um, wollte zu der Stelle zurück, von der er gekommen war, und hielt inne. Dort hatte er keine Deckung. Der Fels war kahl, nichts, wohinter er sich verstecken konnte. Er wirbelte wieder in die andere Richtung, versuchte sich durch das Gestrüpp zu kämpfen, beachtete die Dornen nicht mehr, die an ihm rissen und Rinnsale von Blut an seinem Oberkörper, an den Armen und an den Beinen hervortreten ließen.

Das Motorgeräusch war jetzt ganz nah.

Zur anderen Seite würde er es nicht mehr schaffen. Dazu war er nicht schnell genug.

Jace Wilson sah auf das Wasser unter ihm hinunter, ein hastiger Versuch, eine Stelle zu finden, wo er sicher landen könnte, obwohl das Wasser zu dunkel war, um erkennen zu lassen, was sich unter der Oberfläche befand. Dann sprang er. Fast schien es, als ginge es darum, bei seiner Angst noch einen draufzusatteln – Höhenangst war das eine, aber wer auch immer da kam, schürte ihn ihm keine Angst. Es war der blanke Schrecken.

Dieses Mal fühlte sich der Sprung echt an und lang, als hätte er sich von einem wirklich hohen Punkt hinabgestürzt. Er dachte an Steine und Metallteile, an all den Müll, der in solchen Steinbrüchen zurückgelassen wurde. All die Dinge, vor denen sein Dad ihn immer gewarnt hatte, als er mit dem Stock ins Wasser schlug und darin herumstocherte. Er versuchte, nicht zu tief hinabzugleiten, aber er sank schnell, und obwohl er versuchte, schnell wieder aufzusteigen, tauchte er bis auf den Grund hinab. Der Tümpel war nicht so tief, wie er erwartet hatte. Unsanft landete er mit den Füßen auf dem Stein. Ein stechender Schmerz schoss ihm in die Wirbelsäule. Er stieß sich ab, stieg langsam auf und konzentrierte sich darauf, dieses Mal möglichst geräuschlos an die Oberfläche zu kommen.

Genau in dem Moment, als er mit dem Kopf die Wasseroberfläche durchbrach, wurde der Motor abgestellt. Der Wagen blieb stehen. Er schwamm auf eine Kalksteinplatte zu, die schräg aus dem Wasser ragte und ihm einen engen Spalt bot, in den er hineinschlüpfen konnte. Kaum hatte er ihn erreicht, riskierte er einen Blick nach oben und entdeckte den Mann, der zum Wasser herunterkam. Groß und breitschultrig, mit langem, blassblondem Haar. Mit gesenktem Kopf ging er den Pfad entlang. Jace hatte er noch nicht gesehen. Die Gewitterwolken hatten es dämmrig werden lassen im Steinbruch. Aber beim nächsten Blitz sah Jace eine Marke aufleuchten, und er begriff, dass der Mann Uniform trug.

Polizei. Entweder hatte irgendjemand sie schon gerufen, oder sie hatten auf andere Weise Wind davon bekommen. Aber was auch immer sie hierher geführt hatte, interessierte Jace nicht. Sie *waren* hier. Hilfe war da. Er atmete tief aus, holte Luft und wollte schon laut um Hilfe rufen, als er die anderen erspähte.

Noch ein Polizist, ebenfalls blond, das Haar kürzer geschnitten, als wäre er beim Militär. Er trug ebenfalls eine Waffe am Gürtel, und er schob einen Mann in Handschellen vor sich her, dessen Kopf von einer schwarzen Kapuze verhüllt war.

Jace unterdrückte einen Schrei, rührte sich nicht, hielt sich mit den Füßen und einer Hand am Felsen fest, krampfhaft bemüht, sich ja nicht zu bewegen. Nicht zu atmen.

18

Der erste Polizist wartete, bis die anderen Männer ihn eingeholt hatten. Mit über der Brust verschränkten Armen stand er da und sah zu, wie der Mann, der wegen der Kapuze nichts sehen konnte, vorwärtsstolperte. Der Mann mit der Kapuze versuchte etwas zu sagen, vergeblich. Außer einer Reihe seltsam hoher Laute brachte er nichts hervor. *Er hat etwas über dem Mund*, begriff Jace. Die Worte konnte er nicht verstehen, ihre Bedeutung jedoch war ihm klar: Der Mann flehte ihn an. Er hatte Angst und flehte um Gnade. Wie ein Hündchen wimmerte und winselte er. Als der erste Polizist mit dem Fuß ausholte und den Mann in der Kapuze zu Fall brachte, sodass er, blind wie er war und auf den Sturz nicht gefasst, hart auf dem Boden aufschlug, wäre Jace fast ein Schrei entwichen. Er musste sich auf die Lippe beißen, um unbemerkt zu bleiben. Der zweite Bulle, der den Mann vom Auto hierher gebracht hatte, kniete sich hin, rammte ihm ein Knie in den Rücken und riss ihm den Kopf an der Kapuze hoch. Dann beugte er sich vor und sprach mit ihm, ganz leise, als ob er flüsterte. Jace konnte es nicht verstehen. Der Cop sprach immer noch mit dem Mann mit der Kapuze, während er zugleich die Hand ausstreckte und ungeduldig mit den Fingern zappelte, als wartete er auf etwas. Der erste Cop reichte ihm ein Messer. Kein Taschenmesser oder Küchenmesser, sondern eines, wie es Soldaten haben. Ein Kampfmesser. Ein *richtiges* Messer.

Jace sah eine schnelle Bewegung mit dem Messer, dann ein Zucken des Kopfes und anschließend das Krampfen der Füße, die haltsuchend über den Boden schabten, während der Mann versuchte, die zusammengebundenen Hände zum

Hals zu bringen, um das Blut zurückzudrängen, das unter der Kapuze hervorquoll. Schließlich packten ihn die beiden Polizisten mit flinkem, geübtem Griff, fassten von hinten die Kleidung, darauf bedacht, das Blut nicht zu berühren, und stießen ihn vom Felsen. Er stürzte hinab und fiel genau so, wie Jace es getan hatte. Er war schneller als sein eigenes Blut, das ihm in einer roten Wolke über dem Kopf stand, als er auf die Wasserfläche traf.

Bei dem Geräusch des Aufschlags zuckte Jace zusammen. Jetzt, da nur noch die beiden da oben übrig waren, nicht mehr abgelenkt, würden sie sich wahrscheinlich umsehen, ihn vermutlich entdecken. Er drückte sich unter den Felsen, zog sich ins Dunkel zurück und tastete sich mit den Fingern weiter, um möglichst weit nach hinten zu gelangen. Aber weit kam er nicht. Wenn jemand auf der anderen Seite auf gleicher Höhe stand, würde er ihn unschwer sehen. Aber dafür müsste er sich im Wasser befinden. Wenn sie so weit herunterkamen, würde ihm sein Versteck zum Verhängnis werden. Weglaufen konnte er nicht. Sein Atem wurde schneller, hastiger, ihm wurde schwindlig, und wieder hatte er das Gefühl, sich übergeben zu müssen.

Nur nicht jetzt, sei still, mach jetzt bloß kein Geräusch.

Sekundenlang war es still. Sie würden gehen. Er dachte, dass sie wahrscheinlich gehen und er endlich hier rauskommen würde, nach all dem heute noch nach Hause käme.

In diesem Augenblick vernahm er eine ihrer Stimmen zum ersten Mal laut und vernehmlich: »Na so was. Sieht so aus, als wäre hier jemand schwimmen gegangen und hätte dann seine Sachen zurückgelassen.«

Die Stimme klang so sanft, dass Jace gar nicht glauben konnte, dass sie einem der Männer gehörte, die da oben gerade noch jemanden mit dem Messer umgebracht hatten. Das schien unmöglich.

Eine Pause entstand, bis der zweite Mann antwortete: »Klamotten sind das eine. Aber auch die Schuhe?«

»Ziemlich unwirtliches Gelände«, stimmte die erste Stimme zu. »Ohne Schuhe geht es sich hier bestimmt nicht gut.«

Die seltsam gelassen klingenden Stimmen verstummten. Ein anderes Geräusch drang ihm ans Ohr, ein helles, metallisches Klicken. Jace war oft genug mit seinem Dad auf dem Schießstand gewesen, um zu wissen, was es war: das Durchladen einer Waffe.

Die Männer kamen um den Rand des Steinbruchs herum, und unten, unter ihnen, eingezwängt zwischen dunklen Felsen, fing Jace Wilson an zu schreien.

2

Sie wollten gerade zu Bett gehen, als der Wetterwarnfunk ansprang und mit körperloser Roboterstimme anfing, auf Ethan und Allison einzureden.

»Ein gewaltiges Frühjahrs-Sturmtief bringt weitere schwere Schneefälle in den Bergen ... mit den stärksten Niederschlägen ist oberhalb von zweitausendzweihundert Metern zu rechnen ... aber auch in geringeren Höhen bis zu eintausenddreihundert Metern sind bis zum Morgen mehrere Zentimeter Schnee möglich. Schwerer nasser Schnee auf Bäumen und Stromleitungen kann zu Stromausfällen führen. Eine Abschwächung der Schneefälle wird bis Sonntagmorgen erwartet. An den Nord- und Ostflanken der Berge werden dreißig bis fünfzig Zentimeter Neuschnee, und örtlich sogar mehr erwartet. Auf Gebirgsstraßen ist heute Nacht mit Schnee- und Eisglätte zu rechnen. Einige Straßen, einschließlich des Beartooth Pass, könnten unpassierbar sein.«

»Weißt du, was ich an dir so mag?«, fragte Allison. »Du hast das Ding eingeschaltet, obwohl wir schon seit vier Stunden zusehen, wie der Schnee vom Himmel fällt. Wir wissen doch, was los ist.«

»Vorhersagen können sich auch ändern.«

»Hm, ja. Und Menschen können schlafen. Lass uns lieber das tun.«

»Könnte lustig zugehen, da draußen«, sagte Ethan. »Bestimmt ist wieder jemand auf die grandiose Idee gekommen, heute Morgen vor dem Wettereinbruch noch eine kleine Wanderung zu unternehmen. Und natürlich braucht man keine Karte, denn es sollte ja nur eine kurze Wanderung werden.«

Wegen solcher und ähnlicher Einfälle wurde Ethan mitten in der Nacht immer wieder in die Berge gerufen. Besonders bei Unwettern am Saisonende, wenn die Temperaturen schon so lange sehr mild gewesen waren, sodass sich die Menschen in trügerischer Sicherheit wähnten.

»Dann hoffen wir mal, dass diese Irren zu Hause geblieben sind«, sagte Allison, küsste ihn auf den Arm und suchte sich eine gemütlichere Position. Ihre Stimme klang schon schläfrig.

»Ein frommer Wunsch«, entgegnete er, zog sie an sich und genoss ihre Wärme. Die Hütte hatte sich schnell abgekühlt, nachdem sie das Feuer im Holzofen hatten niederbrennen lassen. Neben ihnen prasselte unaufhörlich Graupel gegen die Fensterscheibe. Das CB-Funkgerät, das auf dem Regal über dem Bett neben dem Wettermelder stand, verstummte. Es war ein angenehmer Winter gewesen – nur ein Einsatz. Die Wintermonate waren in Montana meistens besser als die anderen Monate. Zu dieser Zeit hielten sich die Touristen fern. Aber Ethan war bei diesem Unwetter nicht wohl. Es war der letzte Tag im Mai, der Sommer stand vor der Tür. Hatte nicht gerade noch eine Woche lang die

Sonne geschienen, und waren die Temperaturen nicht schon auf zehn Grad Celsius angestiegen? Richtig. Und genau deshalb wird es einige Irre, wie Allison sie nannte, in die Berge gezogen haben. Und kaum blieben sie irgendwo stecken, würde das Funkgerät über Ethan Serbins Kopf krächzend zum Leben erwachen, und der Such- und Rettungsdienst würde sich zusammenfinden.

»Ich habe ein gutes Gefühl«, murmelte Allison ins Kissen, während sie wie immer schnell wegdämmerte; sie gehörte zu den Menschen, die vermutlich auch auf dem Rollfeld eines stark frequentierten Flughafens problemlos Schlaf fanden.

»Ach ja?«

»Ja. Aber für den Fall, dass ich mich irren sollte, schalte dein Funkgerät ab. Zumindest diese Narrenfrequenz.«

Er lächelte sie im Dunkeln an, zwickte sie noch einmal, und machte die Augen zu. Innerhalb weniger Minuten war sie eingeschlafen, ihre Atemzüge wurden länger, und er spürte ihr langsames Atmen an seiner Brust. Er lauschte, während sich der Graupel wieder in Schnee verwandelte, das Prasseln gegen die Scheibe schwächer wurde, bis es still war und schließlich auch er wegdämmerte.

Als das Funkgerät ansprang, wachte Allison stöhnend auf.

»Nein«, entfuhr es ihr. »Nicht heute Nacht.«

Ethan sprang aus dem Bett, fingerte das Mobilteil von der Basis, verließ das Schlafzimmer und ging zum großen Frontfenster. In der Hütte war es vollständig dunkel; kurz nach Sonnenuntergang war der Strom ausgefallen, und den

Generator hatte er nicht mehr eingeschaltet, da man fürs Schlafen keinen Brennstoff verschwenden musste.

»Serbin? Hören Sie.« Die Stimme gehörte Claude Kitna, dem Sheriff von Cooke County.

»Ja, ich höre«, antwortete Ethan, während er in die weiß verschneite Welt draußen vor der dunklen Hütte hinausblickte. »Wer wird vermisst, und wo, Claude?«

»Niemand wird vermisst.«

»Dann lass mich schlafen.«

»Jemand ist von der Straße abgekommen. Wollte den Pass überqueren, als wir ihn gerade sperren wollten.«

Der Pass war der Beartooth Pass auf dem Highway 212 zwischen Red Lodge und Cooke City. Der Beartooth Highway, wie der 212 auch genannt wird, war einer der schönsten – und gefährlichsten – Highways im Land, mit unendlich vielen sehr steilen Kehren, die sich zwischen Montana und Wyoming bis auf über dreitausend Meter hinaufwanden. In den Wintermonaten war er geschlossen. Der ganze Highway wurde einfach zugemacht und frühestens Ende Mai wieder freigegeben. Ihn zu befahren erforderte schon bei bestem Wetter höchste Konzentration, aber im Schneesturm und im Dunkeln? Viel Spaß.

»Okay«, sagte Ethan in das Funkgerät. »Wozu brauchen die mich?« Er rückte mit seinem Team nur aus, wenn jemand vermisst wurde. Wenn aber jemand vom Highway abkam oder, wie Claude einen richtigen Absturz gern nannte, einen Hüpfer machte, waren Sanitäter gefordert, oder der Leichenbeschauer, der Coroner, nicht aber der Such- und Rettungsdienst.

»Die Fahrerin, die auf die glorreiche Idee kam, es unbedingt zwingen zu müssen, sagt, sie wollte zu dir. Die Parkranger haben mich verständigt. Hab sie gerade in einen Schneepflug gesetzt. Willst du mit ihr sprechen?«

»Sie wollte zu mir?«, wunderte sich Ethan. »Wie heißt sie denn?«

»Eine gewisse Jamie Bennett«, sagte Claude. »Und für eine Frau, die gerade ihren Mietwagen vom Berg geschubst hat, ist sie ganz schön kess, muss ich sagen.«

»*Jamie Bennett?*«

»Genau. Kennst du sie?«

»Klar«, meinte Ethan verwirrt. »Natürlich kenne ich sie.«

Jamie Bennet war professionelle Personenschützerin. Seit er die Air Force verlassen hatte, verdingte sich Ethan als privater Überlebenstrainer und arbeitete mit Zivilisten und Gruppen, die ihm von der Regierung geschickt wurden. Jamie hatte zu einer Gruppe gehört, die er vor einem Jahr trainiert hatte. Er hatte sie gemocht, und sie war gut, professionell, wenn auch ein klein wenig überdreht. Aber er konnte sich nicht vorstellen, was sie dazu gebracht hatte, im Schneesturm über den Beartooth Pass zu fahren, um zu ihm zu kommen.

»Was ist los mit ihr?«, erkundigte sich Claude Kitna.

Ethan konnte ihm das alles jetzt nicht erzählen.

»Ich komme zu euch raus«, sagte er. »Dann werde ich es erfahren.«

»Verstanden. Sei vorsichtig. Es ist heute Nacht ziemlich ungemütlich hier draußen.«

»Ich pass schon auf. Bis gleich, Claude.«

Im Schlafzimmer stützte sich Allison auf einem Arm auf und sah ihm zu, während er sich anzog.

»Wohin fährst du?«

»Zum Pass hoch.«

»Versucht wieder jemand, sich nach einem Unfall selbst durchzuschlagen?«

Das war schon oft passiert. Aus Angst, nicht mehr wegzukommen, gerieten Menschen in Panik, marschierten auf dem Highway einfach los und verirrten sich im Schneegestöber. Sich zu verirren, schien eigentlich unmöglich, jedenfalls solange man noch keinen Blizzard in den Rocky Mountains erlebt hatte.

»Nein. Jamie Bennett hat versucht, zu uns durchzukommen.«

»Die von den Marshals? Letztes Frühjahr?«

»Ja.«

»Was macht sie denn in Montana?«

»Es heißt, sie wollte mich besuchen.«

»Mitten in der Nacht?«

»Haben sie gesagt, ja«, wiederholte er.

»Das kann nichts Gutes bedeuten«, sagte Allison.

»Es wird schon nichts Schlimmes sein.«

Aber als er die Hütte verließ und sich im dichten Schneetreiben zu seinem Schneemobil vorkämpfte, wusste er, dass es so nicht war.

In dieser Nacht wollte es auf eine magische Weise nicht vollständig dunkel werden, wie das nur in Schneenächten möglich war, in denen das Licht der Sterne und des Mondes verschluckt und die Landschaft in ein irisierendes Blau getaucht wurde. Claude Kitna hatte nicht gelogen – ein kräftiger Wind blies in ungestümen Böen aus nördlicher und nordöstlicher Richtung und trieb dicken, nassen Schnee vor sich her. Ethan fuhr allein auf der Straße, und er fuhr langsam, obwohl er den 212 kannte wie kaum ein anderer und er schon mehr Stunden bei schlechtem Wetter dort zugebracht hatte als sonst jemand. Und genau deshalb fuhr er mit mäßigem Tempo, obwohl er wusste, dass er aus seinem großen Schneemobil mehr herausholen konnte. An den Einsätzen, bei denen es galt, Tote zu bergen, waren nicht selten Schneemobile und Geländewagen beteiligt, deren Fahrer zu sehr davon überzeugt waren, ihre Fahrzeuge im Griff zu haben, die ja schließlich gebaut worden waren, um den Naturgewalten zu trotzen. Wenn er während seines Trainings überall auf der Welt eines gelernt hatte – und diese Lektion hatte er nicht zuletzt in Montana gelernt –, dann dieses: Der Glaube, mit welchem Gerät auch immer die Naturgewalten beherrschen zu können, führte direkt in die Katastrophe. Den Kräften der Natur passte man sich respektvoll an, man steuerte sie nicht.

Eine Stunde brauchte er für die Strecke, die er normalerweise in zwanzig Minuten zurücklegte, um zum Beartooth Pass zu kommen, wo er von orange leuchtenden Fahrbahnsignalen, den sich vor dem Nachthimmel abzeichnenden Gipfeln, einem Schneepflug und einem Polizeiauto empfangen wurde, die auf der Straße abgestellt waren. Ein schwarzer Chevy Tahoe war gegen die Leitplanke gekracht. Ethan begutachtete die Position des Wagens und schüttelte den

Kopf. Das war verdammt knapp gewesen. Dasselbe Manöver in einer der Kehren, und der Tahoe wäre ein langes Stück durch die Luft geflogen, bevor er auf den Felsen aufgeschlagen wäre.

Er stellte das Schneemobil ab und beobachtete, wie der Schnee, von den Blinklichtern in orangefarbenes Licht getaucht, in den dunklen Schluchten unter ihm herumwirbelte. Er fragte sich, ob da draußen in der Wildnis irgendjemand herumirrte, von dem sie nichts wussten, jemand, der nicht so viel Glück gehabt hatte wie Jamie Bennett. An dem sich windenden Highway entlang waren in festen Abständen hohe dünne Stäbe aufgestellt, Markierungen, an denen die Schneepflüge sich orientieren konnten, wenn der Schnee die Straße in ein großes Ratespiel für Blinde verwandelte. Auf der windabgewandten Straßenseite hatte sich der Schnee schon einen halben Meter, in manchen Schneewehen sogar schon einen Meter aufgetürmt.

Die Beifahrertür des Räumfahrzeugs flog auf, und Jamie Bennet stieg aus der Kabine und trat in den Schnee hinaus, noch bevor Ethan den Motor abgestellt hatte. Die Füße rutschten unter ihr weg, und sie wäre fast auf dem Hintern gelandet, wenn sie sich nicht im letzten Moment am Türgriff festgehalten hätte.

»In was für einer Scheißgegend leben Sie eigentlich, in der es am letzten Tag im *Mai* noch einen Blizzard gibt?«

Sie war fast so groß wie er. Ihr blondes Haar lugte unter einer Skimütze hervor, und ihre blauen Augen tränten von dem beißenden Wind.

»Es gibt so wunderbare Sachen«, entgegnete er, »die man

Wettervorhersagen nennt. Sind ziemlich neu, glaube ich, befinden sich noch in der Experimentierphase. Aber es lohnt sich trotzdem, hin und wieder hereinzuhören. Zum Beispiel wenn man, oder besser noch, bevor man nachts durch ein Bergmassiv fährt.«

Sie lächelte und reichte ihm ihre behandschuhte Hand.

»Ich habe den Wetterbericht gehört, dachte aber, ich würde durchkommen. Keine Sorge«, sagte sie, »ich halte immer an meiner positiven Grundhaltung fest.«

Das war einer von Ethans sieben Grundsätzen zum Überleben aus dem Kurs, an dem Jamie teilgenommen hatte. Eigentlich sogar der wichtigste.

»Schön, dass Sie das behalten haben. Aber trotzdem, was treibt Sie her?«

Claude Kitna beobachtete sie interessiert, hielt sich diskret im Hintergrund, nicht aber so weit, dass er das Gespräch nicht mehr mithören konnte. Ein Stück weiter die Straße hinauf tauchten die Scheinwerfer eines weiteren Pflugs auf, der vom nun geschlossenen Passeingang zurückkehrte. Der Beartooth Highway war ab sofort für den gesamten Verkehr gesperrt. Vor vier Tagen erst hatte der Pass zum ersten Mal in der die Saison wieder aufgemacht. Letztes Jahr war er sogar bis zum zwanzigsten Juni zugeblieben. Die Gegend war inzwischen um einiges zugänglicher als früher, was aber nicht hieß, dass es keine Wildnis mehr war.

»Ich hätte da ein Angebot für Sie«, sagte Jamie. »Eine Bitte. Kann sein, dass Sie ablehnen. Aber ich möchte, dass Sie es sich zumindest erst mal anhören.«

»Klingt verheißungsvoll«, sagte Ethan. »Ein Job, der einem

mit einem Blizzard angetragen wird, kann nur Gutes bedeuten.«

Natürlich war das angesichts des Sturms, des Schneetreibens und der orange flackernden Absperrungsleuchten ein Scherz. Wochen später aber, unter sengender Sonne und inmitten all des Rauchs, würde er sich an diesen Satz erinnern, und es würde ihm eiskalt den Rücken hinunterlaufen.

3

Als sie zur Hütte zurückkamen, hatte Allison im Ofen schon Feuer gemacht.

»Soll ich den Generator anschalten?«, fragte sie. »Und etwas Licht machen?«

»Nein danke, ist nicht nötig«, sagte Jamie.

»Kann ich Ihnen wenigstens einen Kaffee machen?«, erkundigte sich Allison. »Zum Aufwärmen?«

»Ein Bourbon wäre mir, ehrlich gesagt, lieber. Wenn Sie einen da haben.«

»Wie gesagt, einen Kaffee gerne«, sagte Allison lächelnd. Dann gab sie einen Schuss Maker's-Mark-Whiskey in einen Becher mit dampfendem Kaffee und reichte ihn Jamie, die noch dabei war, sich aus Jacke und Handschuhen zu schälen, und dabei so viel Schnee abschüttelte, dass sich auf den Dielen vor dem Ofen wässrige Rinnsale bildeten.

»Soll mir recht sein. Danke. Es ist *eisig* draußen. Leben Sie hier tatsächlich das ganze Jahr über?«

Ethan lächelte: »Tun wir, ja.«

Allison reichte auch Ethan einen Becher heißen Kaffee, den er dankbar annahm, um seine Hände zu wärmen. Selbst seine erstklassigen Handschuhe konnten dem Wind nicht trotzen. Allison suchte seinen Blick, um herauszubekommen, was diese Frau bei dem Schneesturm zu ihnen geführt hatte. Seinem angedeuteten Kopfschütteln entnahm sie, dass er es selbst noch nicht wusste.

»Ist ja traumhaft, hier bei Ihnen«, sagte Jamie, während sie an ihrem mit Whiskey versetzten Kaffee nippte. »Und das alles haben Sie selbst gebaut?«

»Mit ein wenig Hilfe, ja.«

»Haben Sie ihr einen Namen gegeben? Macht man das nicht mit einer Ranch?«

Er lächelte. »Es ist keine Ranch, aber wir haben sie ›das Ritz‹ getauft.«

»Dafür scheint es mir doch ein wenig zu rustikal.«

»Soll es ja auch«, sagte Allison. »Das ist ja der Witz.«

Jamie sah sie an und nickte. »Ach, tut mir übrigens leid, dass ich hier mitten in der Nacht und bei dem Unwetter einfach so hereinplatze, ins Ritz.«

»Wird schon seinen Grund haben«, entgegnete Allison. Sie trug eine weite Trainingshose und ein etwas engeres, langärmliges Oberteil. Barfuß war sie bestimmt fünfzehn Zentimeter kleiner als Jamie Bennett. Es war nicht der Sturm, der Allison zu schaffen machte – sie kam aus Montana, lebte hier in der dritten Generation und war die Tochter eines Farmers –, vielmehr hatte Ethan das Gefühl, dass es Jamie war. Und das nicht, weil sie mitten in der Nacht aufgetaucht war. An solche Einsätze hatte Allison sich inzwischen gewöhnt.

»Hat es, ja«, sagte Jamie und wandte sich wieder Ethan zu. »Machen Sie noch diese Trainingskurse im Sommer?«

»Im Sommer arbeite ich mit Jugendlichen«, erklärte er. »Bis September biete ich für sonst niemanden Kurse an. Der Sommer gehört den Kids.«

»Genau das meine ich.«

Er zog eine Augenbraue hoch. Ethan arbeitete mit Bewährungshelfern aus dem ganzen Land zusammen und nahm Jugendliche auf, denen sonst die Unterbringung in irgendwelchen Vollzugseinrichtungen drohte, und brachte sie stattdessen in die Berge. Zum Überlebenstraining, ja, aber es war viel mehr als nur das. Die Idee war nicht unbedingt seine gewesen, von diesen Kursen gab es eine ganze Menge überall im Land.

»Ich hätte da einen Jungen für Sie«, eröffnete sie ihm. »Und ich glaube, ich hoffe, dass Sie bereit sind, ihn zu nehmen.«

Ein Holzscheit barst in der Hitze des Ofens mit einem explosionsartigen Knall, und die Flammen hinter der Glastür schlugen hoch.

»Sie haben da einen Jugendlichen«, wiederholte er. »Das heißt ... sie haben einen Zeugen.«

Sie nickte. »Schöne Bezeichnung.«

Er ließ sich vor dem Ofen nieder, und sie folgte seinem Beispiel. Allison blieb, wo sie war, an die Küchentheke angelehnt und beobachtete die beiden.

»Warum wollen Sie, dass er zu mir kommt?«

»Weil seine Eltern herkömmliche Zeugenschutzprogramme ablehnen.«

»Sie doch auch, dachte ich.« Ethan erinnerte sich, dass sich Jamie, seit sie nicht mehr bei den Marshals war, dem

Personenschutz verschrieben hatte. Als hoch bezahlter privater Bodyguard.

Sie holte tief Luft. »Ich muss mich auf das Nötigste beschränken und bitte um Verständnis. Ich versuche, Ihnen so viel zu erklären, wie ich kann, auf die Gefahr hin, dass es bei Weitem nicht so ausführlich ist, wie Sie es gern hätten.«

»Einverstanden.«

»Der Junge ist ... er ist viel mehr als nur ein wichtiger Zeuge. Ich kann das gar nicht oft genug betonen. In diesem Fall aber trauen er und seine Eltern der Polizei nicht über den Weg. Und das, soweit wir wissen, aus gutem Grund. Der Junge ist in Gefahr. In *großer* Gefahr. Und die Eltern wollen bei ihrem Sohn bleiben, kein Zeugenschutzprogramm, und die Fäden in der Hand behalten. Sie haben mich um Verschwiegenheit gebeten. Aber ...«

Sie hielt inne. Ethan ließ ihr einen Augenblick Zeit, aber als sie nicht weitersprach, forderte er sie auf: »Jamie?«

»Aber ich schaffe es nicht«, sagte sie leise. »Ich könnte Ihnen etwas vormachen, und ich hatte das zunächst auch vor. Ich wollte Ihnen erzählen, dass die Familie sich meinen Einsatz nicht leisten kann. Das stimmt zwar. Aber, Ethan, diesen Jungen würde ich auch schützen, ohne dafür bezahlt zu werden. Ich meine es ernst. Ich würde das sogar zu meiner ausschließlichen Aufgabe machen, ich würde ...«

Wieder entstand eine Pause, dann holte sie tief Luft und fuhr fort: »Aber sie sind zu gut.«

»Wer?«

»Die Männer, die ihm auf den Fersen sind.«

Allison wandte sich ab, als Ethan ihren Blick suchte.

»Und warum ich?«, fragte er. »Sie sind bei so etwas viel besser als ich.«

»Sie können ihn von der Bildfläche verschwinden lassen. Und zwar vollständig. Denn genau da haben sie ihre Schwachstelle. Solange er sich in Reichweite eines Handys, einer Überwachungskamera, eines Computers oder eines dieser verdammten Videospiele befindet, bin ich mir sicher, dass sie ihn kriegen. Aber hier ... hier ist er nichts weiter als ein winziges kleines Ding inmitten unberührter Wildnis.«

»Das sind wir doch alle«, sagte Ethan.

»Richtig. Die Entscheidung liegt natürlich bei Ihnen. Aber ich wusste mir keinen anderen Rat, und der Junge liegt mir am Herzen. Zuerst war es nichts weiter als eine fixe Idee. Aber dann habe ich es mir noch einmal durch den Kopf ...«

»Und dabei an Ethan gedacht?«, warf Allison ein. Beide wandten sich gleichzeitig zu Jamie um.

»Zum Teil, ja«, fuhr Jamie Bennet mit unveränderter Stimme fort. »Aber es ging eher darum, ob es überhaupt machbar ist. Wir lassen ihn den Sommer über verschwinden. Er ist aber nicht in der Situation, über die sich seine Eltern so große Sorgen machen. Er befindet sich nicht zu Tode verängstigt in einer sicheren Einrichtung in einer anderen Stadt. Ich kann mich sehr gut in den Jungen hineinversetzen. Ich kann mir gut vorstellen, was er mag, worauf er gut ansprechen würde, was ihn beruhigen würde. Und ich kann Ihnen versichern, dass er im Augenblick alles andere als entspannt ist. Aber er ist ganz versessen auf Abenteuer. All diese Survival-Geschichten. Und da sind Sie mir eingefallen. So habe ich es ihnen verkauft. Ich habe denen erzählt, was Sie so machen, und ich glaube, ich konnte es ihnen schmackhaft machen. Und jetzt bin ich hergekommen, um auch Sie dafür zu erwärmen.«

»Wäre es andersrum nicht vielleicht besser gewesen?«, wandte Allison ein. »Die Möglichkeiten mit uns ausloten, und erst dann versuchen, es dem Kind und seinen Eltern zu verkaufen?«

Jamie sah sie einen Moment an und nickte kurz. »Ich kann Sie verstehen. Aber dass es diesen Jungen gibt, versuche ich möglichst unter Verschluss zu halten. Hätten die Eltern dem Plan nicht zugestimmt, hätte ich hier in Montana Leute umsonst ins Vertrauen gezogen. Das ist zu riskant.«

»Okay«, sagte Ethan. »Aber Sie sprechen einen wichtigen Punkt an. Es geht nicht nur darum, es *mir* oder uns beiden zu verkaufen. Hier oben werden auch andere Jugendliche sein. Andere Jugendliche, die wir, wenn wir einwilligen, möglicherweise in Gefahr bringen. Und ich bin es, der die Verantwortung trägt.«

»Bitte glauben Sie mir, dass es mir im Traum nicht eingefallen wäre, wenn ich befürchten würde, dass andere Kinder gefährdet sind. Als erstes muss es von außen so aussehen, als wäre der Junge verschwunden, bevor er hierher kommt. Das habe ich bereits bis ins Kleinste vorbereitet. Ich habe einen Weg gefunden. Ich würde ihn unter falschem Namen in das Programm schicken. Nicht einmal Sie wüssten, wer er ist. Und Sie sollten auch nicht versuchen, es herauszufinden.«

Ethan nickte.

»Unser zweiter Vorteil«, fuhr sie fort, »ist der, dass wir wissen, auf wen wir ein Auge haben müssen. Wir wissen, wer ihn als Bedrohung empfindet. Wenn die sich vom Fleck rühren, bekomme ich es mit. Die schnüffeln nicht hier oben in Montana herum, ohne dass ich Wind davon bekomme. Und sobald die sich bewegen, können Sie sich darauf verlassen, dass die ganze Gruppe geschützt wird. *Jeder Einzelne.*«

Ethan antwortete nicht. Jamie beugte sich zu ihm hinüber.

»Und wenn Sie meine Meinung dazu hören wollen: Dieser Junge braucht genau das, was Sie ihm vermitteln können. Es geht nicht nur darum, ihn hier zu verstecken, Ethan. Der Kleine ist traumatisiert und versucht, damit klarzukommen. Er hat Angst. Sie können ihn stärken. Ich *weiß* das, weil ich Ihr Programm hier schon mitgemacht habe.«

Ethan sah Allison an, ohne dass er ihrer ausdruckslosen Miene etwas entnehmen konnte. Die Entscheidung lag bei ihm. Er sah Jamie wieder an.

»Hören Sie zu«, sagte Jamie Bennett, »Ich habe mich nicht aus Lust und Laune auf den Weg zu Ihnen hier oben gemacht. Und ich will Sie auch nicht bedrängen. Ich sage Ihnen nur, was Sache ist und bitte um Ihre Hilfe.«

Ethan wandte sich um und sah zum Fenster hinaus. Die Flocken fielen immer noch schnell vom Himmel, und es würde noch lange dauern, bis die Morgendämmerung einsctzte. In der Fensterscheibe gespiegelt sah er Allison und Jamie Bennet, die darauf warteten, dass er etwas sagte. Jamie ungeduldiger als Allison, denn Allison wusste, dass Ethan nicht der Mann für schnelle Entscheidungen war, weil er das Gefühl hatte, dass vorschnelle Entscheidungen immer genau das waren, was einen in ernste Schwierigkeiten brachte. Er setzte sich, trank seinen Kaffee und betrachtete das Spiegelbild der beiden Frauen, wie sie dort im Feuerschein gefangen waren, während draußen der Schnee umherwirbelte, verschmolzen mit dem Mysterium von Glas, das einem, wenn man es nur aus dem richtigen Winkel betrachtete, nicht nur zeigte, was sich dahinter, sondern auch, was sich jenseits dessen befand.

»Sie sind also davon überzeugt, dass er umgebracht wird, wenn sich an der aktuellen Lage nichts ändert«, sagte er.

»Ja, das bin ich.«

»Und was haben Sie vor, wenn ich Nein sage?«

»Ich hoffe natürlich, dass Sie …«

»Ist mir klar, dass Sie das hoffen. Aber ich will wissen, was Sie tun, wenn ich Nein sage.«

»Ich werde versuchen, ihn in ein ähnliches Programm zu bekommen. Zu jemandem, der den Jungen von der Bildfläche verschwinden lassen, ihn beschützen kann. Aber ich werde vermutlich niemanden finden, dem ich das wirklich zutraue, niemanden, für den ich meine Hand ins Feuer legen würde. Das ist mein Problem.«

Ethan wandte sich von dem Fenster ab und sah Jamie Bennett in die Augen.

»Sie sind also fest davon überzeugt, dass er hier nicht verfolgt wird? Sie glauben, das garantieren zu können?«

»Hundertprozentig.«

»Nichts ist hundertprozentig.« Ethan stand auf und deutete in den dunklen Raum hinter ihnen. »Dort haben wir ein Gästezimmer. Nehmen Sie sich die Taschenlampe auf dem Tisch und machen Sie es sich bequem. Wir reden morgen weiter.«

Jamie Bennett starrte ihn an. »Bekomme ich auch eine Antwort?«

»Ich werde mich jetzt schlafen legen«, sagte Ethan. »Und dann bekommen Sie eine Antwort.«

Allein im dunklen Schlafzimmer flüsterten sie, während draußen der Wind heulte, und wogen die positiven gegen die negativen Seiten ab, wobei letztere deutlich zu überwiegen schienen.

»Sag mir, wie du die Sache siehst, Allison. Was denkst du?«

Sie schwieg einen Augenblick. Sie lagen einander zugewandt im Bett. Er hatte einen Arm um sie gelegt und spürte, wie sich ihr Brustkorb mit jedem ihrer Atemzüge unter seiner Hand hob und senkte. Ihr dunkles Haar floss über das Kissen und berührte seine Wange.

»Du kannst nicht Nein sagen«, brachte sie schließlich hervor.

»Du meinst also, dass wir es machen müssen?«

»So habe ich das nicht gesagt.«

»Wie denn?«

Sie holte tief Luft. »Du wirst nicht Nein sagen können. Du wirst dir sämtliche Nachrichten ansehen und nach einem Kind suchen, das umgebracht wurde oder verschwunden ist. Du wirst ständig Jamie anrufen, um Neues zu erfahren, und sie wird dir nichts Neues berichten können. Den gan-

40

zen Sommer wirst du damit vertun, dich zu fragen, ob du ihn in Gefahr gebracht hast, obwohl du ihn in Sicherheit hättest bringen können. Habe ich recht?«

Er antwortete nicht.

»Du siehst es genauso, oder?«, sagte sie. »Und das ist gut.«

»Ob ich ihr die Geschichte glaube? Natürlich, schon.«

»Nein«, sagte Allison. »Du glaubst, dass ihm das helfen kann. Dass er, wenn er in sein normales Leben zurückkehrt und sich mit all dem wieder konfrontiert sieht, dass er sich dem dann eher gewachsen fühlen wird als vorher. Bevor er hierher zu dir kam.«

»Ich glaube, es funktioniert«, sagte Ethan. »Manchmal glaube ich, dass es funktioniert.«

»Ich weiß, dass es das tut«, sagte sie leise.

Allison war es von Anfang an klar gewesen. Zumindest aber hatte sie verstanden, wie wichtig es ihm war, und geglaubt, dass *er* glaubte, dass es funktionierte. Und das war der springende Punkt. Viele Menschen, mit denen er darüber gesprochen hatte, verstanden die Theorie hinter dem Programm, nicht aber das, worauf es eigentlich ankam. Vielleicht lag es an ihm. Vielleicht hatte er nicht die richtigen Worte gefunden, um es zu erklären. Vielleicht aber war es auch etwas, das man nicht erklären konnte, sondern erspüren musste. Vielleicht musste man sechzehn Jahre alt sein und einen knallharten, unerbittlichen Vater haben. Vielleicht musste man gute Chancen auf eine längere Zeit im Jugendarrest haben und nur zu gut wissen, dass einem noch längere Aufenthalte in schlimmeren Einrichtungen blühten – und dann völlig unbeleckt und unbeholfen in eine wunderschöne, aber bedrohliche Bergwelt kommen, um dort etwas zu finden, das man für immer in sich trug, wenn sie einen wieder zurückschickten. Und die Berge dann hinter einem lagen und die Luft Abgase statt Gletscherkälte mit sich führte und Probleme sich nicht mit einem Stück Fallschirmkordel oder dadurch lösen ließen, dass man mit geschlossenen Augen den richtigen Knoten machen konnte. Wenn man so etwas fand und es wie einen Funken Selbstvertrauen in der Finsternis in sich zu bewahren wusste, dann konnte man Großes bewirken. Er wusste das. Er hatte es durchgemacht.

Dann hast du gelernt, wie man ein Feuer macht, hatte sein alter Herr zu ihm gesagt, als Ethan ihm von seinen Erlebnissen berichtete, aber nicht in der Lage war, ihm seine Gefühle zu vermitteln. Ja, er hatte gelernt, wie man ein Feuer macht. Was das aber mit ihm gemacht hatte, das Selbstvertrauen, das er mit dieser Fähigkeit gewonnen hatte, und das tiefe Gefühl von Ehrfurcht, das ihm die Berge vermittelten ... all diese Eindrücke konnte er nicht beschreiben. Er konnte es ihnen nur zeigen: keine Probleme mit dem Gesetz, seit er sechzehn war, eine tadellose Laufbahn bei der Air Force, eine ganze Sammlung von Auszeichnungen, Orden und Belobigungen. All das verbarg sich hinter der Flamme des ersten Feuers, das er entfacht hatte, aber wie sollte man das jemandem erklären?

»Dann wirst du es also machen«, sagte Allison. »Du wirst ihr morgen früh zusagen.«

Statt Ja zu sagen, antwortete er mit einer Frage: »Was stört dich an ihr?«

»Ich habe nicht gesagt, dass mich etwas an ihr stört.«

»Dann stelle ich die Frage noch einmal, und bitte sei ehrlich.«

Allison seufzte und legte den Kopf auf seine Brust. »Sie ist im Schneesturm mit ihrem Auto von der Straße abgekommen.«

»Dich stört, dass sie eine schlechte Autofahrerin ist?«

»Nein«, sagte Allison. »Mich stört, dass sie zu sehr aufs Tempo drückt. Und sie macht Fehler.«

Er schwieg. Ihre Beobachtungsgabe faszinierte ihn. Oberflächlich betrachtet schien ihre Beurteilung unfair zu sein, zu streng und harsch. Im Grunde aber beruhte ihre Bemerkung auf nichts anderem als dem, was er selbst all die Jahre vermittelt hatte. Die richtigen Entscheidungen zu treffen, war ein Charakterzug. Genauso war es, wenn man die falschen Entscheidungen traf.

»Vergiss das nicht«, sagte Allison. »wenn du ihr dein Okay gibst.«

»Du meinst, ich werde es tun?«

»Das wolltest du von Anfang an, Ethan. Du musstest nur dieses Ritual durchlaufen, um dich selbst davon zu überzeugen, dass du die richtige Entscheidung triffst.«

»Willst du damit sagen, dass es das nicht ist?«

»Nein, Ethan, ich will damit nur sagen, dass ich nicht weiß, wohin das alles führt. Aber ich weiß, dass du zustimmen wirst.«

Schließlich schliefen sie ein. Am nächsten Morgen eröffnete er Jamie Bennett, dass er die Aufgabe übernehmen würde, und dann bestellten sie einen Abschleppwagen, der sich um den ramponierten Mietwagen kümmern sollte. Ein kleiner Fehler, sagte er sich. Mehr nicht.

Aber nach Allisons Warnung ging ihm Jamies Geständnis nicht mehr aus dem Kopf, das sie ihm nach ihrer verhängnisvollen Ankunft um Mitternacht gemacht hatte: dass sie den Wetterbericht zwar gehört, ihn aber ignoriert hatte, fest davon überzeugt, dem Sturm trotzen zu können.

Oben auf dem Beartooth Pass rasselten die Ketten, und die Winden ächzten, als sie den kleinen Fehler aus den Schneewehen zogen.

4

Ian war nicht mehr im Dienst, als sie zu ihm kamen. Aber er war noch in Uniform und trug seine Waffe, was den Leuten imponierte, meistens jedenfalls. Die Marke an der Brust, die Waffe im Holster? In solchen Momenten fühlte er sich immer unwiderstehlich stark. Seit der Polizeiakademie war das schon so, und er konnte sich noch gut erinnern, wie er die Uniform zum ersten Mal angezogen und sich dabei wie ein echter Gladiator gefühlt hatte.

Ihr sollt mich kennenlernen, hatte er damals gedacht, ohne dass er im Laufe der Jahre auch nur etwas von seiner Prahlerei zurückzunehmen hatte. Dennoch hütete er sich davor, sich für unantastbar zu halten, dafür war er schon bei zu vielen Beisetzungen von Polizisten gewesen, hatte zu viele falsche Hände geschüttelt und zu vielen Leuten Geld übergeben, denen er es nicht hätte geben sollen. Trotzdem fühlte er sich Tag für Tag und Stunde für Stunde in seiner Uniform immer noch stark. Die Leute nahmen Notiz von ihm. Einige respektierten ihn, andere fürchteten und hassten ihn sogar, auf jeden Fall aber nahmen sie ihn wahr.

Ärgerlich an den Blackwell-Brüdern war nur, dass sie es anscheinend nicht taten. Die Marke bedeutete ihnen nichts, und die Waffe schon gar nicht. Sie gafften einen mit ihren blassblauen Augen nur an, registrierten einen, ohne auch nur das Geringste erkennen zu lassen. Indifferent, wenn nicht sogar gelangweilt.

Er erkannte ihren Geländewagen, gleich als er ankam. Diesen schwarzen F 150 mit den getönten Scheiben, die so dunkel waren, dass es fast schon illegal war. Selbst der Kühlergrill war schwarz. Er ging davon aus, dass sie noch drinsaßen, stieg aus dem Streifenwagen aus, holte tief Luft und rückte sich, in der Gewissheit, dass sie ihn beobachteten, den Gürtel zurecht, um ihnen unmissverständlich klarzumachen, dass er eine Waffe trug, obwohl sie das niemals zu beeindrucken schien. Er trat auf die Veranda und hob den Deckel des Bierkühlers an. Das Eis war geschmolzen, aber ein paar Dosen dümpelten noch im relativ kalten Wasser herum. Er holte sich ein Miller Light heraus und trank es noch auf der Veranda, während er, an das Geländer gelehnt, zu dem vollkommen schwarzen Geländewagen hinübersah und darauf wartete, dass sie ausstiegen.

Das taten sie jedoch nicht.

»Verdammt«, sagte er, als er das Bier ausgetrunken hatte. Dann eben nicht. Er würde nicht runtergehen und wie ein verdammter Bittsteller an die Tür klopfen. So funktionierte es nicht. Sie hatten gefälligst zu ihm zu kommen, ob ihnen das nun passte oder nicht.

Er drückte die Dose zusammen und warf sie in den Abfalleimer auf der Veranda, der so voll war, dass die Dose abprallte und auf dem Boden landete. Er ließ sie liegen, ging zur Tür und schloss auf, wobei ihn ein ungutes Gefühl beschlich, kaum dass er dem pechschwarzen Geländewagen den Rücken zugewandt hatte. Dann öffnete er die Tür, ging hinein und sah, dass sie in seinem Wohnzimmer waren.

»Was, zum Teufel, habt ihr hier zu suchen? Ihr brecht einfach in mein *Haus* ein?«

Sie antworteten nicht, woraufhin ihm ein erster kalter Schauer über den Rücken lief. Er ging darüber hinweg und machte die Tür zu, bemüht, sich die Verärgerung nicht anmerken zu lassen. Sie arbeiteten für ihn. Das durfte er nicht vergessen, um sicherzustellen, dass auch sie es nicht vergaßen.

»Jungs«, fing er kopfschüttelnd an, »ist euch eigentlich klar, dass ihr euch eines Tages ein dickes Problem einhandeln werdet?«

Jack Blackwell hatte es sich in Ians Liegesessel bequem gemacht und die Lehne nach hinten gekippt, damit er die Beine ausstrecken konnte. Er war der Ältere von beiden, etwas größer und auch etwas dünner. Muskeln hatte keiner von ihnen groß aufzuweisen, aber Ian hatte sich von der Kraft dieser schlaksigen Gestalten schon selbst ein Bild machen können und den schraubstockähnlichen Griff gesehen, mit dem ihre ungewöhnlich großen Hände zupacken konnten, und wie diese langen Finger sich in Stahlbänder verwandeln konnten. Jack hatte Haare wie einer dieser Beach Boys, die ihm bis zum Kragen gingen und so hell waren, dass sie fast gebleicht wirkten. Seine Kleidung war verwaschen, zerknittert und in der Regel schwarz. Sein jüngerer Bruder legte ein ganz anderes Äußeres an den Tag, als wäre es ihm wichtig, sich von Jack zu unterscheiden, obwohl er ihm nie von der Seite wich. Patrick mit seinen eher rasierten denn geschnittenen Haaren, gebügelten Hemden und blank geputzten Schuhen wäre gut und gern für einen Marine durchgegangen. Mit über der Brust verschränkten Armen hatte er zwischen dem Wohnzimmer und der Küche Posten bezogen. Er schien sich nie zu setzen.

Ian sagte: »Ist euch eigentlich klar, wie verdammt riskant das ist. Wenn ein Nachbar spitzkriegt, wie ihr Idioten euch Zugang zu meinem Haus verschafft und die Streife holt, haben wir ein Problem. Wie kann man nur so dämlich sein?«

Jack Blackwell sagte: »Da redet aber jemand verdammt klug daher.«

Patrick Blackwell sagte: »Ja, hab ich auch gehört. Und dann geht es auch noch um Intelligenz, oder eher darum, dass diese fehlt. Hast du das auch so verstanden?«

»Und ob.«

Das war ein Ritual, das sie untereinander pflegten. Immer redeten sie miteinander, als wäre niemand anderer im Raum. Widerliche Dreckskerle. Ian hatte davon schon gehört, und es immer schon gehasst.

»Hört mal zu«, sagte er. »Es war ein langer Tag, Jungs, und ich habe keine Lust, euch die Stichwörter für das Stück zu liefern, das ihr hier gerade aufführt. Sagt mir einfach, was ihr von mir wollt, und schert euch zum Teufel.«

»Gastfreundschaft ist auch nicht gerade seine Stärke«, bemerkte Jack Blackwell.

»Ganz eindeutig«, pflichtete Patrick ihm bei. »Steht der Kerl doch tatsächlich draußen auf der Veranda und zieht sich ein kühles Bier rein, ohne uns eins anzubieten.«

»Obwohl es nicht mal das letzte gewesen zu sein scheint. Er könnte uns also durchaus eins anbieten. Tut es aber trotzdem nicht.« Kopfschüttelnd sah Jack seinen Bruder an. »Ob das ein Zug von ihm ist? Das schlechte Benehmen?«

»Du meinst, seine Eltern haben ihn schlecht erzogen? Ihm das sogar beigebracht?« Patrick schob die Lippen vor und schien ernsthaft darüber nachzudenken. »Das kann man nicht so genau wissen, aber auszuschließen ist es nicht. Ganz und gar nicht.«

»Hey, ihr Schwachköpfe?«, mischte Ian sich ein und ließ die Hand zur Waffe wandern. »Ich lass mich nicht verarschen. Wenn ihr mir etwas zu sagen habt, dann jetzt. Sonst macht, dass ihr hier rauskommt.«

Jack sah immer noch Patrick an, aber Patricks Blick war auf Ian gerichtet. Er sagte: »Wenn ich es nicht besser wüsste, könnte ich sein Verhalten doch glatt als Drohung auffassen. Er hat sogar die Hand an der Waffe. Siehst du das?«

Jack drehte sich um und starrte Ian mit seinen blassblauen Augen an. »Nein, habe ich noch gar nicht bemerkt. Aber du hast recht. Es hat tatsächlich etwas Bedrohliches.«

Ian beschloss, sich das nicht länger bieten zu lassen, und das Gefühl der Waffe in seiner Hand bestärkte ihn darin. Er ging zur Tür, drehte den Türknopf und zog sie auf.

»Raus jetzt.«

Jack Blackwell seufzte schwer, drückte die Beinablage des Liegesessels runter, richtete sich mit gesenktem Kopf auf und stützte die Arme auf die Knie.

»Der Junge ist immer noch nicht aufgetaucht. Bis heute

solltest du etwas herausgefunden haben. Einen Aufenthaltsort.«

Ian machte die Tür wieder zu. »Ich bin dran.«

Jack nickte langsam, als würde er verstehen, ohne aus seiner Enttäuschung einen Hehl zu machen. Wie ein Vater, der sich die Entschuldigungen seines völlig aufgelösten Sohnes anhört, oder ein Priester, der einem reuigen Sünder die Beichte abnimmt.

»Deine Beziehungen zu den Marshals, Ian, scheinen nicht zu halten, was wir uns davon versprochen haben.«

»Alles nur heiße Luft«, stimmte Patrick zu, »nichts dahinter.«

»Der Kleine ist nicht im Zeugenschutzprogramm«, entgegnete Ian. »Das müsst ihr mir glauben.«

»Gut, aber zu Hause ist er auch nicht. Das musst du *uns* glauben.«

»Ich glaub's euch. Aber ich sag's noch mal. Im Zeugenschutzprogramm ist er auch nicht. Meine Quellen sind absolut zuverlässig. Auf die lasse ich nichts kommen.«

»Schwer zu glauben, so wie die Sache liegt.«

»Lasst mir noch etwas Zeit.«

»Zeit. Klar. Hast du eigentlich einen blassen Schimmer, was das für uns heißt?«, fragte Jack.

Ian verspürte ein dumpfes Pochen hinter den Schläfen, ein Zeichen der Verärgerung, was normalerweise dazu führte, dass die Angelegenheit für irgendjemanden blutig endete. Er war nicht der Mann, der mit Enttäuschung umgehen konnte. Vor einiger Zeit schon war ihm klar geworden, dass er sich mit dieser Allianz ein Problem eingehandelt hatte, aber letztendlich waren die Blackwell-Brüder all ihren unangenehmen Eigenschaften und ihres eigenwilligen Verhaltens zum Trotz auch zu etwas nütze. Sie gingen professionell vor, machten keine Fehler und erregten niemals großes Aufsehen. Sie waren eiskalt und brutal, aber mit Männern, die eiskalt und brutal waren, wusste er sich zu arrangieren, und für ihn zählte am Ende nur, ob sie ihren Job gut machten. Und genau das taten die Blackwell-Brüder. Dennoch stieß sein Verständnis für ihr Verhalten allmählich an seine Grenzen.

»Dieser Junge«, sagte er, »ist auch für mich ein Problem. Vergesst nicht, dass am Ende alles auf mich zurückfällt. Denkt dran, wer euch bezahlt.«

»Und schon wieder hält er Vorträge«, stellte Patrick kopfschüttelnd fest. »Hörst du das?«

»Ja«, sagte Jack. »Er scheint unsere Auffassungsgabe schon wieder infrage zu stellen.«

»Hört endlich auf mit dem Blödsinn«, fuhr Ian dazwischen. »Mit diesem albernen Als-wäre-ich-nicht-da-Geschwätz. Schluss damit. Ich erkläre es euch jetzt zum letzten Mal, kapiert? Der Junge ist nicht im Zeugenschutzprogramm. Und sollte er reinkommen, dann erfahre ich es. Im Augenblick ist er jedenfalls nicht drin. Findet lieber heraus, *wo* er ist. Und zwar schnell.«

»Man hat so einiges läuten hören«, sagte Jack. »Was war das doch gleich, Patrick?«

»Meinst du die Gespräche mit der Staatsanwaltschaft?«

»Um die Qualifikation der Cubs für die Playoffs ging es dabei bestimmt nicht. Also muss es wohl das gewesen sein, ja.«

Ian hörte ihnen zu und fragte sich, warum zum Teufel er nicht einfach weggefahren war, als er ihren Geländewagen entdeckt hatte. Er hatte die beiden immer im Griff gehabt, theoretisch jedenfalls, auch wenn es sich nie so *angefühlt* hatte. Jetzt wusste er, welchen Fehler er gemacht hatte. Ein kluger Mann mietete keine Kampfhunde. Er zog sie selbst auf. Warum? Weil er ihnen sonst nie voll und ganz vertrauen konnte.

»Hört zu«, sagte er. »Ich habe keine Ahnung, was euer Gewäsch von den Gerüchten und dem ganzen Mist soll. Niemand wünscht sich mehr als ich, dass die Angelegenheit endlich vom Tisch kommt. Die Eltern wissen, wo der Junge ist, darauf könnt ihr euch verlassen.«

»Ob die Mutter mit uns spricht, Patrick? Was meinst du?«, fragte Jack.

»Mit uns spricht jeder, wenn wir ihn nur freundlich genug bitten. Jedenfalls war das bisher immer so.«

»Richtig. Aber sagen uns die Eltern wirklich, was wir von ihnen wissen wollen, wenn wir uns mit ihnen unterhalten?«

»Die Frage ist um einiges schwerer zu beantworten. Der Junge ist schließlich das Einzige, was sie haben. In solchen Fällen nützen manchmal auch die überzeugendsten Argumente nichts. Es ist vermutlich nur eine Frage der Tiefe ihrer Zuneigung.«

»Genauso sehe ich das auch. Die Eltern werden inzwischen ebenfalls observiert. Polizeischutz, ein Staatsanwalt, der wild entschlossen ist, den Jungen als Hauptzeugen zu laden, und ihnen vermutlich weisgemacht hat, dass der Junge in guten Händen ist, wenn er vor Gericht erscheint. Erinnerst du dich an den Satz von unserem Ian hier, dass wir ohne den Jungen verschwinden sollten, dass wir keine Zeit auf ein Kind verschwenden sollten, das, ich zitiere: ›möglicherweise nicht einmal etwas gesehen hat‹. Das verschaffte den Eltern Zeit, sich Hilfe zu holen. Ich würde sagen, und bitte korrigiere mich, wenn du meinst, dass ich mich irre, dass das mit den Eltern kein guter Anfang war.«

»Ich stimme dir zu«, sagte Patrick. Er hatte den Blick immer noch auf Ian geheftet. Unglaublich, diese blassblauen Augen. Ian hasste ihre Augen, diese dümmlichen Sprachspielchen, und überhaupt, ihr Benehmen. Man konnte sie einfach nicht aus der Fassung bringen. Jedenfalls war es ihm noch nie gelungen, diesem belanglosen Geschwafel ein Ende zu setzen.

»Dann lasst euch was einfallen«, sagte Ian. »Das war eure Aufgabe. Bringt sie zu Ende. Schert euch hier raus und macht verdammt noch mal euren Job.«

»Wie viel?«, fragte Jack.

Ian starrte ihn an. »Wie, *wie viel*?«

»Ja. Was zahlst du, Ian?«

»Ich soll euch dafür bezahlen, dass ihr einen Zeugen umbringt, den *ihr* am Leben gelassen habt? Euch dafür bezahlen, dass ihr den Mist wegmacht, den ihr selbst gebaut habt?«

»Der Mist«, sagte Jack, den Blick zu Boden gerichtet, »ist schließlich herausgekommen, während wir für dich gearbeitet haben. Der Mist ist Teil eines Problems, das schon vorher da war. Eines Problems, für dessen Bereinigung du uns bezahlt hast. Damit du es von der Backe hast.«

»Ich hatte gedacht, dass ihr gründlicher vorgeht.«

Jack sah nach rechts zu Patrick, der etwa drei Meter von ihm entfernt stand. Er hatte sich nur wenige Schritte von seinem Bruder wegbewegt.

»Wir haben ihn enttäuscht, Patrick.«

»Sieht ganz so aus.«

Jack drehte sich zu Ian um. Beide starrten ihn an, zwei eiskalte Augenpaare. Ian wünschte sich plötzlich, die Tür nicht zugemacht zu haben.

»Dieser neue Mist, Detective O'Neil, ist Teil des alten«, sagte Jack. »Wer A sagt, muss auch B sagen. Stimmst du dem zu? Du musst uns verstehen ...« Er deutete mit einer Hand zwischen sich und seinem Bruder hin und her. »Es gab eine Zahlung, aber es gab zwei Blackwells. Wer A sagt, muss auch B sagen. Kannst du mir folgen? Merkst du, worauf wir hinauswollen?«

»Ich kann euch kein Geld geben«, erklärte Ian. Sein Mund wurde trocken, und seine Hand war schon am Pistolengriff. Keiner von ihnen hatte mit der Wimper gezuckt. Er wusste, dass sie es gesehen hatten, und er wollte, dass sie dem Beachtung schenkten. Warum kümmerte es sie nicht?

»Wenn kein Geld mehr für uns drin ist«, sagte Jack, »warum in aller Welt sollten wir diesen Jungen dann umbringen?«

»Ist das dein Ernst?«

Jack nickte ungerührt langsam mit dem Kopf.

»Weil er euch in den Knast bringen kann. Euch beide. Wer A sagt, muss auch B sagen. Ist der Satz nicht von euch? Okay, passt auf, er kriegt euch beide dran. Uns alle. Aber mich? Ich habe zumindest noch eine Chance. Aber ihr zwei? Euch beide hat er *gesehen*.«

»Ich darf also folgendermaßen zusammenfassen: Wir töten für Geld, oder wir töten, um uns selbst zu schützen. Es gibt diejenigen, die zahlen, und diejenigen, die drohen. Richtig?«

»Richtig«, sagte Ian.

Jack sah ihn lange an, ohne etwas zu sagen, bis Patrick das Schweigen brach. »Und du, Ian, bist nicht mehr derjenige, der zahlt.«

Das Problem war, dass sie zu zweit waren. Wenn man sie beide ansehen wollte, standen sie nie nah genug beisammen. Immer gab es einen Abstand zwischen ihnen. Sprach der eine, sah man ihn an, während man den anderen nur aus dem Augenwinkel wahrnehmen konnte. Sprach dann dieser, sah man ihn an, und schon war der andere nur aus dem Augenwinkel zu sehen. Ian hatte mit Jack gesprochen, sich auf Jack konzentriert, Jack mit der Hand an der Waffe angesehen, bereit zu ziehen und abzudrücken. Dann redete Patrick, und Ian folgte seinem Instinkt – blickte in dessen Richtung.

Er sah in die falsche Richtung, denn plötzlich ging von Jack eine ruckartige Bewegung aus, und als Ian herumwirbelte und die Glock zog, hatte Jack Blackwell bereits eine bislang verborgene Pistole in der Hand, die zweimal zuckte, sodass Ian in seinem Wohnzimmer auf die Knie sackte. In einem dicken roten Strom ergoss sich das Blut auf den Hartholzboden. Er wollte nicht einfach so sterben, nicht ohne wenigstens einen Schuss abzugeben, aber jetzt sah er Jack an, und Patrick war auf der anderen Seite, Ian sah ihn aus dem Augenwinkel, und als die Schüsse aus dieser Richtung kamen, hatte Ian schon wieder in die falsche Richtung gesehen.

Wer A sagt, muss auch B sagen.

Detective Sergeant Ian O'Neil lag tot auf dem Boden seines Wohnzimmers, als die Blackwell-Brüder sein Haus verließen, die Tür hinter sich zumachten und zu ihrem Geländewagen zurückgingen.

»Das war gar nicht so dumm«, sagte Patrick, während er sich hinter das Steuerrad setzte. »Ich meine das, was er über den Grund zum Töten gesagt hat, oder? Geld oder Drohung? Durchaus überzeugend.«

»Manchmal hatte er lichte Momente«, sagte Jack, legte die Pistole in die Mittelkonsole und ließ den Deckel offen, bis Patrick seine hinzugelegt hatte.

»Trotzdem«, sagte Patrick, »ich wäre gern dafür bezahlt worden, den Jungen zu finden.«

»Der kleine Jace bringt uns nichts mehr ein, da hast du recht. Aber das Risiko ...«

»Ja«, sagte Patrick, während er den Motor des großen V-8 zum Leben erweckte. »Das Risiko ist ziemlich hoch. Und deshalb denke ich, werden wir ihn finden müssen.«

»Ich glaube auch.«

5

Versuch gar nicht erst zu raten.

Das hatte Allison sich an jenem Tag eingeschärft. Sie hatte alle Unterlagen durchgesehen, kannte die Jungen gewissermaßen in- und auswendig und hatte doch noch nicht einen von ihnen kennengelernt.

»Es ist unwichtig«, sagte sie laut, während sie Tango, dem Reha-Pferd, ihrem Baby, Futter gab. Es hatte einen Tritt gegen das Bein abbekommen und sich dabei eine Fraktur fast durch das ganze Bein zugezogen. Der Knochen war gebrochen, aber nicht gesplittert. Wäre der Bruch komplizierter gewesen, hätte man ihn von seinen Qualen erlösen müssen. Aber es gab noch Hoffnung, auch wenn er zu früherer Kraft und Stärke nie wieder zurückfinden würde. Tango war jetzt schon den dritten Monat in Reha – und hatte sich in der ganzen Zeit nicht einmal niedergelegt. Vierundneunzig Tage hintereinander hatte er gestanden. Er trug ein Zaumzeug, das mit zwei Spanngurten verbunden war, die ihn davon abhielten, sich niederzulassen. Hätte er sich hingelegt, hätte das seinem Bein wegen der Kraft, die er auf die Vorderhand hätte aufbringen müssen, um sich aufzurichten, vermutlich den Rest gegeben.

Also blieb er die ganze Zeit stehen. Er ließ sich nicht die geringsten Anzeichen von Schmerz, Unwillen oder Ermüdung anmerken. Allison hatte schon immer mit Pferden zu tun und wusste, dass sie sich, im Gegensatz zu Menschen und vielen anderen Tieren, zum Schlafen oder Ruhen nicht unbedingt hinlegen mussten. Trotzdem aber war sie sehr beeindruckt, ihn hier Tag für Tag so geduldig und standhaft zu sehen. Voller Vertrauen.

Sie redete mit ihm, während sie ihn striegelte, und er schnaubte hin und wieder leise vor sich hin und überzog ihren Arm in seiner typischen Art mit einem Rotzfaden. Ein Kompliment, Ausdruck purer Zuneigung.

»Zwei Wochen noch, mein Großer«, sagte sie. Länger musste er das Zaumzeug nicht mehr tragen. Das Vorderbein müsste zwar eigentlich bereits geheilt sein, er war auch schon gelaufen, und das scheinbar ohne Schmerzen, aber er war noch nicht geritten worden. Sie konnte es gar nicht erwarten, das Pferd wieder zu reiten. Es war etwas, auf das sie sich in einem Sommer des Unbehagens freuen konnte.

Früher hatte sie in Vorführungen Pferde geritten. Auf Jahrmärkten, bei Turnieren oder diesen eigenartigen Schönheitswettbewerben in Montana. Das war die Welt ihrer Mutter gewesen. Allison mochte es nicht so sehr. Bei ihrer Mutter spielten Pferde immer eine untergeordnete Rolle – Allisons Garderobe, das Haar, ihre Haltung, darauf kam es für sie an. Irgendwann fragte man sich, wer in Wirklichkeit zur Schau gestellt wurde.

Sie redete immer noch mit dem Pferd, als der Kleinbus ankam. Und da waren sie: sechs Jungen, nicht anders als die,

die jeden Sommer zu ihnen kamen, und einer von ihnen war auf der Flucht vor einem Killer. Vor der Schlafbaracke, einer schlichten Hütte ohne Strom und fließendes Wasser, luden sie aus. Während der Begrüßung beäugte Allison jeden von ihnen genau. Sie konnte nicht anders. *Versuch gar nicht erst zu raten*, was für eine alberne Parole in diesem Moment.

Drew war sechzehn. Er kam aus Vermont, war groß, mürrisch und wollte lieber woanders sein. Raymond, fünfzehn, kam aus Houston. Er hatte dunkle Augen, und sein Blick wanderte unruhig hin und her, als suchte er die Umgebung nach allen möglichen Bedrohungen ab. Connor war vierzehn. Er kam aus Ohio. Statt Allison anzusehen, starrte er auf ihre Brüste, als er ihr vorgestellt wurde, und lief knallrot an, als er merkte, dass er ertappt worden war. Ty, vierzehn, aus Indiana, von kleinerer Statur, aber aufgeplustert, um seine drahtigen Muskeln zu präsentieren. Jeff war fünfzehn und kam aus Kansas. Er blieb hinter den anderen stehen und vermied jeglichen Blickkontakt, während er sich vorstellte. Marco, fünfzehn, aus Las Cruces, war bereits dabei, die Rolle des Klassenclowns zu besetzen, indem er Sprüche über das »Lager« zum Besten gab, die Bryce, fünfzehn, aus Chicago mit einem Lächeln quittierte, wenngleich es ein unsicheres war.

Sofort fing sie an, sie in Schubladen zu stecken. Bryce wirkte unglücklich und tat sich schwer, einen Freund zu finden. Möglich. Jeff und Drew sahen aus, als wollten sie lieber heute als morgen wieder weg, wobei Drew ein Problem mit seiner Einstellung zu haben schien, während Jeff einfach nur ängstlich wirkte.

Jeff vielleicht, dachte sie, und dann bemerkte sie, dass Ethan sie beobachtete. Sie lächelte ihn an und wandte sich ab, verärgert über sich selbst.

Es ist nicht wichtig.

Aber so fühlte es sich nicht an. Es beunruhigte sie, dass sie nichts wussten, auch wenn sie verstanden hatte, warum.

»Erinnert ihr euch an die Kühe, die wir auf der Straße gesehen haben?«, fragte Ethan. »Die gefürchteten Bergkühe? Sie gehören meiner Frau.«

»Wie können Sie die einfach auf dem Highway herumlaufen lassen?«, fragte der, der auf den Namen Raymond hörte. »Wir mussten hupen, damit sie endlich Platz machten.«

»Öffentliches Land ist billig«, erklärte Allison freundlich. »Was soll ich sagen? Ich halte mein Geld ganz gern zusammen.«

»Wie zum Teufel…«

»Deine Ausdrucksweise«, ermahnte ihn Ethan.

»Tut mir leid. Wie kommen die denn *zurück?*«

»Das machen Cowboys«, entgegnete Allison.

»Sie verarschen mich nicht? Richtige Cow…«

»Deine Ausdrucksweise«, wiederholte Ethan. »Raymond, bekommen wir damit ein Problem?«

Raymond zuckte mit den Schultern. Ein verlegenes Lächeln huschte über sein Gesicht. Allison sah ihn an und dachte *Nein, zu selbstsicher. Der hat keine Angst. Der Richtige hat sicher Angst. Alle waren weiß, bis auf Marco, dem Latino. Drogenprobleme vielleicht oder Schießereien an der Grenze, die tödlich endeten, einer dieser Schleuserringe, von denen*

60

man immer liest, ging es Allison durch den Kopf, umgehend gefolgt von *Jetzt bist du auch noch Rassistin. War das gerade wirklich dein Ernst? So weit ist es mit dir schon gekommen?*

»Cowboys«, sagte Raymond und schüttelte lachend den Kopf. »Das ist nicht Ihr Ernst.«

»Na los, richtet euch in der Baracke ein«, wies Ethan die Gruppe an. »Da stehen sechzehn Etagenbetten, und ihr seid sieben. Jeder von euch dürfte schnell ein Bett finden. Viel Spaß. Wir treffen uns um vier dort drüben am Lagerfeuer. Ruht euch ein wenig aus und genießt die Matratzen. Bald schon werdet ihr da oben schlafen.«

Er zeigte dorthin, wo der Pilot Peak und der Index Peak sich vor dem grauen Himmel abzeichneten. Den Gesichtern der Jungen nach zu schließen, starrten sie auf die bedrohlichen Felsenmonumente für diejenigen, die vor ihnen in den Bergen ihr Leben gelassen hatten.

»Da steigen wir hinauf?«, fragte Connor.

»Nee, Alter, wir nehmen den Aufzug«, lautete die Antwort von Marco, worauf die anderen in schallendes Gelächter ausbrachen.

»Wir werden ein wenig klettern«, sagte Ethan. »Aber nicht auf die schweren Kaliber da oben. Jedenfalls jetzt noch nicht. Aber nun richtet euch erst mal ein und seid pünktlich um vier am Lagerfeuer. Wir gehen die Ausrüstung für unsere Tour durch. Was ihr vergesst einzupacken, fehlt dann eben, deshalb empfehle ich, gut zuzuhören.«

Sie schleppten ihr Gepäck in die Baracke. Die meisten hatten Koffer dabei oder Sporttaschen. Ein paar waren aber bereits mit Rucksäcken ausgerüstet. Die Gruppe war klein, und das war bewusst so gewollt. War er allein, durfte Ethan nur Gruppen von maximal acht Personen mitnehmen. Nur dann war er versichert. Waren es mehr als zehn Teilnehmer, was gelegentlich vorkam, musste er einen zweiten Trainer mitnehmen.

Als die Jungen in der Baracke verschwunden und sie allein waren, sagte Ethan zu Allison: »Ich glaube, Drew ist es. Er redet nicht so, als käme er aus Neuengland, wo er angeblich herkommen soll. Außerdem hat er keine Lust, hier zu sein, ist aber trotzdem irgendwie neugierig auf das, was wir machen.«

Sie sah ihn überrascht an, und er sagte schmunzelnd: »Schon gut, Liebling. Ist es nicht einfach menschlich, sich solche Fragen zu stellen? Wir wollen nicht um jeden Preis *versuchen*, es herauszufinden, aber mal ehrlich, es ist doch nur zu menschlich, wissen zu wollen, wer es ist.«

Sie schüttelte den Kopf und seufzte: »Ich würde es aber gern wissen.«

»Es würde nichts bringen.«

»Vielleicht doch.«

»Ich glaube nicht«

Sie nickte.

»Sie haben jetzt eine Stunde Zeit«, sagte Ethan. »Ich möchte, dass sie sich etwas einleben. Sie sollen sich ein bisschen besser kennenlernen.«

»Glaubst du, es dauert eine Stunde bis zum ersten Streit?«

»Das wollen wir hoffen«, sagte er, nahm sie bei der Hand und führte sie in die Hütte.

Sie hatten sich in der Hütte ins Bett gelegt, sich eine Stunde Zeit gestohlen, während die Jungen sich in der Baracke einrichteten. Allison lag neben ihm, fuhr mit dem Fingernagel über seine Brustmuskulatur und sagte:»Hast du noch einmal darüber nachgedacht?«

»Worüber?«, fragte Ethan. Sie zog ihre Hand zurück, drehte sich auf den Rücken und seufzte, den Blick gegen die dunkle Decke gerichtet. Sofort vermisste Ethan ihre Wärme. Eine Minute verging, dann weitere fünf, bis sie ihr Schweigen brach.

»Und wenn wirklich jemand hinter ihm her ist«, sagte sie.

»Wird schon nicht so sein.«

»Aber hast du dir das mal überlegt?«

Er sagte nichts, wusste nicht, was sie hören wollte, beschloss aber, ehrlich zu sein.

»Ja. Und ich glaube, dass ich darauf eingestellt bin, sollten sie wirklich kommen. Aber das werden sie nicht.«

»Du setzt eine Menge aufs Spiel, wenn du dich darauf verlässt«, sagte sie. »Du riskierst alles.«

»Tu ich nicht.«

»Nein? Wenn da oben in den Bergen irgendetwas passiert, Ethan, was dann? Wenn jemand auf einen der Jungen schießt? Dann bist du erledigt. Alles, was du dir aufgebaut hast, ist dann kaputt.«

»So wird es nicht kommen, Allison.«

Sie seufzte wieder, und als er die Hand nach ihr ausstreckte, reagierte sie nicht und lag unbeteiligt da. Ihre Umrisse zeichneten sich Halbdunkel des Raums ab, in dem sie die Jalousien heruntergezogen hatten. Er roch ihr Haar und die Haut und wollte nicht mehr darüber reden, denn sie hatten im Sommer nur wenige gemeinsame Stunden, und die wollte er nicht mit Streiten vertun.

»Ich kann ihm helfen«, sagte er, strich mit der Hand an ihrer Brust entlang und zwickte sie in die Hüfte. »Egal, wer es ist. Ich kann ihm helfen.«

Als Ethan vor langer Zeit die Air Force verlassen hatte, nachdem er viele Jahre in allen möglichen Klimazonen als Überlebenstrainer gearbeitet und seine Heimat schließlich in den Bergen Montanas gefunden hatte, kam ihm eine Idee, wie er seine Fähigkeiten sinnvoll einsetzen könnte. Die Air Force bildete für jede Spezialeinheit Survival-Trainer aus; wenn einem ein Ranger bei der Army erzählte, dass er Überlebenstrainer war, dann hatte er seine Ausbildung bei der Air Force gemacht. Dasselbe galt für die SEALs und alle anderen Spezialeinheiten. Ethan war ein sehr guter Ausbilder, weil er eines begriffen hatte: Sie waren alle harte Kerle. Sie konnten einen mit jeder Waffe und zur Not auch ohne umbringen. Seine Aufgabe bestand nicht darin, sie zu beeindrucken oder sich mit ihnen zu messen, sondern darin, ihnen Rüstzeug in weiteren Disziplinen mit auf den Weg zu geben. Es ging um Überleben, Ausweichen, Widerstand und Flucht. Und was das betraf, konnte Ethan ihnen das Wasser reichen.

Was er bei der Ausbildung dieser Kämpfer gelernt hatte, war, dass es beim Überleben um besondere Fähigkeiten ging, die alle zwischen den Ohren angesiedelt waren, nämlich um eine Verknüpfung von kognitiven und emotionalen Kompetenzen. Ein paar von diesen Muskelprotzen hatten

Probleme damit. Andere nicht. Was ihn beim Vermitteln dieser Idee immer faszinierte, war die Frage, ob jemand eine Überlebensmentalität *aufbauen* konnte. Musste man damit auf die Welt gekommen sein, es in irgendeinem DNA-Strang mit sich tragen, oder konnte man es lernen? Man hatte genügend Zeit, über solche Dinge nachzudenken, wenn man Wochen in der Wüste, allein unter dem weiten Nachthimmel zubrachte, der so sehr mit Sternen übersät war, dass man es kaum fassen konnte; oder im Dschungel in einer selbst gebauten Hängematte, in der man über den Insekten schwebte, die einen sonst bei lebendigem Leib auffressen würden; oder in der Arktis in einer aus Eis errichteten Festung. Und in all den Jahren, die Ethan in das Erlernen und Perfektionieren von Überlebenstechniken investiert hatte, hatte sich herausgestellt, dass der Gewinn weit über das hinausgehen konnte, was er beim Militär gelehrt hatte. Inzwischen hatte er Jugendlichen aus dem ganzen Land geholfen, die aus allen erdenklichen Lebensumständen zu ihm kamen, und er wusste, dass er einen guten Job gemacht, etwas bewegt hatte. Er tat sein Möglichstes, war aber nicht verantwortlich für die, an die er nicht herankam, denn man konnte nicht alle erreichen. Das musste man früh erkennen. Man musste akzeptieren, dass einige trotz aller Bemühungen scheitern würden. Aber solche Gedanken konnte er angesichts des besonderen Falles, den man ihm diesen Sommer anvertraut hatte, nicht zulassen. Wer immer es auch war, Ethan wollte bei diesem Jungen etwas bewirken, und er glaubte fest daran, dass er das konnte.

Neben ihm im Bett schwieg seine Frau immer noch.

»Allison, bitte.«

Sie drehte sich wieder zu ihm herum, fuhr mit einer Hand seinen Arm hinauf und legte sie an sein Gesicht. Sie stützte sich auf einen Ellbogen auf und sah ihn an.

»Ich hätte ein besseres Gefühl, wenn du mehr Hilfe hättest«, sagte sie. »Wenn du ein paar mehr Leute hättest, nur für diese Wochen. Reggie vielleicht. Der wäre gut.«

»Reggie ist in Virginia und macht dort sein eigenes Ding.«

»*Irgendjemand* dann. Nur damit du da draußen nicht ganz allein bist.«

»Du weißt, was wir vereinbart haben. Ich *muss* allein sein.«

»Du nimmst sie morgen mit in die Berge? Am ersten Morgen nimmst du sie gleich mit hinauf?«

»Das muss in diesem Sommer so sein. Das ist nicht schlecht, nur eben anders. Ich möchte meine alte Routine durchbrechen. Nur für den Fall.«

»Du hättest jemanden bitten sollen, mitzukommen.«

»Ich liebe dich«, sagte Ethan.

»Nette Umschreibung für *Ende der Diskussion*. Auch wenn es dasselbe heißt.«

»Ich liebe dich«, sagte er noch einmal.

Sie beugte sich zu ihm hinab, ließ ihre Stirn auf seiner ruhen. Ihre Lippen bedeckten seine Haut mit kleinen Küssen, während sie sprach.

»Ich sage jetzt nichts mehr. Dir hilft es nicht, und ich muss weiß Gott nicht mit dem Kopf durch den Granitblock, den du deine *Meinung* nennst.«

»Du bist gemein, Miss Montana.«

»Nenn mich nicht so.«

»Tut mir leid. Ich weiß, dass du nur Zweite geworden wärst.«

Normalerweise konnte er sie mit einer solchen Bemerkung aus der Reserve locken, ihre Verstimmung in ein Lachen ummünzen. An diesem Nachmittag aber sagte sie nichts. Er nahm sie in den Arm, zog sie auf sich, aber auch das fühlte sich irgendwie nicht richtig an. Ihre Anspannung wich nicht. Er legte ihr die Hände auf die Hüfte und schob sie zurück. Und jetzt war er es, der im Dämmerlicht den Blickkontakt suchte.

»Was ist los?«

Sie schüttelte den Kopf. »Ich weiß nicht. Ich habe einfach ein ungutes Gefühl, das ich nicht genauer benennen kann. Vielleicht mache ich mir deshalb so viele Sorgen um ihn. Wer auch immer *es* ist. Aber es ist nicht nur das. Ich ... irgendetwas fühlt sich nicht richtig an. Das macht mich nervös. Ich habe ein mulmiges Gefühl. Als läge etwas in der Luft.«

Daraufhin lachte er sie an, etwas woran er sich in den nächsten Tagen immer wieder erinnern würde, die Schwere ihrer Warnung und wie melodramatisch es geklungen hatte in dem abgedunkelten Schlafzimmer, während sie ihren Körper an seinen geschmiegt hatte und die Hütte von Wärme und vom Geruch der Holzkohle erfüllt war.

»Hast du wieder angefangen, in deinen Märchenbüchern zu blättern?«, fragte er. Sie war ganz vernarrt in diese Bücher und hatte unzählige Male davon gesprochen, wie sehr sie Menschen beneidete, die über hellseherische Fähigkeiten verfügten. Darüber hatte er sich immer amüsiert, sowohl weil sie an so etwas glaubte, als auch weil sie es sich wünschte. »Was siehst du, Kleines? Den Schatten des Mondes, den Schatten einer Spinne, eine Katze, die in eine bestimmte Richtung läuft?«

»Nein«, sagte sie mit sanfter Stimme. »Nichts davon. Aber ich spüre es trotzdem.«

»Bisher ist mir in den Bergen doch nie etwas passiert«, sagte er. »Und auch dieses Jahr wird es so sein.«

Sie schwieg.

»Na komm, Liebes. Es … wird … nichts passieren.«

»Okay«, sagte sie. »Schon gut.« Doch sie klang immer noch bedrückt und düster. Er berührte zärtlich ihr Gesicht, und sie küsste seine Handfläche und sagte wieder: »Schon gut, Ethan.«

Er wollte sie noch mehr fragen, weil sie so ernst war. Nicht dass sie Antworten auf ein Gefühl gehabt hätte, das einfach von irgendwoher aus dem Unerklärlichen oder Urzeitlichen kam, oder zum Teufel, soweit er wusste, vielleicht sogar aus dem Mystischen. Sie glitt mit ihren Händen seine Brust hinab über den Bauch und tiefer, und schließlich verblassten alle Fragen, die ihm auf den Lippen lagen. Zunächst spürte er ihre kühle Hand, dann umfing ihn ihre Wärme, und später schlief sie auf seiner Brust ein. Er wollte sie nicht stören, aber er musste hinaus, zum Feuer, zu den Jungen, also schlüpfte er vorsichtig aus dem Bett.

Als er sich in die Berge aufmachte, hatten sie über ihr ungutes Gefühl nicht wieder gesprochen.

6

Jace Wilson war tot.

Er war in einem Steinbruch umgekommen, das durfte Connor Reynolds auf keinen Fall vergessen. Das Schwierigste an dem neuen Namen war nicht, daran zu denken, dass er nun so hieß, sondern zu reagieren, wenn er so gerufen wurde.

»Connor? Yo? Connor? Bist du'n Kumpel, Alter?«

Sie befanden sich auf ihrer ersten Bergtour, als Marco, der Lautstärkste aus der Gruppe, ihn ansprach und Jace, gedankenverloren von der unglaublichen Weite der Landschaft in den Bann gezogen, aus seinen Träumen riss. Allein die Entfernungen raubten ihm den Atem. In Indiana hatte er oft Wanderungen gemacht, und deshalb dachte er, sich damit auszukennen. Dort kam man über eine Kuppe und sah den nächsten Punkt vor sich, den es anzusteuern galt. Ein paar Minuten später hatte man ihn erreicht. Hier oben brauchte man eine Stunde, eine ganze anstrengende, schweißtreibende Stunde, bis man stehen blieb, um etwas zu trinken. Wenn man sich dann umdrehte, stellte man fest, dass die Stelle, von der man losgegangen war, immer noch in Sichtweite war. Man schien nicht ein Stück vorangekommen zu sein.

Ihr Weg führte sie durch eine enge Schlucht, umgeben von hohen Bergen, die an allen Seiten jäh emporragten, und es machte ihm nicht das Geringste aus, von hier unten hinaufzusehen. Bevor sie losgegangen waren, war ihm nicht wohl gewesen bei dem Gedanken, über schmale Pfade klettern zu müssen, wo ein Fehltritt den Tod bedeuten würde – ein Gefühl, das ihn schon auf dem Highway beschlichen hatte; er hatte sich schlafend gestellt, nur um die Serpentinen nicht ansehen zu müssen; alle anderen waren wach gewesen, hatten geschwatzt und sich amüsiert -, bis jetzt aber ließ sich die Wanderung gar nicht so schlecht an. Eigentlich war es sogar richtig toll. Er fühlte sich sogar sicherer hier draußen, und das war seltsam. Hier oben in den Bergen hatte er das Gefühl, dass sich niemand an sie heranschleichen konnte. Schon gar nicht an Ethan Scrbin, dem keine Tannennadel zu entgehen schien, die nicht dort lag, wo sie hingehörte. Daher fühlte er sich ziemlich gut, ja, sogar sicher, bis ihn dieser vorlaute Typ mit seinem neuen Namen anquatschte und er nicht reagierte.

Als Marco den Namen zum vierten Mal rief, waren alle Blicke auf ihn gerichtet. Auch Ethan war aufmerksam geworden. Jace spürte Panik in sich aufsteigen, dass er es vielleicht jetzt schon vermasselt hatte, sie ihn ertappt hatten, wo ihm doch immer wieder eingeschärft worden war, dass es hier oben in den Bergen nur durch einen solchen Fehler schiefgehen konnte. Würde er irgendjemandem die Wahrheit sagen oder auch nur ein Sterbenswörtchen darüber verlieren, dass er nicht derjenige war, der zu sein er vorgab, dann würden die Männer aus dem Steinbruch kommen.

Jetzt dachte er an sie und hörte ihre Stimmen, nicht die von Marco, und während die Panik immer mehr Besitz von ihm ergriff, wurde ihm klar, dass er sich eine Erklärung einfallen lassen, einen Grund dafür nennen musste, dass er diesen Jungen überhört hatte. Einfach zu sagen, er wäre in Gedanken gewesen oder hätte ihn einfach nicht gehört, würde nicht reichen. Er musste seine Rolle spielen.

»Wenn ich mit dir reden wollte«, sagte Jace und sah Marco in die Augen, »hätte ich mich schon gemeldet.«

Marco warf erschrocken den Kopf zurück und starrte ihn an: »Ey, Scheiße, was soll'n das, Alter? Ich …«

»Hört auf«, wetterte Ethan Serbin. »Alle beide. Sofort. Was deine Ausdrucksweise angeht, sprechen wir uns noch, Marco. Viel Spaß, wenn wir zurück im Lager sind. Ich hoffe, du sammelst gern Feuerholz. Die Holzscheite kannst du anpöbeln, wie es dir passt.«

»Mann, der Typ …«

Ethan bedeutete ihm mit erhobener Hand, dass er schweigen sollte. Die Blicke der anderen waren immer noch auf Jace gerichtet, der sich alles andere als wohlfühlte, sich das aber auf keinen Fall anmerken lassen wollte. Er setzte eine unversöhnliche Miene auf und hoffte, damit die Person zu verkörpern, die er sein sollte – ein Problemkind mit schlechten Manieren, der Schlimmste von allen. Wenn er der Schlimmste war, dann würden sie ihn in Ruhe lassen.

»Connor? Was ist los mit dir? Gibt es einen Grund, weshalb du meinst, deinen Freunden nicht respektvoll begegnen zu müssen?«

Jetzt nur nicht klein beigeben, sagte Jace zu sich, obwohl es ihm widerstrebte, Ethan Serbin diese Rolle vorzuspielen, der über die faszinierende Gabe verfügte, Enttäuschung durch Schweigen zu verstehen zu geben, was Jace an seinen Dad erinnerte. Und Jace musste seinem Dad Freude machen, weil er so viel arbeitete, immer Schmerzen hatte und Tabletten nahm, die helfen sollten, das aber nie taten. Jace hatte schon früh gelernt, dass es besser war, alleine klarzukommen: Je mehr Probleme er alleine löste, desto besser. Nicht dass sein Dad immer gemein oder wütend gewesen wäre. Das Leben hatte es einfach nicht gut mit ihm gemeint, deshalb versuchte Jace, das auszugleichen.

Während die Jace-Hälfte in ihm sagte: *Bitte, Ethan*, sagte die Connor-Hälfte: *Zeig ihm den, für den er dich hält*, und er war schlau genug, auf diese Hälfte zu hören.

»Er ist nicht mein Freund. Wir sind nicht hier oben, weil wir Freunde sind. Oder weil wir es sein möchten. Das weiß doch jeder.«

In seinen Ohren klang das gut und richtig. *Spiel die Rolle. Spiel die Rolle.* Das hatte ihm sein Vater geraten. Dazu musste er sich natürlich unbedingt an seinen Namen erinnern.

»Okay«, sagte Ethan Serbin. »Dir bleibt aber nichts anderes übrig. Ich war in meinem Leben an vielen Orten, ohne dass ich eine Wahl gehabt hätte. Und wenn es ums Überleben geht, Connor? Glaubst du, dass du eine *Wahl* hast, wenn ein Flugzeug runterkommt? Hat überhaupt jemand die *Wahl*?«

Jace schüttelte den Kopf.

»Wir müssen mit dem zurechtkommen, was wir haben«, fuhr Ethan fort. »Das gilt für die Naturgewalten, das Wetter,

Vorräte, für alles. Und das gilt auch für deine Begleiter. Du musst mit denen zurechtkommen, die bei dir sind. Ihr seid noch keine Freunde? Gut. Vielleicht werdet ihr es noch. Vielleicht auch nicht. Was wir allerdings nicht tolerieren können – denn das könnte uns in bestimmten Situationen das Leben kosten –, ist mangelnder Respekt. Wenn du Marco nicht achtest, was glaubst du wohl, was er tut, wenn du ihn *brauchst?* Stell dir vor, du hast dir ein Bein gebrochen und brauchst ihn, damit er dich hier wegbringt? Ich kann dir versichern, dass du dir dann wünschst, du wärst ihm etwas respektvoller und höflicher begegnet.«

Um eine mürrische und unbeeindruckte Miene bemüht, zuckte Jace mit den Schultern.

»Ich bin mir ganz sicher«, sagte Ethan. »Und wenn ihr beide heute Abend gemeinsam unser Feuerholz zusammentragt, er wegen seiner Ausdrucksweise und du wegen deiner Unfreundlichkeit, dann denkst vielleicht noch mal drüber nach.«

»Kann sein«, rang Jace sich ab, immer noch darauf konzentriert, nicht mehr als das nötigste Zugeständnis erkennen zu lassen. Ethan sah ihn lange an und wandte sich dann ab.

Auch die anderen sahen Jace weiterhin an, und Jace bemerkte den Ausdruck in ihren Augen und wusste, was das hieß. Zu oft hatte er ihn in Wayne Potters Blick gesehen. Er war jetzt ein Ziel, nicht nur für die Männer aus dem Steinbruch, sondern auch für die Jungen, mit denen er den Sommer verbringen sollte. Und das nur, weil er für einen kurzen Augenblick seinen falschen Namen vergessen hatte.

73

»Okay«, sagte Ethan Serbin. »Wer von euch sagt mir jetzt, wo wir uns befinden.«

Ethan machte das oft: Unvermittelt blieb er stehen, um ihre Wahrnehmung der Umgebung zu schärfen. Dieses Mal aber hatte Jace das Gefühl, dass er es machte, um die anderen Jungen abzulenken, als ob er bemerkt hätte, dass sich etwas zusammenbraute.

»Wir haben weder Karten noch einen Kompass«, fing Ethan an. »Sagt mir, in welcher Richtung wir unterwegs sind.«

Vor ihnen erhob sich ein Berg. Hinter ihnen auch. Rechts, links, überall Berge. In welcher Richtung? So schwer war das nicht. Jace sah zur Sonne – ging sie auf, oder ging sie unter. Daran würde er sehen, wo Westen oder Osten war.

»Was machst du, Connor?«, fragte Ethan.

»Nichts.«

»Wonach siehst du?«, hakte Ethan geduldig nach.

»Nach der Sonne.«

»Warum?«

Jace zuckte erneut mit den Schultern, immer noch nicht bereit, seine Haltung aufzugeben. Ethan wirkte enttäuscht, beharrte aber nicht weiter.

»Connor hat instinktiv genau das Richtige getan«, sagte er.

»Braver kleiner Pfadfinder«, zischte Marco.

Kein guter Anfang, in der Tat.

»Der Himmel weist uns die Richtung, wenn wir nicht mehr wissen, wo wir sind«, erklärte Ethan. »Nachts durch die Sterne, tagsüber durch die Sonne. Aber Connor scheint sich seiner Sache nicht ganz sicher zu sein. Denn, Leute, wo ist die Sonne?«

»Direkt über uns«, sagte Drew.

»Genau. Wie wir alle wissen, geht die Sonne im Osten auf und im Westen wieder unter. Morgens und abends ist es also ganz einfach. Aber jetzt? Mittags? Woher wissen wir, in welche Richtung wir gehen?«

Keine Antwort.

»Die Schatten zeigen es uns«, erklärte Ethan. Er hob seinen Wanderstock hoch, einen dünnen Titanstab mit teleskopartig ineinander verschiebbaren Abschnitten, sodass man ihn in der Länge verstellen konnte, und steckte ihn mit der Spitze senkrecht in die Erde. »Drew, nimmt dir einen Stein und markiere damit die Stelle, an der du den Schatten siehst. Am Ende, da wo er aufhört.«

Drew ließ einen flachen Stein auf die Stelle fallen, an der der Schatten auf dem Boden endete.

»Auf zwei Dinge können wir uns immer verlassen«, sagte Ethan. »Die Sonne geht im Osten auf und im Westen wieder unter. Mag der Tag auch noch so schlimm sein, selbst wenn ihr glaubt, die Welt stürzt über euch zusammen. Egal, was passiert, die Sonne geht immer im Osten auf und im Westen wieder unter. Und alles, was in der Sonne liegt, wirft Schatten. Auch jeder Einzelne von euch wirft einen Schatten.«

Jace wurde mulmig zumute. Nein, sie warfen nicht nur einen Schatten. Jace hatte seinen eigenen und noch zwei andere. Irgendwo da draußen in der Welt, und sie waren ihm auf den Fersen.

»Für die nördliche Hemisphäre heißt das, dass die Schat-

75

ten im Uhrzeiger laufen«, erklärte Ethan weiter. »Wenn ihr einen Augenblick wartet, werdet ihr sehen, wie dieser Schatten wandert.«

Sie stellten sich um den Schatten herum, tranken etwas Wasser und warteten, bis der Schatten sich weiterbewegt hatte. Schließlich hatte er sich von dem Stein entfernt und zeichnete sich ein Stück daneben auf der Erde ab. Ethan knabberte etwas Studentenfutter und sah geduldig zu Boden, während die anderen unruhig wurden oder aufgaben und sich auf den Boden setzten. Jace blieb stehen und sah dem Schatten zu.

»Okay«, sagte Ethan schließlich. »Drew, markier ihn bitte noch einmal mit einem anderen Stein.«

Drew legte einen zweiten Stein neben den ersten. Sie berührten sich fast. Ethan zog den Wanderstock aus dem Boden und legte ihn über die Steine. Dann ging er auf die Knie und zog ein Messer mit einer langen Klinge aus der Scheide an seinem Gürtel. Er legte es über den Wanderstock, sodass die Klingenspitze senkrecht zum Wanderstock lag.

»Seht euch das an«, sagte er. »Woran erinnert euch dieser Aufbau.«

»An einen Kompass«, sagte Ty. »Vier Punkte, vier verschiedene Richtungen.«

Ethan nickte. »Und was wissen wir über die Sonne? Worüber lässt sie uns niemals im Unklaren?«

»In welche Richtung sie wandert«, sagte Ty. »Von Osten nach Westen.«

»Genau. Wir haben gesehen, dass sie sich ein kleines Stück bewegt hat, nicht genug, um uns die Information zu

geben, die wir bekommen hätten, wenn wir einfach hinaufgesehen hätten. Aber wenn wir die Schatten zu Hilfe nehmen, dann zeigt ein Stein Osten und der andere Westen an.
Und damit kennen wir auch die anderen Richtungen. Also,
wer kann uns jetzt sagen, in welche Richtung wir gehen.«

»Nach Norden«, sagte Jace. Die Messerspitze zeigte nach
Norden.

»Richtig. Diese Anordnung ist zwar nicht ganz so präzise
wie ein Kompass, gibt uns aber trotzdem eine ungefähre
Richtung an. Und wenn ihr euren Stock in die Erde steckt
und gar keinen Schatten seht, dann steht die Sonne immer
im Süden. Auch wenn ihr den Schatten nicht seht, sagt euch
die Sonne trotzdem die Richtung.«

Sie setzten ihre Wanderung fort, und Jace hatte den Zwi-
schenfall mit Marco vergessen: Er ging allein und dachte
an die Männer aus dem Steinbruch und verglich sie mit
dem, was er von Ethan Serbin wusste. Wenn überhaupt
einer eine Chance gegen die beiden hätte, dachte er, dann
wäre es vermutlich Ethan. In Jaces Augen war es vor allem
eine Frage der Anzahl: zwei gegen einen. Und sie wären im
Vorteil, wenn sie kämen. Andererseits war Ethan Serbin
hier draußen in seinem Element, was die zahlenmäßige
Unterlegenheit ausgleichen konnte. Vielleicht würde er sie
schon früh entdecken, sie bemerken, bevor sie ihn gesichtet
hatten, dann wäre er im Vorteil. Falls das wirklich passieren
sollte – obwohl man Jace versprochen hatte, dass es nicht so
kommen würde –, sollte er Ethan wohl sagen, wer er war. Er
hatte nur die Anweisung mit auf den Weg bekommen, Connor zu sein. Aber wenn die Männer aus dem Steinbruch auf-

tauchten, kam es auf diese Anweisung sowieso nicht mehr an. Er musste dann zum Team gehören, er musste Ethan helfen, damit …

Als die Füße unter ihm nachgaben, hatte Jace gerade nach oben gesehen und mit den Händen die Riemen seines Rucksacks gepackt. Er war nicht darauf gefasst und schlug unsanft auf den Steinen auf. Er schrie kurz auf, aber nicht vor Schmerz, sondern vor Überraschung. Als Ethan und die anderen sich umsahen, lag er schon am Boden, und niemand von denen, die weiter vorn gelaufen waren, hatte mitbekommen, was passiert war, nämlich dass Marco ihm ein Bein gestellt hatte.

»Alles in Ordnung mit dir?«, erkundigte sich Ethan.

»Ja.« Ethan stand schon wieder, klopfte sich den Staub ab und tat sein Bestes, um keinen Schmerz zu zeigen. Es war kein schwerer Sturz gewesen. Normalerweise hätte er sich fangen können, ohne hinzufallen, aber das Gewicht des Rucksacks war ungewohnt und brachte ihn aus dem Gleichgewicht, sodass er zu Boden gegangen war. Er spürte etwas Warmes, Feuchtes unterhalb des Knies. Das musste Blut sein. Aber seine Ripstop-Hose war heil geblieben, sodass Ethan die Verletzung nicht sah.

»Was ist passiert?«

Ethan sah bereits die Jungen an, die das Schlusslicht bildeten: Marco, Raymond und Drew.

»Ich bin nur gestolpert«, sagte Jace, und Ethan sah ihn wieder an.

»Gestolpert?«

Jace nickte. Marco stand dicht hinter ihm: Mit überschwänglichem Getue hatte er ihm aufgeholfen, war ihm dann aber nicht von der Seite gewichen. Er stand so dicht neben Jace, dass er den Schweiß richten konnte.

»Okay«, sagte Ethan, drehte sich um und ging weiter. »Dieser erste kleine Unfall ist eine gute Gelegenheit, euch zu erklären, wie wir gehen und wie wir gekonnt hinfallen, wenn es nicht mehr zu vermeiden ist. Das ist sehr wichtig. Vergesst nicht, dass der Rucksack nicht nur euer Gleichgewicht beeinträchtigt, sondern sich auch darauf auswirkt, wie ihr fallt. Versucht, wenn es irgendwie möglich ist …«

»Auf den Füßen zu bleiben, du Schwuchtel«, flüsterte Marco Jace ins Ohr, als sie an ihm vorbeigingen. Raymond und Drew lachten. Jace sagte kein Wort. Seine rechte Wade war warm von dem Blut, und erste Tropfen fielen bereits auf seinen Stiefel.

Selbst schuld, sagte er zu sich. *Du kannst dir ja nicht einmal deinen Namen merken.*

Er hielt den Kopf gesenkt und zählte die Blutstropfen, die auf den Stiefel tropften, rief sich mit jedem weiteren Tropfen seinen neuen Namen in Erinnerung.

Connor. Connor. Connor. Ich bin Connor, und ich blute, ich bin Connor, und ich bin allein, ich bin Connor, und zwei Männer wollen, dass ich tot bin, ich bin Connor, und Jace ist weg, Jace ist für immer verschwunden.

Ich bin Connor.

7

Durch ein umgebautes Zielfernrohr beobachteten sie die Gruppe von Jugendlichen, behielten sie schweigend im Auge, markierten deren Marschrichtung auf der Karte und bestimmten Peilung und Kurs.

»Das ist das A und O«, stellte der Bärtige fest, ein Mann in den Zwanzigern, der auf den Namen Kyle hörte. »Wenn das echter Rauch wäre, müssten Sie natürlich eine Menge mehr Daten durchgeben. Nicht nur die Peilung.«

Hannah Faber richtete sich auf, trat einen Schritt von dem Osborne-Feuerpeilgerät zurück und nickte. Sie befeuchtete ihre Lippen, blickte zur Tür der Kabine des Feuerwachturms und wünschte sich, dass Kyle hinausgehen, sie hier allein lassen und endlich verstehen würde, dass ›Waldbrand 101‹ das Letzte war, worin sie Nachhilfe brauchte. Seine Worte schwappten über sie hinweg: Zwei Jahre arbeitete er schon als Ranger im Park, und er war die Knochenarbeit satt, die er dort verrichten musste. Er hatte gedacht, dass es um einiges entspannter wäre und die Chance bot, ein wenig zu schreiben. Er wusste, dass er einen Roman in sich trug oder vielleicht ein Drehbuch, aber manchmal schienen ihm Gedichte das Beste …

All das ging ihm so nebenbei durch den Kopf, während er ihr alles zeigte, was nicht sehr lange dauerte. Hier ist das Bett, da der Tisch, dort der Holzofen. Prüfen, Prüfen, Prüfen. Je näher er ihr kam und je mehr er redete, desto mehr schien sie ihre Nerven zu spüren, als könnte sie tatsächlich fühlen, wie sie sich immer stärker anspannten und an ihren Enden ausfransten, bis nicht mehr viel übrig war. Waldbrandsaison. Es war wieder so weit, und bald würde es losgehen. Sie wollte allein sein.

Er geht ja gleich, sagte sie sich. *Ein paar Minuten wirst du es noch aushalten.*

Kyle war verstummt und beäugte ihren Rucksack, und das ärgerte sie. Ja, es war nur ein Rucksack, aber darin befand sich ihr Leben, und was das anging, hatte Hannah sich in ihr Schneckenhaus zurückgezogen.

»Dafür, dass Sie nur hier oben sitzen, haben Sie ja verdammt gute Wanderschuhe dabei«, bemerkte Kyle.

An ihrem Rucksack hing ein Paar White's Feuerwehrstiefel. Für Leute, die Schneisen schlugen und mit Pulaski-Äxten hantierten, waren sie das Nonplusultra. In ihrem ersten Jahr hatte sie ein wenig Geld sparen wollen, nur um sich schon nach zwei Monaten von den billigen Stiefeln trennen zu müssen. Dann folgte sie dem Beispiel der erfahrenen Crew-Mitglieder und kaufte White's. Das Paar an ihrem Rucksack war brandneu und fieberte seinem ersten Einsatz entgegen, obwohl es ihn wohl nie erleben würde. Dass es unsinnig war, sie mitzuschleppen, war ihr klar, aber zurücklassen konnte sie sie auch nicht.

»Ich lege großen Wert auf gute Schuhe«, sagte sie.

»Das habe ich von Frauen schon öfters gehört. Aber die interessierten sich mehr für einen etwas anderen Look.«

Sie rang sich ein bemühtes Lächeln ab. »Ich bin eben nicht wie andere Frauen.«

»Sind Sie oft in dieser Gegend?«

»Ich war schon ein paar Mal hier oben«, antwortete sie. »Aber wollen wir nicht lieber zum Thema kommen? Sie wollten mir doch den Sprechfunk erklären.«

Also beschäftigten sie sich mit dem Funkgerät, auf den Rucksack und die Stiefel ging er nicht weiter ein. Schließlich wandten sie sich der topografischen Karte auf dem Kartentisch zu.

»Sobald Sie irgendwo Rauch sehen, melden Sie ihn. Dazu müssen Sie ihn natürlich zunächst einmal orten. Dann geben Sie die genaue Position durch. Und damit wären wir auch schon bei diesem netten kleinen Ding hier.« Er zeigte wieder auf das Osborne-Feuerpeilgerät, das hauptsächlich aus einem kreisrunden Glastisch mit einer topografischen Karte darunter bestand. Am äußeren Rand befanden sich zwei Ringe, von denen einer feststehend und der andere drehbar angebracht war. Auf dem Drehring war eine Peilvorrichtung aus Messing montiert, die einem Zielfernrohr glich.

»Ohne einen echten Brand lässt sich das nicht so leicht vorführen«, räumte Kyle ein. »Zum Üben nehmen wir die Gruppe dort. Wanderer oder Pfadfinder oder wer immer sie sind. Glauben Sie, dass Sie den Berg, den sie gerade hinaufwandern, allein wiederfinden?«

Sie fand ihn wieder. Und zwar sofort.

»Gut gemacht«, lobte Kyle. »Jetzt kommen wir zum

schwierigeren Teil. Versuchen Sie mal, ohne Karte zu schätzen, wie weit sie von uns entfernt sind.«

Hannah sah in Richtung Süden zum Fenster hinaus, dann zum Gipfel oberhalb Gruppe. Ein Blick auf die Karte war nicht erforderlich, die hatte sie im Kopf. Sie suchte den Berg ab, folgte dann dem Lauf eines Baches, der sich nach unten ergoss, und sagte: »Sieben Meilen.«

»Sieben?« Kyle lächelte. »Wenn Sie gern so präzise sind, dann werden Sie Ozzy mögen.«

»Ozzy?«

Er zuckte mit den Schultern. »Wenn einem hier oben langweilig wird, fängt man an, den unmöglichsten Dingen noch unmöglichere Namen zu geben. Jedenfalls können sie damit sehr viel genauere Angaben machen.« Er drehte den Ring des Tisches und richtete das Messingvisier grob auf die Jugendgruppe aus. Sie kniete sich hin, sah hindurch und richtete es präzise auf die ganze Gruppe aus. Auf einen Einzelnen mochte sie nicht zielen – das konnte sie nicht ertragen. Genauso wenig wie die Erinnerungen, die das wachrufen würde. Diese Erinnerungen jetzt hier, vor ihm, das konnte sie wirklich nicht *aushalten*.

»Okay. Hab sie.«

»Ausgezeichnet. Das ging schnell. Jetzt tun wir so, als wäre es keine Jugendgruppe, sondern ein Feuer, das Sie bedrohen könnte. Sie werden nervös, Sie haben Angst, irgendwo da draußen droht *Gefahr*. Sie zeigen auf 161 Grad, sehen Sie das? Das Ziel liegt also bei 161 Grad von Ihrem Turm. Jetzt sehen Sie auf die Karte und zeigen mir, wo Sie den Brand vermuten.«

Sie sah auf die topografische Karte mit den Linien, die die Höhenveränderungen anzeigten, machte den sichtbarsten Gipfel in der Nähe des Brandes aus, fuhr mit dem Zeigefinger herunter und deutete darauf.

»Ungefähr hier?«

»Ziemlich dicht dran. Eigentlich sogar … wow, das ist wirklich sehr nah dran. Zwei Zentimeter auf dieser Karte entsprechen zwei Meilen. Jetzt nehmen Sie das Lineal und sagen mir, wie viele Zentimeter es von uns entfernt ist.«

Es waren kaum mehr als sieben Zentimeter. Sieben Meilen.

»Alle Achtung«, sagte Kyle leise. »Verdammt gut geschätzt.«

Sie rang sich ein Lächeln ab. »Ich hab schon einige Brände gesehen.«

»Von Wachtürmen aus?«

»Nein.«

»Von wo aus dann?«

»Hotshot-Crew.«

Er neigte den Kopf. »Und dann wollen Sie jetzt auf einen Wachturm?«

Sie hatte zu viel erzählt. Ihr Stolz hatte sich wieder geregt, aber es war ein Fehler gewesen, die Eliteeinheit der Feuerwehr zu erwähnen, denn jetzt wusste Kyle Bescheid. Er hatte genug Funkverkehr mitbekommen, um die Eskalationsstufen zu kennen. Bekamen reguläre Mannschaften einen Brand nicht in den Griff, rückten die Hotshot-Crews aus. Danach gab es nur noch die Feuerspringer, einen Trupp von Fallschirmspringern, die mit ihren Fallschirmen hinter der

Feuerwand absprangen. *Schummler* hatte Hannah einmal zu Nick gesagt, während sie ihnen beim Landen zusah. *Unsereins musste seinen Arsch riskieren und sich zu Fuß durchschlagen.*

Nick hatte laut darüber gelacht. Ein wunderbares Lachen hatte er gehabt. Nachts ging sie in der Hoffnung schlafen, dass sein Lachen statt der Schreie in ihren Träumen wiederkehren würde. Was aber nie geschah.

Ohne Kyle anzusehen, sagte sie: »Okay, so eine Flammenfront ist gerade mehr, als ich verkraften kann. Also hören Sie, wenn ich das Feuer sehe, melde ich es. Sonst noch was?«

»Augenblick«, sagte er, »Sie sind doch Hannah Faber? Waren Sie letztes Jahr am Shepherd Mountain?«

»Es gab viele Brände letztes Jahr«, sage sie. »Bei einigen war ich dabei.«

Er musste bemerkt haben, dass sie sich auf diese Unterhaltung nicht gern einlassen wollte, senkte den Kopf und sprach schnell weiter: »Sie geben Entfernung und Kurs durch, damit sie punktgenau anfliegen können, wenn sie ein Flugzeug schicken. Für alle weiteren Details arbeiten Sie diese Liste ab.«

Er reichte ihr ein Klemmbrett mit einer Checkliste, deren Punkte bei jeder Sichtung abzuhaken waren - Entfernung, Peilung, nahegelegene Orientierungspunkte und dann die drei Kategorien zur Beschreibung des Rauchs:

Ausmaß: klein, mittel, groß.

Beschaffenheit: dünn, schwer, zunehmend, abtreibend, flächendeckend.

Farbe: weiß, grau, schwarz, blau, gelb, kupferfarben.

»Das geben Sie alles durch«, sagte er. »Und dann warten Sie ab, was in die Wege geleitet wird.«

»Bisher noch keine schlechten Nachrichten?«

»Nein. Zum Glück hat es dieses Jahr noch spät geschneit. Aber der Schnee ist schnell weggeschmolzen, und seitdem ist es trocken. Dann sind die Temperaturen gestiegen, und der Wind hat eingesetzt. Kein Regen. Wenn das so bleibt, rechnen sie mit einer arbeitsreichen Saison. Vor Kurzem hat der Wind aufgefrischt. Sie können mir glauben, das bekommen Sie mit. Das Ding hier macht einen stabilen Eindruck, solange der Wind nicht stärker wird. Dann fängt der Turm ganz schön an zu schwanken. Wenn es so bleibt, wird es einiges zu tun geben. Anfang nächster Woche soll ein Sturmtief aufziehen. Je nachdem, wie sich das entwickelt, könnte es Probleme geben.«

Er hatte recht. Regen wäre sicher gut, doch ein Gewitter wäre schlimm. Sie lagen sehr hoch. Blitze hatten es nicht weit bis zum Boden. Und wenn sie trockenes Holz trafen …

»Es könnte ein stressiger Sommer werden«, sagte Hannah. Ihr Herz fing an, schneller zu schlagen. Er stand zu nah bei ihr, ließ den kleinen Raum noch kleiner erscheinen. Sie befeuchtete ihre Lippen und trat einen Schritt zurück. »Hören Sie. Ich möchte nicht unhöflich sein, aber ich hatte einen langen Fußweg hierher und …«

»Sie möchten, dass ich gehe?«

»Nein, ich will nur sagen, dass … hier alles in Ordnung ist und ich alles verstanden habe? Und außerdem bin ich müde.«

»Okay«, sagte er. »Dann mache ich mich auf den Weg.

Bin ich auch wirklich nicht zu schnell vorgegangen? Ich sollte Ihnen eigentlich auch noch alle …«

»Ich komm schon klar. Und ich fühle mich jetzt schon wohl hier oben.«

Er sah sie mit einem schiefen Lächeln an. »So etwas sollten Sie besser nicht sagen, ohne dass Sie eine Nacht hier zugebracht haben.«

Sie überging die Bemerkung und wandte sich wieder dem Osborne-Gerät zu, sah durch das Zielfernrohr und peilte, da weit und breit kein Rauch zu entdecken war, erneut die Jugendgruppe an, sah ihr zu, wie sie dahintrottete, und tat so, als wäre sie ein Brand.

8

Connor Reynolds war ein ganz anderer Typ als Jace Wilson, und mit der Zeit hatte das seinen ganz besonderen Reiz.

Was er jetzt vorgeben musste zu sein, entsprach genau dem, wie er immer hatte sein wollen. Männlich auf der einen Seite, unerschrocken auf der anderen. Als Kind hatte Jace sich immer bemüht, brav zu sein. Immer wenn er einen Fehler machte, war er in Sorge um die Konsequenzen gewesen. Seine Eltern hatten sich getrennt, als er noch so klein gewesen war, dass er sich kaum daran erinnerte. Zwei Jahre später passierte der Unfall. Eine Kette an einem Gabelstapler hatte sich gelöst, eine Palette war heruntergestürzt, was seinem Vater innerhalb von Sekunden für den Rest seines Lebens Schmerzen einbrachte, nur weil irgendjemand einen Fehler gemacht hatte. Er arbeitete immer noch im selben Lager, jetzt als Vorarbeiter. Die Schmerzen aber und mit ihnen den Fehler wurde er nicht wieder los. Seine Zwanghaftigkeit war auf Jace übergegangen. Er wusste, dass die Leute ihn für ein nervöses Kind hielten – das immer zweimal prüfte, ob es wirklich abgeschlossen hatte, grundsätzlich auch in der letzten Sitzreihe im Van anderer Eltern den Sicherheitsgut anlegte und die Gebrauchsanweisung eines

Bausatzes für ein Modellflugzeug immer fünf Mal las, bevor
es den Beutel mit den Einzelteilen öffnete. Er wusste, wie die
Leute ihn einschätzten. Wer ihm freundlich gesinnt war,
hielt ihn für ein übervorsichtiges Kind, die anderen (vielleicht sogar die mit dem richtigen Blick auf die Sache) für
eine *Memme.*

Connor Reynolds aber war keine Memme. Connor *hatte
den Ruf,* ein böser Junge zu sein, und das eröffnete ihm gewisse Freiheiten. Er durfte sagen, was er wollte, und tun, was
er wollte. Jace versuchte, damit umzugehen, ohne sich unter
Druck zu setzen. Er wollte sich nicht in den Vordergrund
spielen und, um es auf den Punkt zu bringen, keinen Arsch-
tritt riskieren. Nach dem ersten kleinen Zusammenstoß mit
Marco hatte Jace sich von ihm ferngehalten und ihm offenbar so viel Respekt gezollt, dass dieser sich nicht provoziert
fühlte. Er tat jedoch alles, um sich Angst nicht anmerken zu
lassen, starrte weiter missmutig vor sich hin und hüllte sich
in Schweigen. Je länger er diese Pose beibehielt, desto besser
fühlte er sich.

Er war froh, aus dem Camp heraus und unterwegs zu
sein. Er fand es immer besser, unterwegs zu sein, denn das
vermittelte ihm das Gefühl, sich davonzumachen, jede Spur
von Jace Wilson verschwinden zu lassen, sodass nur noch
Connor Reynolds übrig blieb. Heute erzählte Ethan ihnen
etwas über Bären, und alle, selbst Aufschneider wie Marco,
hörten zu, weil alle Angst vor Bären hatten. Jace musste fast
lachen. Hätten die anderen Jungen auch nur die geringste
Ahnung, wer hinter ihnen her sein könnte, würden sie sich
einen feuchten Dreck um Bären kümmern.

»Wenn wir an eine unübersichtliche Stelle kommen oder an eine Stelle, wo es dunkel ist, etwa inmitten hoher Bäume, oder wenn wir aus einer solchen dunklen Stelle heraus auf eine Wiese treten, müssen wir uns immer bemerkbar machen«, erklärte Ethan. »Redet lauter, klatscht in die Hände, macht Geräusche. Ob ihr es glaubt oder nicht, aber die haben vor uns genauso viel Angst wie wir vor ihnen. Sie stören sich nicht daran, dass wir durch ihr Gebiet wandern, vorausgesetzt, wir nehmen Rücksicht auf sie. Dazu sind wir verpflichtet. Und das heißt im Wesentlichen nichts anderes, als dass wir sie nicht *erschrecken* dürfen. Wir wollen den Bären nicht erschrecken, weil ihm dann keine Möglichkeit bleibt, so zu reagieren, wie es seiner Art entspricht. Er wird aggressiv, obwohl er sich eigentlich lieber zurückziehen würde, denn er hat das Gefühl, dass wir ihm keine andere Wahl lassen. Deshalb machen wir ein bisschen Lärm, um zu zeigen, dass wir im richtigen Gebiet unterwegs sind, aber wir passen auf, wohin wir gehen, damit wir nicht in Gegenden geraten, in denen wir nichts verloren haben.«

»Für mich sieht hier aber alles gleich aus«, warf Ty ein.

»Das wird sich mit der Zeit ändern. Außerdem müsst ihr alle eure Sinne einsetzen. Jeden von ihnen. Und natürlich seht ihr euch um, behaltet ständig die Landschaft im Auge. Das ist die Hauptaufgabe von Drew, da hinten. Er behält das Ende unserer Gruppe im Auge, muss sich immer umsehen und auf das achten, was hinter ihm passiert.«

Drew schien sich förmlich aufzublasen, als er seinen Namen hörte, und Jace fragte sich, ob ihm eigentlich klar war, dass der Letzte in einer Gruppe auch der Erste war, den der Bär sich schnappte.

»Außerdem sperren wir unsere Ohren auf«, fuhr Ethan fort, »denn zwischen Bären zu geraten ist das Letzte, was einem passieren darf. Also müssen wir genau hinhören. Dann brauchen wir unseren Geruchssinn …«

»Weil man Bären auf zwei oder vielleicht sogar drei Meilen riechen kann?« Das kam von Ty, einem der Scherzbolde, die mit Marco wetteiferten. Er sagte es mit ernster Miene und blinzelte Connor zu, der ihn jedoch ungerührt anstarrte. Jace Wilson hätte gelacht, aber Connor Reynolds war kein solcher Typ.

»Nein, Bären kann ich nicht riechen«, sagte Ethan. »Ihre Hinterlassenschaften aber schon. Und das ist eine Hilfe. Auch ein Bär setzt manchmal einen Haufen in den Wald. Ich zeig dir einen, wenn wir einen finden, Ty. Du wirst ihn ausgiebig untersuchen können.«

Jetzt hätte Jace zu gern gelacht, alle anderen taten es auch, aber er verzog keine Miene. Er hatte beschlossen, dass Connor Reynolds so war – stark und verschlossen. Unerschrocken.

»Im Übrigen achte ich auch auf Verwesungsgeruch«, fuhr Ethan fort. »Ein in Fäulnis übergehender Kadaver. Wenn ich das riechen kann, könnt ihr davon ausgehen, dass auch ein Bär das kann – die *können* Gerüche nämlich aus einer Entfernung von über einer Meile wahrnehmen –, und wir müssen uns fernhalten. Was uns nämlich ekelerregend in die Nase steigt, ist für sie der Duft eines gedeckten Tisches. Ganz ohne Jagd. Bären sind faul; gegen ein fix und fertig serviertes Mal haben sie nichts einzuwenden. Aber das werden wir noch ausführlicher besprechen, wenn wir unser Lager aufschlagen und die Lebensmittel bunkern.«

»Das sind erst drei Sinne«, brachte Jeff vor, einer der Wenigen, die sich trauten, echtes Interesse zu zeigen, während die anderen an ihrer *Camping-in-der-Wildnis-ist-scheiße*-Attitüde festhielten. »Aber wenn ich erst einen schmecken oder berühren müsste, um zu kapieren, dass es ein Bär ist, wäre ich ja auch ein ziemlicher Idiot.«

Die anderen brüllten vor Lachen, und auch Ethan Serbin schmunzelte.

»Von der Ausdrucksweise einmal abgesehen, kann ich dem nicht widersprechen«, sagte er. »Aber vielleicht naschst du unterwegs mal ein paar Beeren. Vielleicht entdeckst du Heidelbeeren im Gebüsch und denkst dir, *oh, die schmecken aber gut*. Vergiss nicht, dass sie dann auch einem Bären schmecken. Sei immer auf der Hut, denn du befindest dich hier auf einem riesigen Futterplatz.«

»Und was ist mit dem Tastsinn?«, fragte Jeff.

»Spür den Wind. Vergiss niemals, auf den Wind zu achten. Bären verlassen sich auf ihren Geruchssinn, und wenn du in ihrem Windschatten stehst, kommst du sehr nah an sie heran, bevor sie dich riechen können. Was nimmt der Wind ihnen noch?«

»Die Geräusche, die wir machen«, sagte Jace und bereute es im selben Moment. Er wollte sich nicht in den Vordergrund drangen, aber manchmal konnte er sich nicht beherrschen. Er hatte eine Schwäche für solche Dinge. Das war ja der Gedanke hinter dieser Idee. All die Survival-Bücher, die

Abenteuerromane, und wie er sich selbst beigebracht hatte, über dreißig Knoten mit geschlossenen Augen zu machen – das hatte seine Eltern auf die Idee gebracht, ihn hier oben zu verstecken, und dass er damit glücklich wäre. Und er musste zugeben, dass es Augenblicke gab, in denen es beinahe auch so war.

Doch dann tauchten die Stimmen der Männer im Steinbruch wieder auf.

»Genau«, sagte Ethan. »Wir müssen immer darauf achten, aus welcher Richtung der Wind kommt. Nicht nur, um uns vor Bären zu schützen, sondern bei allem, was wir tun. Wir schlagen unser Lager nach der Windrichtung auf, und die Windrichtung zeigt uns auch an, wenn das Wetter umschlägt. Auch bei der Wahl unserer Feuerstellen achten wir immer auf den Wind. Wenn du das hier draußen nicht tust, kommst du nicht weit.«

Faszinierend, was Ethan Serbin alles zu erklären wusste. Die ganze Zeit hörte Jace aufmerksam zu, denn wenn die Mörder kamen, wollte er vorbereitet sein. Sie würden Jace Wilson erwarten, den ängstlichen Jungen, aber jemand ganz anderen antreffen: Connor Reynolds, der im Wald allein zurechtkam, der ihnen überlegen war. Connor Reynolds ein echter Survival-Experte. Das war er jetzt.

Montana war besser als irgendein Unterschlupf an einem geheimen Ort, besser, als von Menschen umgeben zu sein, die *wussten*, dass man in Gefahr war. Das schürte nur Angst. Jede erdenkliche Ablenkung hatten sie ihm angeboten, von Filmen, über Musik bis hin zu Videospielen. Nichts hatte funktioniert, denn nichts konnte ihm die Erinnerung nehmen, das Bild von den Haaren eines Toten, die im trüben Wasser des Steinbruchs fächerförmig über dessen Kopf tanzten, von einem Messer, das jemandem durch die Kehle gezogen wurde, vor allem aber die Erinnerung an die beiden seltsam klingenden Stimmen, die sich darüber unterhielten, wo Jace sein könnte und ob sie noch die Zeit hätten, ihn zu finden und umzubringen.

Hier war es besser. Das hatte er nicht erwartet, weil er allein herkommen musste, ohne jemanden zu kennen, aber da hatte er sich geirrt. Montana war besser, denn hier kam er zwangsläufig auf andere Gedanken. Videospiele und Filme hatten es nicht geschafft, ihn abzulenken. Hier draußen ließ ihm die Umgebung *gar keine andere Wahl*, als an etwas anderes zu denken. Er musste sich auf das konzentrieren, was die Situation von ihm verlangte. Es gab zu viele Herausforderungen, die einem gar keine andere Möglichkeit ließen, als sich ihnen zu stellen.

Connor Reynolds trottete weiter, und Jace Wilson lief heimlich mit, und beide waren in Sicherheit.

In der ersten Woche hatte Ethan manchmal den Eindruck, als wäre es ein Sommer wie alle anderen auch. Oder sogar besser. Im Großen und Ganzen war es eine gute Gruppe. Er hielt die Augen offen, und er hatte ein gutes Gefühl. Er versuchte, nicht allzu viel über den Jungen nachzudenken, der sich hier versteckte. Von Jamie Bennett hatte er nichts mehr gehört. Auch das war gut so. Wenn es bei ihr keine Komplikationen gab, dann würde bei ihm hoffentlich auch alles glatt laufen.

In den ersten fünf Nächten hatten sie ihr Lager an fünf verschiedenen Stellen im Umkreis von nur einer Meile von ihrem Ausgangspunkt aufgeschlagen. Das war anders als sonst. In einem gewöhnlichen Sommer schliefen die Jungen in der ersten Woche immer in der Baracke, nicht im Gelände, sodass sie Zeit hatten, sich einzugewöhnen und, wenn es richtig gut lief, sogar Freundschaft zu schließen – was manchmal gelang, meistens aber nicht. Jeden Tag machten sie eine Wanderung in die Berge, kehrten aber am Abend immer zurück.

Jedoch nicht in diesem Sommer. Diesmal kamen sie nur kurz am Tag zurück, um nachts wieder hinaus in die dunklen Berge zu gehen, da Ethan sich nicht in trügerische Sicherheit wiegen wollte, nur weil man ihm versprochen hatte, dass nichts passieren würde. Zwar glaubte er Jamie Bennett, und er war davon überzeugt, dass es auch in diesem Sommer keine Probleme geben würde. Aber man hatte ihm aufgetragen, vorsichtig zu sein, und das nahm er nicht auf die leichte Schulter.

Normalerweise wäre er den Sommer über mit einer größeren Gruppe hier draußen, hätte er einen zweiten Mann dabei. Über den Weg und die Lagerplätze wäre der County Sheriff im Bilde. Auch Allison hätte Bescheid gewusst, damit sie sie über einen GPS-Peilsender hätte orten können. In diesem Sommer hatte er dem Sheriff jedoch nur mitgeteilt, dass er sich an Allison wenden solle, wenn er Ethan unbedingt sprechen musste. Die Ortungs-Funktion an seinem GPS-Gerät war abgeschaltet. Der Empfang von Nachrichten war allerdings weiterhin möglich, sodass er mit Alli-

95

son über SMS in Kontakt bleiben konnte. Aber nicht einmal seine Frau kannte ihren genauen Standort.

In den ersten Tagen redeten sie viel über Sofortmaßnahmen und Erste Hilfe, übten sich im Lesen topografischer Karten und im Umgang mit dem Kompass. Er ging mit ihnen all die wichtigen Regeln durch, von denen Ethan wusste, dass sie sie sofort vergessen würden, wenn sie auf der Tour in Schwierigkeiten gerieten. Wildnis ließ sich nun mal nicht auf Knopfdruck herstellen, auch wenn Ethan nichts unversucht ließ. Seine Lieblingsübung war ein Spiel, das er »In die Irre geführt« nannte.

Dazu erklärte er zunächst die eigentliche Bedeutung des Wortes *irritiert*. Das Wort, das ein Gefühl von Verwirrung und Orientierungslosigkeit beschrieb, meinte ursprünglich gar nicht »Unverständnis« oder »Verwunderung«, sondern beziehe sich auf den Begriff *Irre* im Sinne von *Fremde*. Wer sich in einem beängstigenden, fremden Land verirrt hatte, war *irregeführt*. Jedenfalls sei es damals so gewesen, als die Wildnis eine so allumfassende Erfahrung war, dass sie eigene Begriffe erforderte. Schließlich habe der Begriff, wie so manches, Eingang in die Hochkultur gefunden. Deshalb könne man heute in einer SMS sagen, dass man *befremdet* sei. Die ursprüngliche Bedeutung des Verbs *befremden* stünde jedoch dafür, jemanden absichtlich in die Irre zu führen, ihn vom Weg abzubringen und orientierungslos zu machen.

Das Spiel fing damit an, dass Ethan sich einen aus der Gruppe heraussuchte und sagte: »Heute bist du derjenige, der uns in die Irre führt. Mach das Beste draus.«

Keine allzu schwierige Aufgabe: Es galt, die Gruppe aus

irgendeinem Grund in einer beliebigen Richtung von der Route abzubringen, und zwar so lange, bis Ethan die Gruppe anhielt. Dann wandte Ethan sich an die Gruppe, die spätestens jetzt über die geänderte Route stinksauer und entnervt war – natürlich war es immer für den *viel* lustiger, der die Gruppe in die Irre führte –, und forderte sie auf, den Weg zurück zu finden.

Zu Beginn hantierten alle ratlos mit Karten und Kompass, was nur selten zum Erfolg führte. Aber sie wurden mit jedem Tag besser, lernten unterwegs, die Umgebung in sich aufzunehmen, sich wichtige Merkmale und Richtungswechsel zu merken. Auch lernten sie, sich bestimmte Binsenweisheiten zunutze zu machen, etwa dass fast jeder, der sich entscheiden muss, bergauf oder bergab zu gehen, den Abstieg wählt, was unklug war, denn durch einen Flusslauf zu wandern war um ein Vielfaches mühseliger, als einer Kammlinie zu folgen. Unerfahrene Wanderer entschieden sich aber immer wieder falsch.

Auch für Ethan war das Spiel eine nützliche Übung, um echte Such- und Rettungseinsätze zu trainieren, denn er konnte die Jungen beobachten und sehen, wie sie auf Unbekanntes reagierten, welche Fehler sie machten, und warum. Im Laufe eines Spiels machte er ihnen die gröbsten Fehler klar, die er im Laufe der Jahre gesehen hatte, und wie kleine Fehler tödlich enden konnten. Außerdem brachte er ihnen bei, wie man begangene Fehler wiedergutmachte. Vorausschauen und verhindern lautete die Devise. Beherrschte man das Erste, hatte man den meisten schon viel voraus. Beherrschte man beides, war man Survival-Experte.

Einige Jungen liebten das Spiel, andere rollten nur ungehalten mit den Augen. Einige meckerten und maulten auf
der ganzen Strecke. Das war in Ordnung. Langsam, aber
sicher lernten sie ihre Lektion. Vier Stunden waren sie heute
schon unterwegs. Sie stolperten durch das Unterholz und
hatten schnell begriffen, wie schwierig es werden konnte, in
dieser Gegend voranzukommen, wenn man sich verirrt hatte.
Als sie den Lagerplatz erreichten, den sie ausgewählt hatten,
waren sie vollkommen erschöpft.

»Wir müssen das Tageslicht nutzen und Unterstände
bauen«, sagte Ethan.

Ein Aufstöhnen ging durch die Gruppe. Alle viere von sich
gestreckt, lagen sie am Boden und schnappten nach Luft.

»Wir sind alle müde«, sagte er. »Ausruhen können wir
uns aber trotzdem noch nicht. Denn von all den Dingen, die
zum Überleben am wichtigsten sind, steht der Unterstand
an dritter Stelle. Nummer eins ist die positive Einstellung.
Das dürfte jedem von euch einleuchten. Aber ohne ein Dach
über dem Kopf, meine Herren? Ohne einen Unterstand
macht ihr es nicht lange. Nur mit einem guten Unterstand
bleibt ihr am Leben. Erinnert ich euch noch an die Reihenfolge der Prioritäten?«

Der Wind setzte ein, als die Sonne unterging und die Luft
leicht abkühlte. Ihm war klar, dass sein Vortrag das Letzte
war, was sie jetzt hören wollten. Und das war auch in Ordnung. Aber dennoch durften sie diese Dinge nicht vergessen.

»Jeff?«, wandte Ethan sich an einen der Stilleren, damit
auch er sich beteiligte.

»Essen«, sagte Jeff.

»Nein.« Ethan schüttelte den Kopf. »Essen kommt erst ganz zum *Schluss.* Fragt ihr die Leute nach der Rangfolge der Dinge, die zum Überleben am wichtigsten sind, dann nennen die meisten als erstes Wasser und als zweites Lebensmittel. Tatsächlich aber kann der Körper eine ganze Weile ohne Nahrung auskommen. Sogar ohne Wasser. Jedenfalls hält er so lange durch, dass die Wahrscheinlichkeit, auf andere Weise umzukommen, größer ist.«

Er entfaltete eine der dünnen Plastikfolien, die jeder mitbekommen hatte, und bei denen es sich im Prinzip um nichts anderes als eine Abdeckfolie handelte, wie Maler sie benutzten. Das beste mobile Schutzdach aller Zeiten.

»Positive Einstellung, Erste Hilfe, Schutzdach, Feuer, Signal, Wasser, Essen«, zählte er auf. »Natürlich müsst ihr euch zuallererst um medizinische Probleme kümmern. Dann aber brauchen wir ein Schutzdach, denn das hält uns warm und trocken, oder kühl und trocken, während wir uns um die übrigen Bedürfnisse kümmern. Mit einem Dach über dem Kopf sind wir der Umgebung nicht mehr schutzlos ausgeliefert.«

Also machten sie sich daran, die Unterstände zu errichten, wobei er zunächst nur zusah, wie sie die dünne Folie mit skeptischem Blick beäugten. Doch erst als er die Fallschirmleine spannte, um mit ihr eine Art First zu konstruieren,über den er die Folie warf, erkannten sie die klassische Zeltform und fingen an zu begreifen. Mit der Knopf-Technik stellte er eine Verankerung her: Dabei legte man einen kleinen Stein oder eine Handvoll zusammengepresste Erde auf die Ecke der Folie, schlug das Plastik darum herum, machte es mit einem einfachen Slipstek fest und verzurrte das Ganze an einem Pfahl, sodass die Ecke nicht mehr verrutschen konnte.

»Weiß jemand, warum wir nicht einfach ein Loch in die Folie schneiden, um sie festzumachen?« fragte er.

Connor war schon fertig. Er war einer der wenigen aus der Gruppe, die voll und ganz bei der Sache waren. Er war handwerklich sehr geschickt und technisch versiert, sodass sein Zelt ordentlich dastand, während die Behausungen der anderen aussahen wie Fallschirme, die beim Landen in den Bäumen hängen geblieben waren.

»Wenn uns nur das zur Verfügung steht«, sagte er, »können wir wohl kaum riskieren, es abzuschneiden. Einmal abgeschnitten, lässt es sich nicht wieder anfügen, und wenn man es so macht, ist das ja auch nicht nötig. Das hat mir ein Ausbilder bei der Air Force beigebracht. Er hieß Reggie. Ich hab's geklaut und es dann als mein Eigenes ausgegeben. Alle guten Tricks habe ich irgendwo geklaut.«

Einige lächelten. Sie waren wieder ein wenig zu Kräften gekommen. Der Weg hier herauf war strapaziös gewesen, um einiges anstrengender, als sie es sich vorgestellt hatten. Nicht nur der Rucksack kostete Kraft. Hinzu kam, dass sie sich in fast dreitausend Metern Höhe befanden, und für einige war das die erste Erfahrung mit dünner Luft. Man atmete tief ein, um sich die Lungen mit Luft vollzupumpen, und stellte dann verblufft fest, dass die Lunge nur zu einem Viertel gefüllt zu sein schien.

Er sah ihnen zu, wie sie sich mit den Zelten abmühten,

bot hier und da etwas Hilfe an, und ließ zwischendurch den Blick prüfend über die bewaldeten Hänge schweifen. Sie trugen Feuerholz zusammen, und danach ging Ethan mit ihnen zu einem kleinen Bachlauf hinunter, um Wasser zu holen. Nachdem sie ihre Behälter gefüllt hatten, teilte er Chlortabletten aus, einen einstufigen Wasserreiniger. Sie maßen das Wasser ab, gaben die entsprechende Anzahl Tabletten hinein und notierten die Uhrzeit.

»In vier Stunden ist es trinkfertig«, erklärte er.

Raymond betrachtete die Tablette, die sich in dem Behälter langsam auflöste, schraubte den Deckel seiner eigenen Wasserflasche auf und roch daran.

»Riecht wie Chlor, Alter.«

»Das ist auch eine Art Chlor, Alter.«

»Das stinkt wie'n Schwimmbad, und ich soll das trinken? Nein danke.«

»Würdest du lieber das Wasser direkt aus dem Bach trinken?«

Raymond schielte unsicher auf das Rinnsal, dessen Wasser über grüne Algen hinweg bergab plätscherte und Schlamm und Sand mit sich führte.

»Nicht gerade verlockend, Mann. Aber Chlor trinke ich nicht.«

»Gut. Dann hast du keine schlechten Chancen, dir in dem Wasser ein paar Kryptosporidien einzufangen. Das ist in dieser Höhe zwar nicht so wahrscheinlich, aber man kann ja nie wissen.«

»Krypto-was?«

»Davon bekommst du die Scheißerei«, sagte Ethan freundlich. »Kann ja sein, dass dich das nicht stört. Aber frag mal die anderen. Die finden das bestimmt nicht so lustig.«

»Scheißerei?«

»Ja, du scheißt dir die Hosen voll«, sagte Ethan. »Aber nochmal, die Entscheidung liegt ganz bei dir.«

»Na meinetwegen, ich nehme das Chlor«, sagte Raymond. Ethan lächelte. »Eine kluge Entscheidung.«

Sie machten sich über ihre »EPas« her, Fertigmahlzeiten, wie sie eigens für die Armee hergestellt wurden. Immerhin konnte dieser Bestandteil einer kompletten Kampfausrüstung das Interesse einiger wecken. Mit großen Augen starrten sie auf die chemische Reaktion, die allein durch Hinzugabe von ein paar Millilitern Wasser und anschließendes Umkippen des Plastikbehälters in Gang gesetzt wurde und auf scheinbar magische Weise ein heißes Mahl »zubereitete«. Die Küche fand zwar nicht bei allen Anklang, sie aßen es aber trotzdem. Schließlich hatten sie einen langen Marsch hinter sich und waren hungrig.

»War es ein guter Tag für euch?«, erkundigte sich Ethan.

»Es war vor allem ein langer Tag«, entgegnete Drew. Er fläzte sich erschöpft am Boden herum. Die anderen waren seinem Beispiel gefolgt und starrten mit übermüdeten Augen ins Feuer. Volle zehn Meilen waren sie bis hierher gelaufen und befanden sich nun auf dem Weg aus Montana heraus nach Wyoming. Zehn Meilen an einem Tag, das klang eigentlich nicht nach viel – solange man die Steigungen, das unebene Terrain und den Rucksack nicht mit einrechnete.

»Geht es morgen etwa wieder bergauf?«, fragte Marco.

»Ja, aber nur ein kurzes Stück. Danach geht's wieder runter. Zuerst aber müssen wir ein Stück *den Berg hoch*.«

Ein Aufstöhnen ging durch die Gruppe, doch schließlich verebbte das Murren und Maulen, als alle sich gegenseitig ihr Leid über schmerzende Beine und Blasen an den Füßen klagten. Ethan saß an einen Felsen gelehnt da und blickte in den Nachthimmel hinauf, während die Jungen um ihn herum vor dem knisternden Feuer schwatzten. Ein nahezu kompletter Vollmond stieg über den Gipfeln empor und zeichnete die Silhouetten der Tannen scharf nach, bis sie weiter unten mit dem Dunkel der Senke des Bachlaufs verschmolzen. Dahinter warf der Mond sein Licht auf den Hang und ließ den Anstieg, den sie hinter sich gebracht hatten, weniger unheilvoll erscheinen. Aber es war ein trügerisches Spiel, das der Mond mit ihnen spielte; sie wussten nicht, was ihnen bevorstand.

Einen Augenblick lang aber, während die Jungen einer nach dem anderen in den Schlaf fanden, hatte Ethan das Gefühl, alles erkennen zu können.

9

Eine Kettensäge war ein wunderbares Werkzeug.

Solange sie funktionierte. Doch Claude Kitna hatte leider die Erfahrung gemacht, dass die verdammten Dinger das des Öfteren nicht taten.

Claude war technisch durchaus versiert und fühlte sich in seiner Ehre immer zutiefst gekränkt, wenn seine Kettensäge ihn im Stich ließ. Vermutlich, weil er den Grund dafür nur zu gut kannte, es sich aber einfach nicht eingestehen wollte. Er hatte nie eine neue gekauft. Immer beschaffte er sich gebrauchte, um ein paar Dollar zu sparen. Dabei hätte ihm mit der Zeit aufgehen müssen, dass man sich selten von etwas trennt, was tadellos funktioniert, und wenn, dann sicher nicht zum Schnäppchenpreis.

Jetzt plagte Claude sich mit einer ramponierten Husqvarna ab, die schon fünf Jahre auf dem Buckel hatte und die er im Winter für nur hundert Mäuse erstanden hatte, ein Geschäft, das er für zu verlockend gehalten hatte, um sich der Vernunft zu beugen und gleich eine neue zu kaufen. Es war sein erster Holzschlag in diesem Sommer, und schon machte er seinem Unmut über das unzuverlässige Ding laut fluchend Luft.

Es gab gutes Feuerholz am Hang oberhalb seiner Hütte, wo letzten Sommer ein paar Harthölzer der Braunfäule zum Opfer gefallen waren. Er hatte auf eine trockene Woche gewartet und sich einen Tag freigenommen. Dann hatte er die Kettensäge auf die Ladefläche seines Geländewagens gepackt und war hinaufgefahren, in der Erwartung, mindestens vierzehn bis fünfzehn Festmeter schlagen zu können, sodass für den Winter schon vorgesorgt war, bevor der Sommer sich dem Ende zuneigte.

Aber schon beim dritten Schnitt hatte sich das Schwert verklemmt und steckte fest. Deshalb hatte er nachgesehen, ob noch genügend Kettenöl drin war. Nachdem er festgestellt hatte, dass alles in Ordnung war, machte er sich wieder an die Arbeit. Weit und breit war das Kreischen der Säge das einzige Geräusch am Berg. Drumherum war es unter der sengenden Sonne absolut still. Ein wunderbarer Nachmittag, für Außenarbeiten wie gemacht.

Beim nächsten Schnitt blieb das Schwert der Säge erneut stecken. Er stellte schnell den Motor ab, aber nicht schnell genug – die Kette sprang ab. Fluchend hob er die Vergaserabdeckung hoch, um zu überprüfen, ob sich die Schraube zum Einstellen der Kettenspannung verabschiedet hatte. Mit seiner Laune war es jetzt vorbei. Die Ohrschützer noch immer aufgesetzt, beugte er sich über das Gerät und wäre im Traum nicht darauf gekommen, dass er hier oben nicht alleine war, bis er die Schatten entdeckte.

Es waren zwei, in der Form, aber nicht in der Größe einem Menschen ähnlich, denn der Hang war nach Westen geneigt und zu dieser Tageszeit warf die Sonne lange Schatten, die sie zu zwei Riesen anwachsen ließ. Als er sich umdrehte, um zu sehen, woher sie kamen, entdeckte er zwei Fremde, fast gleich groß, die etwa drei Meter voneinander entfernt standen. Sie sahen auch fast gleich aus; beide waren blond, hatten blaue Augen und ein kantiges Kinn. Sie befanden sich auf seinem Grund, und er tat nichts Ungesetzliches. Dennoch verlieh ihnen die Art, wie sie dastanden und ihn beäugten, eine gewisse Autorität. Und kaum hatte er den Gehörschutz abgesetzt, war ihm schon die Frage rausgerutscht: »Alles in Ordnung, Jungs?«, statt sie anzublaffen: *Wer zum Teufel sind Sie?*

»Scheint sich mit der Kettensäge schwerzutun«, sagte der mit dem längeren Haar, und Claude wollte gerade diese unverkennbare Tatsache bestätigen, als ihm der andere zuvorkam.

»Genau danach sieht es aus, ja. Weit scheint er noch nicht gekommen zu sein.«

Claude blinzelte sie an. Was für eine seltsame Art zu reden.

»Kann ich Ihnen helfen?«, fragte er.

»So ein Zufall«, sagte der Langhaarige. »Sie sind doch nicht etwa Claude Kitna?«

»Das ist mein Name, und das hier ist mein Land. Und wer sind Sie?«

Der Mann ließ den Blick suchend über den Berghang schweifen, als wäre die Antwort irgendwo hinter den Felsen versteckt.

»Ich finde nicht, dass man mit Namen hinter dem Berg halten muss«, sagte er. »Du etwa?«

Wieder wollte Claude gerade antworten, als der zweite Mann schon redete.

»Da ist doch nichts Schlimmes dran.«

Sie waren irgendwie seltsam, darin war er sich sicher. Claude wischte sich eine ölverschmierte Hand an der Jeans ab und wünschte sich, die Waffe und seine Marke dabei zu haben, ohne eigentlich genau zu wissen, warum.

»Ich bin Jack«, sagte der erste Mann, »und das ist mein Bruder Patrick. So, damit hätten wir uns ja schon mal miteinander bekannt gemacht.«

»Wunderbar«, sagte Claude. »Und ich bin der Sheriff hier. Das wussten Sie vermutlich nicht.«

»Doch, wissen wir.«

»Und was suchen Sie hier auf meinem Land?«

Sein Haus konnte er von dieser Stelle auf dem Bergrücken aus nicht sehen. Sie waren bestimmt mit dem Wagen gekommen, auch wenn er sich nicht erinnern konnte, Motorgeräusche gehört zu haben. Aber mit aufgesetztem Gehörschutz und unter dem Kreischen der Säge hatte er es vermutlich überhört. Nur so war es möglich, dass sie mir nichts dir nichts hier aufgetaucht waren, diese zwei riesigen, stummen Schatten.

»Sie sind also Polizist«, sagte der Mann, der als Patrick vorgestellt worden war. »Dann bekommen Sie vermutlich eine Menge Notrufe vom Highway zwei zwölf? Ein wirklich unangenehmes Stück Straße.«

»Und das nicht so knapp«, pflichtete ihm sein Bruder kopfnickend bei. Claude konnte beide nicht leiden. Dennoch beschlich ihn das Gefühl, sich für einen entscheiden zu müssen, auf den er sich konzentrieren konnte, da sie in einem sonderbaren Abstand zueinander standen und nicht aufhörten, beim Reden ständig im Kreis zu gehen. Er entschied sich für den Jüngeren, den mit dem militärischen Aussehen.

»Haben Sie Ihren Wagen abseits der Straße abgestellt?«

»Nein, Sir. Wir stehen mit allen vier Rädern auf Asphalt, danke.«

»Sie haben eine seltsame Art zu reden«, sagte Claude.

»Oh, entschuldigen Sie bitte.«

»Sie müssen sich nicht entschuldigen. Aber bitte verschwenden Sie auch nicht meine Zeit. Sagen Sie mir endlich, was Sie hier suchen.« Claude richtete sich mit dem Schwert der Kettensäge in den Händen auf. Eine erbärmliche Waffe, nichts als eine lange, ölverschmierte Kette mit Zähnen, weder besonders scharf, noch in der Lage, größeren Schaden anzurichten, solange sie nicht in Bewegung waren. Weil die Kette abgesprungen war, nützte ihm das Ding nicht viel. Man konnte damit weder zustechen noch etwas aufschlitzen. Trotzdem war es ihm ein Bedürfnis, etwas in Händen zu haben.

»Wir wüssten gern etwas über einen Wagen, der im letzten Schneesturm auf der Zwei-Zwölf liegen geblieben ist«, sagte Jack, der Langhaarige. »Ein Mietwagen. Von Hertz, glaube ich.«

Claude sah sie vor sich, die große Frau mit dem Bleifuß. Und plötzlich beschlich ihn die dumpfe Ahnung, dass dieser Tag eine ungute Wendung genommen hatte.

»Auf der Zwei-Zwölf gab es eine Menge Unfälle bei dem

Schnee«, sagte er. »Aber darüber spreche ich grundsätzlich nur mit Leuten, die eine Polizeimarke tragen.«

»Ob wir ihm wohl eine Marke zeigen sollten?«, fragte Patrick.

»Das könnten wir natürlich. Aber ich weiß nicht, welche ihm am meisten imponiert.«

»Es ist immer dasselbe Problem mit unserer Sammlung. Wie oft habe ich dir das schon gesagt.«

»Ja, ich weiß. Aber ich hänge an ihnen.«

Die Männer standen jetzt so weit voneinander entfernt, dass Claude den Kopf stark drehen musste, um einen von ihnen zu sehen; beide im Blick zu behalten war unmöglich. Seine Handflächen wurden feucht, und der Schweiß vermischte sich mit dem Öl der Kettensäge und machte sie rutschig. Er wischte sich eine Hand an der Jeans ab und packte fester zu.

»Meine Herren, ich möchte Sie bitten, mein Grundstück zu verlassen. Ob Sie Sachverständige von Hertz sind oder vom FBI, interessiert mich nicht. Wenn Sie Fragen zu irgendeinem Unfall haben, wenden Sie sich bitte an meine vorgesetzte Dienststelle. Habe ich mich klar ausgedrückt?«

»Das Auto der Frau hat über Nacht auf der Straße gestanden«, sagte der Langhaarige. »Aber die Nacht hat sie mit Sicherheit nicht da draußen in der Schneewehe verbracht. Können Sie uns sagen, wo sie untergekommen ist, Claude?«

Dass es nichts nützen würde, seiner Aufforderung Nachdruck zu verleihen, schwante Claude bereits, also antwortete er.

»Ich habe keine Ahnung. Fragen Sie doch am besten in den Hotels nach.«

»Ich glaube aber schon, dass Sie eine Ahnung haben. Der Fahrer des Abschleppwagens weiß nämlich, dass Sie jemanden angerufen haben, damit er sie abholte. Ein Mann mit einem Schneemobil. Der Fahrer des Abschleppwagens war sich ganz sicher, dass Sie wissen, wer das war.« Der Langhaarige holte Luft, hob den rechten Zeigefinger und neigte den Kopf, als wäre ihm gerade noch etwas eingefallen. »Ach ja … er ist übrigens tot.«

»Ja«, sagte der andere. »Das ist richtig. Trotzdem, sehr gut Jack, denn es war uns ein Anliegen, die Behörden über sein Ableben zu unterrichten.«

»Dem wären wir somit nachgekommen, Patrick.«

Claude begann zu zittern. Wie ein Straßenköter. Lief hier etwas so schief, dass er tatsächlich anfing zu zittern? Was zum Teufel war mit ihm los? Er machte einen Schritt zur Seite, um dem Zittern entgegenzuwirken. Er war schon einer Menge brutaler Männer begegnet, aber nicht ein einziges Mal hatte er sich bisher beherrschen müssen, um ein Zittern zu unterdrücken, nicht mal, als er noch blutiger Anfänger war. Diese beiden aber …

Die sind, verdammt noch mal, wirklich nicht zu Späßen aufgelegt, dachte er. *Roger ist tot, und die haben ihn auf dem Gewissen. Und sie haben nicht einmal Skrupel, dir das zu erzählen. Die scheinen nicht das leiseste Sensorium dafür zu haben, was das bedeutet.*

Als der Mann, der auf den Namen Jack hörte, eine halbautomatische Pistole aus dem Holster zog, das er am Rücken trug, ließ Claude die Kettensäge fallen und nahm die Hände hoch. Was blieb ihm anderes übrig?

»Was soll denn das?«, entfuhr es ihm. »Hören Sie auf damit.«

»Heben Sie die Säge auf und geben Sie die meinem Bruder.«

Claude sah in die Richtung seines Hauses, das zwar nicht weit von ihm entfernt, aber von den vielen Bäumen verdeckt und darüber hinaus auch noch leer war. Hilfe war von dort nicht zu erwarten, aber fast zu Hause zu sein, ohne die geringste Aussicht auf Hilfe, fühlte sich verkehrt an.

»Heute kommt niemand, um Sie hier herauszuhauen«, sagte der mit der Waffe, der Claudes Gedanken gelesen zu haben schien. »Nehmen Sie jetzt die Säge und geben Sie sie meinem Bruder.«

Als Claude sich nach dem Schwert bückte, wusste er, was zu tun war. Bei Gott, lieber um sich schlagen und in Ehren untergehen. Er konnte unmöglich mit erhobenen Händen einfach so dastehen und die zwei Typen ihre Spielchen mit ihm treiben lassen. Claude Kitna war sein Leben lang ein stolzer Mann gewesen, so wollte er nicht behandelt werden. Das Schwert der Kettensäge war nicht viel, aber es war das Einzige, was er hatte, und wenn er schnell genug war …

Er legte es sich in Gedanken zurecht. Blitzschnell würde er sich aufrichten und dem Dreckskerl das Schwert ins Gesicht schleudern. Der würde dann vermutlich zwar abdrücken, aber wenigstens hätte er den Kerl auf den Knien. Schoss er daneben und käme Claude an die Waffe, könnte sich das Blatt schnell wenden. Es war nur eine Frage der

Schnelligkeit, und auch wenn er kein junger Mann mehr war, war er auch längst noch nicht alt, und kaum jemand, der sich seiner Haut nicht zu wehren wüsste. Claude beugte sich ohne die geringste Spur von Eile hinab, packte das Schwert an einem Ende, wurde blitzartig schnell wie ein Panther, holte nach hinten aus und schleuderte es nach vorn.

Doch das Schwert wollte der Schleuderbewegung nicht folgen. Es verharrte hinter ihm, das freie Ende gefangen in der Faust des anderen Mannes. Claude dachte nicht daran loszulassen, schließlich war es die einzige Waffe, die er hatte. Also hielt er fest, ließ sich stolpernd mitziehen, dem Mann genau vor die Füße, sodass er strauchelte und auf dem Hintern landete. Das Schwert war ihm aus den Händen geglitten, er war erledigt. Unbewaffnet starrte er zu ihnen hinauf, und die beiden hünenhaften Schatten waren zu zwei durchschnittlich großen, aber dafür doppelt so gefährlichen Männern geschrumpft.

»Der Mann auf dem Schneemobil. Wie hieß er?« Der Langhaarige mit der Waffe hatte ihn das gefragt, während sein Bruder demonstrativ gelangweilt das Schwert der Kettensäge betrachtete und darauf blies, um es von Staub zu befreien. In seiner Hand sammelte sich Blut, aber auch das schien ihn wenig zu beeindrucken.

»Von mir erfahren Sie es nicht«, brachte Claude vor. Er konzentrierte sich darauf, dem Dreckskerl direkt ins Gesicht, in die arroganten blauen Augen zu sehen. »Niemals. Nicht solche Typen wie ihr.«

»›Nicht solche Typen wie ihr‹. Sehr gut, Claude. Ganz

schön mutig. Oder sollen wir Sie lieber Sheriff nennen? Ich bringe Ihnen den Respekt gern entgegen, wenn Sie darauf bestehen. Haben Sie deshalb vielleicht ein Problem mit uns? Haben Sie das Gefühl, dass wir Ihnen nicht genügend Respekt zollen?«

»Verschwinden Sie«, sagte Claude. »Scheren Sie sich dorthin, wo Sie hergekommen sind, und nehmen Sie mit, was Sie wollen, was immer es auch sein mag. Sonst gibt es hier richtig Ärger.«

»Der Ärger ist schon da, das sehen Sie richtig. Und der Ärger geht mit uns auch wieder. Auch das ist richtig. Aber Sheriff? Claude? Wir gehen erst, wenn wir das haben, wozu wir gekommen sind. Alles andere können Sie sich getrost aus dem Kopf schlagen. Betrachten wir die Sache realistisch. Die Realität steht vor Ihnen und hat eine Waffe in der Hand. Überlegen Sie scharf, dann versuchen wir es gern noch einmal. Also: Wie heißt der Mann?«

»Scheren Sie sich zum Teufel.«

Der Langhaarige lächelte und sagte: »Ethan Serbin. So heißt er.«

Claude war verblüfft. Wozu das alles? Die Drohungen und die Gewalt gegen einen Gesetzeshüter? Nur für einen Namen, den sie bereits kannten?

»Dann wissen Sie's ja«, entfuhr es ihm. »Wenn Sie schon so schlau sind, was wollen Sie dann von mir?«

»Ethan Serbin«, sagte der Langhaarige, »hat normalerweise eine Gruppe Jugendlicher unter seinen Fittichen. Problemjugendliche, Straftäter. Solche, über die der zuständige Sheriff informiert werden muss. Die Jungs sind irgendwo in den Bergen unterwegs, wie es aussieht, und wenn man sich vor Augen führt, dass diese Jungs mit dem Gesetz in Konflikt ...«

Er hielt inne, und sein Bruder übernahm ohne die leiseste Unterbrechung. »Die Polizei sollte sie im Auge behalten. Und deshalb, Claude, sind wir davon überzeugt, dass Sie die geplante Strecke kennen.«

Normalerweise war das auch so. Normalerweise hätten sie genau richtig gelegen. In diesem Sommer aber war es anders, aus Gründen, die Claude selbst nicht kannte. Ethan Serbin hatte ihm keine genauen Informationen gegeben. Er hatte ihm nur gesagt, dass er sich in wichtigen Dingen an Allison wenden sollte. Das war merkwürdig, aber Claude vertraute Ethan wie keinem anderen, und deshalb hatte er ihn gelassen. Wenn er ihn erreichen musste, hatte er über Allison die Möglichkeit. So schwierig war das nicht.

Aber jetzt ...

»Wo sind sie?«, fragte der Langhaarige.

»Ehrlich, ich weiß es nicht.«

»Da hat man uns aber etwas anderes gesagt, Claude. Sie mögen vielleicht einen gegenteiligen Eindruck von mir haben, aber ich bin ein aufrichtiger Mensch und nehme an, dass auch Sie das sind. Wir haben also etwas gemeinsam, Sie und ich. Wir sind aufrichtige Männer. Von verschiedenen Sternen geleitet vielleicht, aber ich erlaube mir zu behaupten, dass wir beide seriös und aufrichtig sind. Also sagen Sie mir die Wahrheit. Ich könnte warten, bis Mr. Serbin wieder auftaucht. Ich könnte in die Wälder gehen und ihn suchen. Ich könnte eine Menge tun, aber Claude? Sheriff? Ich habe weder die Zeit noch die Geduld. Sie kennen die Strecke. Und ich brauche diese Information jetzt.« Er hielt inne, maß Claude mit einem langen, eindringlichen Blick und sagte dann: »Das ist meine Wahrheit. Wie lautet Ihre?«

»Ich weiß nicht, wo er ist.«

Der Langhaarige seufzte und sah seinen Bruder an. Dann traten sie auf Claude zu wie Wölfe, die sich einem am Boden liegenden Wapitihirsch näherten, einer so leichten Beute, dass diese sie kaum zu interessieren schien. Claude dachte, er hätte sich aufgerichtet, bevor es ganz schwarz um ihn wurde. Zumindest aber war er sich ziemlich sicher, dass er sich wenigstens ein kleines Stück vom Boden erhoben hatte.

10

Die Sonne stand noch über den Bergen, als Ethan Serbin Jace das Jagdmesser, ein echtes Nighthawk, reichte. Bis auf einen silbrig glänzenden Streifen, der sich an der rasiermesserscharfen Schneide der zwanzig Zentimeter langen Klinge entlangzog, war es ganz und gar schwarz. Ethan trug es immer am Gürtel, und jetzt lag es in Jaces Hand. Es unterschied sich in nichts von dem Messer, mit dem man vor nicht allzu langer Zeit einem Mann die Kehle durchtrennt hatte. Er hatte Angst, dass ihm die Hand zittern würde, und versuchte, sie ruhig zu halten.

»Du musst das Messer immer an der Klinge anfassen, wenn du es jemandem gibst«, erklärte Ethan.

»*An* der Klinge?«

»Genau. Du fasst es an der Unterseite an, so, die stumpfe Seite hast du in der Hand. Richte die Klinge niemals auf die Person, der du das Messer geben möchtest. Damit vermeidest du Verletzungen. Du behältst es in der Hand, bis du sicher bist, dass der andere es wirklich genommen hat, okay? Und so fasst du es an der Unterseite an. Auf die Weise kommst du weder mit der Hand noch mit den Fingern an die scharfe Schneide. Dann übergibst du es und fragst: ›Hast du es?‹ Warte, bis der andere sagt: ›Habe es.‹ Erst dann lässt du los und sagst: ›Okay.‹ In dieser Reihenfolge müsst ihr euch verständigen – *hast du es, habe es, okay*. Nimmt man es zu hastig oder zu ungenau, kann man sich leicht schneiden. Und das wollen wir auf jeden Fall vermeiden.«

Als Jace sich umsah, bemerkte er, dass die Gruppe interessiert zusah.

»Okay«, sagte Ethan. »Wir üben es noch mal.« Er reichte ihm das Messer. »Hast du es?«

»Hab es.«

»Okay.«

Ethan ließ das Messer los. Jetzt hatte Jace das Buck Nighthawk in der Hand. Das Messer erfüllte ihn mit einem seltsamen Gefühl von Macht. *Soll Marco sich doch trauen.* Er wollte auch eins haben. Er wollte sein eigenes am Gürtel tragen, so wie Ethan.

»Weißt du noch, wie du ein Feuer machst?«, fragte Ethan ihn.

»Klar.«

»Dann mach dich an die Arbeit.«

Jace kniete sich auf den Boden und fing an, Zunderspäne von etwas zu kratzen, das Ethan ein Kienholz nannte. Es war ein Stück Holz, das wegen der harzigen Einschlüsse besonders gut brannte und sich schnell entzündete. Er schabte die Späne in langen, dünnen Locken ab und folgte Ethans Tipp, das Messer umzudrehen und weiterzuschaben, bis er einen Haufen kleiner Späne vor sich liegen hatte. Mehr brauchte er nicht, um ein Feuer zu schlagen. Jetzt musste er nur noch dem Feuerstein einen Funken entlocken und das Anzündmaterial zum Brennen bringen.

Aber er bezweifelte, dass ihm das gelingen würde. Er hatte Ethan zugesehen, bei dem es so mühelos und einfach ausgesehen hatte. Aber ihm war klar, dass es das ganz und gar nicht war. Er würde sich vermutlich eine Ewigkeit mit diesem dämlichen Feuerstahl herumschlagen, um ihm Funken zu entlocken, ohne dass auch nur das Geringste passierte. Und Marco würde wieder klugscheißen, alle würden lachen, und Ethan würde ihm das Werkzeug wieder abnehmen.

»Drück den Haufen etwas dichter zusammen«, sagte Ethan. »Stell dir ein kleines Vogelnest vor.«

Als Jace den Zunder mit den Händen zu einem dichteren kleinen Ballen zusammengeschoben hatte, machte Ethan ihm Mut: »Und jetzt versuch es.«

»Vielleicht möchte es ja jemand anders mal versuchen?«

»Wie bitte?«

Das hatte viel zu sehr nach Jace Wilson geklungen, hasenherzig. Sofort versuchte er, zu Connor zurückzufinden: »Wieso eigentlich ich? Ich hab das Anmachholz gemacht, um den Rest kann sich doch jemand anders kümmern.«

»Nein«, sagte Ethan. »Ich möchte, dass du das machst. Wenn du allein im Wald bist, Connor, kannst du die Arbeit auch nicht auf andere verteilen.«

Jace fuhr sich mit der Zunge über die Lippen, nahm den schwedischen Feuerstahl in die Hand, legte den Daumen auf den Metallschaber und strich damit über das Magnesiumrohr. Sofort sprühten Funken, aber nicht einer entzündete auch nur einen Span. Im Nu verglommen sie in der Luft, genau so, wie er es hatte kommen sehen.

»Halt es tiefer«, riet ihm Ethan. »Ganz runter, dicht an den Zunder. Fest drücken, nicht schlagen. Zwing dich, es nur halb so schnell zu machen, wie du eigentlich möchtest. Stell dir vor, du arbeitest in Zeitlupe. Das Werkzeug macht die Arbeit. Es ist keine Sache der Muskeln, sondern der Steuerung. Ja, genau so. Und jetzt nochmal und nochmal.«

Jace war sich der Blicke bewusst, die alle seine Fehlversuche begleiteten, und er begann, Ethan dafür zu hassen. Er überlegte, was Connor Reynolds machen würde, um dem ein Ende zu setzen, irgendetwas Gemeines, vielleicht einen echten Wutanfall …

Vor Schreck riss er die Hand zurück, als der Zunder plötzlich Feuer fing und ein hauchdünnes Rauchfähnchen sich emporkräuselte.

»Sehr gut«, sagte Ethan. »Jetzt muss noch vorsichtig Luft dazu. Ganz leicht.«

Jace ging mit dem Gesicht dichter an den Zunder heran und pustete behutsam hinein. Die Flamme entwickelte sich, breitete sich aus, bis auch die größeren Späne brannten. Ethan sagte, dass er jetzt auch die etwas dickeren Zweige hinzugeben könnte. Er hielt einen größeren Ast an einem Ende und in der anderen Hand eine Reihe bleistiftdünner Zweige, die zuerst ins Feuer gelegt werden mussten, in einem Winkel von fünfundvierzig Grad zur Mitte. Wenn diese Feuer gefangen hatten, folgten die dünnen, dann die kräftigeren Zweige. Vorschnell ging er zum nächsten Schritt über. Der Rauch wurde dicker und dunkler, ein untrüg-

119

liches Zeichen dafür, dass die Flammen zu ersticken drohten, und Ethan sagte: »Jetzt musst du mit dem größeren Stück arbeiten.«

Jace packte den Stock am freien Ende und hob ihn vorsichtig an. Ethan wollte das Holz nicht in der Art eines Tipis aufschichten, so wie Jace es schon einmal gesehen hatte, sondern eher eine Schräge bilden, sodass alles in einem leichten Winkel zur Flamme und zum größten Stück an der Mitte ausgerichtet war. Kaum hatte Jace das Holzstück in der Mitte etwas angehoben, bekam das Feuer Sauerstoff, und die Flame wurde stabiler, größer und breitete sich knisternd aus.

Das Geräusch ließ alle aufhorchen. Ein anerkennendes Raunen ging durch die Gruppe.

»Dürfen wir es auch mal versuchen?«, fragte Drew.

»Natürlich. Gut gemacht, Connor, ein schönes Feuer. Gibst du mir das Messer zurück?«

Jace fasste es am unteren Ende der Klinge, reichte Ethan den Griff und sagte: »Haben Sie es?«

»Hab es.«

»Okay.«

Damit war er das Nighthawk wieder los. Ethan fuhr mit seinem Programm fort, aber Jace interessierte das nicht mehr. Er starrte in die Flammen, hob das größte Holzstück erneut an, führte noch mehr Luft heran und lächelte.

Ich kann Feuer machen, dachte er bei sich.

Als Claude erwachte, brannte ihm die Sonne heiß ins Gesicht, und der Schmerz in seinem Arm übertraf noch den im Kopf, obwohl dieser allein schon unerträglich war. Er blinzelte, und der Anblick der gleißenden Sonne und des kobaltblauen Himmels ließ ihn für einen Moment den Schmerz vergessen, denn er glaubte, sie wären nicht mehr da, hätten sich einfach davongemacht und ihn allein zurückgelassen.

Erst als er versuchte, sich aufzusetzen, merkte er, dass sie ihm die Arme zusammengebunden hatten. Er machte sich zwar Gedanken, Angst hatte er jedoch keine, denn wenigstens waren die beiden Fremden verschwunden. Er würde schon klarkommen, irgendwie. Mit den beiden wäre seine Lage aussichtslos.

»Unser Freund scheint ja wieder unter den Lebenden zu sein«, vernahm er eine sanfte Stimme hinter sich. Augenblicklich packte ihn der Schrecken, durchzuckte ihn ein eiskaltes Prickeln.

»Von den Toten auferstanden«, sagte eine andere Stimme. Sie erhoben sich, und wieder sah Claude nur Schatten, während sie auf ihn zukamen. Jetzt nahm er zum ersten Mal auch den Geruch von brennendem Holz wahr und das leise Knistern eines kleinen Lagerfeuers.

Sie umkreisten ihn. Der Mann, der auf den Namen Jack hörte, hatte die Waffe wieder ins Holster gesteckt, aber der, der sich Patrick nannte, hatte immer noch das Schwert der Kettensäge in der Hand. Fetzen schwarzen Rauchs von dem Öl und dem Fett, das zwischen den Kettengliedern hing, stiegen auf. Das Schwert hatte im Feuer gelegen.

»Jetzt holen wir uns die Information«, sagte Jack. »Wo Serbin die Jungs versteckt. Und zwar von Ihnen.«

Claude versuchte, sich zu bewegen, scheuerte mit den

Stiefeln aber nur am Boden herum. Sie hatten ihn an einen der Baumstämme gefesselt, die er gefällt hatte und die so schwer waren, dass sie sich keinen Zentimeter von der Stelle bewegen ließen.

»Ich sag es Ihnen«, brachte er mit einem hohen, schnellen Krächzen hervor. »Ich sag es.«

Kopfschüttelnd blickte der Mann auf ihn herab.

»Nein, Claude«, sagte er. »Sie haben mich falsch verstanden. Ich habe gesagt, dass wir uns den Namen von Ihnen *holen,* und zwar jetzt. Ihre Chance, ihn uns einfach zu geben, haben Sie verspielt.«

Der mit dem dampfenden Kettensägenschwert trat von rechts an ihn heran, und Claude versuchte, ihm einen Tritt zu verpassen, verfehlte ihn jedoch. Der Langhaarige packte ihn an den Stiefeln und drückte die Füße herunter, während der andere die heiße Kette mit den Sägezähnen um Claudes Arm schlang. Die Haut zischte bei der Berührung mit dem Metall, und der Gestank versengter Haare und verbrannten Fleisches stieg ihm in die Nase, während er laut aufschrie. Der Mann, der ihm die Füße festhielt, starrte ihn aus seinen blauen Augen nur ungerührt an und ließ nicht die geringste Regung erkennen. Nicht einmal, als sein Bruder sich daranmachte, die Kette an den Enden vor und zurück zu ziehen, vor und zurück.

Als sich der Stahl durch sämtliche Muskeln, Arterien und den halben Knochen seines linken Unterarms gearbeitet hatte, schrie Claude Allison Serbins Namen so laut hinaus, dass sie endlich zufrieden waren.

Erneut umfing ihn Finsternis, aber diesmal wollte sie

nicht vergehen. Er konnte sich ihr nicht entziehen, dämmerte einfach nur weg und wieder hoch. Wegzudämmern war besser, denn das betäubte den Schmerz. Nicht genug, aber wenigstens etwas. Er wusste, dass er sterben würde, hier oben am Berg, nicht weit von seinem eigenen Haus, an einem sonnigen Tag unter strahlend blauem Himmel. Aber das beunruhigte ihn weniger als das, was er gerade getan hatte, dass er ihnen gegeben hatte, was sie wollten. Er spürte, wie ihm das Blut warm und feucht den Rücken hinabbrann, sich unter dem Arm sammelte und dann weiterlief, und er hoffte, dass es schneller fließen und aus seinem Körper herausrinnen würde.

Bring es zu Ende.

Ihre Stimmen kamen und gingen mit der Finsternis.

»Das gefällt mir. Nur ein gutes Team von der Spurensicherung dürfte feststellen können, dass er nicht durch eigene Blödheit umgekommen ist, aber ich vermute mal, dass es so etwas in dieser Gegend nicht gibt.«

»Ist es wichtig, wie er gestorben ist?«

»Die Zeit könnte wichtig sein. Was dieser Serbin hört, und wann er es hört.«

»Sicher. Wenn du das machst, geht der ganze Hang in Flammen auf. So trocken, wie es hier ist. Bei gutem Wind geht es den Berg hinauf in all das Holz.«

»Dürfte für ein wenig Abwechslung sorgen.«

»Amüsante Vorstellung. Du hast mich überzeugt, Bruderherz. Du gehst also davon aus, dass wir ihn nicht mehr brauchen.«

»Ich habe Männer erlebt, die lügen, und solche, die die

Wahrheit sagen. Aber in diesem letzten Moment, als er
sagte, dass die Frau die Einzige wäre, die es wusste, da hatte
er die Züge eines Mannes, der die Wahrheit sagt. Jedenfalls
sehe ich das so.«

»Ja, zu einem ähnlichen Schluss war ich auch schon gekommen.«

Claude hatte keine Ahnung, worüber sie redeten. Ihn
beschäftigte vor allem die Frage, was mit seinem Arm geschehen war. Dem Schmerz nach zu urteilen, war er noch
dran, auch wenn es ihm schwerfiel, das wirklich zu glauben.
Wenn er noch die Kraft hätte, könnte er ihn bewegen. Dann
wüsste er, ob ihm der Arm geblieben war. Aber allein die
Vorstellung, ihn zu bewegen, erfüllte ihn mit Schrecken; er
wünschte sich, die Finsternis festhalten zu können, mit der
der Schmerz schwand. Er versuchte, sie wiederzufinden,
wenn auch vergeblich, denn die Sonne brannte zu heiß. Die
Sonne hielt ihn bei Bewusstsein, und er hasste es. Und wie
er es hasste! Was würde er für eine einzige Wolke geben, für
etwas, das ihm die Hitze vom Leib hielt.

Aber die Sonne wurde stärker, unbarmherzig, und mit
ihr der Geruch von Rauch, und jetzt bemerkte er, dass die
Sonne den Berg irgendwie in Brand gesetzt hatte, und er
dachte noch, dass dies etwas Ungeheuerliches war. In all den
Jahren, die er in diesem Land verbracht hatte, hatte es noch
nicht einen Tag gegeben, an dem es so heiß gewesen war,
dass die Erde anfing zu rauchen. Irgendjemand musste ein-
greifen. Jemand musste eine Wolke machen.

Am Berg um ihn herum knisterte es, während die Sonne
immer sengender vom Himmel auf ihn herabbrannte. Claude

Kitna kniff die Augen zu, stöhnte leise und gedehnt und betete um eine Wolke, während die Welt um ihn herum in Flammen aufging.

11

Hannah traute ihren Augen nicht. Am späten Nachmittag hatte sie den Rauch entdeckt und sich sofort ans Fernglas gestellt. Sie war davon überzeugt, nur einer Lichtspiegelung aufgesessen zu sein, oder vielleicht war es auch nur das harmlose Lagerfeuer einer Wandergruppe. Ein Lagerfeuer hatte sie schon ausgemacht und dabei dieselben Jungen gesehen, die sie schon seit fast einer Woche an mehreren Stellen drüben in den Bergen beobachtet hatte. Pfadfinder oder so etwas. Auch bei diesem zweiten Feuer hatte sie erwartet, die Gruppe wieder zu sehen. Aber als sie oberhalb der Baumgrenze den Hang mit dem Fernglas absuchte, sah sie eine Rauchsäule aufsteigen, die immer größer und dichter wurde und für ein Lagerfeuer viel zu groß war.

Trotzdem hatte sie nicht gleich eine Meldung gemacht. Sie ließ das Fernglas sinken, blinzelte und schüttelte den Kopf. Seit Tagen hatte sie die leeren Berge nach neuem Rauch abgesucht und nichts entdeckt. Gewitter und Blitze hatte es auch nicht gegeben, sodass zur Sorge nicht der geringste Anlass bestand.

Aber da war es.

Sie hob das Fernglas noch einmal an, als könnte ein zweiter Blick ihren Irrtum unter Beweis stellen. Sie fühlte sich wie jemand auf einem Schiff in grauer Vorzeit, der nach mehrmonatiger Reise endlich Land sichtete und fürchtete, einer optischen Täuschung aufgesessen zu sein.

Sie irrte sich aber nicht. Der Rauch war da. Er breitete sich aus, und Hannah Faber bekam ihre erste Chance, etwas zu tun.

Sie traute sich kaum, zum Funkgerät zu gehen. Die simple Routine fühlte sich plötzlich unlösbar komplex an.

Reiß dich zusammen, Hannah. Reiß dich zusammen. Das ist dein Job. Alles andere machen die, du hast nichts anderes zu tun, als ihnen zu sagen, wo zum Teufel es ist.

In dem Augenblick begriff sie, dass sie gar nicht *wusste*, wo es war, dass sie zum Funk gerannt war, ohne zuerst den Standort lokalisiert zu haben. Sie ging zum Osborn-Peilgerät, drehte an dem Messingring, sah mit einem Auge durch das Zielfernrohr und richtete es auf den Rauch aus. Dann sah sie auf die Karte und stellte die Peilung fest. Es war gar nicht weit entfernt. Fünf Meilen von ihrem Turm.

Zu nah, zu nah. Sieh zu, dass du hier wegkommst.

Kopfschüttelnd wies sie sich zurecht. Es war der erste Brand, und sie würden ihn schnell unter Kontrolle bekommen. Ihr würde schon nichts passieren.

Leichter gesagt als getan. Sie sollte von hier oben abgeholt werden. Sie sollte weit weg vom Feuer sein, sollte …

»Du solltest deinen verdammten Job machen«, entfuhr es ihr. Sie ging zum Funkgerät und schaltete das Mikrofon ein.

»Beobachtungsposten Lynx. Hören Sie?«

»Wir hören, Lynx.«

»Ich sehe Rauch.«

Sie hatte das Gefühl, etwas Sensationelles zu verkünden, einen echten Kracher, aber die Reaktion darauf blieb verhalten, fast gelangweilt.

»Verstanden. Genaue Position?«

Sie gab den Ort und die Peilung durch, berichtete, dass das Ausmaß gering war, die Beschaffenheit dünn, aber zunehmend, Farbe grau.

»Verstanden. Danke, Lynx. Wir übernehmen.«

»Viel Glück. Ich behalte es im Auge.«

Im Auge behalten. Was für ein belangloses Wort. Es gab eine Zeit, da hätte sie ihre Nomex-Montur angelegt, die White's-Brandstiefel angezogen, eine Zeit, als sie stark und abgebrüht genug war und bereit, sie zu tragen – dass die Welt in Flammen stand, konnte sie nicht schrecken. Aber jetzt …

Ich behalte es im Auge.

»Beeilt euch, Jungs«, flüsterte sie, während sie zusah, wie die grauen Rauchwolken sich auftürmten und erste Flammen orangerot dazwischen hervorzüngelten. Und sie fragte sich, wie es angefangen hatte. Dort auf dem Bergrücken, so nah an der Straße; wie hatte es angefangen?

Ein Lagerfeuer, würde Nick sagen. Blitze hatte es nicht gegeben. Jede Nacht hatte sie danach Ausschau gehalten und nicht einen gesehen. Die Ursache dürfte ziemlich wahrscheinlich menschlicher Natur sein. Es war eine seltsame Stelle für ein Lagerfeuer, und eine gefährliche noch dazu. Sie sah auf die Karte und fuhr die Höhenlinien entlang. Ihr wurde klar, was das Feuer anrichten könnte. Es könnte sich

über den Höhenrücken hinwegarbeiten, auf offene Gras-
flächen treffen, sich durch sie hindurchfressen und dann, angefacht vom Wind, den Hochwald erfassen. Wenn es so weit
kam, würde es auf die Felsen treffen, sich Nahrung suchend
einen anderen Hang hinauf in die Schlucht arbeiten, die dort
lag und in der es haufenweise trockenes Holz gab. Und dann
würden sie es dort niederkämpfen müssen. Unten in einem
Taleinschnitt, der von steilen Hängen umgeben war.

Einige ihrer besten Freunde waren bei dem Versuch gestorben, in einem solchen Kessel einer Feuerwalze zu entkommen.

Der Verlauf dieser Höhenlinien gefiel ihr nicht. Es gab
eine Menge Brennholz in der Schlucht unterhalb der Stelle,
wo das Feuer seinen Anfang genommen hatte, und, so trocken wie es bei dieser frühen Dürre mit Sicherheit war, würden die Flammen schnell vorankommen.

Die erste Mannschaft war innerhalb einer halben Stunde
vor Ort und stieß auf mehr, als sie erwartet hatte. Der Wind
trieb das Feuer den Hang hinauf auf einen Streifen trockener Strauchkiefern zu, und die Meldungen über Funk klangen beunruhigend, als hätte man mit so etwas nie gerechnet.

»Wir können einen Löschwagen an den Fuß des Berges
schicken, höher aber nicht. Es steigt ziemlich schnell.«

»Schlagt eine Schneise und schickt ein Löschflugzeug«,
sagte Hannah. Sie war nicht auf Sendung, sie konnten sie
nicht hören. Dennoch hoffte sie, dass sie ihren Rat erahnen
und annehmen würden. Wenn sie hoch genug hinaufkamen,
müssten sie es eingrenzen können. Wenn der Löschwagen
unten am Fuß des Berges alles durchfeuchtete und eine gut

geschlagene Schneise das Feuer daran hinderte, sich weiter hinaufzuarbeiten, wäre alles gut. Aber heiß wäre es natürlich, Knochenarbeit. Schon bald aber würde die Sonne untergehen, und dann gäbe es dort nur noch die Löschmannschaft, den Schein des Feuers und den Wind. Der Wind war ihr Feind, ihre größte Bedrohung und das, was sich am wenigsten berechnen ließ. Das wusste sie so sicher wie ihren eigenen Namen.

Zwar hörten sie ihren Rat nicht, befolgten ihn aber dennoch. Und sie hörte zu, wie sie eine Mannschaft zum Schlagen einer Schneise eine halbe Meile weiter den Berg hinaufschickten, um dem Flammenmeer den Weg zum nächsten Waldstück abzuschneiden, damit es in den Felsen ausbrennen konnte – hoffentlich.

»Das Feuer frisst sich bergab, Leute. Es gibt keinen anderen Weg, und der Wind treibt es an. Ihr müsst es unten am Fuß bekämpfen.«

Genau das war vielleicht der Plan. Dort wäre das Feuer von Bachläufen, der Straße und Felsen umgeben, und offenbar glaubten sie, es dort einkesseln zu können. Solange der Wind nichts anderes vorhatte.

Der erste Waldbrand, denn sie mit Nick erlebt hatte, war nicht so viel anders gewesen als dieser hier. Ein bewaldeter, dem Wind zugewandter Hang. Es war ihr zweiter Sommer gewesen, und sie tat sich mit dieser Aufgeblasenheit hervor, die Grünschnäbeln eigen ist – überall schon gewesen, alles schon gemacht, alles schon gesehen –, obwohl natürlich nichts davon der Wahrheit entsprach. Das Imponiergehabe des Neulings, die Anmaßung des Anfängers und die Weisheit der alten Hasen. Diese drei Phasen hatte sie durchlaufen. Sie nahm an, dass irgendeine Art von Gesetzmäßigkeit verlangte, dass Weisheit und Verlust stets zusammengehörten. Zumindest traten sie immer gemeinsam auf den Plan.

In Nick hatte sie sich sofort verliebt. So, wie es eigentlich nie passieren sollte. Auf eine Art, der man nie trauen sollte. Liebe auf den ersten Blick war doch ein Märchen. Toughe Mädchen rollten mit den Augen, wenn sie so etwas hörten. Und auch sie hätte das tun sollen, unbedingt, aber das wirklich Sonderbare an der Liebe war, dass sie dein Bestreben, alles unter Kontrolle zu behalten, torpedierte. Es war etwas Großartiges. Manchmal.

Regel Nummer eins für eine Frau bei der Feuerwehr: Du musstest besser sein als alle anderen.

Regel Nummer zwei: Wenn das der Fall war, galt man genau deshalb weniger als Frau.

Im ersten Sommer hatte sie das als ärgerlich empfunden. Brandbekämpfung war eine von Männern dominierte Welt – war das nicht jede Welt? –, aber sie war nicht die einzige Frau gewesen. Es gab noch drei andere in ihrer Gruppe, doch sie war der einzige Neuling. Es dauerte nicht lange, bis die ersten Witze gerissen wurden. Und davon gab es viele. Aber das nahm sie locker, denn, offen gesagt, so schien es eben zu sein. Jungs waren nun mal Jungs. Sie kümmerten sich einen Dreck um die Schwächen anderer. Sie waren wie Wölfe, die einander umkreisten, um die Rangordnung festzulegen, und ihre Schwäche als Frau, wie sie es sahen, lag auf der Hand: das zweite X-Chromosom. Also nahm man die Zoten hin, gab sie zurück und machte seinen Job. Denn darauf kam es schließlich an – passte man sich der Identität an, die diese Witze schufen, oder schuf man sich eine neue? Natürlich konnte man sich nicht zum Gespött machen, Respekt war so nicht zu erlangen, denn es gab keinen Platz für Schwäche unter den Crewmitgliedern, für die Erschöpfung oft der Ausgangspunkt war und nicht das Ende. Ignoriertest du aber die Witze, machtest das, was auch die Männer machten, oder warst sogar besser, dann geschah etwas Aberwitziges – dann war es um deine Weiblichkeit geschehen. Die Witze waren dann zwar respektvoll, und der Umgangston veränderte sich insgesamt sehr. War dein Spitzname vorher Prinzessin, nannte man dich jetzt eben Rambo.

All das sollte nicht heißen, dass sie mit den Jungs den Sommer über nicht gut ausgekommen wäre. Im Gegenteil. Sie waren die besten Freunde, die sie je gehabt hatte oder jemals haben würde – wenn es schon keine Atheisten im Schützengraben gab, dann auch keine Feindschaften bei der Feuerwehr. Aber mit jemandem von der Mannschaft ein Verhältnis haben, das war etwas anders. Das war, als gäbe man etwas zurück, das man sich hart erkämpft hatte. Vor dem zweiten Sommer hatte sie sich etwas vorgenommen. Den guten Vorsatz eines Anfängers. Aber einen der fruchtlosen Sorte, die in sich zusammenfielen, sobald man wild entschlossen war, ihn umzusetzen: Brandbekämpfung war Arbeit. Nicht mehr, aber auch nicht weniger.

Aber dann war Nick aufgetaucht. Nicht, dass er einfach nur zur Mannschaft gehört hätte, er war auch noch ihr Hauptmann.

Es war der Sommer, in dem sie geschminkt zum Einsatz

kam, der Sommer, in dem Witze über Schminkschulen gerissen wurden, der Sommer, in dem sie die glücklichsten Tage und Nächte ihres Lebens erlebt hatte. Sie war zu der Überzeugung gekommen, dass ihr Vorsatz unsinnig war – es gab auch noch etwas anderes als Arbeit. Es war möglich, mit jemandem zusammenzuarbeiten, den man liebte, selbst wenn es eine der gefährlichsten Aufgaben überhaupt war.

Doch das glaubte sie nicht mehr. Im Zeugenstand, als sie auf die topographische Karte und die Fotos zeigte und erklärte, wie alles passiert war, wusste sie, dass ihre Regel keineswegs unsinnig war. Als Mannschaft bekämpfte man Brände. Und mit der Mannschaft lebte und starb man. Und wenn man sich in jemanden aus der Mannschaft verliebte, war es dann nur einer? Deine besten Vorsätze waren zum Teufel. Liebe strafte jeden Versuch Lügen, sie unter Kontrolle zu behalten.

Nun aber saß sie in ihrem Turm. Sie hatte die Füße hochgelegt, den Blick starr auf den Rauch über den Bergen gerichtet und sprach in das Funkgerät, ohne das Mikrofon eingeschaltet zu haben, als wäre sie da draußen bei ihnen. Ständiges Gebrabbel. Sie gab ihnen Ermahnungen mit auf den Weg, dass sie auf »Witwenmacher« achten sollten – brennende Äste, die aus heiterem Himmel von oben herunterkrachten –, als der Löschzug ein Opfer meldete.

Hannah bedeckte ihr Gesicht mit den Händen und hielt sich die Augen zu. Nicht jetzt schon. Nicht beim ersten Brand in der Saison, dem ersten, den *sie* gemeldet hatte. Sie beschlich das Gefühl, der Tod wäre mit ihr gekommen, irgendwie, als hätte er ihr nachgestellt. Ein ganz bestimmter Wind folgte Hannah, ein tödlicher Wind.

Eine Viertelstunde, nachdem sie das Opfer gemeldet hatten, kamen weitere Informationen:

»Ich glaube, wir haben die Ursache. Ein Lagerfeuer. Sieht nach einem Feuerring aus. Hier liegen Steine. Das Feuer muss übergesprungen sein und die Bäume erfasst haben, die gefällt worden waren. Sieht so aus, als wären sie erst vor Kurzem geschlagen worden. Eine tote Person. Geschlecht nicht identifiziert. Stark verbrannt. Leiche und Überreste eines Geländewagens. Gegenstand sichergestellt, bei dem es sich um eine Kettensäge handeln könnte.«

Da hast du deine Brandursache. Jemand hatte Holz geschlagen, beschlossen, das Feuer brennen zu lassen, und es während der Arbeit unbeaufsichtigt gelassen. Nicht auf den Wind geachtet. Nicht einen Gedanken an die Gefahren verschwendet.

»Was für ein Hohlkopf«, flüsterte Hannah und dachte an die Crew, die jetzt wegen eines idiotischen Fehlers in die Flammen ging, an all das, was verloren gehen könnte, nur weil jemand sich ein Würstchen grillen wollte.

Trotzdem überkam sie ein seltsames Gefühl. Irgendetwas stimmte nicht. Um vier hatte sie den Rauch gesehen. Die Sonne stand noch hoch am Himmel, und es war heiß. Heißer, als es im ganzen Sommer bisher gewesen war. Da hätte doch niemand ein Lagerfeuer gebraucht, um sich zu wärmen. Und zum Mittagessen war es zu spät, zum Abendessen zu früh. Und irgendwie klang es auch nicht so, als hätte das Opfer gezeltet, nicht mit Geländewagen und Kettensäge.

Vermutlich hatte der Mann dort gearbeitet. Aber wer verrichtete an einem heißen Nachmittag so eine schweißtreibende Arbeit und machte dann ein Lagerfeuer?

Keine Frage, bei der Brandursache stimmte etwas nicht. Zunächst aber galt es, den Brand zu löschen, und zwar schnell genug, damit man noch eine Chance hatte herauszufinden, was wirklich dahintersteckte. Solange das Feuer nicht niedergemacht war, hatten alle etwas anderes zu tun, als sich Gedanken über die Ursache zu machen.

Der Turm fing etwas stärker an zu schwanken, als die Sonne unterging und der Wind in der Abenddämmerung auffrischte.

12

Während die Jungen einen Schluck Wasser nahmen und die schmerzenden Beine am Lagerfeuer ausstreckten, schickte Ethan von seinem GPS-Gerät eine SMS an Alison:

ALLES IN ORDNUNG. SIND ALLEIN IM WALD.

Dann steckte er das Gerät wieder ein und suchte mit seinen Blicken die Felsen, die bewaldeten Hänge und hohen Berge ab, die sich dahinter erhoben. Nichts. Er hatte nicht gelogen: Sie waren allein. Den ganzen Tag waren sie unter der heißen Sonne und dem wolkenlosen Himmel gewandert. Hätte man jemandem das vor ein paar Wochen erzählt, als der Beartooth Pass noch von einem halben Meter Schnee bedeckt und geschlossen war, hätte er einen ausgelacht.

Da draußen war kein Mensch. Jedenfalls noch nicht.

Und was ist, wenn sie kommen?

Seit der Nacht, als Jamie Bennet aufgetaucht war, hatte er sich fast stündlich diese Frage gestellt. Was wäre, wenn sie kämen, diese Kerle, diese trainierten und knallharten Killer?

Mit denen werde ich schon fertig. Schließlich hatte ich auch so mein Training.

Hatte er aber nicht. Jedenfalls nicht so eines. Er war nicht zufällig bei der Air Force gelandet. Als Sohn eines Marines, der aus dem Einsatz in Übersee nicht ganz so unversehrt zurückgekehrt war, wie man gehofft hatte, war Ethans Weg zum Militär vorgezeichnet, und sein Entschluss, sich zu verpflichten, war ungefähr genauso freiwillig gewesen, als müsste die Sonne tagtäglich aufs Neue beschließen, im Westen unterzugehen. Für seinen Vater stand es vollkommen außer Frage, dass er zu den Marines ging – und zwar als Kämpfer, nicht als Ausbilder. Sein alter Herr hatte sich wenig begeistert gezeigt, als Ethan versuchte ihm klarzumachen, dass er Angehörigen der Armee beibrachte, wie man sich so etwas wie eine Survival-Mentalität aneignete.

»Im Krieg gibt nur zwei Sorten von Männern«, hatte sein Vater gesagt. »Diejenigen, die töten, und diejenigen, die sterben. Gehörst du zu denen, die sterben, dann kann dir das ganze Survival-Getue scheißegal sein. Gehörst du zu denen, die töten, dann tust du das auch. Das ist einfach so. Du bringst ihnen ein wenig Holzschnitzen bei, okay. Gehören sie aber zu denen, die sterben, dann helfen ihnen deine Tricks auch nicht weiter.«

Ethan schüttelte sich die Erinnerungen aus dem Kopf und tat das, was seine Aufgabe war: genau hinsehen und beobachten. Töten gehörte nicht dazu. Der Rauch, der von ihrem Lagerfeuer aufstieg, war schwach. Sie hatten gutes Holz zusammengetragen. Aber nur wenige Meilen weiter draußen hatte noch jemand eins gemacht, dessen Rauch über der Kammlinie stand. Der Rauch schien ziemlich stark zu sein. Ethan betrachtete ihn eine Weile und fragte sich, ob dort vielleicht ein Lagerfeuer außer Kontrolle geraten war. Bei dem Wind war das durchaus möglich.

»Seht ihr das, Jungs?«, fragte er. »Den Rauch dort?«

Sie waren müde und desinteressiert, sahen aber trotzdem hin.

»Wir werden das im Auge behalten«, sagte er. »Das könnte sich zu etwas Größerem entwickeln.«

»Sich zu etwas Größerem entwickeln? Meinen Sie, zu einem Waldbrand?«, fragte Drew.

»Genau das meine ich. In dieser Gegend hat es schon mal gebrannt. Und irgendwann wird das wieder passieren. Seht euch den Rauch an und eure Karten. Und dann sagt ihr mir, wo es brennt, und was das für uns bedeutet. Wer die Aufgabe als erster löst, dem baue ich heute seinen Unterstand höchstpersönlich.«

Jaces Interesse war geweckt, und möglicherweise war das ein Problem. Schon vorhin hatte es ihn gepackt, als er zwei Metallstücke aneinanderschlug und einen Funken erzeugte, mit dem eine Flamme entstand, die das Lagerfeuer entfachte. Seine Vorstellung von Connor Reynolds als einem Jungen, der sich für nichts und niemanden interessierte, verflüchtigte sich allmählich. Sein rüpelhaftes Auftreten schwand dahin, allen Versuchen zum Trotz, es aufrechtzuerhalten, denn das hier war richtig toll. Es war *echt* und, im Gegensatz zu unzähligen anderen Dingen, die einem beigebracht wurden, war es wichtig – so etwas konnte einem das Leben retten.

Er wusste nicht, wovor Connor Reynolds hier oben weglief, aber hinter Jace waren Männer her, die ihm nach dem

Leben trachteten, und langsam fragte er sich, ob Connor sich nicht ein wenig vorsehen sollte. Sie beide.

Ethan hatte ihnen jetzt eine Aufgabe gestellt. Auch wenn es Jace nicht darum ging, den Wettbewerb um den Unterstand zu gewinnen – den aufzubauen, machte ihm nämlich Spaß, und sie wurden mit jedem Mal besser –, wollte er doch gern der Erste sein, der die Rauchsäule genau lokalisierte. So etwas beherrschten die wenigsten Menschen. Und auch so etwas konnte einem das Leben retten.

Er sah zu den Bergen hinauf, dann auf die Karte und wieder zu den Bergen. Zu seiner Rechten lag der Pilot Peak, einer der auffälligsten Orientierungspunkte in den Beartooth Mountains. Den fand man immer schnell. Von dort aus kam man zum Index. Aber das Feuer befand sich vor keinem von beiden. Ein Stück weiter sah man den Mount Republic und dahinter den Republic Peak, und langsam wurde es ihm klar. Sie sollten zum Republic Peak wandern, den Gipfel erstürmen – so nannte Ethan das wenigstens – und dann den Weg wieder zurücklaufen, den sie gekommen waren. Auf jeder Tour hatte Ethan ihnen außerdem eine Ausweichroute genannt. Jace gefiel das, im Gegensatz zu den anderen Jungs, die so eine Idee einfach nur blöd fanden. Die hatten keine Ahnung, wozu man solche Ausweichrouten brauchte.

Zwischen ihrem Lager und dem Republic Peak befand sich der Rauch nicht, er schien eher von der Rückseite des Republic Peak zu kommen. Connor fuhr die Höhenlinien westlich des Gipfels nach – dicht beieinanderliegend fielen sie ab, ein Hinweis auf einen steilen, schnellen Abstieg zum Yellowstone-Nationalpark. Richtung Norden wiesen die

Linien größere Abstände auf, das Gefälle war weniger steil. Ein Bach wand sich von dem Gletscher hinab, der zwischen dem Republic Peak und seinem benachbarten Cousin, dem Amphitheater, lag.

»Das Feuer liegt neben unserer Ausweichroute«, sagte er.

Alle sahen interessiert auf, und es erfüllte Jace mit Stolz, als er erkannte, dass auch Ethan stolz auf ihn war.

»Glaubst du?«, fragte Ethan.

Ein Anflug von Unsicherheit befiel Jace. Er sah zu den Bergen hinauf und fragte sich, ob er einen Fehler gemacht hatte.

»Es sieht so aus«, sagte Jace. »Wenn wir die Ausweichroute nehmen und auf der Rückseite des Republic hinunterlaufen müssten, durch das Hinterland, wie Sie das genannt haben, würden wir genau darauf zu laufen. Zumindest aber kämen wir ganz in die Nähe.«

Ethan sah ihn schweigend an.

»Vielleicht auch nicht«, fügte Jace kleinlaut hinzu, jetzt wieder auf der Suche nach dem Auftritt von Connor Reynolds. Er zuckte mit den Schultern und versuchte so zu tun, als wäre ihm alles gleichgültig. »Egal. Ich bau mir meinen Unterstand auch gern selbst auf. Ich brauche Sie nicht dazu.«

»Ach nein? Das ist schade, ich wollte gerade anfangen.«

»Ich hab also recht?«

»Ja, hast du. Sollte sich das Feuer dort tatsächlich ausbreiten, und danach sieht es im Moment aus, dann kommt es unserer Ausweichroute ziemlich nah.«

13

Die Pferde hatten sie wach gemacht.

Erst war es nur ein kurzes Wiehern in der Nacht, dann die Antwort eines anderen Pferdes, und schon war Allison wach. Normalerweise hatte sie einen tiefen Schlaf. Das hatte sich geändert, seit Ethan in die Berge gegangen war. Es machte ihr keine Angst, allein auf ihrem Grundstück zu sein; schließlich hatte sie den größten Teil ihres Lebens allein dort zugebracht. Es gab Tage, an denen sie ihn gern in die Berge *geschickt* hätte, um mal allein sein zu können.

In diesem Sommer aber waren ihr Tag für Tag böse Vorahnungen durch den Kopf gegangen. Vergeblich versuchte sie, sich etwas von dem Gleichmut anzueignen, mit dem Ethan ihren Fantasien begegnete. Sie bemühte sich, ihre Sorgen zu verdrängen und sich positiven Gedanken zuzuwenden, aber ihr Innerstes wollte einfach nicht gehorchen.

Sie hatte sich verändert in diesem Sommer. Sie war ängstlich geworden, und das gefiel ihr nicht. In der Ecke des Schlafzimmers an der Wand gleich neben dem Bett lehnte ein geladenes Gewehr. Auf dem Nachtschrank, auf dem sich sonst immer nur ein Glas Wasser und ein Buch befanden, lag ihr GPS-Gerät, über das Ethan ihr im Notfall Mitteilungen schicken konnte. Heute hatte sie nur eine Nachricht bekommen: Sie waren allein im Wald. Mehr schrieb er nicht, aber sie verstand das. Und trotzdem hatte sie sich angewöhnt, ständig auf das GPS zu sehen, und obwohl sie wusste, dass es die Pferde waren, die sie geweckt hatten, und nicht das GPS, überprüfte sie es erneut. Aber es gab keine Nachricht.

Mistkerl, dachte sie und hasste sich im selben Augenblick dafür. Wie konnte sie so etwas nur denken? Ihr eigener Mann, die Liebe ihres Lebens, und das war ihr Ernst. In ihrem ganzen Leben war sie noch keinem Menschen begegnet, mit dem sie eine so tiefe Liebe teilte. Tiefer, als sie es je für möglich gehalten hätte.

Und trotzdem verfluchte sie ihn jetzt. Denn er hatte sich entschieden, und das nicht für sie. Seit Jamie Bennet Montana wieder verlassen hatte und sie sich einig geworden waren, hatte sie der Ärger darüber umgetrieben. Aber wie konnte man es einem Mann übel nehmen, wenn er sich bereit erklärte, ein Kind zu beschützen?

Jamie war rücksichtslos, und das wusste er. Sie appellierte an sein Ego, und er ließ es zu. Ich habe ihn gewarnt, und er hat gelacht …

Hör auf. So etwas darfst du nicht denken.

Sie stand auf, überlegte kurz, ob sie das Gewehr mitnehmen sollte, verwarf den Gedanken aber wieder. Eine Waffe war genauso überflüssig wie ihre Sorgen. Ethan hatte sich richtig entschieden; wenn, dann befand er sich in Gefahr, und sie sollte besser an ihn denken als an sich selbst. Sie würde nur bis auf die Veranda gehen und nachsehen, ob es überhaupt etwas zu sehen gab. Sollte im Stall wirklich etwas los sein, dann würde sie zurückgehen und das Gewehr holen. Hin und wieder hörte man von Vorfällen zwischen Berglöwen und Nutztieren. So etwas passierte eben, wenn man einem ausgezeichneten Räuber in seinem Revier ein ausgezeichnetes Opfer darbot. Aber in all den Jahren, die sie hier oben verbracht hatte, war den Pferden noch nie etwas geschehen.

Aber es kam auch selten vor, dass sie in der Nacht von ihnen geweckt wurde.

Sie ging durch das unbeleuchtete Wohnzimmer. Hinter der Glastür des Holzofens glommen dunkelorange die Reste eines fast erloschenen Feuers. Sie hatte noch nicht lange geschlafen. Es war erst kurz nach Mitternacht. Zwischen dem Wohnzimmer und der Veranda befand sich ein schmaler Abstellraum, in dem sich die Waschmaschine und der Trockner drängten, rundherum von Regalen umgeben. Sie tastete nach einer batteriebetriebenen Taschenlampe und nahm eine dicke Jacke vom Haken an der Türinnenseite. Es war zwar Sommer, aber die Nachtluft ließ diesen Schluss noch nicht unbedingt zu. Sie steckte sich eine Dose Pfefferspray in die Jackentasche. Man konnte nie wissen. Wenige Jahre zuvor war ein Grizzly auf der Veranda der Baracke aufgetaucht. Ein anderes Mal hatte einer die Ladefläche von Ethans Pick-up genauer unter die Lupe genommen, nachdem er Müll weggebracht hatte. Wenn sich jetzt da draußen ein Grizzly herumtrieb, dann wäre ihr mit dem Pfefferspray mehr geholfen als mit dem Gewehr.

Als sie draußen war, umfing sie gleich die kalte Nachtluft, die Kälte kroch ihr in den Kragen. Sie ging ans andere Ende

der Veranda, ließ aber die Tür hinter sich offen. Keine fünfzig Meter entfernt im Stall waren die Pferde wieder ruhig.

Die Form der Schatten zwischen der Hütte und der
Scheune kannte sie von ihren nächtlichen Rundgängen in
all den Jahren nur zu genau. Wo eigentlich nichts hätte sein
dürfen, auf einem Stück, wo sie die Bäume schon vor vielen
Jahren abgeholzt hatten, stand etwas Schwarzes vor dunk-
lem Grund.

Allison hob die Lampe hoch und schaltete sie ein.

Auf halbem Weg zwischen ihr und dem Stall tauchte ein
Mann auf, der zwar blinzelnd in das grelle Licht sah, sich
von ihm aber sonst nicht beeindrucken ließ. Er war jung,
schlank, hatte raspelkurzes Haar und Augen, die im Schein
der Lampe schwarz wirkten. Das grelle Licht musste ihn
blenden, trotzdem aber hob er nicht mal die Hand, um sich
abzuschirmen.

»Guten Abend, Mrs. Serbin.«

Aus genau diesem Grund hatte sie das Gewehr. Deshalb
hatte sie es immer geladen neben ihrem Bette stehen, doch
jetzt hatte sie sich von ihm entfernt, weil sie zu lange in einer
Welt gelebt hatte, in der Gewehre entbehrlich waren.

Du wusstest es, dachte sie, während sie ihn stumm anstarrte. *Du hast es gewusst, Allison, irgendwie hast du gewusst, dass er auftauchen würde, aber du hast es ignoriert
und jetzt zahlst du dafür.*

Der Mann kam durch den schmalen Lichtstrahl auf sie
zu, und seine Bewegung veranlasste sie, langsam rückwärts
in Richtung Veranda zu gehen. Er veränderte sein Tempo
nicht.

»Ich möchte, dass Sie dort stehenbleiben«, sagte sie. Ihre Stimme klang kräftig und klar, und dafür war sie dankbar. »Bleiben Sie stehen und sagen Sie, wer Sie sind. Sie wissen, wie ich heiße, also darf ich auch erfahren, wer Sie sind.«

Ungerührt kam er weiter auf sie zu. Sein Gesicht war strahlend weiß, und er blinzelte gegen das grelle Licht, so dass seine Augen fast geschlossen waren. Irgendetwas stimmte nicht. Seine Entschlossenheit, sich dem blendenden Licht zu stellen, ihm entgegenzugehen, ohne auch nur einen Schritt zur Seite zu tun, war seltsam. Sie hielt ihn im Lichtstrahl gefangen, und aus einem unerfindlichen Grund schien es ihn nicht zu stören. Warum?

»Bleiben Sie auf der Stelle stehen«, wies sie ihn noch einmal an, wusste aber, dass er es nicht tun würde. Die Möglichkeiten, die ihr blieben, hatte sie im Kopf schnell durchgespielt, denn es waren nur zwei. Sie könnte hier warten, und er würde näher kommen, bis er bei ihr auf der Veranda war, und dann würde sich zeigen, weshalb er gekommen war. Sie könnte sich aber auch umdrehen und zur Tür laufen, sie zumachen, abschließen und sich das Gewehr holen. Sie wusste, dass sie es schaffen würde, bevor er zuschnappen konnte.

Auch er weiß, dass ich das kann. Er kann es sehen.

Aber er ging ohne Eile weiter und blinzelte in das Licht.

Dann wurde es ihr klar. In dem Moment hatte sie begriffen. Er war nicht allein. Deshalb hatte er es nicht eilig, und deshalb wollte er nicht, dass sie den Lichtstrahl von ihm wegbewegte.

Sie wirbelte herum und eilte zur Tür, hielt aber im selben

145

Moment inne. Der zweite Mann war schon fast an der Veranda, viel näher an der Tür als sie. Er war auf der anderen Seite um die Hütte herumgegangen. Langes blondes Haar, das im Schein der Lampe fast weiß zu leuchten schien. Stiefel, Jeans und ein schwarzes, über der Brust offenstehendes Hemd. Er hatte eine Pistole in der Hand.

»Ganz ruhig«, sagte er im Tonfall eines Arztes, der einem Todkranken Trost zuspricht. Der geborene Seelsorger.

Auf der Stelle blieb sie stehen, während er von vorn weiter auf sie zu und der andere hinter ihr zur Veranda kam. Sie hatte keine Möglichkeit, sie beide gleichzeitig zu sehen. Zunächst war sie erleichtert, die Waffe nicht mitgenommen zu haben. So, wie sie standen, konnte sie schließlich nur auf einen schießen, und eine Schießerei war möglicherweise gar nicht ihre Absicht, denn wenn sie in ihr eine Bedrohung gesehen hätten, hätten sie vermutlich zuerst geschossen. Offensichtlich dachten sie so nicht, und dass sie sie für ungefährlich hielten, verschaffte ihr einen letzten wertvollen Vorteil: Zeit. Wie viel, wusste sie nicht. Aber es war besser als nichts, und sie musste ihn nutzen, hier und jetzt und klug.

Sie dachte an das Pfefferspray und hob die Hände. Wenn sie jetzt danach griff, würde sie sich nur verraten. Gegen eine Schusswaffe konnte das Spray natürlich wenig ausrichten, aber es war das Einzige, was sie hatte, und sie dachte nicht daran, sich diesen Vorteil nehmen zu lassen. Gib ihn nicht aus der Hand und nimm dir mehr, als diese Typen dir geben können: Zeit. Ob es Stunden oder Minuten waren oder auch nur Sekunden, all ihre Hoffnung setzte darauf, mehr davon zu bekommen.

»Was wollen Sie von mir?«, fragte sie. Ihre Stimme war nicht mehr so kraftvoll. »Sie brauchen keine Waffe. Sie können mir auch so sagen, was Sie wollen.«

»Überaus freundlich«, sagte der Langhaarige. »Im Gegensatz zu den anderen, denen wir begegnet sind.«

»Ganz bestimmt.«

»Alles in allem eine besonnene Frau. Wenn man bedenkt, dass es mitten in der Nacht ist. Und das Fremden gegenüber.«

»Fremden mit Waffen. Sehr besonnen, ich muss schon sagen. Sehr ungewöhnlich.«

Sie redeten über sie hinweg, während sie ihr immer näher kamen. Als würden zwei Männer während einer Autofahrt belanglos plaudernd ihre Eindrücke von der vorbeiziehenden Landschaft austauschen. Das ängstigte sie mehr als der Anblick der Waffe.

»Was wollen Sie?«, setzte sie nach. Sie standen schon fast bei ihr, der eine vor, der andere hinter ihr, und es fiel ihr jetzt schwerer, die Hände oben zu halten; sie wollte sie runternehmen und um sich schlagen, wollte weglaufen, wollte sich auf den Boden der Veranda fallen lassen, sich zusammenrollen und vor den Schlägen schützen, die ihr bevorstanden.

Aber mit keiner dieser Möglichkeiten gewann sie Zeit. Sie ließ die Hände oben, auch wenn sie anfingen zu zittern.

»Dürfen wir eintreten, Mrs. Serbin?«

Der Mann, der nur Zentimeter vor ihr stand, hatte das gefragt, ohne ihr dabei in die Augen zu sehen. Sein Blick tastete ihren Körper ab und gab ihr das Gefühl, in jeder

Hinsicht von ihm klassifiziert zu werden. Sein Blick war zudringlich, ließ aber auch erkennen, dass er das Risiko abwog. Sie trug schwarze Leggings, darüber nichts, ihre Stiefel saßen locker auf den Waden, und als sie die Hände hoch genommen hatte, war die Jacke zur Seite gerutscht und hatte das langärmlige T-Shirt freigelegt, in dem sie geschlafen hatte. Auch unter der Jacke war kein Platz, um eine Waffe zu verbergen, das war ganz offensichtlich. Das Spray war in der übergroßen Jacke jedoch sehr gut verborgen. Dennoch hatte sie das Gefühl, dass sie ihr die Jacke nehmen würden. Auch das war nur eine Frage der Zeit.

Draußen im Stall wieherte erneut eines der Pferde. Ein hoher schriller Ton. Der Mond war jetzt zu sehen, ein heller weißer Schein. Hätten sich die Dinge anders entwickelt, wenn er schon geschienen hätte, als sie die Tür aufmachte? Hätte sie genug sehen können, um sich sofort wieder ins Haus zurückzuziehen? Konnte eine Wolke ein Leben verändern?

»Ja, ich denke, wir sollten hineingehen«, sagte der Mann hinter ihr. Er streckte seine Hand aus und schob ihr Haar über die Schulter nach vorn, wobei er ihr mit einer Fingerspitze über die Haut fuhr. Blitzartig ließ sie die Hände sinken und schrie, und im selben Moment hatte er seinen Arm um sie gelegt, zog ihren Körper fest an seinen und presste ihr die Arme an die Seite. Die Lampe fiel hinunter und prallte von der Terrasse ab. Er hatte sie so gepackt, dass ihre Hände nun nutzlos vor dem Gesicht verharrten.

Der Mann vor ihr hatte den kurzen Anfall von Rebellion ungerührt zur Kenntnis genommen. Ihr Aufschrei hatte ihn nicht mit der Wimper zucken lassen. Er stand reglos da, während der andere sie festhielt, und für einen Augenblick war es ganz still. Bis auf das Scharren der Pferde, die durch Allisons Schrei aufgeschreckt worden waren. Der Schein der Lampe war schräg in den Nachthimmel gerichtet und beleuchtete einen Teil seines Gesichts.

»Immer noch so gastfreundlich?«, fragte er schließlich.

Einem Stahlband gleich zog sich sein Griff um sie herum fest, und eine Mischung aus Schmerz und Furcht drohte ihr Tränen in die Augen zu treiben. Sie blinzelte die Tränen weg und zwang sich, ihn anzusehen, als sie nickte. Sie sagte kein Wort.

»Wunderbar«, sagte er langsam und gedehnt. Dann wandte er sich von ihr ab, warf einen prüfenden Blick auf die Umgebung, den Stall, die Weide, die leere Baracke und die Garage, die sich dahinter befand. Sie hatte den Eindruck, dass sie das Anwesen gründlich inspiziert hatten, bevor sie zum Haus gekommen waren. Sie mochte die Art nicht, wie er alles in sich aufnahm. Er sah zu viel, ihm entging zu wenig. Genauso nahm Ethan immer einen Ort in sich auf. Aber bei solch einem Mann wollte sie das nicht sehen.

Zufrieden mit dem Ergebnis seiner Überprüfung, deutete er ein Nicken an, worauf der andere sie vor sich her durch die Tür ins Wohnzimmer schob, ohne seinen Griff zu lockern.

»Ich denke, ich sehe mich mal um«, sagte der Langhaarige.

»Sollte einer von uns tun«, entgegnete der andere. Allison spürte seinen Atem an ihrem Ohr. Sie roch seinen Schweiß und den strengen Geruch von abgestandenem, hängengebliebenem Rauch. Aber nicht den von Zigaretten, es war der Geruch von verbranntem Holz.

Er hielt sie in der Mitte des Raums fest und schwieg, während der andere gleichmütig durchs Haus wanderte. Er zog die Telefonstecker aus der Wand und ließ die Jalousien herunter, und während er sich umsah, redete er, und der Mann, der sie festhielt, antwortete.

»Ein richtig kleines Königreich haben die hier.«

»Ein wunderschönes noch dazu.«

»Sie mögen Berglandschaften, siehst du das?«

»Scheint ihre bevorzugte Kunstform zu sein, ja.«

»Seltsam, wenn man in dieser Gegend lebt. Wozu braucht man solche Bilder und Fotos, wenn man doch eigentlich nur zum Fenster hinaussehen muss.«

»Geschenke, nehme ich an. Was schenkt man jemandem, der in den Bergen lebt? Ein Foto von dem Berg, den die Leute sowieso jeden Tag sehen. Sinnlos, aber sie machen es trotzdem. Wie der Mann, der die Hunde gezüchtet hat. Weißt du noch? Die Bluthunde.«

»Bilder von Bluthunden, wohin man auch sah. Dabei hatte er die echten doch bei sich.«

»Genau. Ich sage dir, es sind Geschenke. Kein Mensch hat heute noch Fantasie.«

Der Griff um Allison lockerte sich nicht im Geringsten, obwohl der Mann, der sie festhielt, ganz entspannt plauschte. Noch etwas anderes mischte sich in den Holzrauchgeruch, aber sie brauchte eine Minute, um sicher zu sein, was es war. Oder es zuzulassen.

Er roch nach Blut.

Der Langhaarige entzog sich ihrem Blickfeld, aber sie konnte seine Stiefel hören, während er sich durch die Räume hinter ihr bewegte. Dann tauchte er wieder auf und trat im Wohnzimmer auf sie zu. Er hielt einen Hut in der Hand. Einen schwarzen Stetson mit breiter Krempe. Es war Ethans Hut, aber einer, den er nie getragen hatte. Er hasste diesen Cowboy-Stil, aber die Leute hatten eben so ihre Vorstellungen.

»Ganz mein Geschmack«, sagte der Langhaarige. »Ich mag den Wilden Westen.« Er setzte den Hut auf und betrachtete sich in der Spiegelung der Glastür. Er lächelte. »Gar nicht übel.«

»Überhaupt nicht«, bestätigte der mit dem kurzen Haar.

»Gehört der Ihrem Mann?« Die Frage war an Allison gerichtet.

»Er hat ihn geschenkt bekommen«, sagte sie. »Aber er gefällt ihm nicht.«

Sie lachten sie an. »Das gefällt mir«, sagte der Langhaarige. »Wirklich, Mrs. Serbin. Das gefällt mir.« Mit dem Hut auf dem Kopf entfernte er sich wieder und ging in ihr Schlafzimmer. Er hatte die Taschenlampe aufgehoben, als sie hereingekommen waren und benutzte sie jetzt anstelle der Deckenleuchte. Sie sah den Lichtschein suchend über die Wände streichen und bei dem Gewehr abrupt zum Stehen kommen. Er ging hin, nahm es mit einer Hand und öffnete den Verschluss. Als er sah, dass sich Patronen darin befanden, machte er den Verschluss wieder zu und kam ins Wohnzimmer zurück. Mit der einen Hand hielt er die Taschenlampe, sie war ausgeschaltet. Das Gewehr hielt er in der anderen an sein Bein gedrückt. Im Holster hinten am Rücken steckte die Pistole.

»Ach je«, sagte er, während er es sich auf der Couch bequem machte, die Beine ausstreckte und das Gewehr ans Polster lehnte. »Das war ein langer Tag.«

»Aber nicht unproduktiv.«

»Das stimmt.« Der Langhaarige seufzte schwer. Der Brustkorb senkte und hob sich, während er auf den Holzofen starrte. So verharrte er eine Weile, bevor er sich ihnen wieder zuwandte. »Alles in Ordnung?«

»Alles bestens.«

»Glaubst du wirklich, dass du sie noch festhalten musst?«

»Ich denke, wir können es riskieren, nachdem du dich umgesehen hast.«

Der Langhaarige sah Allison mit kalten, leeren blauen Augen an. »Was sagen Sie dazu, meine Schöne? Wollen wir es versuchen?«

»Ja.«

»Na gut. Dann überzeugen Sie uns.«

Der eiserne Griff wich, als wäre er nie da gewesen. Sie konnte sich wieder frei bewegen. Der Mann, der sie festgehalten hatte, trat einen Schritt zurück. Sie hatte sein Gesicht nicht gesehen, seit er im Schein der Taschenlampe auf sie zugekommen war. Die beiden Männer standen niemals auch nur einen Augenblick zusammen.

Der Langhaarige sagte: »Können Sie sich denken, warum wir hergekommen sind?«

Sie schüttelte den Kopf, worauf er wieder seufzte, sich abwandte und sich über das Gesicht fuhr, als wäre er müde.

»Mrs. Serbin«, brachte er düster und scheinbar enttäuscht hervor.

»Was?«

»Sie wissen es doch. Sie wissen es und haben uns einfach belogen, und das zu dieser späten Stunde ...« Er schüttelte den Kopf und rieb sich die Augen. »Dafür haben wir uns nicht auf den Weg zu Ihnen hierher gemacht. Das reicht uns nicht.«

»Mein Bruder hatte einen langen Tag«, sagte der Mann hinter ihr. »Und ich darf Ihnen auch verraten, dass er immer sehr ungehalten wird, wenn er müde ist. Da Sie ihn nicht so gut kennen wie ich, erlaube ich mir, Ihnen dieses kleine Geheimnis zu verraten. Und im Augenblick ist er wirklich sehr erschöpft. Es war wirklich sehr anstrengend heute. Für uns, aber auch für andere.«

Sie wollte sich umdrehen und ihn ansehen, aber den anderen aus den Augen zu lassen, schien ihr zu riskant. Er hatte die einzige Pistole, die sie gesehen hatte, aber der andere hatte mit Sicherheit auch eine. *Mein Bruder*, hatte er gesagt. Sie fragte sich, woher sie wohl kamen. Sie sprachen akzentfrei und fast ohne Betonung. Irgendwo aus dem Mittleren Westen vielleicht. Irgendwo aus dem Zentrum der Hölle. Die Jacke hatten sie ihr nicht abgenommen. Das Pfefferspray hatte sie also noch, wenn auch nicht die leiseste Ahnung, wie es ihr im Augenblick nützen könnte. Es würde ihnen Schmerzen zufügen, aber nur gegen sie aufbringen. Ihnen mit dem Spray für einen Moment das Augenlicht nehmen, loslaufen und sich das Gewehr schnappen? Das würde niemals funktionieren.

»Also sagen Sie es mir«, forderte Allison ihn auf.

Daraufhin neigte der Mann auf der Couch den Kopf und starrte sie fast belustigt an. »Wir sollen es Ihnen sagen?«

»Ja. Warum sind Sie hier?«

Er sah sie lange schweigend an. Dann sagte er: »Ich glaube, Ihr Mann ist in den Bergen. Er leitet eine Jugendgruppe. Mit Jungen, die Probleme haben. Das ist eine sehr ehrenvolle Aufgabe. Treibt man einem Jungen so etwas nicht sofort aus, na ja, dann …«

»Dann hört es nie auf«, sagte sein Bruder. »Sind die Probleme erst einmal da, Mrs. Serbin, dann hört es nie auf.«

Der Mann auf der Couch beugte sich vor und schlang die Arme um die Knie. »Wissen Sie, welcher Junge es ist?«

Allison schüttelte den Kopf. »Nein.«

»Das glaube ich Ihnen sogar. Aber es ist auch nicht wichtig. Denn *wir* wissen, wer es ist. Deshalb brauchen wir die Information gar nicht von Ihnen. Wir müssen nur wissen, wo sie sind.«

Sie sah, wohin das führen würde, als hätte man es ihr auf einer Karte aufgezeichnet. Sie wollten den Jungen, und sie wollten ihn schnell. Was sie ihnen nehmen wollte, nämlich Zeit, war genau das, was sie sich nicht leisten konnten, ihr zu geben. Es gab andere Wege, Ethan zu finden, aber keine schnelleren, nicht für sie. So versuchten sie es über Abkürzungen. Und sie war eine davon.

Wieder fuhr er sich mit einer behandschuhten Hand durchs Gesicht. Hinter Allison schien sein Bruder sich zu bewegen, aber sie drehte sich immer noch nicht um. Sie reagierte nicht. Beide gleichzeitig konnte sie nicht sehen, das brauchte sie gar nicht erst zu versuchen. Sie würden sie nach Ethans Aufenthaltsort fragen, und wenn sie es ihnen nicht sagte, würde es schnell ein böses Ende nehmen. Sie sah es vor sich, aber sie sah auch, dass der Endpunkt immer derselbe sein würde, wie sie es auch drehte und wendete. Sie konnte ein paar Umwege machen, einen Ausweg aber gab es nicht.

Dann würde es eben seinen Lauf nehmen. Sie würden fragen, und sie würde antworten, und dann wären sie fertig mit ihr. Oder sie würden fragen, und sie würde nicht antworten, und dann wären sie wohl nicht fertig mit ihr.

»Wir müssen Ihren Mann einholen«, sagte der Mann auf der Couch. »Ich hoffe, dass Sie das jetzt verstanden haben.«

»Ja.«

»Sagen Sie uns, wo wir ihn finden? Vergessen Sie nicht, dass wir von ihm persönlich gar nichts wollen.«

Es schien, als wollte er taktieren, bevor er zu härteren Mitteln griff. Sie für dumm verkaufen. Als Nächstes würde sie hören, dass weder Ethan noch ihr etwas zustoßen würde, wenn sie ihnen sagte, wo er war. Natürlich glaubte er selbst nicht daran. Einmal hatte er sie angesehen, und sein Blick hatte ihr eines klargemacht. Er würde seine Energie nicht auf ein aussichtsloses Unterfangen verschwenden, und nichts anderes wäre es, sie davon zu überzeugen, dass sie Aussicht auf Rettung hätte. Ihr war klar, dass sie hergekommen waren, um einen Jungen umzubringen, weil dieser Junge sie gesehen hatte, und jetzt hatte auch sie die beiden Männer gesehen. All das, und das was daraus folgte, lag unausgesprochen zwischen ihnen.

155

»Wollen Sie doch«, entgegnete sie.

Er zog eine Augenbraue hoch. »Glauben Sie wirklich?«

Sie nickte. »Sie nehmen sich den Jungen nicht einfach so. Nicht von Ethan.«

»Uns wird gar nichts anderes übrigbleiben.«

»Das wird nicht leicht werden.«

Diese Einschätzung schien ihm zu gefallen. »Manchmal ist das so.«

Er erhob sich von der Couch und kniete sich vor den Holzofen. Er öffnete die Tür und ließ Rauch in den Raum entweichen. Ein paar Stücke Asche enthielten noch Glut. Neben dem Ofen stand ein Korb mit Anzündholz, von dem er eine Handvoll nahm, um das Feuer neu anzufachen.

»Dieses Verfahren hat uns heute schon einmal gute Dienste geleistet«, sagte er.

»Richtig«, antwortete sein Bruder. »Hier drinnen ist es auch kühl. Eine kalte Nacht.«

Die Flammen gierten nach neuer Nahrung und entwickelten sich rasch. Dann legte er ein Holzscheit nach, setzte sich wieder auf die Couch und sah zu, wie das Feuer immer größer wurde. An der Wand stand ein gusseisernes Gestell mit Kaminbesteck – Besen, Schaufel, Schürhaken und Zange. Er strich mit den Fingerspitzen über jedes einzelne Gerät, als könnte er sich nicht entscheiden, welches er nehmen sollte, bis er schließlich die Zange griff. Er nahm sie vom Gestell und steckte das vordere Ende in die Flammen, damit das Metall die Gluthitze aufnehmen konnte.

»Bitte«, sagte Allison, und er sah zu ihr hoch, als wäre er ehrlich überrascht.

»Bitte?«

»Bitte tun Sie das nicht.«

»Sie hatten Gelegenheit, Ihren guten Willen zu zeigen. Sie wollen doch nicht etwa mich für die Konsequenzen Ihrer ureigenen Entscheidungen, Ihrer Taten verantwortlich machen?«

»Das bringt sie lebenslang in den Knast«, sagte sie. »Ich hoffe, dass Ihnen die Zeit dort sehr lang wird. Endlos.«

Er zog die Zange aus dem Feuer und lächelte sie an. »Wer sollte mich festnehmen? Ich sehe niemanden, Mrs. Serbin. Wenn ich richtig informiert bin, ist Ihr Sheriff tot. Die Lage hat sich seit unserer Ankunft etwas verändert, verstehen Sie? Sie befinden sich jetzt im Zuständigkeitsbereich eines neuen Richters.«

»Da muss ich ihm recht geben«, bestätigte sein Bruder, dann kam die tiefrote Glut der Eisenzange auf Allison zu.

»Wir haben ein GPS-Gerät.«

Enttäuschung stand ihm ins Gesicht geschrieben. Er hatte offensichtlich erwartet, dass sie sich weiter weigern würde. Nicht jedenfalls, dass sie sich so leicht brechen ließ.

»Da ist er, der gute Wille«, sagte er. »Ausgezeichnet.« Wieder sprach er langsam und gedehnt, als kostete er den Geschmack seiner Worte aus. »Wo ist das Gerät?«

»Auf dem Nachtschrank neben dem Bett.«

Schweigend setzte sein Bruder sich in Bewegung. Er kam mit dem GPS-Gerät in der Hand zurück, befasste sich eingehend damit.

»Ortet es die Position, oder zeigt es nur die geplante Route an?«

»Es ortet sie.«

Der Mann, der vor dem Ofen saß, erhob sich und hängte die Zange in das Gestell zurück. Allison betete, dass er etwas näher herankommen würde, zu seinem Bruder, um sich mit dem GPS-Gerät zu befassen, sodass sie eine Chance bekäme, den beiden einen Stoß von ihrem Pfefferspray zu verpassen.

Das passierte aber nicht. Er ging nur bis zum Ende der Couch, darauf bedacht, den Abstand zwischen den beiden nicht kleiner werden zu lassen, und sagte: »Zeigen Sie uns, wo sie sind.«

Mit zittrigen Fingern griff sie nach dem Gerät. Der Mann, der nach Rauch und Blut roch, reichte es ihr, und während sie ein ungeschicktes Annehmen vortäuschte, drückte sie mit dem Daumen auf die rote Taste, mit der das Notsignal abgesetzt wurde. Mit einem Druck darauf war es aber nicht getan: Die Ersthelfer ließen sich nicht gern von versehentlich abgesetzten Notrufen überschwemmen. Man musste drei Mal hintereinander drücken.

Zwei Mal hatte sie schon gedrückt, als der erste Schlag kam. Im Fallen drückte sie ein drittes Mal darauf und ließ dann los. Gleichzeitig traf sie ein Tritt in den Magen, der ihr die Luft aus der Lunge presste, sodass sie sich vor Schmerzen am Boden krümmte und nach Luft schnappte, während ihr das Blut aus der eingeschlagenen Nase und den geplatzten Lippen lief.

»Das war ein Notsignal«, sagte der Mann, der zugeschlagen hatte. Ohne sie anzusehen, hatte er sich gleich wieder dem GPS-Gerät zugewendet. »Sie hat einen Hilferuf abgesetzt.«

158

»Kannst du das rückgängig machen?«

»Weiß ich nicht, ich versuch's.«

Allison kauerte am Boden. Sie versuchte zu atmen, nahm aber nicht mehr als den Geschmack heißen Kupfers wahr. Sie wollte zum Pfefferspray greifen, musste als erstes aber Luft bekommen. Statt zur Tasche schaffte ihre Hand es nur bis zum Magen, eine Reflexbewegung – dorthin zu greifen, wo es wehtut. Der Langhaarige beugte sich hinab, packte sie an den Haaren und zog sie nach hinten. Ein neuer Schmerz durchfuhr sie, auch wenn sie noch von dem durchflutet wurde, was die beiden ihr vorher angetan hatten.

»Sie sollte beten«, sagte er, »dass die Sanitäter schnell da sind.«

Er zog sie zum Feuer und ließ sie auf den Boden fallen. Dann ging er auf die Knie und nahm die Zange aus der Halterung. Sein Bruder ließ den Blick nicht von dem GPS-Gerät, während er verzweifelt versuchte, den Notruf abzubrechen. Allison rollte sich auf die Seite, gelangte an das Pfefferspray und nahm es heraus. Der Sprühkopf war mit einer Plastikvorrichtung gesichert, die sie mit dem Daumen aufdrückte. Das Geräusch des zerbrechenden Kunststoffs ließ den Langhaarigen aufhorchen. Er drehte sich um. Beim Anblick des Pfeffersprays ließ sein Blick zum ersten Mal so etwas wie Unsicherheit erkennen. Sie erfasste den Ärger, den er unter einer Maske eiskalter Gelassenheit verborgen hielt. Aber nicht lang. Im selben Moment war er schon wieder verschwunden. Sogleich war die Maske wieder darüber gebreitet, und mit ihr eine bedrohliche Heiterkeit. Ein Lächeln machte sich unter dem frostigen Blick breit.

»Sehr gut«, sagte er. »Pfefferspray. Ausgezeichnet, Mrs. Serbin. Meine Hochachtung für diesen Versuch, ehrlich. Aber leider zielen Sie in die falsche Richtung.«

Die Düse der Sprayflasche zeigte von ihm weg auf Allison selbst.

»Da täuschen Sie sich«, erwiderte sie, während sich das Blut in ihrem Mund sammelte.

Dann schloss sie die Augen und drückte auf den Auslöser. Nicht auf sein Gesicht zielte sie, sondern auf die geöffnete Tür des Ofens hinter ihrem Kopf. Augenblicklich schien das Wohnzimmer zu explodieren. Eine Feuerwalze rollte sich aus dem Ofen heraus über sie weg. Die Flammen erfassten ihre Jacke, das Haar und schließlich die Haut.

Sie zwang sich, den Auslöser gedrückt zu lassen, um dem Feuer weiter Nahrung zu geben. Und in dem unerträglichen Schmerz wusste sie, was ihr von Anfang an klar gewesen war: Mit Pfefferspray würde sie gegen diese Typen nicht viel ausrichten.

Mit Feuer vielleicht schon.

Die Flammen stoben durch das Wohnzimmer und trieben sie von ihr weg. Sie zogen sich zur Eingangstür zurück. Schließlich explodierte die Flasche in ihrer Hand, und tausend Nadelspitzen drückten sich qualvoll in jeden einzelnen Nerv. Das Gewehr stand links von ihr, immer noch an die Couch gelehnt, immer noch geladen. Sie rollte sich in die Richtung, aber als sie den Lauf packte, versengte er ihr die Handfläche. Den Schmerz, der sie durchfuhr, nahm sie jedoch kaum noch wahr. Ihre rechte Hand gehorchte ihr nicht, schien gar nicht zu reagieren. Sie drückte sich den

Gewehrkolben an den Bauch und bewegte die Linke zum Abzug. Die Flammen bauten sich vor ihr zu einer Mauer auf, hinter der sie zwei Schatten ausmachte. Der Raum war in leuchtendes Rot getaucht. Mit zwei Fingern der linken Hand drückte sie ab.

Der Rückstoß war gewaltig und schlug ihr die Waffe aus der Hand. Sie hatte beide Schüsse abgeben wollen, aber sie stand in Flammen, und von dem, was sie wie einen Schatz gehütet hatte – Zeit –, war nichts mehr übrig.

Roll dich weg, dachte sie, *roll dich, roll dich weg.*

Gesunder Menschenverstand. Jedes Kind weiß das. Wenn deine Kleidung Feuer fängt, rollst du dich, um es zu ersticken.

Aber was tat man, wenn überall nur noch Feuer war?

Darauf hatte sie keine Antwort, und deshalb hörte sie nicht auf, sich wegzurollen, aus dem feurigen Rot hinaus ins Schwarze.

Sie standen auf dem Hof und sahen zu, wie das Blockhaus brannte.

»Du blutest ziemlich stark.«

Jack blickte an sich hinab. Das Blut war auf dem schwarzen T-Shirt fast nicht zu sehen; nur der Glanz fiel auf. Er zog das T-Shirt hoch. Großräumig in gleichmäßigen Abständen verteilt die Löcher einer Ladung aus der Schrotflinte. Kleines Kaliber, und nur die halbe Ladung.

»Das hört schon wieder auf.«

»Ich gehe zurück und sehe nach, was mit ihr ist.« Patrick hob die Pistole und deutete damit zur Hütte. »Ich bin nicht sicher, ob ich sie getroffen habe. Ich bin rückwärtsgegangen, und sie hat sich weggerollt. Ich geh rein und bring es zu Ende.«

»Ich glaube, das hat sie schon selbst getan. Und wenn nicht? Dann kümmern wir uns später um sie. Nicht jetzt. Wir müssen weiter.«

»Ich würde aber lieber auf Nummer sicher gehen.«

»Ich wäre gern verschwunden, wenn die auf den Notruf reagieren und jemand hier auftaucht. Irgendjemand kommt bestimmt. Und du weißt, was ich von diesem Highway halte.«

»Ja, weiß ich.« Patrick starrte in das brennende Haus.

»Ich versteh, dass du verärgert bist, Bruderherz. Aber ich bin angeschossen. Lass uns sehen, dass wir von hier wegkommen.«

Gemeinsam gingen sie in die Dunkelheit hinein, weg von dem orangefarbenen Licht. Ihr Geländewagen stand eine halbe Meile weiter, und schweigend beeilten sie sich, ihn zu erreichen. Jack atmete schwer und ungleichmäßig, hielt aber Schritt. Am Wagen angekommen, reichte er seinem Bruder den Schlüssel.

»Nach rechts oder nach links?«, fragte Patrick.

»Nach rechts. Wir müssen durch einen der Eingänge in den Yellowstone-Park. Das ist der einzige Weg.«

»Ja.«

»Ich schätze, es gibt mehr Polizei im Park. Mehr Stellen, um auch den Highway zu sperren.«

»Wenn wir nach links fahren, dauert es länger. Diese vielen Kehren. Selbst wenn wir schnell fahren, sind wir eine ganze Weile unterwegs.«

Jack nickte. »Wie gesagt, ich brauche diesen Highway nicht. Wir sind im einzigen Teil des Landes, in dem es nur eine verdammte Straße gibt.«

»Na los, entscheide dich.«

»Nach links.«

Patrick warf den Motor an, schaltete das Licht ein und bewegte den Wagen vom Kiesstreifen weg auf den Asphalt. Der Schein des Feuers schimmerte auf dem Hügel über ihnen zwischen den Fichten hindurch.

»Chaos«, sagte Jack. »Wir lassen nichts als Chaos zurück. Das könnte noch schwierig werden.«

»Wir haben noch niemand lebend zurückgelassen. Nicht so.«

»Ich bezweifle, dass sie noch lebt.«

»Wir wissen es nicht. Aber wir müssen sichergehen.«

»Sie hat sich selbst angezündet, und es brennt immer noch.«

»Trotzdem, sie werden vermutlich wissen, dass wir auf dem Weg zu ihnen sind. Serbin und die Jungs.«

»Schon möglich.«

»Wir könnten abhauen. Das Ganze abblasen«, sagte Patrick.

»Ist das dein Ernst?«

In der Fahrerkabine breitete sich Stille aus, die sie über ein langes Stück begleitete.

»Ja«, brachte Jack schließlich hervor. »Das habe ich auch schon überlegt.«

»Wir sind den ganzen weiten Weg hergekommen, um ihn zu finden.«

163

»Ja. Und als wir herkamen, waren wir unversehrt. Jetzt habe ich Verbrennungen und blute. Und genau deshalb bin ich nicht geneigt, die Sache abzubrechen. Um ehrlich zu sein, ganz und gar nicht.«

»Verstanden.«

»Er wird herkommen. Er wird aus den Bergen zurückkommen. Er wird zu ihr kommen müssen, und den Jungen wird er bei sich haben.«

»Ja. Und der Junge wird schnell wieder verschwinden. Sie werden ihn schnell woanders hinbringen.«

»Dann sollten wir zur Stelle sein.«

»Ja, glaube ich auch.«

ZWEITER TEIL
AUF DER FLUCHT

14

Die Nachricht erreichte ihn in den stillen Stunden vor dem Morgengrauen. Die Laute der Nacht waren bereits verklungen, die Dämmerung hatte aber noch nicht eingesetzt.

Dass der Klingelton des GPS-Gerätes nichts Gutes bedeuten konnte, war ihm klar, noch bevor er die Augen aufschlug. Anrufe in der Nacht verhießen grundsätzlich nichts Gutes. Nächtliche Hilferufe aber ließen Schlimmstes befürchten; sie überbrachten die Wahrheit.

Er setzte sich auf und stieß dabei gegen die Kunststofffolie, sodass Kondenswasser auf ihn hinabregnete, das sich über Nacht an ihrer Unterseite gesammelt hatte. In seinem Rucksack fingerte er nach dem GPS-Gerät.

Einzelheiten erfuhr er nicht. Nur dass Allison einen Notruf abgesetzt hatte, der an die Rettungsstelle und gleichzeitig auch an Ethans Gerät weitergeleitet worden war. Der Clou an diesem Hightech-Gerät war, dass man selbst entscheiden konnte, ob man genauere Informationen mitlieferte oder nicht, wenn man einen Hilferuf absetzte.

Allison hatte es nicht getan.

Wie gebannt starrte er auf das Gerät und versuchte, sich gar nicht erst vorzustellen, was alles passiert sein konnte.

Immer noch halb in seinen Schlafsack gehüllt, atmete er ruhig und regelmäßig und war gefasst. Trotzdem fürchtete er, den Bezug zur Realität zu verlieren, es fühlte sich an, als schwebte er davon, während er den Blick nicht von dem schimmernden Display lassen konnte, das ihm nicht mehr mitteilte, als dass seine Frau um Hilfe rief.

Von zu Hause aus.

»Nein«, sagte er beherrscht zu dem Gerät. »Nein.«

Das Gerät ließ sich jedoch nicht umstimmen. Der Bildschirm erlosch in seiner Hand, und er war wieder allein in der Dunkelheit. Durch die milchig-weiße Folie hindurch mutete der nächtliche Wald an wie aus einer anderen Welt. Er schob die Folie zurück, kroch unter dem Schutzdach hervor und stellte sich in die kalte Nachtluft, während er überlegte, was zu tun wäre. Wenn er einfach losliefe und die Jungs zurückließe, könnte er in vier Stunden in der Stadt sein. Vielleicht.

Er schaltete den GPS-Messenger wieder ein. Seine Antwort umfasste nur ein Wort.

ALLISON?

Keine Antwort.

Ihre Nachricht war zuerst zur Notrufzentrale gegangen, dem International Emergency Response Coordination Center mit Sitz in einem unterirdischen Bunker in Texas, nördlich von Houston. Die Einsatzzentrale war rund um die Uhr besetzt, verfügte über eine eigenständige, doppelt abgesicherte Stromversorgung und war so ausgelegt, dass ihr kein Notruf entging. Dorthin schickte er seine Nachricht.

NOTRUF ERHALTEN. NÄHERES BEKANNT?

Über ihm am wunderschönen Nachthimmel saugte ein unsichtbarer Satellit seine Nachricht aus Montana ein und spuckte sie über Texas wieder aus. In sechzig Sekunden würde der Satellit prüfen, ob eine Antwort erfolgt war.

Es fühlte sich an wie eine Ewigkeit.

Die Zelte standen um ihn herum am Hang verteilt. Er hörte, wie einer der Jungs sich umdrehte. Ein anderer ließ sein Schnarchen vernehmen. Sollte einer von ihnen wach sein und ihn bemerkt haben, verhielt er sich zumindest ruhig. Ethan betrachtete ihre Zelte, als sähe er sie zum ersten Mal und wüsste nicht, wozu sie dienten. Die ganze Welt schien ihm plötzlich fremd.

Ein erneuter Klingelton. Er sah auf das Handy.

BEHÖRDEN VOR ORT INFORMIERT. SIND UNTERWEGS.

Die nächstliegende Dienststelle würde ihre Leute aus dem Yellowstone losschicken. Sie mussten durch Silver Gate und Cooke City, um zur Auffahrt seines Hauses zu kommen. Mindestens eine Viertelstunde würden sie brauchen. Vielleicht auch länger. Für die Leute im Bunker in Texas war das ein Lidschlag. Die Reaktionszeiten in der Zentrale waren kurz, damit kein Schiff auf See verloren ging und kein Bergsteiger auf einem vereisten Gipfel hängen blieb.

Sie waren sehr schnell.

Er konnte die Sekunden in Herzschlägen messen.

Der Wind frischte auf. Die Plastikzelte um ihn herum fingen an zu rascheln. Er starrte sie erneut an, und es gefiel ihm nicht, wie er sie angaffte. Nichts an dieser Nacht oder auf dieser Welt gefiel ihm. Das Handy in seiner Hand blieb stumm. Sein Herz raste. Örtliche Rettungsdienste waren unterwegs. Keine Antwort von Allison. Sein Herz raste.

Er hielt das Gesicht in den Wind, stand reglos da und wartete. Die Wolken hatten sich nach Nordosten verzogen, der Mond schien, die Sterne funkelten, und zwischen ihnen kreiste ein Satellit, äugte auf seine Welt hinab, bereit sie zu zerstören. Indem er das Signal auffing, es weiterbeförderte und mit einer einzigen Nachricht alles zunichtemachte.

Der Wind blies beständig, und der Mond warf weiter seinen hellen Schein vom Abendhimmel hinab. Die Zeit verging so langsam, dass er sie körperlich zu spüren begann, anfing, sich mit den Minuten bekannt zu machen. Er trieb sie zur Eile an, aber sie zwinkerten ihm nur zu und verweilten.

Endlich ein Klingelton. Laut Anzeige am GPS waren nur neunzehn Minuten vergangen. Dem widersprach sein Empfinden. Unendliche Anspannung, verzweifeltes Verlangen, doch kaum sonderte das Gerät endlich einen Laut ab, wollte er die Nachricht gar nicht mehr sehen. Alles hätte er jetzt für den Zustand davor gegeben.

Widerwillig wandte er den Blick vom Mond ab und sah wieder auf das Display.

HAUSBRAND GEMELDET. ERSTE RETTUNGSKRÄFTE VOR ORT. SUCHE NACH ÜBERLEBENDEN LÄUFT. WEITERE INFO, SOBALD WIR ETWAS HABEN. WIE SIEHT ES BEI IHNEN AUS?

Ethan feuerte das GPS in die Felsen und sank auf die Knie. *Suche nach Überlebenden.*

Ihm war klar, was sie nicht wussten. In seinem Innersten wusste er, was passiert war, und er wusste auch, dass er schuld daran war. Alles wegen einer einzigen Entscheidung.

Ich sorge dafür, dass ihm nichts geschieht, hatte er gesagt. Und nichts anderes hatte er getan. Der Junge war in Sicherheit, aber in Ethans Haus suchten sie nach Überlebenden.

»Wer von euch ist es?«, fragte Ethan. Seine Stimme war ihm genauso fremd, wie alles andere in seiner Welt ihm fremd geworden war. Die Worte kamen gedehnt und laut.

Das Rascheln verriet ihm, dass ein paar Jungen wach wurden. Andere hatten einen tieferen Schlaf und rührten sich nicht. Ethan schaltete die Taschenlampe ein und leuchtete über die Zelte. Durch die Folie hindurch erkannte er schemenhaft Augen und Hände, die sich erhoben, um von dem Licht nicht geblendet zu werden.

»Wer ist es?«, fragte er, aber dieses Mal hatte er es geschrien. »Kommt her! Verdammt, *kommt her! Ich muss wissen, wer von euch es ist!*«

Zwei gehorchten sofort. Marco und Drew steckten ihre Köpfe aus den Zelten. Angst stand ihnen ins Gesicht geschrieben. Die anderen blieben, wo sie waren, als könnte ihnen das Plastik Schutz bieten. Ethan stolperte zum nächstliegenden Zelt, packte das Plastik und riss es herunter. Es war Jeff. Verängstigt saß er in der Hocke, wie ein wehrloses Opfer die Hände zum Schutz über den Kopf erhoben.

Sein Anblick ließ Ethan zur Besinnung kommen. Wie ein Betrunkener wankte er zurück, die Folie in der einen, die Taschenlampe in der anderen Hand.

»Jungs«, brachte er mit erstickter Stimme hervor. »Ich muss euch bitten aufzustehen. Meine Frau ist … es gibt ein Problem bei mir zu Hause.«

Alle starrten ihn an. Niemand antwortete. Erst jetzt bemerkte er es. Wie zum Schlag bereit, hielt Raymond ein Holzstück in der Hand.

»Mein Haus brennt«, sagte Ethan verstört. »Mein Haus ist … es hat gebrannt. Es brannte.«

Er ließ die Zeltfolie fallen, die er Jeff gerade über dem Kopf weggerissen hatte, atmete tief ein, sah zum Mond hinauf und sagte: »Halt.« Ganz leise. Er redete mit sich selbst, während er sich von den Jungen abwandte, um sich auf die Suche nach dem GPS-Gerät zu machen, flüsterte vor sich hin.

»Verhalte dich jetzt genau so, wie du es ihnen eingetrichtert hast«, sagte er. »Das ist deine Pflicht.«

Es fühlte sich an wie der Rat eines Fremden. Er hatte den Bezug zur Realität verloren und musste schnell wieder zurückfinden. Sein ganzes Leben hatte er damit verbracht, Leuten beizubringen, wie sie sich bei Katastrophen zu verhalten hatten, wie sie überleben konnten. Was war das Wichtigste, worauf kam es an? Positive Einstellung? Sicher, das war das eine. Okay – das bekam er hin. *Sie könnte noch am Leben sein.* Geht doch. Wie positiv. Scheißpositiv.

»Reiß dich zusammen«, flüsterte er. Und sein Innerstes flüsterte zurück. *Voraussicht, Ethan. Bereit sein, Ethan. Das sind die wichtigsten Regeln, und du hast sie missachtet. Du hast dich auf Leute eingestellt, die hinter dem Jungen her sind, nicht aber überlegt, wie sie vorgehen könnten.*

Dann erhob er die Stimme, als wollte er eine Unterrichtsstunde abhalten. »Wir müssen … wir dürfen keinen Fehler machen. Okay? Wir werden auch keinen machen. Es hat schlecht angefangen. Tut mir leid. Aber jetzt … jetzt müssen wir nachdenken. Als Erstes, Jungs, woran müssen wir als Erstes denken? Antworten. Ich muss antworten.«

Keiner brachte ein Wort hervor. Er fand das GPS, hob es auf und wischte den Staub ab. *Wie sieht es bei Ihnen aus?* hatten die Leute aus dem Bunker in Texas ihn gefragt. Er fragte sich, wie er das in 160 Zeichen wiedergeben sollte.

Er spürte, wie die Jungen sich um ihn versammelten, als bildeten sie einen festen Knoten. Das war gut für sie. So funktionierte es. Hier draußen sollten sie lernen, zueinanderzufinden. Das konnte er ihnen offensichtlich vermitteln. Und das war auch gut für ihn. Ihm zusehen, wie es funktionierte. Sie trotzdem anleiten. Sein Haus stand in Flammen, und seine Frau war verschwunden, aber verdammt, seht her, so funktioniert es.

Mit zittrigen Fingern tippte er die Antwort ein.

BIN IN DEN BERGEN, EINZIGER ERWACHSENER MIT EINER GRUPPE JUGENDLICHER. BITTE WEITERGEBEN, DASS ICH ZUM PILOT CREEK TRAIL ZURÜCKGEHE, BRAUCHE HILFE.

Er wandte den Blick ab, sah wieder zum Nachthimmel hinauf und gab eine zweite Nachricht ein.

ERBITTE INFORMATION ÜBER ÜBERLEBENDEN.

»Okay«, sagte er. »Wir gehen jetzt los.« Er drehte sich zu ihnen um. »Tut mir leid. Aber wir müssen los. Meine Frau … ich muss zurück.«

Marco war der Erste, der sich zu Wort meldete. »Schon okay, Mann. Wir beeilen uns.«

Ethan war zum Heulen zumute. Stattdessen lachte er. Vielleicht war es ein Lachen. Vielleicht aber auch ein Schluchzen.

»Danke«, sagte er. »Ich darf keine Zeit verlieren.«

15

Connor Reynolds war tot, und Jace Wilson war aus seinem Grab gestiegen.

Der Furchtlose, der Junge mit den schlechten Manieren, er war nicht mehr da. Nur Jace Wilson war geblieben, ängstlich, allein, und er war sich darüber im Klaren, dass er es nicht lange machen würde.

Sie hatten ihn gesucht, und sie hatten ihn gefunden.

Er wusste, dass er sterben würde, als ihn Ethan Serbins wehklagender Ausruf, eher ein Aufheulen denn ein Schrei, aus dem Schlaf riss, und er nach dem Namen des Jungen verlangte, der für ungenannte Verbrechen verantwortlich wäre. Vollkommen ahnungslos standen alle da, nur Jace nicht.

Sie hatten Jace nachgestellt und Ethans Haus in Schutt und Asche gelegt. Jace war wie von Sinnen, als sie sich alle hinter Ethan versammelten und in der Dunkelheit den Abstieg antraten. Die Lichter der Stirnlampen tanzten auf und ab. Es ging um Mrs. Serbin, Allison mit Vornamen, hübsch, freundlich und stark. Die Tochter eines Ranchers, die noch immer Cowboys anheuerte.

Jetzt war sie tot. Ethan wusste das vielleicht noch nicht,

aber Jace wusste es. Er hatte im Steinbruch die beiden Männer gesehen, und in den Tagen darauf noch mehr über sie erfahren, während seine Eltern versuchten, das perfekte Versteck für ihn zu finden, bis sie ihn schließlich hierher in die Berge schickten. Er wusste, dass diese Männer niemanden am Leben ließen. Er war entschlossen gewesen, der erste zu sein.

Diese Hoffnung aber schmolz jetzt dahin.

Schweigend war die Gruppe eine halbe Meile den Pfad hintergelaufen, als Jace sich überwand und überlegte, was sie erwartete. Er stellte sich ihre Gesichter vor, den Klang ihrer Stimmen, diesen eigenartigen Gleichmut, mit dem sie über brutalste Dinge sprachen. Sie waren hier. Sie wollten ihn holen.

Ich wünschte, sie wären tot, dachte er, als ihm die erste Träne heiß aus dem Augenwinkel rann. *Ich wünschte, sie hätten neben dem Mann gelegen, den ich im Wasser gesehen habe. Ich wünschte, sie wären tot.*

Was ihn betraf, wünschten sie sich dasselbe.

Die Vorstellung, dass all das tatsächlich passiert war, kam ihm immer noch unwirklich vor. Natürlich hatte er es verstanden, die ganze Zeit – er war Zeuge eines Verbrechens geworden und daher eine Bedrohung –, aber dass jemand ihn tatsächlich umbringen wollte, dieser Gedanke war so verrückt, dass es ihm manchmal einfach unmöglich erschien. *Sie wollen, dass ich tot bin. Die wollen wirklich, dass ich tot bin.*

Er fing nun richtig an zu weinen und verlangsamte seine Schritte, damit ihn die anderen nicht hörten. Schon am Tag war die Strecke anspruchsvoll. Im Dunkeln jedoch, im engen Lichtkegel der Stirnlampe, forderte sie absolute Konzentration, sodass niemand bemerkte, wie er langsam zurückfiel.

Er wischte sich die Tränen aus den Augen und sah der Gruppe hinterher, die sich immer weiter entfernte, während er an die Männer dachte, die irgendwo in der Finsternis auf ihn warteten. Und dann traf er seine Entscheidung: Er musste allein sein, wenn sie ihn fanden.

Ein paar der Jungen hatte er vom ersten Augenblick an nicht leiden können. Als er ihnen nun hinterhersah, während sie ihren Weg nach unten fortsetzten, tat es ihm leid. Er hatte das Gefühl, sich entschuldigen zu müssen, ihnen nachlaufen und hinterherrufen zu müssen, dass alles seine Schuld war. Dass sie ihn allein weitergehen lassen mussten, weil er derjenige war, den sie suchten, nur ihn. Dass ihnen nichts passieren würde, wie sie es auf ihn abgesehen hätten.

Aber Ethan würde das nicht verstehen. Jace wusste das, trotz des Zorns, den er in der Stimme des Mannes bemerkt hatte. Jace würde einen Haufen unsinniger Dinge von ihm zu hören bekommen, wenn Ethan die Wahrheit erfuhr, und er würde tatsächlich alles selbst glauben. Von der richtigen Mentalität, die es zum Überleben braucht, und all diesem Zeug. Er würde ihm etwas von Plänen erzählen, Ausweichplänen, Fluchtwegen und Notfallsicherungen, und er wäre überzeugt, dass eins davon funktionieren würde, irgendwie.

Aber nur, weil Ethan sie nie gesehen oder gehört hatte.

Jace hörte auf, sich die Tränen abzuwischen und knipste

177

die Stirnlampe aus. Er dachte, dass der plötzlich erlöschende Strahl sie dazu brächte stehen zu bleiben und einer von ihnen bemerken könnte, dass die Finsternis noch eine Spur dunkler geworden war. Aber sie gingen weiter, als hätte das Licht seiner Lampe nie zur Gruppe gehört.

Jace ging in die Hocke, während die Lichter weiterzogen, und wartete darauf, was nun aus dem Dunkel hervorkäme.

Schweigend gingen sie den Berg hinunter. Nur ihr schweres Keuchen war zu hören, während die Jungen Mühe hatten, mit Ethan Schritt zu halten. Er hätte sich am liebsten von ihnen gelöst und wäre gerannt. Gletscher hatten einst den Berg geformt, auf dem er stand, und er begriff jetzt, wie Zeit sich in jener Welt angefühlt hatte.

»Alles okay?«, fragte er ein paar Mal. »Sind alle okay?«

Sie murmelten und maulten und kämpften sich weiter den Pfad entlang. Er wusste, dass er anhalten und ihnen eine Pause gönnen musste, doch der Gedanke, untätig zu verharren, war unerträglich.

Wenn sie sich zum Pilot Creek Pfad vorkämpften, könnte man ihnen vielleicht ein paar Geländewagen schicken. Der Pfad war für motorisierte Fahrzeuge zwar gesperrt, aber vielleicht machte die Polizei eine Ausnahme. Vielleicht aber auch nicht. Man musste die Wildnis schützen. Wer sie betrat, tat das auf eigene Gefahr.

Sie hatten etwas mehr als eine Meile zurückgelegt, als das GPS-Signal wieder ertönte. Unaufgefordert blieben die Jungen stehen und starrten ihn erwartungsvoll an. Ihm entging nicht, dass einige ein paar Schritte zurückwichen, vielleicht weil sie sich an den Aufschrei erinnerten, mit dem sie geweckt worden waren, und Angst vor ihm hatten. Er löste das GPS-Gerät vom Karabinerhaken, mit dem es am Rucksack befestigt war, und las die Nachricht.

POLIZEI ZUM AUSGANGSPUNKT PILOT CREEK UNTERWEGS. ÜBERLEBENDE GEFUNDEN. MEDIZINISCHE VERSORGUNG VOR ORT ERFOLGT. KRANKENWAGEN IST UNTERWEGS.

Ethan sagte nur kurz: »Sie lebt.« Er wollte mehr erklären, sah sich aber außerstande. Sie schienen zu verstehen. Er tippte seine Antwort ein.

SIND AUCH UNTERWEGS. ÜBERLEBENDE STABIL?

Er hätte ›meine Frau‹ schreiben oder sie beim Namen nennen können. Mit solchen Nebensächlichkeiten war jetzt aber niemandem geholfen, und es verschaffte ihm ein besseres Gefühl. Es war, als hielte er sich damit die Realität ein wenig vom Hals, als gewänne er Zeit, bis er den Tatsachen schließlich ins Auge sehen musste.

Die Nachricht machte sich auf die Reise, und ihm blieb nur, auf die Antwort zu warten. Er blicke auf und blinzelte die Jungen an. Die Stirnlampen blendeten ihn, als säße er in einem Kreis von Vernehmungsbeamten.

»Tut mir leid, Jungs. Das hier ist … kein Spiel. Was wir hier machen, ist verdammt ernst. Mitten in der Nacht, durch die Dunkelheit laufen, ein Notfall. Ein Gruppenleiter,

179

der … ein Problem hat. Ihr macht das großartig. Ihr macht das wirklich großartig. Ihr seid Survivors. Jeder einzelne von euch. Ihr gehört nicht zu denen, die sterben.«

Ein Klingelton.

ÜBERLEBENDE STABIL. UNTERWEGS INS KRANKENHAUS VON BILLINGS. ZUSÄTZLICHE POLIZEIKRÄFTE VOR ORT.

Viel wussten sie in Houston immer noch nicht, aber immerhin ein bisschen. Möglicherweise mehr als er. Zumindest aber so viel, dass weder ein Elektrobrand noch eine undichte Gasleitung als Brandursache infrage kamen. Sie drückten sich um die Fakten herum. Sie waren sich nicht sicher, was sie ihm sagen konnten. Jetzt erst ging ihm auf, dass er als Nächster an der Reihe war. Der Gedanke lag auf der Hand, war ihm aber erst gekommen, als er wusste, dass Allison am Leben war. Dass sie in seinem Haus so brutal vorgegangen waren, hatte seinen Grund. Und dieser Grund begleitete ihn.

»Wir gehen runter und treffen dort auf die Polizei«, sagte er. Er sah sich um, von einem weißen Licht zum anderen und zählte. Zwei, vier, sechs. Er stutzte und zählte erneut. Zwei, vier, sechs. Mit ihm waren es sieben.

»Macht bitte alle euer Licht an.«

Die Lichter wanderten zur Seite und sahen einander an. Kein weiteres Licht ging an.

»Eure Namen, los«, sagte er. »Leute, ich kann euch im Dunkel nicht alle erkennen.«

Marco, Raymond, Drew, Jeff, Ty, Bryce.

»Wo ist Connor?«, fragte Ethan.

Außer dem Nachtwind, der durch die Fichten rauschte, war nichts zu hören.

»Wer hat Connor das letzte Mal gesehen? Wann?«

Einen Augenblick war es still, dann meldete sich Bryce zu Wort: »Er hat gleich neben mir seine Sachen zusammengepackt. Und er ist hinten gelaufen, hat nichts gesagt. Er war da, direkt neben mir.«

Damit, dachte Ethan, *wäre die Frage beantwortet.*

Die Killer waren hinter Connor her. Und Connor war verschwunden.

16

Der Traum in jener Nacht war, wie er immer war. Ein Tanz zwischen lebhafter Erinnerung und einer Welt von Geistern und Fabelwesen. Zuerst war da nur der Rauch, von dem Hannah umgeben war, und irgendwo mittendrin das schlangenähnliche Zischen von Schläuchen, die überall herumlagen. Dann teilte sich der Rauch, und vor ihr tat sich die Schlucht auf, die sie von den Kindern trennte und so tief in Wirklichkeit gar nicht gewesen war. Fünfzehn Meter vielleicht ging es hinunter von der Kante, an der sie gestanden hatte, aber im Traum fühlte sie sich an wie ein Schwebebalken, unter dem der Canyon endlos in die Tiefe zu fallen schien wie in ein bodenloses schwarzes Loch. Während sie den Kamm überquerte, nahm das Zischen des Wassers zu. Die Schlangen verwandelten sich in Kreaturen, die brüllen konnten, und dann, inmitten all des Rauchs, immer wieder Wellen rot und orange glühender Hitze. Trotzdem ging sie weiter, über das nicht enden wollende schwarze Loch hinweg.

Als sie in ihrem Traum die Kinder sah, waren sie stumm, und irgendwie war das noch schlimmer. In Wirklichkeit nämlich hatten sie geschrien, ihre Hilferufe *gellend* herausgeschrien, und es war schauderhaft gewesen; damals hatte sie sich nichts Schlimmeres vorstellen können. Dann kam der erste Traum, ihr stummer Blick, mit dem sie sie durch den Rauch und die Flammen hindurch ansahen. Und das war ein viel schlimmerer Schmerz, immer. *Ruft nach mir,* wollte sie ihnen sagen, *schreit, als glaubtet ihr, dass ich dorthin komme.*

In dem Traum allerdings wussten sie, dass sie es nicht schaffen würde.

Die Traumkinder verschwanden, verloren sich im Dunkel, das von Hunderten winzig kleinen roten Punkten, kleinen Glutnestern angefüllt war, die auf einer gewaltigen Hitzewelle auf sie zukamen. Wie immer wachte sie an derselben Stelle auf – immer dann, wenn die Hitze real zu werden schien. Es baute sich in ihrem Hinterkopf auf, arbeitete sich immer weiter voran, aus einem Flüstern wurde ein Schrei, bis sie wusste, dass es zu heiß war, dass sie sterben würde, dass ihr Fleisch verbrennen und abfallen, sich in langen, verkohlten Fetzen von den Knochen lösen würde.

Sie verlieh den Schreien, die die Kinder nicht hervorzubringen vermochten, eine Stimme, und dann wachte sie auf. Die Hitze war gewichen, diese glühend heiße Decke von ihr gerissen, und jetzt spürte sie die Kälte, die in der Kabine des Beobachtungsturms herrschte. Atemwolken standen ihr vor dem Mund. Sie atmete in kurzen, hastigen Zügen und stand umständlich auf. Sie musste sich dann immer bewegen, laufen, das war ihr erster Instinkt. Wenn du laufen könntest, dann *lauf.*

In der Nacht, in der es geschah, konnte sie nicht laufen.

Hatte es jedenfalls nicht getan. Andere schon. Sie hatte den Berghang hinauf überall das Totholz gesehen, alles mächtige, niedergemachte Fichten. Hoch oben Brekzien, poröses Gestein, das abwärtszurutschen drohte. Dahinter wurde das Feuer vom Südwestwind gepackt und brauste auf; ein Geräusch, das sie bis ans Ende ihrer Tage nie vergessen würde, so *heulte* es. In den Flammen spielten sich atemberaubende und Angst einflößende Spektakel ab – wirbelnde Farben von Tiefrot bis Blassgelb, als kämpfte das Feuer gegen sich selbst, immer auf der Suche nach Nahrung und Sauerstoff, denn mehr brauchte es zum Leben nicht, wenn der Funke einmal gezündet hatte. Und er hatte gezündet. Der Wind gab den Sauerstoff hinzu, der ausgetrocknete Wald die Nahrung, und nur eins konnte dem immer größer werdenden Ungeheuer Einhalt gebieten: Hannahs Mannschaft.

Sie mussten sich entscheiden, während sie in dem Wasserlauf warteten, in einem Gebiet, dem sie sich nie hätten nähern sollen: Pfeif auf die Vorschriften und hau ab, oder halte dich dran und verteidige deine Stellung. Allen war inzwischen klar, dass das Feuer gewaltiger wurde und nicht zu stoppen war. Als sie erkannten, was passiert war und wie sie sich selbst in die Falle manövriert hatten, verstummten sie. Und sie nahm an, dass die meisten auch wussten, wie es dazu gekommen war, wie Nick beschlossen hatte, nicht in die Schlucht hinabzugehen, und Hannah ihn vom Gegenteil überzeugt hatte. Da unten war eine Familie, die in der Falle saß. Und Hannah hatte geglaubt, sie könnte gerettet werden. Nick nicht. Sie hatte die Diskussion für sich entschieden. Sie waren in die Schlucht hinuntergegangen, und dann hatte der Wind gedreht. Hatte genau in ihre Richtung geblasen.

Eine Viertelmeile entfernt, auf der anderen Seite eines viel zu seichten Bachs, sah die Camper-Familie sie an und schrie. Und Hannah schrie zurück, rief ihnen zu, dass sie ins Wasser gehen und untertauchen sollten. Obwohl sie genau wusste, dass nicht genug Wasser da war, um sie zu retten.

Die Crew zerstreute sich. Eine Einheit, die so fest zusammenstand, dass sie sich normalerweise nur als ein Ganzes bewegte. Die Panik aber entwickelte eine zerstörerische Kraft, von der jetzt alle erfasst wurden. Nick schrie sie an, dass sie Schutzzelte aufschlagen sollten; einige schrien zurück, dass es klüger wäre wegzulaufen; einer schlug vor, dass sie lieber die komplette Ausrüstung stehen und liegen lassen und zum Bach rennen sollten. Wieder ein anderer, Brandon, hockte sich einfach auf den Boden. Das war alles. Er hockte sich einfach hin und sah zu, wie das Feuer auf ihn zukam.

Hannah sah zu, wie die Männer ihre Entscheidung trafen und dann verschwanden. Einer packte sie an der Schulter und versuchte, sie mit sich den Berg hinauf zu zerren. Sie hatte sich losgerissen und sah die Familie an, für die sie hier heruntergekommen waren. Sie hatten ihnen helfen wollen, diesen Verrückten, die in diesem Kessel kampiert, ihre Zelte in der Höhle des Monsters aufgeschlagen hatten. Das Weinen der Kinder schien persönlich an sie gerichtet zu sein. Warum? Weil sie eine Frau war? Weil sie in ihren Augen etwas anderes gesehen hatten? Oder weil sie als Einzige

185

dumm genug war, einfach nur dazustehen und zu ihnen hinüberzustarren?

Erst Nicks Stimme holte sie schließlich zurück. »*Hannah, verdammt, hau ab oder du stirbst! Lauf oder du stirbst!*«

Aber im Dröhnen der Flammen waren die herausgeschrienen Worte nur ein surreales Flüstern. Mehr und mehr machte sich die Hitze bemerkbar, eine gigantische Welle, und sie hatte das Gefühl, dass der Wind stärker geworden war. Das war nicht gut, das wusste sie. Sie sah den Hang hinauf, sah den Rücken der Männer, die beschlossen hatten, wegzulaufen. Dann schrie Nick sie wieder an, hatte endlich sein eigenes Schutzzelt aufgestellt, schob sie hinein. Das Zelt sprang auf wie ein Spielzeuggerät aus Alufolie. Die Hitze war inzwischen überall und schien sie zu erdrücken – vergeblich rang sie nach Luft: ihrer Umgebung war der Sauerstoff entzogen worden. Als sich die ersten Flammenzungen durch den Flusslauf vorarbeiteten, kroch sie hinein. Das Prinzip war simpel: Man ging rein, machte es zu und wartete. Wartete, wartete. War das Dröhnen und Donnern der Flammen abgeklungen, bedeutete das noch nicht, dass auch das Feuer vorbeigezogen war. Wenn man herauskroch, im Glauben, die Gefahr sei gebannt, verbrannte man trotzdem.

Sie sah nach Südwesten, in die Windrichtung, als sie den Zeltverschluss um sich herum zuzog. Das Letzte, was sie außer der Feuerwand sah, die tosend auf sie zukam, war der Junge. Er war als Einziger übrig geblieben. Das Mädchen und ihre Eltern hatten sich im Zelt verkrochen, offensichtlich in der Absicht, genau das zu tun, was die Feuerwehrleute auf der anderen Seite des Bachs taten, mit dem verhängnisvollen Unterschied, dass ihr Zelt nicht feuersicher war. Sie hatten es unter einen Felsvorsprung gedrückt, in der Hoffnung, sich so vor dem Feuer in Sicherheit bringen zu können. Nur der Junge hatte sich anders entschieden und war draußen geblieben, wo er, stumm vor Schreck, die Flammen erwartete. Er wollte weglaufen, wollte zum Wasser kommen.

Sie sah, wie er, verfolgt von einer tausendfünfhundert Grad heißen, sich haushoch auftürmenden Feuerwand, in den Bachlauf sprang. Es war das Letzte, was sie gesehen hatte, bevor Nick das Zelt verschloss. Sie war dankbar dafür. Dankbar, dass er immer noch gerannt war. Er schaffte es auch zum Bach. Gelangte unter Wasser.

Und wurde darin gekocht.

Das erfuhr sie aber erst bei der Anhörung.

Eine Dreiviertelstunde hatte Hannah in dem Zelt zugebracht. Fünfundvierzig Minuten inmitten der intensivsten Hitze, die sie je gespürt hatte, inmitten von Schreien und ohrenbetäubendem Brandgetöse. Das Feuer versuchte sie umzubringen, gierte danach, brannte kleine Löcher in die Wand des Schutzzelts. Sie hatte zugesehen, wie sie größer wurden, Hunderte glühender Punkte, wie ein Himmel voll blutroter Sterne.

Man hatte ihnen beigebracht zu warten, bis sie vom Mannschaftsführer aus den Zelten geholt wurden. Von Nick. Dass der Mannschaftsführer tot war, wusste sie nicht.

»Mein Gott«, entfuhr es ihr jetzt in ihrem Beobachtungsturm, und wieder fing sie an zu weinen. Wie lange ließ einen so etwas nicht mehr los? Wie lange würden solche

187

Erinnerungen einem noch die Kehle zuschnüren? Wann würden sie einen endlich in Ruhe lassen?

Sie legte den Kopf auf das Osborne-Peilgerät und spürte den Kupferring kühl auf ihrer Haut.

Der Mann, den Jace am meisten hasste, war Ethan Serbin.

Mehr als die beiden, die hinter ihm her waren, mehr als seine Eltern, die ihn hierhergebracht und ihm versprochen hatten, hier wäre er in Sicherheit, und mehr als die Polizei, die der Idee zugestimmt hatte. Wen Jace am stärksten verabscheute, nachdem er zu weinen aufgehört hatte, das war Ethan.

Denn Ethans Stimme ging ihm nicht aus dem Kopf.

Diese albernen Regeln, Mantras und Anweisungen, die er sich tagein, tagaus anhören musste, seit er in Montana angekommen war, klangen immer noch nach, obwohl ihre Quelle versiegt war. Wie Hochwasser folgten ihm die Belehrungen. Er wollte, dass sie aufhörten. Er war müde, er hatte Angst, und er war allein. Es wurde Zeit, die Sache zu beenden.

Aufgeben gilt nicht. Vergesst das nie, Jungs. Ihr könnt euch ausruhen, schlafen, ihr könnt wütend sein, und ihr könnt heulen. Ihr dürft ausrasten und traurig sein. Nur aufgeben dürft ihr nicht. Vergesst das nie. Wenn euch danach ist, denkt daran, dass ihr eine Pause machen dürft, nicht aber aufgeben. Vergesst das nicht. Haltet inne, legt eine Pause ein und macht euch klar, was Pause *für einen echten Survivor bedeutet – haltet euch an die 10-für-10-Regel. Nehmt euch 10 Sekunden Zeit, um euch einen Plan für die nächsten 10 Minuten zurechtzu-*

legen. Genau dann, wenn ihr mal richtig am Boden seid.
Mehr braucht ihr nicht, um euch aus einer schwierigen Lage
selbst herauszuhelfen.

Nicht eines davon gedachte Jace zu befolgen. Ein Problem
aber war das Warten. Er wusste nicht, wie groß die Entfernung zwischen ihm und seinen Killern war, wie lange er
hierbleiben musste, bis sie ihn fanden.

Es könnte lange dauern.

Unabsichtlich tat er genau die Dinge, die zu tun waren – er
war stehen geblieben; und natürlich dachte er nach, er
konnte gar nicht anders, jedenfalls nicht, seit er aufgehört
hatte zu weinen; und als im Dunkel ein Licht anging, beobachtete er es, ohne sich groß Gedanken darüber zu machen.

Das Licht machte ihn stutzig, denn dort gehörte es nicht
hin. Es gab also noch ein weiteres menschliches Wesen hier
in den Bergen. Eines, das über Strom verfügte. Es war ein
ganzes Stück von ihm entfernt, nicht aber so weit, dass es
nicht zu erreichen wäre. Verwundert sah er hin und suchte
nach einer Erklärung, wie es entstanden sein könnte, als
ihm die Mittagspause einfiel und die Orientierungspunkte,
die Ethan zu Hilfe nahm, damit sie ihre Position auf der
Karte ausmachen konnten. Man musste sich Dinge aussu-
chen, die unverwechselbar waren, Merkmale, die sich von
der Umgebung abhoben. Und dann war man durch Trian-
gulierung in der Lage, mithilfe von Karte und Kompass die
eigene Position zu bestimmen. Pilot Peak war ein solcher
Punkt, Amphitheater ein weiterer. Für den dritten aber hatten sie keinen Berg gewählt, sondern einen Brandbeobach-
tungsturm.

Jace wandte den Blick nicht von dem Licht und fing an, über Möglichkeiten nachzudenken, an die er vorher noch gar nicht gedacht hatte, Optionen allerdings, auf die er nicht unbedingt versessen war. Es war seine Entscheidung gewesen – mit den anderen hinunterlaufen, dem Tod entgegen, der ihn dort erwartete, oder allein in den Bergen zurückbleiben und dort warten, bis der Tod zu ihm kam.

Das Licht aber lockte und signalisierte ihm, dass es vielleicht noch andere Auswege gab.

Du musst deine Umgebung genau beobachten, um etwas zu finden, was dich retten könnte. Am Anfang erscheint dir alles fremd und lebensfeindlich. Aber das ist nicht so. Überall verbergen sich Dinge, die nur darauf warten, dir weiterzuhelfen. Du musst sie nur finden.

Der Beobachtungsturm war zu Fuß erreichbar. Was sich darin verbarg, wusste er nicht. Vielleicht jemand mit einer Waffe. Vielleicht ein Telefon oder ein Funkgerät, eine Möglichkeit, einen Hubschrauber anzufordern, der ihn aus den Bergen herausholte, bevor jemand anderer Wind davon bekam, dass er verschwunden war.

Unwillkürlich fing Jace an zu planen.

In seiner Fantasie aber tauchten seine Verfolger wieder auf, hörte er diese leidenschaftslosen Stimmen, die so kalt und kontrolliert waren. Und tief in seinem Inneren wusste er, dass er Männern wie diesen eigentlich gar nicht hätte entkommen dürfen. Sie ließen keine Zeugen zurück. Sogar die Polizei hatte das gesagt, hatte es seiner Mutter gesagt, seinem Vater, ihnen Angst gemacht, sodass sie einwilligten, ihren einzigen Sohn in die Wildnis zu schicken, um ihn dort zu verstecken. Dieses eine Mal war er ihnen entkommen. Ein zweites Mal entwischte ihnen niemand, und ein Junge, ein Kind, schon gar nicht.

Aber ich habe Feuer gemacht. Ich bin jetzt anders. Die wissen das nicht. Aber ich.

Es war nur eine Kleinigkeit, albern geradezu. Und obwohl ihm das klar war, verlieh ihm die Erinnerung daran dennoch einen Hauch von Stärke. Er dachte an die Tour, die er hinter sich hatte, und an den Beobachtungsturm, dessen Licht ihm zublinzelte, und er wollte sie alle überraschen. Nicht nur dieses teuflische Gespann, das ihm auf den Fersen war. *Alle* wollte er überraschen. Die Polizei, seine Eltern, Ethan Serbin, die ganze Welt.

Diesen beiden entkam niemand, auch wenn es Jace schon einmal gelungen war. Damals hatte er Glück gehabt. Sie waren sich nicht ganz sicher gewesen, ob er wirklich dort gewesen war, und die Zeit spielte ihnen in die Hände. Aber er hatte auch nicht gewusst, dass sie ihm nachstellen würden. Damit hatte er nicht gerechnet. Er war verwundbar gewesen.

Jetzt war er vorbereitet, und er war stärker. Er musste nicht mehr vorgeben, Connor Reynolds zu sein. Aber während Jace Wilson einst das Geheimnis in Connor Reynolds gewesen war, war es jetzt umgekehrt. Connor und das, was er in diesen Tagen in den Bergen gelernt hatte, waren jetzt das Geheimnis in Jace Wilson.

Und darauf waren die beiden bösartigen Typen, die ihm auf den Fersen waren, nicht gefasst. Sie hielten ihn für den Jungen, den sie einst zurückgelassen hatten, den Jungen, der sich versteckt, ausgeharrt und geweint hatte.

Für einen Jungen, der genauso aussah wie derjenige, der jetzt in den Bergen unterwegs war.

»Aufgeben gilt nicht«, entfuhr es Jace laut. Es waren die ersten Worte, die er gesprochen hatte, seit er von Ethans Schrei aus dem Schlaf gerissen worden war. Seine Stimme verlor sich in der Dunkelheit, aber zumindest war sie da. Auf eine seltsame Weise bedeutete ihm das, dass er noch lebte. Er war noch nicht tot. Noch funktionierte sein Körper. Er konnte sprechen.

Und gehen konnte er auch.

17

Allison spürte Hände, die sie berührten, und diese Hände fügten ihr Schmerzen zu. Aber dann ließ der Schmerz nach, und sie begriff, dass ein Medikament beigemischt worden war. Erst lag sie am Boden, dann bewegten sie sie behutsam, hoben sie aus den Trümmern dessen heraus, was einmal ihr Haus gewesen war. Sie hörte, wie sie sie für den Zufluchtsort lobten, den sie gewählt hatte. Das hatte sie anscheinend gut gemacht. Gesunder Menschenverstand, dachte sie. Sie hatte nur an Wasser kommen wollen. Am Ende aber hatte sie es nicht einmal aufgedreht, war gar nicht in der Lage dazu gewesen. Aber der Boden der Dusche war eine geeignete Stelle, um sich zusammenzurollen. So blieb sie unterhalb des Rauchs, und die Kacheln boten den Flammen keine Nahrung. Sie hatten sich dorthin weitergefressen, wo es geeigneteren Brennstoff gab, und waren gestoppt worden, bevor sie wieder zu ihr gelangen konnten.

Ihr Traumbad, dieser mit Granitfliesen ausgekleidete Raum, die Porzellanwanne mit Blick auf die Berge, der letzte Schliff an ihrem gemeinsamen schmucken Zuhause, hatte sie gerettet. Wasser hatte sie nicht bekommen, jetzt aber gab es dort mehr als genug davon. Durch einen Schlauch war es in

Strömen durch das zerschmetterte Fenster hineingeschossen, sodass sich Dampf in wütender Entrüstung dagegen erhob.

Draußen auf dem Hof kümmerten sich die Sanitäter intensiver um sie. Fragen hatte man ihr noch nicht gestellt, sie hatten alle Hände voll zu tun, sie zu stabilisieren. Die Fragen würden aber noch kommen. Sie wusste das, und sie wusste auch, dass sie die richtigen Antworten geben musste.

Als sie die Spezialtrage herausholten, bekam sie Angst. Auf so etwas gehörte man nur, wenn man schwer verletzt war oder im Sterben lag. Sie versuchte, sich von ihr abzurollen und sagte ihnen, dass sie stehen könnte. Aber sie hielten sie fest und erklärten ihr, dass das nicht ginge.

»Tango hat drei Monate gestanden«, sagte sie zu ihnen. Eine Bemerkung, die ihr absolut logisch erschien, an der Entscheidung jedoch nichts änderte. Sie wurde angehoben und auf die Spezialtrage gelegt, und dann trugen sie sie durch ein schwindelerregendes Flimmern bunter Lichter zum Krankenwagen. Einer der Sanitäter erkundigte sich, ob sie Schmerzen hätte, und sie wollte schon sagen, dass es schlimm war. Aber sie hielt sich zurück, wollte keine zusätzlichen Medikamente haben. Noch nicht.

»Ich muss mit meinem Mann sprechen«, sagte sie. Wie lange Nadeln bohrten sich die Schmerzen beim Reden durch die Lippen in ihr Gesicht und bahnten sich den Weg hinauf in den Kopf.

»Wir werden Ihren Mann finden. Er wird bald hier sein. Ruhen Sie sich aus.«

Sie hätte den Rat gern angenommen. Es wäre schön, Ethan zu sehen, und sie wollte sich ausruhen, all ihren Ratschlägen folgen – sich ausruhen, entspannen, ruhig sein. Das alles klang gut. Aber dazu war es noch ein bisschen früh.

»Er hat ein GPS-Gerät dabei«, sagte sie, als sie schon im Krankenwagen lag, der aber noch nicht losgefahren war. Und die Sanitäter schienen es darauf anzulegen, sie zu ignorieren. Zum Glück war ein Polizist anwesend, einer den sie kannte, einer von denen, mit denen Ethan bei Rettungseinsätzen zusammengearbeitet hatte. Sie kannte seinen Namen, aber der fiel ihr jetzt nicht mehr ein. Das war ärgerlich, aber sie hoffte, er hatte Verständnis dafür. Sie gab den Versuch auf, sich an den Namen zu erinnern, und setzte stattdessen auf direkten Blickkontakt.

»Bitte«, sagte sie. »Ich muss ihm eine Nachricht schicken. Sie kennen sich in diesen Dingen aus. Das GPS-Gerät kann …«

»Ich werde ihm die Nachricht übermitteln, Allison. Sagen Sie mir einfach, was ich ihm ausrichten soll. Ich werde es weitergeben.«

Er sah immer weg. Sie fragte sich, was er sah. Wie sie in seinen Augen wirkte.«

»S-sagen Sie ihm …« Sie zögerte, denn es war wichtig, es richtig zu formulieren. Es war entscheidend, Ethan etwas zu verstehen zu geben, ohne dass die anderen es verstanden. Einen geheimen Code. Einen zwischen Mann und Frau. Warum hatten sie sich nie einen Code ausgedacht? Das hätten sie tun sollen. Einkäufe erledigen, Wäsche waschen, einen Code ausdenken.

»Sie müssen das richtig machen«, sagte sie dem Polizisten. »Genauso, wie ich es sage.«

Er wirkte beunruhigt, nickte aber. Einer der Sanitäter forderte ihn auf zurückzutreten, weil er die Tür schließen wollte, aber er hob die Hand und bat ihn, noch zu warten.

»Sagen Sie ihm, dass Allison ihm ausrichten lässt, dass es ihr gut geht, aber dass JBs Freunde ihn besuchen wollen.«

»Wir sagen ihm, dass es Ihnen gut geht. Er ist bald hier. Sie sehen ihn schon ...«

»*Nein.*« Sie versuchte, lauter zu sprechen, und die Schmerzen, die das hervorrief, waren quälend, aber sie überwand sich. »Sie müssen es ihm ganz genau sagen. Sagen Sie mir, wie Sie es ihm sagen werden.«

Alle sahen sie jetzt an. Auch die Sanitäter. Der Officer, an dessen Namen sie sich nicht erinnerte, sagte: »Allison geht es gut, aber JBs Freunde wollen ihn sehen.«

»*Zwei.* Sagen Sie, dass *zwei* kommen.« Es war wichtig, genau zu sein. Das wusste sie. Je mehr Einzelheiten er erfuhr, umso besser war er vorbereitet.

Der Officer sagte, dass er es so mitteilen würde. Er entfernte sich von ihr, aber sie spürte nicht, dass der Krankenwagen sich in Bewegung setzte, und die Tür stand immer noch offen. Das war faszinierend. Wie konnte das sein? Oh, er trat zurück. Witzig, wie schnell Medikamente wirkten. Sehr irritierend. Sehr gute Medikamente. Das sagte sie auch den Sanitätern. Die wollten sicher gerne wissen, wie gut das Zeug war. Aber sie waren beschäftigt, schienen immer beschäftigt zu sein.

Die Tür wurde geschlossen, und der Krankenwagen setzte sich in Bewegung, und dann fuhren sie tatsächlich rumpelnd die Auffahrt entlang. Sie sah die Männer mit den blassblauen Augen wieder vor sich, und das Gesicht ihres Mannes, und sie wünschte sich, ihm die Nachricht selbst übermitteln zu können. Der Officer brachte es hoffentlich richtig rüber. Sie waren zu zweit, und sie waren bösartig. Vielleicht hätte sie das Wort in der Nachricht verwenden sollen. Vielleicht hätte sie es deutlicher formulieren sollen. Sie hatte gesagt, dass zwei Freunde kommen würden, aber das war viel zu weit von der Wahrheit entfernt.

Das Böse war auf dem Weg.

Dieses Mal war es ein anderer Traum. Weniger labyrinthisch, aber von noch erschreckenderer Brutalität. Dieses Mal kam der Junge zu Hannah. Er kam direkt auf sie zu. Er trug eine Stirnlampe und marschierte auf ihren Turm zu, und sie hatte Angst vor ihm und vor dem, was er ihr mitteilen würde.

Jetzt drehst du vollkommen durch, dachte sie, während sie zum Fenster hinaussah, als die Gestalt mit der Lampe die Stufen des Turms erreichte und anfing, sie emporzusteigen. Die Stahlkonstruktion rappelte bei jedem seiner Schritte.

Er konnte nicht echt sein. Ein Junge genau wie der, der sie verfolgte, der aus dem nächtlichen Wald heraustrat, aus den Bergen, ganz allein, und der auf sie zukam, als wäre er ihr immer schon hinterhergelaufen?

Nach zehn Stufen blieb die schreckenerregende Gestalt jedoch stehen, hielt sich am Geländer fest, sah den Turm hinauf und dann wieder hinab. Dann kam sie rasch noch ein paar Stufen hinauf, mit ungelenken Bewegungen, die dem sperrigen Rucksack geschuldet waren, den sie auf dem

Rücken trug. Dann hielt sie erneut inne und stützte sich mit beiden Händen auf der Stufe vor sich auf, als müsste sie sich Halt verschaffen.

Hannah blieb weiter ihrer Fiktion von Gespenstern verhaftet, verstand nicht viel von ihnen, aber in einem war sie sich sicher: Höhenangst hatten sie nicht.

Sie ging zur Tür. Unter ihr setzte der Junge seinen unwirklichen Aufstieg aus der Dunkelheit fort, vom hellen Lichtstrahl zu ihr hinaufgeführt. Sie machte die Tür auf, trat in die Nacht hinaus und rief: »*Halt!*«

Fast wäre er rückwärts hinuntergestürzt. Er ließ sich gegen das Geländer sacken, schrie kurz auf und rutschte zur Seite; der Rucksack verfing sich in den Streben und bewahrte ihn vor einem Sturz die Stufen hinab.

Gespenster hatten keine Angst vor den Lebenden. Sie zitterten auch nicht beim Klang deiner Stimme.

»Hast du dich verletzt?«, rief sie.

Er antwortete nicht, und sie ging die Stufen hinunter. Er sah, wie sie ihm entgegenkam, die Stirnlampe leuchtete ihr direkt in die Augen.

»Mach bitte die Lampe aus.«

Er machte sich mit der Hand an der Lampe zu schaffen, bis sie mit einem Klicken von dem grellen Weiß in ein schwaches Glimmen umschaltete. Eine Einstellung, bei der die Nachtsicht erhalten blieb. Sie ging hinunter, bis sie ihn deutlicher sehen konnte.

Er wies nicht geringste Ähnlichkeit mit dem Jungen aus ihrer Erinnerung auf. Er war älter und größer, und er hatte dunkles, kein blondes Haar. Sein Gesicht war überzogen von Erde, Kratzern und Schweiß. Und er war vollkommen außer Atem, keuchte. Er musste schon eine ganze Weile unterwegs sein.

»Wo kommst du her?«

»Ich bin … ich habe mich verlaufen. Auf dem Rückweg zum Lager.«

»Du zeltest?«

Er nickte. Sie war jetzt nah genug, um die Streifen zu erkennen, die sein Gesicht dort überzogen, wo Tränen den Schmutz weggewaschen hatten.

»Mit deinen Eltern?«

»Nein. Ich meine … nicht mehr. Nicht jetzt.«

Eine eigenartige Antwort, und der Ausdruck in seinen Augen war noch seltsamer. Mit unstetem Blick sah er sich um, als gälte es, Möglichkeiten auszuloten, um sich für die richtige zu entscheiden. Für ein Ja oder Nein? Hannah sah ihn forschend an und versuchte herauszufinden, was ihm fehlte. Irgendetwas störte sie. Er war zum Zelten zwar passend gekleidet, und auch der Rucksack und die Stirnlampe waren nichts Ungewöhnliches, aber …

Der Rucksack. Warum trug er ihn noch, wenn er sich doch verirrt hatte und auf dem *Rück*weg zum Lager war?

»Seit wann bist du unterwegs?«

»Ich weiß es nicht. Ein paar Stunden.«

Dann war er also seit Mitternacht mit einem vollen Rucksack unterwegs. Ziemlich seltsam für kurz mal Austreten.

»Wie heißt du?«, fragte sie.

Wieder ein irritiertes Flackern in seinem Blick. »Connor.«

»Und deine Eltern sind irgendwo da draußen, und du findest sie nicht wieder?«

»Ja. Ich muss mich irgendwie bei ihnen melden.«

»Das würde ich auch sagen.«

»Haben Sie ein Telefon dort oben?«, fragte er.

»Ich habe Funk. Ich werde Hilfe holen. Komm hoch. Wir bringen das wieder in Ordnung.«

Zögernd richtete er sich auf. Er hielt sich am Geländer fest, als fürchtete er, die Stufen könnten unter ihm zusammenbrechen und ihn mit in die Tiefe reißen. Sie drehte sich um und ging voraus in die Kabine. Der Mond ging bereits unter, und die ersten Vorboten der Morgendämmerung zeichneten sich am östlichen Himmel ab. Bis weit nach Mitternacht war sie aufgeblieben und hatte über Funk die Meldungen über den Brand verfolgt. Bis zum Einbruch der Dunkelheit hatten sie es nicht geschafft, die Flammen unter Kontrolle zu bekommen, und ein zweites Hotshot-Team zur Unterstützung angefordert. Am Morgen, so vermutete sie, würden sie einen Hubschrauber anfordern. Einen Moment lang war Hektik aufgekommen, als plötzlich ein zweiter Brandherd nur ein paar Meilen weiter gemeldet wurde. Der aber erwies sich als Hausbrand, der schnell gelöscht werden konnte. Jetzt gab es nur noch den einen Brand da draußen in der Nacht. Der Wind, der schon in der Abenddämmerung aufgefrischt hatte, war in der Nacht unverändert geblieben und ließ keine Anzeichen erkennen, dass er sich am Tag legen würde.

Der Ärmste, dachte sie. Was immer er ihr verschwieg – und irgendetwas war da –, er musste auf jeden Fall aus den Bergen raus und zu seiner Familie zurück. Sie fragte sich, ob er vielleicht weggelaufen war. Das würde den vollen Rucksack und die zögerlichen Antworten erklären. Aber das ging sie nichts an. Ihr Job war es, dafür zu sorgen, dass er in Sicherheit war. Einiges mehr an Arbeit also, als sie für diesen Sommer erwartet hatte.

Oben in der Kabine angekommen, schaltete sie das Licht an und wartete, bis auch er oben war. Obwohl sie langsam gegangen war, war er ein gutes Stück zurückgeblieben. Selbst als das Licht in der Kabine anging, blickte er nicht von seinen Schuhen auf. Schritt, Schritt, Pause, Schritt, Schritt, Pause. Nicht einmal wandte er seinen Blick nach oben oder zur Seite.

»Da wären wir«, sagte sie. »In meinem kleinen Reich. Wo kommst du her? Weißt du, wie der Lagerplatz heißt, oder kennst du einen Orientierungspunkt? Ein paar Informationen werde ich schon brauchen, wenn wir deine Familie finden wollen.«

Wieder dieser seltsame Gesichtsausdruck. Als wüsste er nicht, was er antworten sollte, und bräuchte Zeit, um sich etwas zurechtzulegen. Es war nicht der Ausdruck von Irreführung oder Heuchelei, es war pure Unsicherheit.

»Wen rufen Sie über Funk?«, fragte er.

»Leute, die helfen können.«

»Ja, aber ... wen genau? Die Polizei?«

»Hast du Angst vor der Polizei?«

»Nein«, sagte der Junge.

»*Brauchst* du die Polizei?«

»Es ist nur ... ich will es einfach wissen. Ich muss es wissen, das ist alles.«

»Was musst du wissen?«

»Wer *genau* ist am Funkgerät?«

»Die Einsatzzentrale der Feuerwehr. Die rufen aber, wen du willst.«

Er zog die Stirn kraus. »Feuerwehr?«

»Ja.«

»Wer hört den Sprechfunk mit?«

»Wie bitte?«

»Ich meine nur … ist das ein Zwei-Wege-Funk?«

»Zwei-Wege-Funk?«, wiederholte sie. »Ich glaube, ich kann dir nicht folgen.«

»Können andere mithören, was Sie sagen? Also, reden nur Sie und eine andere Person miteinander, so wie am Telefon? Oder hören noch andere mit? Oder andere Funkgeräte?«

»Kleiner«, sagte sie. »du musst mir schon erklären, wo das Problem ist, okay?«

Er antwortete nicht.

»Woher kommst du wirklich?«, fragte sie.

Er wandte den Blick von ihr ab und blieb beim Osborne-Peilgerät hängen. Dann sah er sich weiter um und entdeckte die Karte. Schweigend beugte er sich darüber und sah sie sich genauer an.

Ein Autist vielleicht, dachte sie. *Oder wie heißt dieser andere Zustand? Wenn ein Kind richtig klug ist, es aber eine Frage einfach ignoriert, die man ihm stellt? Egal, was es ist, dieser Junge hat es.*

»Wenn du es nicht mehr weißt, ist das okay. Ich muss nur erklären, was …«

»Ich würde sagen, wir waren genau … hier«, sagte er mit

dem Zeigefinger auf der topografischen Karte. Sie war so überrascht, dass sie ihre Frage nicht wiederholen konnte. Sie stellte sich einfach neben ihn und sah auf die Stelle, auf die er zeigte.

»Das sind keine zwei Meilen von hier«, sagte er. »Und wir waren einen Grad darunter, hier, wo es flacher wird. Die Steigung lag hinter uns. Sehen Sie das? Der Linienverlauf zeigt, dass es sich um flaches Gelände handelt, sehen Sie?«

Er blickte auf und sah sie neugierig an, begierig zu wissen, ob sie verstanden hatte.

»Ja«, sagte sie. »Ich sehe es.«

»Da hatten wir unser Lager. Wir lernen, uns zu orientieren, und dabei habe ich den Rauch gesehen und herausgefunden, wo wir waren … und dann … dann, später, als Sie das Licht eingeschaltet haben, habe ich diesen Turm gesehen. Das ist ungefähr eine Stunde her. Sie glauben gar nicht, wie weit das Licht reicht, von dem hohen Ding hier. Aber als ich es gesehen habe, fiel mir wieder ein, was es war. Oder was es wahrscheinlich war. Als Sie es wieder ausgeschaltet haben, hatte ich schon Angst, dass ich es mir nur eingebildet habe. Ich meine, es wurde so schnell dunkel. Es war, als wäre es nie da gewesen. Aber ich hatte die Lage, ich meine die Peilung. Peilung nennt man das. Und so bin ich einfach … bin ich einfach weitergegangen.«

Jetzt fing er an, auf und ab zu gehen, und seine Hände zitterten. Zum ersten Mal sah er aus, als quälte ihn etwas. Mehr als das. Er sah verängstigt aus.

»Von wo bist du weggegangen?«, fragte Hannah. »Was hat dir Angst gemacht?«

»Ich weiß es nicht. Hören Sie, ich möchte, dass Sie mir einen Gefallen tun.«

Aha, jetzt kommt er zur Sache, dachte sie. *Jetzt wird es interessant.*

»Hilfe holen«, sagte sie. »Klar, ich bin schon dabei.«

»Nein. Nein, bitte tun Sie das nicht. Wenn Sie einfach nur … wenn Sie mir einfach nur etwas Zeit geben würden. Zeit zum Überlegen.«

»Zum Überlegen?«

»Ich muss … ich muss einfach kurz nachdenken. Nur ein paar Minuten, okay? Ich muss nur … ich muss ein wenig überlegen. Aber ich muss nachdenken.«

»Wir müssen dich hier rausbekommen, dorthin, wo dir jemand helfen kann. Das geht vor, dann kannst du immer noch nachdenken. Das hier oben ist kein guter Ort für dich. Hier bei mir kannst du nicht bleiben.«

»Dann gehe ich. Tut mir leid. Ich hätte nicht herkommen sollen. Ich dachte, es wäre die richtige Entscheidung, aber jetzt … Tut mir leid. Es war ein Fehler. Ich gehe dann wieder.«

»Nein, das tust du nicht.«

»Ich muss aber. Vergessen Sie's. Vergessen Sie einfach, dass ich hier war. Sie müssen kein großes Ding daraus machen, die Polizei oder sonst wen rufen. Ich glaube nicht, dass das gut wäre.«

Seine Stimme zitterte.

»Connor?«, sprach sie ihn an. »Es ist mein Job, Leute darüber zu informieren, was hier oben abläuft. Wenn ich das nicht melde, werde ich gefeuert.«

»Bitte«, sagte er. Er schien mit den Tränen zu kämpfen, und sie verstand nicht. Sie wusste nur, dass sie jemanden herholen musste, der sich um ihn kümmerte. Ein Minderjähriger, das nachts allein im Wald herumirrt? Das musste sie melden, und zwar *sofort*.

»Lass uns überlegen, was wir tun können«, sagte sie. »Ich melde nur meinen Vorgesetzten, dass du da bist. Wenn die einen Vorschlag haben, können sie es uns sagen, und wenn deine Eltern schon mit Leuten gesprochen haben und dich suchen, dann können alle erleichtert aufatmen.« Sie ging zum Funkgerät. »Stell dir doch mal vor, wie verängstigt sie sind. So können wir ihnen helfen, und es geht ihnen besser.«

»Bitte«, entfuhr es ihm erneut, aber sie hörte nicht hin, als sie zum Mikrofon griff.

»Ich gebe nur durch, wo du bist, mehr nicht. Hab keine Angst.« Sie schaltete das Mikrofon ein, brachte aber nur noch »Hier ist Lynx Lookout« heraus, bevor er die Axt auf den Tisch schmetterte und das Kabel zwischen Mikrofon und Funkgerät durchtrennte.

Sie schrie auf, warf sich zur Seite, stolperte über den Stuhl und fiel auf Hände und Knie. Sie drehte sich zu ihm um und starrte ihn an, wie er mit etwas gezielteren Hieben mit dem Beil, das sie zum Spalten von Brennholz verwendete, auf die Front des Funkgerätes einschlug. Unter verzweifeltem Schluchzen zerstörte er das Gerät.

»Tut mir leid«, sagte er. »Wirklich. Aber ich weiß nicht, ob das eine gute Idee ist. Wenn sie es schon bis hierher geschafft haben, dann hört bestimmt jemand mit und sagt ihnen Dinge, die besser geheim bleiben sollten.«

18

Der Rauch, den Connor auf der Karte ganz richtig lokalisiert hatte, stand immer noch über den Bergen, als Ethan mit sechs erschöpften Jungen im Schlepptau am Ausgangspunkt Pilot Creek ankam. Nicht zu vergessen der eine, der in der Wildnis verloren gegangen war. Es war ein Waldbrand gewesen, genau wie er es befürchtet hatte. Und er schien sich auszuweiten. Geistesabwesend starrte er das Feuer an, das seine Aufmerksamkeit vor Kurzem noch ganz anders gefangen genommen hätte. Dann drehte er sich um und sah den Männern entgegen, die auf sie warteten.

Drei Streifenwagen – zwei Geländewagen und ein Pickup aus dem Park. Sechs Uniformierte liefen herum. Einer für jeden Jungen, die Ethan aus den Bergen zurückgebracht hatte.

Er hatte Zeit zum Nachdenken gehabt, all die Stunden, die sie im Dunkeln hinuntergelaufen waren, während Connor in der entgegengesetzten Richtung unterwegs war. Wenn er denn unterwegs war.

In einer anderen Lage wäre Ethan äußerst besorgt gewesen. Er fragte sich, was eigentlich egoistischer war, den Jungen, von dem niemand wusste, wer er war, vor Allison an die erste Stelle zu setzen, oder Allison dem Jungen vorzuziehen. Es ging um die Verantwortung einem Kind gegenüber, das Hilfe brauchte, und auch um die Verantwortung der eigenen Frau gegenüber. Einem von beiden den Vorzug zu geben konnte niemals zu einer guten Entscheidung führen. Jedenfalls sah er das so. Man musste versuchen, es beiden recht zu machen, aber letztlich ging das nicht. Man traf immer eine Wahl.

Er hatte die falsche getroffen.

Du bist der Einzige, der das kann, hatte Jamie zu ihm gesagt. Und er hatte geantwortet: *Natürlich, du hast recht.*

Die Jungen ließen sich keuchend zu Boden fallen. Einige hatten nicht einmal den Rucksack abgelegt. Er sah sie an und spürte die Last des Versagens auf seinen Schultern, eine Last, die er noch nie in seinem Leben verspürt hatte.

Von den Officers, die angerückt waren, kannte er einige. Während die meisten sich um die Jungen kümmerten, Wasserflaschen austeilten und Fragen stellten, nahm Sergeant Roy Futvoye Ethan beiseite. Sie setzten sich unter die offen stehende Ladeklappe seines Suburban, und Roy berichtete ihm, dass das Haus vollkommen zerstört und Allison in Billings im Krankenhaus wäre.

»Sie sagte, es waren zwei. Sie schien … nicht genau zu wissen, was sie eigentlich wollten.«

Und ob sie es wusste. Schweig lieber, hatte Ethan gesagt. Traue niemandem, hatte Ethan gesagt. Ich sorge dafür, dass ihm nichts passiert, hatte Ethan gesagt.

»Was haben Sie ihr getan?«, fragte er mit leiser Stimme, unfähig, Roy in die Augen zu sehen.

»Viel weniger, als sie hätten tun können. Wenn sie das Feuer nicht gelegt hätte, wer weiß.«

Ethan sah auf. »Allison hat ein Feuer gelegt?«

Roy nickte. »Mit einer Dose Pfefferspray, aus der sie einen Stoß in den Holzofen abgefeuert hat. Es hat sie in die Flucht geschlagen. Aber ... sie hat teuer dafür bezahlt. Sie hat Verbrennungen davongetragen. Und einer dieser Typen ...«

Jetzt war es Roy, der Ethan nicht in die Augen sehen konnte.

»Einer von denen hat sie ziemlich übel am Mund zugerichtet.«

»Das auch noch«, sagte Ethan. Sein eigener Mund wurde trocken.

»Sie ist soweit okay«, sagte Roy. »Das kommt wieder in Ordnung. Aber ich muss mit Ihnen reden. Wenn die Typen aus einem bestimmten Grund hier sind ...«

»Einen Grund gibt es immer«, entgegnete Ethan. Er war mit seinen Gedanken woanders, zurück in der Hütte, und stellte sich vor, wie ein Mann ihr *ziemlich übel den Mund zurichtet.*

»Serbin? Bitte hören Sie zu. Wenn Sie *irgendetwas* über diese Männer wissen, dann müssen Sie mir das sagen. Der Sheriff ist tot. Es könnte ein Zusammenhang bestehen. Ich werde auf jeden Fall ...«

»Claude ist tot?«

»Sehen Sie den Rauch dort?«

»Ja.«

»Es brennt dort immer noch, und es hat bei Claude angefangen. Wir haben da oben seine Leiche gefunden. Er war zum Holzschlagen dort. Sie kennen Claude, und ich kenne ihn auch. Sagen Sie mir – macht der am helllichten Nachmittag ein Feuer, wenn er Bäume fällt?«

»Unwahrscheinlich.«

Ein Job, der einem mit einem Blizzard angetragen wird, kann nur Gutes bedeuten, hatte er zu Jamie Bennett in jener Nacht gesagt. Und gelacht.

Er drehte sich um und starrte in die ahnungslosen Gesichter der erschöpften, verstörten Jungen. Marco sah ihn betroffen an. Marco, der jetzt in sein Scheißleben im Heim zurückmusste. Alle mussten jetzt zurück.

»Hauptsache, sie ist in Sicherheit«, sagte Ethan zu Roy. »Es geht ihr gut, sie ist verletzt, aber okay.«

»Richtig. Sie können sie besuchen. Sie hat sicher schon bessere Zeiten erlebt, aber sie wird es überleben, Ethan. Sie haben sie nicht verloren, und Sie werden sie auch nicht verlieren.«

Er nickte und ließ den Blick schweifen, nahm die Gesichter in sich auf, die fragenden Blicke, den Rauch über den Bergen im Hintergrund.

»Ich komme zurück, um den Jungen zu suchen«, sagte er zu Roy.

»Der Junge?«

Erst jetzt erzählte Ethan ihm, was er gehofft hatte, nie in seinem Leben erzählen zu müssen: Er hatte ein Kind in den Bergen verloren.

»Wir finden ihn, Ethan. Machen Sie sich keine Sorgen.«

»Ich habe ihm ein Versprechen gegeben«, sagte er. »Viele

Versprechen. Ich werde mich um seine Sicherheit kümmern. Ob Sie ihn zuerst finden oder nicht, Sie tun nichts, was nicht vorher mit mir abgestimmt wurde, verstanden? Nichts.«

Roy neigte den Kopf und wandte den Blick ab. »Gibt es etwas, das ich über diesen Jungen wissen müsste?«

Ethan sagte: »Ich muss jetzt ins Krankenhaus. Ich muss sie sehen. Aber ich komme zurück.« Dann wiederholte er es, lauter dieses Mal, und dabei sah er die Jungen an. »Ich komme zurück, Jungs.«

Sie sahen ihn an und einige nickten. Andere schienen sich schon mit dem abzufinden, was er sich noch nicht eingestand – dass er sie nie wiedersehen würde.

Die Blackwell-Brüder beobachteten durch die Zielfernrohre ihrer Gewehre, die Finger am Abzug, wie die Gruppe zum Ausgangspunkt zurückkehrte. Sie waren im Wald auf der anderen Seite der Straße, an einer höher gelegenen Stelle, einem ausgezeichneten Aussichtspunkt. Die Jungen zu finden war nicht schwer gewesen. Die hektische Betriebsamkeit der der Polizei wies ihnen den Weg.

»Sieh bloß zu, dass du triffst.«

»Ich weiß, was auf dem Spiel steht.«

»Das gilt für uns beide. Ein sauberer Schuss, danach ist es nur noch eine Frage der Schnelligkeit. Wenn du getroffen hast, müssen wir uns beeilen.«

»Alles klar.«

»Die wissen immer noch nicht, wer er ist«, sagte Jack. Seine linke Gesichtshälfte wies schwere Verbrennungen auf. Dicke Blasen hatten sich gebildet.

»Glaubst du?«

»Für die Jungen scheinen sie sich gar nicht zu interessieren, eher für Serbin. Außerdem sind das alles Leute aus der Gegend. Ich sehe nicht einen Fed. Du?«

»Nein.«

»Dann haben sie offensichtlich keinen blassen Schimmer davon, wie wichtig der Kleine ist.«

Wie Scharfschützen nebeneinander auf dem Bauch liegend holten sie sich die Jungen immer deutlicher ins Visier. Sie justierten ihre Fernrohre, um die Gesichter besser erkennen zu können. Sechs Jungen. Sechs erschöpfte Jungen.

»Ich sehe ihn nicht.«

»Ich auch nicht.«

»Die tun so, als wären das alle. Es kommt keiner mehr.«

»Dann haben sie ihn schon weggebracht. Waren uns wohl einen Schritt voraus.«

»Nein. Dafür ging alles zu schnell.«

»Dann war er von Anfang an nicht dabei.«

»Du hast doch die Frau von Serbin gehört. Die wusste genau, weshalb wir hier waren.«

Sie setzten ihre Beobachtung eine Zeitlang fort. Zwei uniformierte Polizisten und ein Mann mit einer orangefarbenen Weste in Tarnuniform verteilten Funkgeräte, prüften sie und entfernten sich dann von den Jungen in Richtung Ausgangspunkt, verschwanden im Wald.

»Was haben die vor?«, fragte Patrick.

»Das frage ich mich auch.« Jack blickte von seinem Fernglas auf und sah seinen Bruder an. »Interessant.«

»In der Tat. Du meinst, einer fehlt? Der kleine Jace ist ziemlich schlau und anscheinend auch sehr einfallsreich.«

»Und vielleicht sehr einsam im Wald.«

»Schon möglich.«

»Wenn die ihn zuerst finden, haben wir ein Problem.«

»Finden wir ihn zuerst, ist es unkompliziert.«

»Das haben sie uns von Anfang an gesagt. Aber bisher war es alles andere als unkompliziert.«

»Der einen oder anderen Herausforderung werden wir uns stellen müssen, Bruderherz. Wir müssen uns unsere Belohnung heute richtig verdienen.«

»Wie sehr ich deine Weisheiten schätze. Ich hoffe, dass ich nie etwas anderes sagen muss.«

»Ich werde es zu würdigen wissen.«

»Serbin geht.«

Jack blickte wieder durch das Fernrohr. Ein Streifenwagen fuhr los. Serbin war unterwegs, die sechs Jungen und die anderen Polizisten blieben zurück.

»Sie ist am Leben«, sagte sein Bruder. »Hab ich dir doch gesagt.«

»Das kannst du doch gar nicht wissen.«

»Und ob ich das weiß. Du hast ihn doch gesehen. War das die Reaktion eines Mannes, dessen Frau tot ist? Dafür war er ziemlich ruhig. Und auf einmal hat er es ziemlich eilig. Er fährt sie besuchen.«

»Wir brauchen den Jungen.«

»Wir brauchen sie beide.«

Jack seufzte und senkte das Gewehr. »Wie gut, dass wir zu zweit sind.«

»Das war es immer schon. Wen nimmst du?«

»Wenn sie am Leben ist, dann ist sie im Krankenhaus. Ich könnte mir vorstellen, dass mir die Räumlichkeiten einer Notaufnahme ganz gut zu Gesicht stehen würden. Meinst du nicht auch?«

»Dann mach ich mich auf den Weg in den Wald.«

»Bei so etwas bist du besser als ich.«

»Ja.«

»Dauert nicht lange.«

»Das wird sich zeigen. Das Ganze dauert sowieso schon länger als ich dachte.«

»Manchmal ist das eben so, Bruderherz. Ich hab's auch lieber, wenn's schnell geht. Ich bin nur etwas geduldiger als du.«

»Die Männer, die sich auf die Suche nach dem Jungen machen, dürften wissen, wohin es geht.«

»Davon gehe ich auch aus.«

»Dann hefte ich mich an ihre Fersen. Und wenn ich ihn sehe, dann nehme ich die Gelegenheit wahr.«

»Wenn du ihn siehst, nimmst du hoffentlich nicht nur die Gelegenheit wahr, sondern auch *dein Schießeisen* zur Hand. Die Gelegenheit allein nützt uns gar nichts.«

»Hab ich schon mal vorbeigeschossen?«

»Nein.«

»Na also. Und wie gedenkst du, mich aus den Bergen zu holen?«

Jack Blackwell antwortete nicht, er grinste nur.

19

Er wollte wieder anfangen zu weinen, aber er hatte keine Tränen mehr oder vielleicht auch einfach nicht mehr die Kraft. Die Frau fürchtete sich vor ihm, und er fühlte sich schlecht deshalb. Aber er würde nichts Schreckliches mehr tun. Er hatte das Beil nicht mehr; es lag auf dem Boden.

»Nehmen Sie es«, sagte er.

»Wie bitte?«

Er deutete auf das Beil. »Na los, nehmen Sie es. Sie können es gegen mich richten, wenn Ihnen danach ist.«

»Ich gehe bestimmt nicht mit einem Beil auf dich los«, sagte die Frau. »Und du wirst es auch nicht gegen mich richten. Habe ich recht?«

Jace schüttelte den Kopf.

»Dann leg es dorthin zurück, wo es hingehört«, sagte sie.

Es überraschte ihn, dass sie ihn ermunterte, es noch einmal in die Hand zu nehmen. Er sah sie an und erkannte, dass sie an ihrer Aufforderung nicht im Geringsten zu zweifeln schien. Mit über der Brust verschränkten Armen, wie zum Schutz, machte sie dennoch keine Anstalten wegzulaufen.

»Leg es zurück, Connor«, sagte sie bestimmt.

Die Stimme war der seiner Mutter sehr ähnlich.

Seine Mutter gehörte nicht zu denen, die schrien. Sie war es gewohnt, Verantwortung zu tragen – bei ihrer Arbeit musste sie immer konzentriert sein und Verantwortung übernehmen, und das sagte sie ihm auch andauernd. Konzentriert und pflichtbewusst, konzentriert und pflichtbewusst. Wenn sie böse auf ihn war, war sie genauso wie diese Frau jetzt. Sie sah aber nicht aus wie seine Mutter. Sie war kleiner, jünger und dünner. Zu dünn. Als hätte sie eine Essstörung.

»Connor«, sagte sie wieder, und dieses Mal gehorchte er. Er nahm das Beil am Griff auf und legte es auf den Holzstapel zurück. Sie stand vollkommen ruhig und entspannt da. Als er es zurückgelegte hatte, sagte sie. »Wollen wir nicht reden, Kleiner? Wir müssen ehrlich zueinander sein. Wir sind alleine hier oben. Dafür hast du ja mit großem Erfolg gesorgt.«

»Ich hatte keine andere Wahl«, sagte er. »Ich weiß, dass Sie mir das nicht glauben, aber es ist die Wahrheit.«

»Dann erklär mir, warum.«

Er antwortete nicht.

»Das ist das Mindeste, was du tun kannst«, sagte sie. »Du bist hier hereingestolpert, hast mein Funkgerät demoliert und mich in ernste Schwierigkeiten gebracht. Verstehst du das? Da draußen tobt ein Waldbrand, die Leute rechnen mit meiner Hilfe, und ich kann nichts tun.«

»Ich hab's für Sie getan«, sagte er. »Nicht nur für mich. Ich hab das getan, damit Ihnen nichts geschieht.«

»Dann sag mir, warum«, forderte sie ihn erneut auf.

Er war müde, körperlich und mental erschöpft, aber er wusste, dass er es ihr nicht sagen konnte. Das hatten sie ihm eingeschärft, lange bevor er nach Montana gekommen war. *Man kann nicht wissen ...*

Aber warum sollte er es jetzt noch für sich behalten? Die Männer aus dem Steinbruch waren schon da. Sagte er jemandem die Wahrheit, würde es kaum schlimmer werden.

»Komm, Kleiner«, sagte sie, »das ist nicht fair mir gegenüber. Ich sehe doch, dass du Angst hast, und ich glaube, dass es einen Grund dafür gibt. Ich *weiß,* dass es einen Grund dafür geben muss. Aber wenn jemand dir etwas antun will und du bei mir bist, dann ist es mein gutes Recht, mehr zu erfahren. Meinst du nicht auch?«

»Sie haben ja keine Ahnung«, platzte er heraus.

»Weiter.«

»Ich *kann* nicht.«

»Du musst. Verdammt, mir *steht es zu,* zu erfahren, was da draußen los ist!« Mit einer ausladenden Armbewegung deutete sie nach draußen, wo es bereits anfing, hell zu werden. Unten am Boden mochte es dunkler aussehen, aber hier oben im Turm, der in den Himmel hinaufragte, wurde es eher hell.

»Sie kommen, um mich zu töten«, entfuhr es ihm.

Sie starrte ihn an. Sie wollte antworten, hielt aber inne, holte Luft und sagte schließlich: »Wer?«

»Ich weiß nicht, wie sie heißen. Aber sie sind zu zweit. Sie sind von weit hergekommen.«

Er sah ihr an, wie sie überlegte, ob sie ihm glauben sollte

oder nicht. Sich fragte, ob er vielleicht den Verstand verloren hatte und sich Räuberpistolen ausdachte. Und warum sollte sie das auch nicht denken? Ihm die Wahrheit abzunehmen, war schwerer.

»Sie glauben wohl, ich denke mir das nur aus.«

»Nein«, entgegnete sie und log vielleicht nicht einmal. »Wer ist hinter dir her? Und warum? Sag mir, warum.«

»Kann ich nicht.«

»Wenn auch ich in Gefahr bin, weil du hier bist, dann muss ich es zumindest verstehen.«

Sie hatte recht, und er fühlte sich schlecht, dass er ihr die Wahrheit vorenthielt. Wenn sie in der Nähe waren – und er wusste, dass sie es waren, es sein mussten –, dann war auch sie in Gefahr. Nicht nur er.

»Ich glaube, sie haben seine Frau umgebracht«, flüsterte er. »Oder sie ziemlich schwer verletzt. Sie haben sein Haus niedergebrannt, und das alles wegen mir.«

»Moment«, sagte die Frau. »Warte mal. Ein Hausbrand, sagst du? Ich habe heute Nacht die Meldung von einem Hausbrand gehört. Warst du dort?«

Jetzt begriff er, dass sie bereit war, ihm zu glauben. Zumindest aber, ihm zuzuhören. Der Brand hatte sie überzeugt. Im Feuer schien eine Kraft zu liegen.

»Nein, ich war nicht dort«, sagte er. »Aber ... ich darf niemandem etwas darüber erzählen. Ich darf niemandem trauen. Ich musste es versprechen.«

»Connor, mir kannst du vertrauten. Und ich *muss* es wissen.«

Er wandte seinen Blick ab, als er sagte: »Ich habe einen

217

Mord beobachtet. Sie haben mich hierher gebracht, um mich zu verstecken. Ich glaube, das war keine gute Idee.«

Sie blickte zur Tür, und einen Moment dachte er, sie wollte hinausgehen und ihn einfach hier alleine zurücklassen. Er konnte es ihr nicht einmal vorwerfen. Stattdessen holte sie tief Luft und sagte: »Wo hast du einen Mord gesehen?«

»In Indiana. Ich soll als Zeuge aussagen. Die Leute dachten, hier wäre ich sicher, aber … aber ich glaube, sie haben mich gefunden.«

»Wen meinst du mit sie? Nicht die Namen, nur …«

Sie wusste nicht, wie sie es ausdrücken sollte, er aber wusste, was er antworten konnte.

»Sie sind gemeingefährlich«, brachte er hervor. »Das ist es, was sie sind. Sie sahen aus wie Polizisten, aber die Leute, die sie umgebracht haben, *waren* Polizisten. Die bringen Leute für Geld um, und es macht ihnen … es macht ihnen nicht einmal etwas aus. Ich habe sie dabei beobachtet. Sie waren die ganze Zeit total entspannt. Menschen sind ihnen einfach egal.«

Er erzählte ihr alles. Alles, was wichtig war. Von dem Plan, dem seine Eltern zustimmen mussten; wie man von ihm verlangte, den bösen Jungen zu spielen, sich in die Gruppe einzufinden und sich in der Wildnis zu verstecken; und dass es keine Handys gab, über die man geortet werden konnte, oder Kameras, über die man gesichtet werden konnte; er war einfach *abgetaucht,* um nichts anderes ging es. Er erzählte ihr von Ethan, wie er sie alle in der Nacht geweckt hatte, und wie sie den Pilot-Creek-Pfad zurückgelaufen waren, als er seine Stirnlampe ausgeschaltet und die anderen hatte weitergehen lassen. Zum Schluss fügte er noch hinzu: »Tut mir leid, dass Sie es sein mussten.«

»Was?«

»Tut mir leid, dass Sie hier waren. Ich will nicht, dass jemandem etwas geschieht, nur wegen mir.«

»Ist schon okay«, sagte sie. »Niemandem geschieht etwas. Wir bringen das in Ordnung.«

Sie schien sich selbst davon überzeugen zu wollen, nicht ihn, und das war gut so, denn Jace glaubte nicht daran.

»Wenn sie kommen, sehen wir sie.«, sagte sie. »Wenn sie wirklich da draußen und auf dem Weg hierher sind, dann sehen wir sie von Weitem kommen.«

Er sah zu den Fenstern hinüber und nickte. »Zumindest wissen wir dann, dass sie da sind.«

»Bist du dir sicher, dass sie kommen?«, fragte sie.

»Bin ich, ja.«

»Wie lange hast du hierher gebraucht?«

»Etwas über eine Stunde.«

»Dann könnten sie jeden Augenblick auftauchen.«

»Ich weiß es nicht. Sie waren nicht bei uns. Wären sie bei uns gewesen, wäre ich schon tot.«

»Ich halte es für das Beste, wenn wir verschwinden«, sagte sie. »Wenn wir es zur Straße schaffen, dann können wir ...«

»Es ist weit bis zur Straße.«

»Ja. Sieben Meilen. Aber wir können es schaffen. Wir schaffen das.«

»Sie können hierbleiben«, sagte Jace. »Ich gehe. Sie müssen nicht mitgehen. Oder ich bleibe, und Sie gehen.«

219

»Wir bleiben zusammen. Was immer wir beschließen, wir bleiben zusammen.«

Er nickte. Er wollte nicht, dass ihr seinetwegen etwas geschah, allein bleiben wollte er aber auch nicht. »Wie heißen Sie?«, fragte er.

»Hannah. Hannah Faber.«

»Tut mir leid, Hannah. Ehrlich. Aber die sind sehr gut. Die haben mich gefunden, obwohl ich abgetaucht war. Hätten Sie das über Funk gemeldet, dann wären sie mit Sicherheit schon hier. Die hätten Wind davon bekommen. Denen entgeht nichts.«

»Na ja«, sagte sie und bückte sich, um ein Teil von der zerstörten Vorderseite des Funkgerätes aufzuheben, »das jedenfalls scheint nicht mehr das Problem zu sein, oder?«

»Nein.«

»Okay. Ein Problem hast du damit gelöst. Jetzt müssen wir uns etwas einfallen lassen, wie wir auch den Rest aus der Welt schaffen. Hast du eine Idee?«

Er schwieg einen Moment und sagte dann: »Ich hatte eine Ausweichroute.«

»Wie bitte?«

»Wir alle hatten eine. Ethan lässt uns immer eine planen, bevor wir aufbrechen. Dieses Mal ging es nach Cooke City. Aber nicht über den Pfad. Wenn wir von hier weggehen, sollten wir besser nicht dem Pfad folgen. Den nehmen die, wenn sie mich suchen.«

»Eine großartige Vorstellung«, sagte Hannah Faber. »Nur du und ich in der Wildnis? Nein, lass uns hier bleiben und warten. Niemand weiß, wo du steckst. Dafür hast du ja dank deiner Arbeit am Funk tatkräftig gesorgt. Aber irgendwann werden sie feststellen, dass ich nicht mehr zu erreichen bin. Und dann werden sie Hilfe schicken.«

»Dann warten wir also einfach nur ab?«

»Genau. Wir warten ab, bis wir Leute sehen, die lange vor denen hier sind. Das ist der Vorteil an diesem Ort.« Sie ging auf und ab und nickte sich zu, wie man eben nickt, wenn man sich einredet, man müsse jetzt furchtlos und unerschrocken sein. Jace kam das bekannt vor. Zwischen den Felsen im Steinbruch hatte er schließlich genau das getan.

»Wir können einfach hier warten, wie in einem Fort«, sagte sie. »So wie in Alamo.«

»Bei der Schlacht von Alamo sind aber alle gestorben«, entgegnete Jace.

Mit dem Rücken zum Fenster blieb sie stehen und sah ihn an, während die Welt der Schatten allmählich dem Tageslicht wich.

»Ja, vermutlich weil sie kein Funkgerät hatten«, entgegnete sie.

20

Von Allisons Gesicht war kaum etwas zu erkennen. Die Haut, die er mit seinen Lippen unzählige Male berührt hatte, war von Verbänden bedeckt. Nur die geschlossenen Augen waren zu sehen, und ihr Mund, dunkel verfärbt, geschwollen und übersät von schwarzen Fäden. Die Hand und der Unterarm waren in dicke Gaze gehüllt. Ethan nahm ihre bandagierte Hand und nannte ihren Namen, sanft wie ein Priester. Sie öffnete die Augen und sah ihn an.

»Liebling.« Holperig drang das Wort aus dem verletzten Mund.

»Hier bin ich.«

»Ich habe getan, was ich konnte«, sagte sie. »Vielleicht war es nicht gut genug. Aber mehr konnte ich nicht tun.«

Was von ihren Haaren übrig geblieben war, hatten die Krankenschwestern auf struppige Büschel gekürzt. Der Rest war verbrannt. Er war ihr immer mit der Hand durchs Haar gefahren, bevor sie einschlief oder wenn sie krank war, oder wenn Trost vonnöten war. Auch jetzt wäre eine solche Geste hilfreich gewesen, aber er hielt sich wohlweislich zurück.

»Du hast dich bravourös geschlagen«, brachte auch er nicht minder gequält hervor. Hilfreich war das nicht. Wenigstens einer von ihnen sollte zu sinnvollen Äußerungen in der Lage sein. »Es tut mir so leid. Es ist wegen mir. Sie kamen wegen …«

»Nein«, sagte sie. »Wegen ihr sind sie gekommen.«

»Ich habe einen Fehler gemacht. Ich hätte all dem nie zustimmen dürfen.«

»Sie hat den Fehler gemacht. Du warst nur ein Teil davon.«

Noch war er nicht bereit, Jamie Bennet die Verantwortung dafür in die Schuhe zu schieben. Absolution wollte er ihr aber auch nicht erteilen. *Sie drückt zu sehr aufs Tempo, und sie macht Fehler,* hatte Allison gesagt und mit dieser Einschätzung nicht falsch gelegen. Ganz und gar nicht falsch. Wie stand es denn mit der hundertprozentigen Garantie, dass die Männer ihren Zeugen nicht finden würden, und ihrem Versprechen, dass selbst wenn die Kerle nach Montana kämen, sie davon Wind bekäme? Das dazu. Ethan hatte nichts von ihr gehört. Zum ersten Mal fragte er sich, ob sie überhaupt noch lebte.

»Weiß die Polizei etwas von ihr?«, fragte er.

»Noch nicht. Ich … war mir nicht sicher. Konnte nicht klar denken. Alles stand in Flammen.«

»Ich weiß.«

»Was ist mit Tango? Ich dachte …« Schließlich fing sie an zu weinen, die Tränen sickerten in den Verband. »Ich musste immer daran denken, dass Tango gar nicht weglaufen konnte. So wie wir ihn festgemacht hatten. Es war doch unmöglich für ihn, sich loszureißen …«

»Dem Pferd geht es gut.«

»Ganz sicher?«

Er nickte.

»Und das Haus?«

Er sagte nichts, hielt weiter ihre Hand und sah ihr in die Augen. Gesehen hatte er es noch nicht, aber genug gehört. Das Ritz war zerstört. Ihr Gelobtes Land, gemeinsam aufgebaut; ihr kleines persönliches Glück auf der Welt – vergangen zu einem wassertriefenden Haufen kalter Asche.

»Warum musste sie ausgerechnet dich dafür haben?«, fragte Allison.

»Mach ihr keinen Vorwurf. Es ist meine Schuld. Es war nur eine Bitte, kein Befehl. Ich hätte nein sagen sollen. Ich hätte eine ganze Menge anders machen können. Aber ich werde alles tun, um es wiedergutzumachen, Allison. Ich finde den Jungen und ...«

»Moment mal. Was soll das heißen, ›du findest ihn‹? Wo ist er?«

Aufgeweckt war sie, seine Frau. Zusammengeschlagen, fast verbrannt, sediert mit Medikamenten. Dann eine winzige Unvorsichtigkeit, und dennoch konnte man nur hoffen, dass ihr das entging. Aber verlassen sollte man sich darauf nicht.

»Er ist verschwunden«, entgegnete er. Er zwang sich, ihr in die Augen zu sehen, während er es ihr eröffnete. Es fiel ihm nicht leicht.

»Was?«

»Er ist in der Nacht weggelaufen. Auf dem Rückweg.«

»Wer war es?«

»Connor, nehme ich an. Ich kann mich auch irren, obwohl ich es nicht glaube. Die Jungen haben mitbekommen, dass ...

dass jemand aufgetaucht war und es Probleme gab, und dann war er es, der sich von der Gruppe entfernt hat.«

Sie wandte den Blick von ihm ab und sah den dicken Verband um ihre verletzte Hand an. *Alles umsonst,* dachte sie bestimmt. Alles, was sie durchgemacht hatte. Denn trotzdem war der Junge jetzt verschwunden. Ethan hatte versprochen, sie beide zu beschützen, und er hatte versagt.

»Hast du eine Ahnung, wohin er gegangen ist?«

Sich verstecken, dachte Ethan. *Er ist weggelaufen, um sich zu verstecken, weil er Angst hatte; nicht nur vor ihnen, sondern auch vor mir. Ihm sind auf dieser Welt keine Freunde mehr geblieben, so fühlt er sich zumindest.* Laut sagte er: »Vielleicht hat er die Ausweichroute genommen. Die schien ihn jedenfalls besonders zu interessieren. Er war immer der Beste von allen, nicht nur beim Kartenlesen, auch bei der Navigation. Vermutlich war er bei allem der Beste. Als er uns allein hat weitergehen lassen, ist er wahrscheinlich zurückgegangen, um auf der anderen Seite des Republic hinunterzugehen.«

Direkt auf das Feuer zu, dachte er. Er wusste nicht, wie viel verbrannt war. Vielleicht hatten sie den Brand inzwischen unter Kontrolle bekommen. Aber bei dem Wind … Ihm kamen Zweifel.

»Wie sehen sie aus?«, fragte er. »Die Männer, die ihn holen wollten?«

»Sie sind zu zweit.« Das Reden strengte sie an, und ihre Sprache war verwaschen. Jede Bewegung der Lippen zerrte an den Nähten. »Blass. Helles Haar. Sie sprechen seltsam … ich meine nicht Dialekt. Ich meine die Art, wie sie reden.

Als wären sie allein auf der Welt. Als wäre die Welt nur für sie beide geschaffen worden, und sie wären Herrscher über sie. Hör sie miteinander reden, dann weißt du sofort, was ich meine.« Sie fing wieder an zu weinen. »Ich hoffe nicht, dass du ihnen jemals zuhören musst.«

»Werde ich schon nicht«, sagte Ethan. Er musste sich zwingen hinzusehen, wie sich ihre genähten Lippen bewegten. *Jemand hat sie ziemlich übel am Mund zugerichtet.* Ja, das war nicht zu übersehen. Immer wieder und jedes Mal mit stärkerem Druck ballte er die freie Hand zur Faust.

»Sie lassen nicht zu, dass man sie beide gleichzeitig sieht«, sagte sie. Sie hatte die Augen jetzt geschlossen. »Jedenfalls ist das so gut wie unmöglich. Sie sind sehr gefährlich. Sie riechen nach Blut.«

Er fragte sich, wie viele Medikamente sie ihr gegeben hatten, ob sie überhaupt wusste, was sie sagte. Er strich sich mit der Hand über den Mund und sah zur geschlossenen Tür hinüber. Dann senkte er die Stimme. Er wollte ihr sagen, dass er dafür sorgen würde, dass ein gutes Team sich der Sache annehmen würde. Er wollte ihr sagen, dass er nicht eher von ihrer Seite weichen würde, bis sie beide hier zusammen rausgingen. Mein Gott, wie gern hätte er ihr all diese Dinge gesagt.

»Ich fahre zurück, um ihn zu suchen«, sagte er.

»Nein, *nein*, Ethan.«

Sie hob den Kopf vom Kissen und starrte ihn an. Dünne Plastikschläuche baumelten von einem Arm herab.

»Bitte beruhige dich«, sagte er. »Leg dich wieder hin und ...«

»Bitte lass mich nicht allein.«

»Nein, noch bin ich ja hier. Aber er ist verschwunden, Allison, und …«

»Das ist mir egal!«

Er schwieg, während sie weinte, und dann sagte sie: »Du weißt, dass ich das nicht so meine.«

»Ich weiß. Aber Allison … wir können das alles nicht einfach so stehen lassen. Wir können nicht hinnehmen, dass sie dich misshandeln, um zu bekommen, was sie haben wollten. Das kann ich nicht zulassen. Niemals.«

»Nein. Aber bleib trotzdem. Jetzt bin ich mal egoistisch, und das darf ich jetzt auch sein, meinst du nicht?«

»Es ist nicht egoistisch.« Er hatte keine Wahl. Sie hatte ihn gebeten, sie nicht allein zu lassen. »Ich bleibe hier. Versprochen.«

»Danke. Ich liebe dich.«

»Ich liebe dich auch. Und ich bin ja hier bei dir.«

Er hielt ihre Hand, bis sie eingeschlafen war. Erst dann zog er sie weg und legte den Kopf in die Hände. Sie hatte recht. Er konnte nichts tun. Jemand anderer würde den Jungen finden. Jemand, der ihm helfen konnte. Ethan wurde nicht gebraucht.

Er stand auf, sah sie an, um sich zu vergewissern, dass sie schlief und nicht mitbekam, dass er ging. Dann verließ er den Raum, ging den Gang entlang und erkundigte sich nach einem Telefon. Er machte zwei Anrufe. Der erste galt Roy Futvoye, von dem Ethan wissen wollte, ob die Polizei den Jungen schon gefunden hatte. Das war nicht der Fall. Er legte auf und wählte die Nummer, die Jamie Bennett ihm für eine solche Situation gegeben hatte. Der Anrufbeantworter sprang an. Genau so war es abgesprochen. Reine Mitteilungen.

Einen Augenblick hielt er inne. Wie sollte er all das in knappe Worte fassen? Schließlich sagte er nur: »Sie sind hier.« Er dachte, das würde reichen. Lass sie den Rest selbst herausfinden. Aber er fügte hinzu: »Der Junge ist verschwunden. Es wird nach ihm gesucht. Ich bin im Krankenhaus in Billings bei meiner Lebens … ich meine bei meiner Frau.« Stotternd kam er zum Schluss, überlegte, ob er noch etwas ergänzen sollte. Erklärungen vielleicht (Entschuldigungen?). Aber er verzichtete darauf und legte auf.

Er ging in die Herrentoilette, pinkelte und betrachtete sich dann im Spiegel über dem Waschbecken. Er war überrascht, deutlich weniger zerschlagen zu wirken, als er sich fühlte. Er sah aus wie der alte Ethan. Gefasst. Vielleicht war das beeindruckend, vielleicht aber auch traurig.

Er wusch sich die Hände, ließ kaltes Wasser laufen und spritzte es sich ins Gesicht. Neben ihm öffnete sich die Tür, und er hörte, wie jemand in Stiefeln den Raum betrat, sich aber weder zu den Urinalen, noch in eine der Kabinen oder zum Waschbecken begab. Wer es auch sein mochte, er stand einfach da. Mit tropfnassem Gesicht sah Ethan in den Spiegel und entdeckte einen Mann in Jeans, mit schwarzem Hemd, schwarzer Jacke und Ethans eigenem Stetson auf dem Kopf, dem Geschenk, das er nie hatte tragen wollen. Darunter hellblondes Haar, das bis zum Hemdkragen reichte. Er sah die Augen des Mannes, ein eiskaltes Blau, und die linke Gesichtshälfte, überzogen von feuerroten Blasen, die irgendeine Salbe zum Glänzen brachte.

Ethan rührte sich nicht. Das Wasser tropfte ihm immer noch vom Gesicht, und der Mann starrte ihn an. Keiner sagte ein Wort.

»Wollen wir ein Stück fahren, Ethan?«, fragte der verbrannte Mann schließlich. Er griff in die Jackentasche, und Ethan war nicht überrascht, als er die Waffe sah. Seine eigene Waffe hatte er im Wagen auf dem Parkplatz gelassen.

»Sie hat nichts damit zu tun«, sagte er.

Der verbrannte Mann seufzte gedehnt. »Natürlich nicht. *Sie* hatten nichts damit zu tun. *Ich* hatte nichts damit zu tun. Es gab einmal eine Zeit, in der die Welt auch ohne uns existiert hat, und irgendwann wird das auch wieder so sein. Aber heute, Ethan, heute haben wir alle miteinander zu tun. Wir alle.«

Als wäre die Welt nur für sie geschaffen worden, und sie wären Herrscher über sie, hatte Allison gesagt. Daran musste Ethan denken, und erst dann fiel ihm der zweite Mann ein.

»Was haben Sie hier zu suchen?«, fragte er.

»Ich würde gern Ihre Hilfe in Anspruch nehmen.« Der Mann schien Ethans Gedanken lesen zu können und fügte hinzu: »Ich kann mir zwar vorstellen, dass es überzeugendere Arten gibt, das zu tun. Und ich nehme an, dass ich nicht weit käme, wenn ich Ihnen Geld anbieten würde. Aber was ist mit Ihrer Frau im dritten Stock, in Zimmer drei-sieben-drei? Vielleicht ist das ein überzeugenderes Argument. Was meinen Sie?«

»Für das, was Sie ihr angetan haben, bringe ich Sie um. Alle beide.«

Der verbrannte Mann lächelte. »Dann wissen Sie also Bescheid, Ethan. Sehr gut. Aber ich habe weder die Zeit noch die Absicht, mir das alles von Ihnen anzuhören. Sie sagen ›alle beide‹. Ich darf also davon ausgehen, dass Sie wissen, dass wir zu zweit sind. Dann sollten Sie das auch nicht vergessen. Sie und ich werden jetzt gemeinsam ein Stück fahren. Nur wir beide, verstehen Sie? Und wo glauben Sie, befindet sich der Mann, über dessen Verbleib Sie sich gerade den Kopf zerbrechen? Das tun Sie doch, oder? Als Experte, was das Verhalten vermisster Personen angeht. Dann lassen Sie uns doch einmal scharf überlegen, wo diese Person sich unter Umständen befinden könnte. Was glauben Sie?«

»In nächster Nähe zu meiner Frau.« Die Worte ließen ihm das Blut in den Adern gefrieren.

Der verbrannte Mann tippte sich an den Hut. Ethans Hut. Dann öffnete er die Tür und wies ihm mit der Waffe den Weg: »Bitte, nach Ihnen.«

Sie verließen den Raum und gingen über den Korridor, in dem der Geruch von Desinfektionsmittel hing, dann eine Treppe hinab und traten durch einen Nebeneingang hinaus ans Tageslicht. Es war jetzt warm. Warm und windig.

»Gehen Sie zu dem schwarzen Wagen dort drüben«, befahl der Mann. Sie gingen dicht nebeneinander, und als Ethan plötzlich kaltes Metall an seiner Hand spürte, hielt er es für die Waffe. Es war jedoch ein Schlüsselbund. Er nahm es und schloss die Wagentür des Ford F-150 auf, der gleiche Wagen, den er selber fuhr. Andere Farbe und Aufmachung, aber der Motor unter der Haube war der gleiche.

»Sie fahren.«

Ethan setzte sich hinter das Lenkrad und ließ den Motor

an. Alles war wie in Ethans eigenem Wagen auch, bis auf die sehr dunkle Tönung der Fensterscheiben und den schwachen Geruch von Rauch und Blut, der in der Luft hing. Er ließ sich die Möglichkeiten durch den Kopf gehen, die er hatte. Solange er selbst fuhr, hatte er zumindest die Fäden in der Hand. Er könnte mit dem Wagen einfach durch die Glastüren brechen und ins Krankenhaus fahren. Oder auf dem Highway den Wagen von der Straße lenken, und sie gemeinsam den Berg hinab in den Tod stürzen. Der Fahrer hatte das Heft in der Hand.

»Ihr wird nichts passieren«, sagte der verbrannte Mann, »jedenfalls nicht innerhalb der nächsten achtundvierzig Stunden. Danach sieht die Situation bedauerlicherweise ganz anders aus. Glauben Sie, dass Sie den Jungen innerhalb dieser Zeit finden?«

»Ja.«

»Dann haben Sie nichts zu befürchten.«

»Und was ist, wenn er schon gefunden wurde? Muss ich dann mit dem Schlimmsten rechnen?«

»Ich habe nicht gesagt, dass Sie ihn als Erster finden müssen, Ethan. Ich habe nur gesagt, dass Sie ihn finden müssen.«

Also machte er sich mit dem verbrannten Mann auf den Weg. Im Rückspiegel entschwand das Krankenhaus, in dem seine Frau in der Gewissheit schlief, dass Ethan sein Versprechen halten würde und an ihrer Seite wäre, wenn sie aufwachte.

21

Es war kurz nach Mittag, als sie den ersten Suchtrupp erspähten. Jace hatte versucht, ein wenig Schlaf zu finden, traute sich aber kaum, die Augen zu schließen. Als könnten sie lautlos auftauchen und würden in der Tür stehen, wenn er die Augen wieder aufmachte. Hannah Faber bereits tot, und alles andere nur noch eine Frage der Zeit ...

»Connor, da kommt die Polizei«, sagte Hannah in diesem Moment. Er stand von der schmalen Pritsche auf und ging zu ihr ans Fenster.

Vier Männer kamen die Anhöhe herauf, genau wie Jace vor ein paar Stunden. Zwei trugen Uniform.

»Kann ich auch mal sehen?«, fragte er. Dass es wirklich Polizei war, glaubte er erst, wenn er ihre Gesichter gesehen hatte. Männer, die wie Polizisten gekleidet waren, hatte er schon einmal gesehen.

»Na klar«, sagte Hannah und reichte ihm das Fernglas.

Einen Moment lang sah er nur Himmel und Berggipfel. Dann hielt er das Fernglas zu weit unten und sah nur das hohe Gras, das den Hügel unterhalb des Turms bedeckte. Es dauerte eine Weile, bis er die Männer im Fokus hatte, und ihm stockte der Atem.

Fremde.

Er kannte keinen von ihnen.

»Okay«, sagte er zu Hannah, während er weiter durch das Fernglas sah. »Okay, ich glaube, die sind in Ordnung. Jedenfalls kenne ich sie nicht, und das ist ein gutes Zeichen. Die zwei, die ich gesehen habe, sind jedenfalls nicht dabei.«

»Gut. Dann gehen wir runter und ihnen entgegen.«

»In Ordnung.«

Doch dann stutzte er und fragte sich, ob Ethan vielleicht bei ihnen war. Sie hatten ihn über unwegsames Gelände so leicht aufgespürt, dass ihm der Gedanke kam, dass Ethan sie geführt haben könnte. Er hob das Fernglas an, so dass er die Gegend hinter ihnen sehen konnte, und stellte fest, dass sie nicht allein waren.

Ein anderer Mann folgte ihnen, und das war weder Ethan noch gehörte er zu der Gruppe. Er folgte ihnen.

Jace bekam einen trockenen Mund. Mit dem Zeigefinger am Stellrad regulierte er die Schärfe. Hannah redete immer noch, als das Bild klar wurde.

Es war einer von ihnen. Der Mann, der wie ein Soldat aussah. Der eine, der dem Mann mit dem Sack über dem Kopf die Kehle durchgeschnitten hatte. Er trug Jeans, eine Jacke, eine Baseballmütze, und er trug ein Gewehr. Er blieb ein gutes Stück hinter dem Suchtrupp zurück. Sie hatten keine Ahnung, dass er da war.

»Komm«, sagte Hannah und legte ihm die Hand auf den Arm. »Lass uns hinuntergehen und …«

»Er beobachtet sie«, sagte er mit zittriger Stimme, ohne das Fernglas abzusenken.

»Was? Wovon sprichst du?«

»Ich kann nur einen sehen. Vielleicht sind sie nicht zusammen gekommen. Ich dachte, sie würden beide kommen. Aber er ist es. Ganz sicher.«

Er ließ das Fernglas sinken, denn seine Hände hatten angefangen zu zittern. »Er ist ganz nah.«

Er sah ihr an, dass sie ihm nicht glaubte. Oder ihm nicht glauben wollte. »Lass mal sehen.«

Er reichte ihr das Fernglas. »Sehen Sie, hinter ihnen.«

Ihr Schweigen sagte ihm, dass auch sie den fünften Mann entdeckt hatte. Reglos stand sie eine ganze Weile da, beobachtete den Verfolger und sagte dann: »Und du bist sicher, dass er es ist?«

»Absolut.«

»Connor, sie kommen zu uns hoch. Die Männer da, sie kommen hierher.« Zum ersten Mal schwangen in ihrer Stimme Anzeichen von Panik mit. Sie fing an, wie seine eigene Stimme zu klingen.

»Ich weiß. Ich habe Ihnen gesagt, dass es so kommen würde. Denen entkommt man nicht. Niemand.« Er trat drei Schritte vom Fenster zurück, weiter zurück war hier oben nicht möglich, im letzten Zufluchtsort, der ihm noch geblieben war. Er setzte sich auf den Boden.

»Connor, wir schaffen das. Er kriegt dich nicht.«

Er sah nicht einmal auf, als er antwortete: »Sie kriegen mich. Sie geben nicht auf, und sie sind zu zweit. Sie werden mich kriegen.«

»Wir müssen weg von hier«, sagte Hannah. »Los, Kleiner, wir müssen los.«

Verständnislos sah er zu, wie sie um ihn herumging und zur Luke griff. Dann sah sie seinen Rucksack, ging hin, öffnete ihn und stöberte darin herum. »Hast du irgendetwas dabei? Irgendeine … Waffe vielleicht? Oder wenigstens ein Messer?«

»War nicht erlaubt. Man hat mich doch für einen bösen Jungen gehalten, schon vergessen?«

»Hör zu. Wir wissen, dass die Männer nicht auf dem Weg nach Cooke City sind. Aber wir können nach Cooke City zurückgehen, und wir können …«

Er schüttelte den Kopf. »Es ist für alle das Beste, wenn sie mich kriegen. Gehen Sie einfach. Aber bitte sagen Sie meiner Mom und meinem Dad, was passiert ist. Bitte sagen Sie ihnen, dass ich nicht …«

»*Sei still!*«, brüllte sie. »Und *steh auf,* verdammt noch mal!«

Sie versuchte, ihn hochzuziehen. Er riss sich los und kroch nach hinten, bis er neben ihrer Pritsche saß.

»Sie gehen, und ich bleibe hier.«

Eine Stimme unterbrach sie. Schwach und widerhallend. Die Andeutung eines Rufs. Hannah drehte sich um und griff zum Fernglas.

»Sie sind nicht mehr weit weg, habe ich recht?«, sagte Jace.

»Ja.« Sie schwieg einen Moment und sagte dann: »Ich gehe runter und rede mit ihnen.«

»Und was wollen Sie ihnen sagen? Die bringt er doch auch um. Dann Sie, und dann mich. Er bringt uns alle um.«

»Nein, das wird er nicht. Er läuft ihnen nur hinterher,

235

Connor. Er folgt ihnen, weil er hofft, dass sie dich finden. Und das wird nicht passieren. Weil ich ihnen sagen werde, dass du schon auf dem Weg nach Cooke City bist.«

»Wie bitte?«

»Sie werden mir das abnehmen«, sagte sie. »Ich habe keinen Grund zu lügen. Vermutlich haben sie schon mehrere Routen überprüft und werden daher wissen, dass du hier entlanggelaufen bist. Es kommt also darauf an, was ich ihnen sage. Wenn ich behaupte, dich nicht gesehen zu haben, könnten sie Verdacht schöpfen. Wenn ich ihnen aber sage, dass ich dich gesehen habe, werden sie schnell weitergehen. Ich werde sagen: *Wissen Sie, ich habe ihn gesehen und fand es auch seltsam, dass er allein war.*«

Während sie sich selbst Mut machte, stellte Jace sich das Gewehr in der Hand des Mannes vor, stellte sich vor, was passieren würde, und fragte sich, ob man den Schuss eigentlich hörte oder ihn nur spürte. Oder spürte man etwa gar nichts? Er vermutete, dass das davon abhing, wo man getroffen wurde.

»Glauben Sie, dass es sehr weh tut?«, fragte er.

»Was?«

»Erschossen zu werden. Spüre ich es überhaupt?«

Sie drehte sich zu ihm um. »Du wirst es nicht spüren.«

»Ich hoffe, Sie haben recht.«

»Du wirst es nicht spüren, weil es nicht passieren wird.«

Er senkte wieder den Kopf. Sie hatte keine Ahnung. Sie hatte sie nicht gesehen, war nicht vor ihnen davongelaufen, hatte nicht ihren Namen geändert und sich auch nicht in den Bergen versteckt, nur um durch ein Fernglas zu blicken und nach der langen Zeit und den vielen Meilen einen von ihnen wiederzusehen. Sie war wie seine Mutter – die glaubte, dass es für alles eine Lösung gab. Aber dieses Problem ließ sich nur lösen, wenn man die Zeit zurückdrehte.

»Ich gehe runter und rede mit ihnen«, sagte sie. »Du bleibst unter der Pritsche, okay? Zieh die Decke ein Stück runter, damit dich niemand sieht.«

»Und das Funkgerät?«, sagte er. »Wenn sie das sehen, schöpfen sie doch sofort Verdacht.«

»Richtig, verdammt.« Sie betrachtete das Funkgerät, holte Luft und sagte: »Ich gehe runter und bringe sie davon ab, hochzukommen. Und du, Connor, du bleibst, wo du bist. Lass mich nicht im Stich. Ich komme allein wieder hoch, und dann werden sie verschwunden sein.«

Mit diesen Worten ging sie hinaus und machte die Tür hinter sich zu.

Ethan verließ das Krankenhausgelände, fuhr aus Billings hinaus, nahm den Highway 90 und steuerte den Wagen zwischen ebenen Feldern hindurch Richtung Westen, wo die Schienen parallel zum Highway verliefen. Keiner von ihnen sprach. Dann verließ er den Highway 90 und setzte den Weg auf dem Highway 212 nach Südwesten fort, weg von der Eisenbahnlinie, mit der die Zivilisation in diese Gegend gekommen war, weiter in Richtung der Berge, die sich ihr widersetzt hatten. Ethan dachte an die Nähte auf Allisons Lippen, die so schlimm aufgeplatzt gewesen waren, dass die Ärzte das Fleisch richtig wieder zusammennähen mussten. Und das alles wegen der Faust eines Mannes. Wahrscheinlich der des Kerls neben ihm. Ethan konnte ihn riechen, und er konnte ihn sehen. Er konnte sogar seine Hand ausstrecken und ihn berühren. Sich ihm widersetzen konnte er trotzdem nicht. Noch nie in seinem Leben hatte er sich so ohnmächtig gefühlt. Er war bereit, den Preis dafür zu zahlen, dass er den Kerl umbrachte. Bereit, hier in diesem Wagen neben ihm zu sterben, wenn er dadurch die Richtigen retten konnte.

Aber dem stand der zweite Mann im Weg. Allison hatte gesagt, dass sie hoffte, dass Ethan die beiden niemals miteinander reden hören müsste. Jetzt wünschte er sich nichts sehnlicher.

Sie überholten zwei Polizeiwagen, als sie nach Red Lodge kamen, ohne dass einer von ihnen anhielt. Der verbrannte Mann bedachte sie nur mit einem gleichgültigen Blick. Am anderen Ende von Red Lodge stieg die Straße langsam an. Der starke Motor fing an zu dröhnen. Wieder auf dem Highway 212 ging es nach Wyoming, über den Beartooth-Pass und dann über die kurvenreiche Strecke zurück nach Montana. Neben ihnen zur Linken ging es atemberaubend steil und tief bergab. Zur Rechten fast genauso steil hinauf.

»Eines würde mich interessieren«, sagte der verbrannte Mann. »Es bleibt für Sie ohne Folgen, Sie müssen mir also nicht die Wahrheit sagen, wenn Sie das nicht wollen. Dennoch hoffe ich, dass Sie mich nicht anlügen.«

Ethan fuhr weiter und machte sich auf Schlimmes gefasst. Von oben schlich ein Wohnmobil zaghaft die Serpentinen hinab. Er hielt sich so weit rechts, wie die Straße es zuließ, und drückte sich dicht an den Berg.

»Haben Sie den Jungen zurückgelassen, weil sie wussten, wer er war?«

»Nein. Mir wurde nicht gesagt, wer von ihnen es war.«

»Wer von ihnen? Sie wussten also von ihm, kannten nur seinen Namen nicht? Auch keinen falschen Namen?«

»Richtig.«

»Dann hatten Sie also keine Ahnung, um wen es sich handelte, bis sie letzte Nacht von den Ereignissen in Ihrem Haus erfahren haben.«

Die Ereignisse in seinem Haus. Ethan packte das Lenkrad fester und nickte.

»Der Notruf, den Ihre Frau abgesetzt hat?«

»Zuerst ja.«

»Sie ist sehr tapfer und klug, hat meine Erwartungen deutlich übertroffen. Ich meine, sehen Sie sich mein Gesicht an.« Er legte die Fingerspitze auf die Blasen und verzog das Gesicht. »Sie hat es zerstört. Dabei haben Sie meine Seite hier noch gar nicht gesehen. Da stecken immer noch Schrotkugeln drin. Nein, ist wirklich nicht schlecht, Ihre Frau.«

»Sie können mich mal«, sagte Ethan.

Der verbrannte Mann nickte. »Natürlich. Aber wenn Sie erlauben, wüsste ich gern mehr darüber, was uns erwartet. Sie wissen jetzt, wer der Junge ist. Letzte Nacht aber wussten Sie es nicht. Das bedeutet, dass Sie die Wahrheit über ihn erst erfahren haben, als er davon gelaufen ist. Habe ich recht?«

Ethan umklammerte das Lenkrad mit aller Kraft und stellte sich vor, dass es die Kehle dieses Dreckskerls war, die er zwischen den Fingern hatte. Er war dankbar, dass die

Strecke dermaßen anspruchsvoll war. So war er gezwungen, den Blick nach vorn zu richten und die Hände am Lenkrad zu lassen.

»Das ist richtig«, sagte er.

»Und wann haben Sie bemerkt, dass er weg ist?« Jede seiner Fragen hatte einen fast amtlichen Charakter, als befänden sie sich in einem Gerichtssaal.

»Gegen Mitternacht. Als wir auf dem Rückweg waren.«

»Dann können Sie mir die genaue Stelle gar nicht zeigen, wo er verloren ging?«

»Ich kann Sie dorthin bringen, wo er zuletzt gesehen wurde.«

»Die Stelle, wo er zuletzt gesehen wurde?«

»Ja, so fängt man an«, sagte Ethan. »Wenn jemand verschwunden ist, geht man zu der Stelle, wo er zuletzt gesehen wurde. Und dann überlegt man. Man versucht, sich in die Person hineinzuversetzen, so zu denken wie sie, als sie dort war.«

»Ausgezeichnet. Ich freue mich, einen Experten bei mir zu haben. Was für ein unglaubliches Glück. Also auf zu der Stelle, wo er zuletzt gesehen wurde. Dann werden wir sehen, wie gut Sie wirklich sind.«

Sie fuhren weiter den Berg hinauf.

22

Hannah stand allein auf der Aussichtsplattform des Turms, als sich der Suchtrupp näherte. Vierundzwanzig Stunden waren seit der ersten Sichtung des Rauchs vergangen. Inzwischen hatte er stark zugenommen. Sie stand auf der Galerie, beobachtete ihn durch ihr Fernglas und bemühte sich, es so aussehen zu lassen, als machte sie nur ihren Job. Sie warf noch einen letzten Blick durch das Fernglas, als der Suchtrupp die Anhöhe erreichte. Der Schattenmann folgte ihnen, wie Schatten es so an sich haben. Eine dumpfe Angst begann, sich in ihr breitzumachen. Vielleicht nicht vergleichbar mit dem, was Connor verspürte, aber es war da, und es wurde stärker. Hannah sah vier Männer kommen, zwei von ihnen waren bewaffnet, und der eine folgte ihnen. Der gesunde Menschenverstand sagte ihr, dass sie ihnen ein Signal geben sollte. Und er sagte ihr auch, dass sie die Wahrheit berichten, ihnen den Jungen übergeben und auf das System vertrauen sollte, das hier vor Ort eingerichtet war. Halt dich an die Vorschriften. Das letzte Mal, als sie dagegen verstoßen hatte, waren Menschen umgekommen.

Du bekommst eine zweite Chance.

Vielleicht konnte sie es so nicht sehen. Vielleicht war das das Schlimmste, das Gefährlichste für den Jungen. Sie sollte einfach nur ihren Job machen und ihn den Männern übergeben. Was würde sein Verfolger dann tun? Wenn sie all diese Männer den Turm mit hinaufnehmen würde, ihnen berichten und den Jungen übergeben würde? Ein Einzelner würde sich nicht vier Männern in den Weg stellen. Nicht einmal ein Mörder würde das unter diesen Umständen riskieren.

Glauben Sie, dass es sehr wehtut, hatte der Junge gefragt. *Erschossen zu werden?* Er hatte es wirklich wissen wollen. Vermutlich waren das die schwerwiegendsten Fragen, die er je in seinem Leben gestellt hatte.

»Hallo! Hallo, da oben!«

Sie musste sich entscheiden. Zwei Möglichkeiten, zwei Alternativen, rechts oder links, Kopf oder Zahl. Sie um Hilfe bitten und darauf vertrauen, dass niemand schießt. Oder sie weiterschicken und darauf vertrauen, dass sie den Jungen schon in Sicherheit bringen würde. Sie weiterschicken mit dem Schattenmann im Gefolge, bis sie außer Sichtweite waren. Sie musste nur hinuntergehen und sich ein paar Fragen stellen lassen. Ein paar Minuten durchhalten.

Sie hielt sich am Geländer fest, als sie die Stufen hinunterging. Die Beine fühlten sich wie Gummi an, wie nach ihren Albträumen. Das Herz raste gefährlich. Vielleicht würde sie sterben, bevor sie bei ihnen war. Konnte ein Herz einfach nur aus Angst zerspringen? Sie war überzeugt, dass das möglich war. Sie hatte einmal gelesen, dass manche Ärzte der Theorie anhingen, dass Menschen, die in der Nacht an einem Herzinfarkt gestorben waren, buchstäblich Opfer ihrer Albträume geworden waren. Das gehörte zu den Dingen, die sie nicht mehr aus dem Kopf bekam, seit ihre Träume angefangen hatten.

Aber das hier war kein Traum. Der Junge in dem Turm hinter ihr war sehr real.

Eine zweite Chance. Eine von denen, die fast niemand bekommt. Bist du nicht aus einem bestimmten Grund hierher zurückgekommen? Dann tu etwas dafür. Steh deinen Mann. Du darfst nicht weglaufen.

Als sie unten an der Treppe ankam, war ihr klar, dass sie lügen würde. Irgendjemanden würde sie hintergehen, es gab keinen anderen Weg, und zwar entweder diese Männer oder den Jungen, der sich unter ihrer Pritsche versteckte. Sie hatte ihm versprochen, die Leute wegzuschicken. Die Männer zu belügen, das konnte sie sich vorstellen – nicht aber den Jungen.

Der Suchtrupp hatte den Turm schnell erreicht. Sie befanden sich auf einer freien Anhöhe umgeben von hohen Bäumen und Felsen, zwischen denen irgendwo der Schattenmann mit seinem Gewehr lauerte. Sie befanden sich mit Sicherheit in Schussweite. Nur eine winzige Bewegung mit dem Finger vom Tod entfernt.

»Ich bekomme selten Besuch hier oben«, empfing sie die Männer. »Aber ihr scheint ja etwas Wichtiges vorzuhaben. Gibt's Probleme?«

»Na ja, wir hatten schon bessere Zeiten.«

»Ja, hab's mitbekommen«, sagte sie.

»Ach ja?«

»Ich war doch diejenige, die es gemeldet hat.«

Sie sahen sich verdutzt an. »Wie bitte?«, meinte ein anderer Officer. Er war etwas jünger, Gesichtsfarbe und die Wangenknochen ließen auf indianische Wurzeln schließen. »Was haben Sie gemeldet?«

»Den Brand.« Sie machte eine Bewegung mit der Hand in Richtung Rauch. »Es soll ein Todesopfer gegeben haben.«

Ein spontaner Einfall, auf den sie stolz war. Sie stellte ihre Fachkenntnis und ihre bedingungslose Bereitschaft zu helfen unter Beweis.

»Wir sind nicht wegen des Feuers hier«, sagte der Mann mit den indianischen Zügen. »Wir suchen einen vermissten Jungen.«

»Darüber weiß ich nichts.«

»Sollten Sie aber. Es ist doch gemeldet worden.«

Verdammt. Natürlich, wie konnte sie das nur vergessen?

»Ach ja? Dann muss das wohl in dem Augenblick gewesen sein, als ich kurz für kleine Mädchen war. Die Toilette ist hier unten, nicht oben im Turm. Wann soll das gewesen sein, am Vormittag?«

Der Größere nickte. »Der Junge hat sich von einer Gruppe entfernt, die hier draußen campiert hat. Es sind, na ja, Problemjugendliche.«

»Wirklich?«, sie wandte sich von ihnen ab und sah nach Westen, sodass ihr der Wind kräftig ins Gesicht blies. »War er mit einem Rucksack unterwegs?«

»Ja. Haben Sie mit ihm gesprochen?«

»Nein. Aber ich habe ihn hier vorbeigehen sehen und mir

noch gedacht, wie seltsam. Ein Kind in dem Alter allein unterwegs.«

»Konnten Sie von da oben ungefähr einschätzen, wie alt er war?«, fragte der Indianer mit misstrauischem Blick.

»Meine Augen sind nicht so gut. Aber das hier.« Sie tippte auf das Fernglas, das sie um den Hals hängen hatte. »Das hier ist ziemlich gut. Er trug einen großen grünen Rucksack. So ein Ding aus Armeebeständen vielleicht.«

»Das ist er.«, sagte der Große. »Ist er direkt hierhergekommen?«

Sie nickte. »Er hat zum Turm hinaufgesehen, und ich dachte schon, er würde vielleicht hochkommen. Manche Leute tun das, wissen Sie. Aber er hielt sich rechts, suchte die Route und ging weiter.«

»Und als er losging, wann meinen Sie …«

»Gleich dort.« Sie zeigte auf die Stelle, wo der Pfad von der Anhöhe wegführte. »Da geht's nach Cooke City. Das ist aber schon ein paar Stunden her, mindestens«, sagte sie und dachte daran, dass sie sie zur Eile antreiben musste, und auch daran, dass ihr Herz zerspringen würde, wenn es noch etwas schneller raste.

»Ach ja?«

»Mindestens«, sagte sie noch einmal. Sie beobachtete den Mann mit dem skeptischen Blick, der zu der Stelle gegangen war, an der der Weg auf die Anhöhe traf, und dort auf Knien den Boden genauer in Augenschein nahm. Das war nicht gut. Ein Mann, der glaubte, dass ihm der Boden mehr zu erzählen hätte als eine Augenzeugin, war für ihren Plan alles andere als gut.

»Siehst du was, Luke?«, rief der Größere.

»Hier gibt's drei deutliche Abdrücke, aber seine sind nicht dabei.«

»Sind Sie sicher? Bei der Trockenheit?«

»Nicht so trocken, dass er auf Luft laufen würde. Hier im Staub gibt es eine deutliche Spur. Und es ist nicht seine.«

»Dort ist er ja auch nicht gewesen«, sagte Hannah.

»Haben Sie nicht gesagt, dass er hier entlanggegangen ist?«, sagte der Mann, der auf den Namen Luke hörte und immer noch am Boden kniete.

»Ist er auch. Er ist dort hinaufgegangen« – jetzt irgendwohin zu zeigen war ihr Rettungsanker, denn es zwang sie, sich von ihr abzuwenden – »und dann den Weg wieder zurück, den er gekommen war. Nicht weit, nur ein paar Schritte. Als würde er sich umsehen. Dann ist er dort über die Seite des Hügels gegangen und dann zwischen den Bäumen da hindurch – sehen Sie die Fichten? Zwischen denen hindurch und dann wieder auf den Weg zurück. Ich glaube, der Weg hat ihn irritiert. Er schien ihn nicht zu kennen. Aber nachdem er ihn entdeckt hatte, war er verschwunden.«

Du bist keine schlechte Lügnerin, Hannah, du bist richtig gut. Kannst sogar ein verdammt verlogenes Stück sein, wenn es darauf ankommt. Setz es in dein Match.com-Profil, um das dich deine Freunde schon so lange bitten – Hannah Faber, weiß, single, letzten Freund umgebracht, besondere Kennzeichen: hervorragende Lügnerin. Bitte rufen Sie an!

»Verdammt, es muss der Junge sein«, meldete sich zum ersten Mal der Mann mit der müden und ungeduldigen Miene zu Wort. Er war Hannah am sympathischsten.

»Ich wünsche Ihnen viel Glück«, sagte Hannah. »Ich muss jetzt los.«

»Wohin?«, hakte der Skeptische nach, der jetzt wieder bei der Gruppe stand. Auch das war eine gute Frage – sie, die tagein, tagaus nichts anderes zu tun hatte, als ihre Zeit in diesem Turm zuzubringen, trieb sie zur Eile? »Sie scheinen es eiliger zu haben als wir.«

»Schon vergessen, dass die Toilette hier unten ist?«, entgegnete sie und grinste ihn gereizt an. »Na ja, dann haben Sie es ja hoffentlich jetzt kapiert! Stramme Leistung! Also, ja, ich muss in der Tat mal irgendwo hin.«

»Schon gut«, sagte der Größere. »Bitte entschuldigen Sie.«

»Schon in Ordnung und viel Glück bei der Suche.«

»Ziemlich gute Aussicht vom Turm da oben. Es wäre vielleicht ganz interessant, hinaufzugehen und von dort oben zu sehen, ob wir ihn entdecken«, sagte Luke, der Indianer, und Hannah hätte ihm am liebsten dem Hals umgedreht.

»Sie können ihn nicht sehen«, sagte sie. »Ich habe ihm so lange hinterhergesehen, bis er verschwunden war. Er ist dem Trail gefolgt und direkt in Richtung Cooke City gegangen.«

»So lange haben Sie ihm hinterhergesehen?«

»Mag schon sein, dass Sie den Turm interessant finden. Aber Sie können mir glauben, dass es da oben auch ziemlich langweilig werden kann. Und darum beobachte ich *jeden.*« Sie entfernte sich von ihnen, während sie das sagte. »Bitte entschuldigen Sie, aber ich muss jetzt wirklich mal kurz verschwinden. Wenn Sie warten möchten, bitte. Ich bin in einer Minute zurück.«

»Wir müssen weiter«, sagte der große Cop. »Vielen Dank für Ihre Hilfe.«

»Kein Problem«, sagte sie. »Viel Glück, Jungs.«

Sie erreichte das Klohäuschen und machte sich hastig an der Tür zu schaffen. Aber der Riegel setzte ihr Widerstand entgegen, und sie geriet in Panik. Als er ihrem Drängen schließlich doch nachgab, wäre sie in der Eile fast hineingestürzt. Das dürfte sie überzeugt haben – jemand, der wirklich *mal kurz verschwinden* musste. Vermutlich lachten sie jetzt über sie, aber das war ihr egal. Solange sie ihr nur glaubten und weitergingen.

Sie ließ sich auf dem Toilettensitz nieder und legte den Kopf in die Hände, bis ihr Atem etwas zur Ruhe kam und die Benommenheit verging. Sie hörte die Stimmen der Männer, wenn auch leise. Sie zogen weiter. Überwältigend war sie nicht gewesen, aber es hatte funktioniert.

Und jetzt war sie allein mit einem Jungen, der von Killern verfolgt wurde.

Als sie die Tür öffnete, war sie darauf gefasst, dem Mann mit der Waffe gegenüberzustehen. Aber auf der Anhöhe war weit und breit niemand zu sehen. Sie ging wieder zum Turm, die Stufen hinauf und öffnete die Kabinentür.

»Connor? Ich bin's nur.«

Ihre Worte wirkten gewichtiger, als sie es hätten tun sollen. *Ich hab dich nicht belogen. Ich habe dir etwas versprochen, und das habe ich gehalten, und du bist immer noch in Sicherheit, und ich bin bei dir.*

»Sind sie wirklich weg?« Er schob den Kopf unter der Pritsche hervor.

»Ja. Bleib unten. Ich sehe nach, ob der andere auch weitergegangen ist.« Im Umdrehen fügte sie hinzu: »Sobald wir sicher sein können, dass er weg ist und ihnen folgt, müssen wir hier auch weg, und zwar in die entgegengesetzte Richtung. Wir müssen hier raus.«

»Warum?«

»Weil ich ihnen nicht die Wahrheit gesagt habe. Sie haben es mir zwar abgekauft, werden aber nicht lange brauchen, bis sie es merken. Einer von ihnen kommt bestimmt zurück, und wenn das passiert, musst du weg sein. Lass mich einen Augenblick nachdenken.«

Sie öffnete die Tür, trat auf die Galerie hinaus und lehnte sich mit den Unterarmen auf die Brüstung. Wenn sie jetzt beobachtet wurde, dann musste sie möglichst entspannt wirken. So, als ob sie alle Zeit der Welt hätte. Sie zwang sich, einen Augenblick in dieser Pose zu verharren und nicht erkennen zu lassen, dass sie nach etwas Bestimmtem Ausschau hielt. Sie zählte die Sekunden wie ein Kind: einundzwanzig, zweiundzwanzig, drei … Bei hundert angekommen, richtete sie sich auf, streckte sich, hob das Fernglas vor die Augen und sah in den Rauch. Sie hatte den Schatten mit der Waffe in die Irre führen wollen. Der Rauch aber ließ sie stutzig werden, und sie sah genauer hin; er war dichter geworden in der Zeit, die sie mit dem Suchtrupp beschäftigt gewesen war. Der Wind musste unbedingt nachlassen, *der Föhn*, wie Nick diese Art Wind immer genannt hatte. Wenn an einem Tag mit höchster Warnstufe auch noch dieser Wind ging, wurde es richtig gefährlich.

Mit einem langsamen Schwenk wandte sie sich von dem

Rauch ab und hatte schnell die Männer im Visier, kaum eine halbe Meile von ihr entfernt. Sie hatten ihr geglaubt und die Route genommen, die sie ihnen nahegelegt hatte. Der Spurenleser, Luke, würde mit seiner Kunst kläglich scheitern, denn in der Gegend waren eine Menge Wanderer unterwegs, sodass sich das Erkennen von Stiefelabdrücken als äußerst schwierig erweisen dürfte. In einer entlegeneren Gegend hätte er es leichter.

Es dauerte einige Zeit, bis sie den Schattenmann gefunden hatte. Er hatte den Weg verlassen und stieg zu einer bewaldeten Kammlinie auf, die parallel zum Pfad verlief und etwa fünfundzwanzig Meter höher lag. Dadurch kam er zwar langsamer voran, konnte sich aber schneller einen Überblick verschaffen. Während sie ihn beobachtete, drehte er sich plötzlich zum Turm um, das Gewehr auf sie gerichtet. Schlagartig durchfuhr sie ein Stich in der Magengegend. Ihr Innerstes zog sich zu einem Knoten zusammen.

Er schoss jedoch nicht. Er sah durch das Zielfernrohr, wie sie durch ihr Fernglas, erkundete die Umgebung, das war alles. Er drehte sich einmal um die eigene Achse und setzte seinen Weg fort. Der Suchtrupp würde auf dem Pfad bleiben, und er würde ihnen folgen. Connor und sie konnten den Weg also nicht nehmen. Irgendwann würden sie erkennen, dass etwas falsch gelaufen war, und der Schatten würde zurückkommen. Dann durften Connor und sie nicht mehr hier sein. Sie musste ihm helfen, hatte sich aber gerade selbst den Weg in die Sicherheit abgeschnitten, indem sie seinen Verfolger auf den einzigen Weg gelotst hatte, der in die Stadt führte. Sie hatte sich die Karte genau eingeprägt und Tag für

Tag stundenlang durch das Fernglas gesehen. Daher war ihr nur zu klar, was sie abseits des Weges erwartete. Tückische Anstiege, unüberwindbare Schluchten, reißende Stromschnellen, Überreste von Gletschern. Sie würden nur langsam vorankommen, eine Spur hinterlassen und schließlich gestellt werden.

Im Westen schob sich der Rauch vor die tiefstehende Sonne, und sie dachte an das, was sich da unten abspielte. Dutzende von Männern und Frauen mit Funkgeräten am Gürtel verrichteten ihren harten Job in den Wäldern, Helikopter warteten auf ihren Einsatz. Ein Krisenplan war da unten in Gang gesetzt worden. Aber niemand käme auf die Idee, in dieser Gegend zu suchen, weil kein Mensch jemals auf einen Waldbrand zulaufen würde.

Es sei denn, er verstand etwas davon.

In Panik wegzulaufen konnte verheerende Folgen haben, das wusste sie nur zu gut, das hatte das Leben sie in vielerlei Hinsicht gelehrt. Und so betrachtete sie durch ihr Fernglas die unberührte Natur und sann über einen anderen Ausweg nach als den, der ihr offensichtlich erschien.

Trotzdem sah sie immer wieder in Richtung des Rauchs.

Bis zur Dämmerung konnten sie den Brand erreichen. Den Mann mit der Waffe würden sie dort nicht treffen, denn er war in entgegengesetzter Richtung unterwegs. Waren sie erst beim Feuer, würden sie schnell Hilfe finden. Überall gäbe es Funkgeräte, Lastwagen würden vor Ort sein, Hubschrauber könnten niedergehen und ein Seil ablassen, wenn es erforderlich war.

Schaffst du es dorthin?, fragte sie sich, und die junge Frau, die sie einmal gewesen war, antwortete: *Natürlich, nicht übel, der Marsch.* Dann aber meldete sich die Stimme der erwachsenen Frau, die sie jetzt war: *Nicht die Meilen zählen. Denk dran, dass du vielleicht umkehren musst. Schaffst du das auch?*

Auf diese Frage hatte keine der beiden eine Antwort.

23

Zwischen Red Lodge und Cooke City fing Ethan an zu zählen. Einfach als Übung, als Kampf gegen Adrenalin, Wut und Angst. Zunächst nur mit Zahlen. Von eins bis hundert und wieder zurück. Als das nicht mehr reichte, zählte er die Autos, an denen sie vorbeifuhren, und dann, denn so viele gab es davon nun auch wieder nicht, zählte er die Kehren. Später, als sie weiter oben in den Bergen waren, suchte er sich etwas anderes.

Er fing an, die Männer und Frauen zu zählen, die er in Überlebenstechniken ausgebildet hatte. Erst die letzten, die, die seine Privatkurse besucht hatten. Dann ging er in der Zeit zurück, immer weiter, bis zur Air Force, in den Dschungel, in die Wüsten und Tundren, in denen sie ihn für eine Woche, zehn Tage oder einen Monat abgesetzt hatten. Um die dreißig Teilnehmer waren es immer in einer Gruppe, und im Jahr trainierte er vier Gruppen. Und das seit fünfzehn Jahren. Das machte tausendachthundert allein beim Militär. Zählte er die Zivilisten hinzu, kam er auf etwa zweitausendfünfhundert, alles in allem vielleicht auf dreitausend.

Dreitausend Menschen hatte er auf ihrem Weg begleitet,

Spezialist fürs Überleben zu werden. Bei einigen hatte es funktioniert, das wusste er. Ein Pilot, der über dem Stillen Ozean abgeschossen wurde; ein Soldat, der in Afghanistan seine Einheit verloren hatte; ein Jagdführer, der sich beim Sturz ein Bein gebrochen hatte. Briefe und Anrufe hatte Ethan bekommen. Ganz zu schweigen von den Belobigungen und Auszeichnungen.

Dreitausend Menschen, die er ausgebildet hatte.

Und nicht ein einziges Mal war er selbst auf die Probe gestellt worden.

Jedenfalls nicht so, dass es eine ernsthafte Herausforderung gewesen wäre. Er hatte trainiert, trainiert und wieder trainiert. Mit den Besten der Welt, ein Leben lang, er hatte trainiert, ohne sich selbst beweisen zu müssen. Wie der beste Boxer, der nie in den Ring steigen sollte.

Nur, dass er eben kein Kämpfer war. Das war er, der alte Konflikt mit seinem Vater: Als Sohn eines Marineinfanteristen war er zur Air Force gegangen. Das war der erste Affront gewesen, über den sein Dad jedoch hinweggekommen war in Anbetracht der Tatsache, dass die Welt in ein neues Kriegszeitalter eingetreten war und Auseinandersetzungen in Zukunft mit Raketen und Drohnen ausgetragen wurden, so sehr ihn das auch betrübt haben musste. Dann war Ethan Survival-Trainer geworden, ein noch größerer Affront gegen seinen Vater, der auf eine perverse Art seinen eigenen Wert an seiner Fähigkeit zu töten bemaß.

Du bringst ihnen lediglich bei, was zu tun ist, wenn sie allein da draußen sind?, hatte er fassungslos gefragt. *Und das hier? Woher willst du wissen, ob das funktioniert?*

Es hatte ihn verletzt, die Vorstellung, dass sein Sohn immer *hier* sein würde. Es gab derzeit keinen Krieg, das aber war für Rod Serbin nicht der Punkt – es könnte, es würde einen Krieg geben, und wenn es dazu kam, dann würde sein Sohn abseits stehen, und das auch, weil er es selbst so wollte. Ob er jemandem vielleicht das Leben rettete, schien ihn nicht zu berühren. Dass er niemanden das Leben kosten würde, war der Maßstab. Es ärgerte ihn, nicht Ethan. Bis heute jedenfalls. Jetzt fuhr er, plante und stellte sich Fragen.

Könnte er es tun? Würde er es tun?

Als sie in die Stadt zurückkamen, stand der Rauch des Feuers hoch und unübersehbar am Himmel, ein Anblick, der Ethan überraschte, denn seit dem Morgen hatte er sich stark ausgebreitet. Aber die Welt war sowieso nicht mehr so, wie sie vor Kurzem noch gewesen war.

»Was glauben Sie, wo der Junge jetzt ist?«, fragte der verbrannte Mann in das Schweigen hinein.

»Keine Ahnung. Es ist über zwölf Stunden her. Ohne Pause könnte er ein ganz schönes Stück zurückgelegt haben. Vielleicht hat man ihn aber auch schon gefunden.«

»Das müssen wir wissen. Wenn sie ihn schon haben, dann machen wir uns umsonst auf den Weg in die Wälder, und ich vergeude Stunden kostbarer Zeit, die ich eigentlich gar nicht habe. Oder besser gesagt: Ich vergeude Stunden kostbarer Zeit, die *Sie* gar nicht haben. Bitte entschuldigen Sie, Ethan, dass mir die Abmachung in unserem gemeinsamen Vorhaben entfallen ist. Es ist Ihre Entscheidung. Es ist Ihr Job, ihn zu finden, egal ob er sich irgendwo unter einem Felsen versteckt oder in einem Hotelzimmer, vor dessen Tür drei Marshals Wache stehen. Inzwischen ist so ziemlich alles möglich.«

»Ich muss jemanden anrufen.«

»Kein Problem.«

»Dafür müssen wir irgendwo anhalten«, sagte Ethan. »In dieser Gegend gibt's kein Netz. Ab Red Lodge gibt es kein Signal mehr. Hier oben auch nicht.«

»Gut, dann halten wir an. Es ist Ihre Entscheidung. Aber nur ein Anruf. Ich bleibe bei Ihnen. Beim ersten falschen Wort habe nicht ich das Ende zu verantworten, sondern Sie. Und vergessen Sie eins nicht – sie ist die Erste, die geht. Dafür werde ich sorgen.«

»Ist klar. Ich fahre auch kurz zu mir, und von dort aus fangen wir dann an.«

»Allison hat Ihr Haus in Brand gesetzt. Ich halte das für keine gute Idee.«

»Sie Dreckskerl, nennen sie sie nicht noch einmal beim Namen. Haben Sie mich verstanden?«

»Wäre es Ihnen lieber, wenn ich ›Mrs. Serbin‹ sage? Ich dachte, wir könnten auf derlei Förmlichkeiten inzwischen verzichten.«

Ethan konzentrierte sich auf die immer noch schneebedeckten Gipfel in der Ferne. Imposante Felswände, aus denen für ihn Freunde geworden waren. Wenn er es schaffte, ruhig zu bleiben, dann wäre er schon bald mitten unter ihnen.

»In der Stadt werde ich anhalten und anrufen«, sagte er. »Wenn Sie mit mir reingehen und mich beim ersten falschen Wort erschießen möchten, bitte. Wenn Sie aber lieber im Wagen bleiben und Ihr verbranntes Gesicht nicht unan-

256

genehmen Fragen ausgesetzt sehen wollen, dann steht Ihnen auch das selbstverständlich frei.«

»Wie großzügig von Ihnen, Ethan. Aber ich kenne meine Möglichkeiten. Ich traue Ihnen zu, dass Sie das allein schaffen. Sie werden noch Gelegenheit bekommen, mir Ärger zu bereiten, aber Sie vergessen hoffentlich nicht den Anblick Ihrer Frau heute Morgen im Krankenhaus und wer in diesem Augenblick an ihrem Bett sitzt.« Er hielt inne, zuckte mit den Schultern und sagte: »Oder Sie nehmen billigend in Kauf, dass sie stirbt. Ich habe mich schon einmal in jemandem geirrt, vielleicht passiert das ja noch einmal.«

Ethan hielt vor dem Gemischtwarenladen von Cooke City. Den Laden gab es dort schon seit 1886, und Ethan stellte sich vor, dass in all den Jahren bestimmt so mancher Ganove vorbeigekommen war, bezweifelte aber, dass auch nur eine dermaßen missratene Gestalt dabei gewesen war, wie die, die gerade neben ihm saß.

»Ich gehe dort entlang und dann nach rechts«, sagte er. »In den Miner's Saloon. Da kann ich das Telefon benutzen, das rechts am Ende der Bar steht. Von dort aus mache ich den Anruf. Sie werden mich vermutlich durch das Fenster beobachten können. Sie kann man hier hinter den dunklen Scheiben nicht sehen.«

»Sie haben mein uneingeschränktes Vertrauen, Ethan.«

»Gibt es eine bestimmte Zeitvorgabe?«

»Lassen Sie sich ruhig Zeit.«

Der Spott in seiner hellen Stimme war nicht zu überhören. Das war gut. Nur weiter so überheblich und vermessen, und Ethan würde schon bald auf seine Leiche pinkeln.

Ethan ging über den Gehweg zum Miner's und zog die Tür auf, ohne sich noch einmal umzublicken.

»Ethan, Mann, so eine Überraschung! Ich habe von dem … Brand gehört.« Es war der Barmann, der Ethan begrüßte. Ethan nahm an, dass der Mann sich verkniff, Allisons Namen zu nennen, weil er nicht wusste, was das ausgelöst hätte. Ethan sah auf, nickte und sagte: »Es geht ihr gut. Entschuldigung, darf ich von hier aus mal telefonieren?«

»Natürlich.«

Er rief Roy Futvoye an. Er erklärte ihm, dass er wieder in der Stadt sei und erkundigte sich, ob der Suchtrupp erfolgreich gewesen wäre.

»Tut mir leid, nein. Sie haben eine Frau getroffen, die glaubte, ihn gesehen zu haben. Sie gehört zur Besatzung eines Brandwachturms. Aber gefunden haben sie ihn noch nicht.«

»Wo sind sie jetzt?«

»Sie sind jetzt auf dem Rückweg Richtung Soda Butte.«

Der Soda Butte war der Fluss, der südlich der Stadt, parallel zur Grenze zwischen Montana und Wyoming, verlief. Das bedeutete, dass sie einen Bogen gelaufen waren, in der Erwartung, dass Connor sich abgesetzt und dann versucht hatte, in die Zivilisation zurückzufinden. Ein einleuchtender Gedanke. Vermutlich gingen sie davon aus, dass er Hilfe suchte oder zumindest wieder in eine vertraute Gegend gelangen wollte. Sie hatten aber noch nicht verstanden, dass er Angst hatte, und das war gut so. Ein weiterer Vorteil. Ethan rechnete nicht damit, Connor auf dem Highway oder selbst auf einem Trail anzutreffen. Jedenfalls nicht so bald.

Er hatte Essen, er hatte Wasser, und er hatte Angst. Er dürfte sich nach einem guten Versteck umgesehen haben.

»Keine weiteren Hinweise?«

»Nein. Aber es klang ziemlich vielversprechend. Sie gab eine gute Beschreibung ab, und auch zeitlich kam es ziemlich gut hin. Vielleicht hat er sein Gepäck irgendwo liegen lassen und ist jetzt schneller unterwegs, als wir dachten.«

»Möglich, ja«, sagte Ethan. »Ihr Team kommt also über Nacht aus den Bergen raus?«

»Sie sind schon zurück. Wir schicken eine neue Gruppe. Luke Bowden ist draußen geblieben.«

»Wie?«

»Sie kennen doch Luke. Er kann es nicht leiden, wenn er eine Fährte verliert. Ist ein verdammter Bluthund. Er dürfte stinksauer gewesen sein, als er feststellte, dass er die Spur des Jungen am Wachturm verloren hat. Deshalb ist er zurückgegangen, um herauszufinden, ob er die Fährte wieder aufnehmen kann.«

»Holt ihn da raus«, sagte Ethan mit deutlich schärferem Tonfall, sodass der Barmann in seine Richtung sah.

»Warum?«

Weil Luke den Jungen tatsächlich finden könnte, dachte Ethan, sagte aber: »Weil solche Aktionen nie allein durchgeführt werden dürfen, Roy. Das weißt du.«

»Er geht doch nur den Weg zurück. Luke wird nichts passieren …«

»Jedem kann etwas zustoßen«, entgegnete Ethan knurrig. Er schluckte und sagte dann: »Mit diesem Jungen stimmt was nicht, mach dir das klar. Schick niemanden allein da raus.«

Schon gar nicht jemanden, der mich zu ihm führen könnte. Und auch nicht jemanden mit einem Funkgerät.

»Ich werd's ihm sagen«, sagte Roy, und auch seine Stimme hatte sich verändert. »Ethan, alles in Ordnung mit dir? Weißt du mehr, als du sagst?«

»Ich weiß, dass ich aufgebracht bin, Roy. Es war ein harter Tag. Hör zu, ich muss los. Ich melde mich wieder. Danke.«

Ethan legte auf. Er betrachtete einen Mann, der an der Bar ein Steak aß, und auch das Messer, das er benutzte, fasste er ins Auge. Ein Messer zu haben wäre nicht schlecht. Aber das würde dem verbrannten Mann sicher nicht entgehen. Ethan bedankte sich bei dem Barmann und trat hinaus in den warmen Wind. Er wusste, dass er jetzt keine Zeit verlieren durfte. Sie lief ihm davon, und der verbrannte Mann wusste das noch nicht einmal.

Als Ethan die Wagentür öffnete, sah ihn der verbrannte Mann fast desinteressiert an. Die Pistole hielt er in der Hand.

»Haben Sie die Nationalgarde gerufen?«

»Das erfahren Sie noch früh genug.«

»Ihre Scherze können Sie für sich behalten«, raunte er. Dann neigte er den Kopf, sodass die Verbrennungen vom Licht abgewandt waren, und fragte: »Was haben Sie herausbekommen?«

»Bis jetzt war die Suche vergeblich. Mit ein bisschen Glück kriegen wir ihn, wenn er uns auf der Straße entgegenkommt. Wenn nicht, dann müssen wir zu der Stelle, wo wir ihn verloren haben. Und von dort aus muss ich ihm nachspüren.«

»Und Sie glauben nicht, dass wir Glück haben.«

»Nein.«

»Warum nicht?«

»Weil er viel zu viel Angst davor hat, unterwegs Ihnen zu begegnen.«

»Sich in die Gedanken der vermissten Person einfühlen. Schön für Sie. Sicherlich ein sehr guter Ansatz. Aber bisher hat sein Konzept eher darin bestanden, sich zu verstecken und dann wegzulaufen.«

»Und Sie haben es nicht geschafft, ihn zu kriegen. Sie hätten mich rufen sollen.«

Der verbrannte Mann sah ihn an und lächelte.

»Dann wissen Sie meine Erfahrung also so langsam zu schätzen?«, bemerkte Ethan.

»Nein. Ich habe mir nur gerade vorgestellt, wie Ihre Frau mit brennenden Haaren aussah.«

24

Die Frau mit dem Namen Hannah hatte ihn gerettet, für den Augenblick jedenfalls. Das war großartig von ihr, rechtfertigte aber noch lange nicht, dass sie ihn hetzen durfte. Und im Augenblick hetzte sie ihn. Sie sagte Jace, dass er aufstehen, in die Gänge kommen und das Gepäck zurückzulassen sollte, weil sie ohne das zusätzliche Gewicht schneller vorankämen, dass sie, wenn sie schnell wären, beide gegen Ende der Nacht mit einem Hubschrauber aus den Bergen herausgeflogen würden.

»Langsam, langsam«, sagte er. »Wir dürfen nichts überstürzen.«

»Genau dazu haben wir keine Zeit, mein Lieber. Wir müssen uns beeilen. Ich weiß, dass du müde bist, aber ...«

»Wir haben ein Ziel«, entgegnete Jace, »aber keinen Plan.«

Es war verrückt: Hätte das ein Erwachsener zu Hannah gesagt, hätte es ihr eingeleuchtet. Aber diese Worte aus seinem Mund, das konnte nur bedeuten, dass mit dem Jungen etwas nicht stimmte. Hannah starrte ihn an, als hätte er ihr soeben offenbart, auf einem Einhorn einen Ausritt in die Berge machen zu wollen.

»Das sagt Ethan immer.«

»Ethan. Du meinst deinen Survival-Trainer?«

»Ja. Der, mit dem ich bis letzte Nacht unterwegs war.«

»Super, Connor. Wirklich ganz toll. Aber ich bin mir ziemlich sicher, dass Ethan, wenn er jetzt hier wäre, dir ebenfalls sagen würde, dass wir uns beeilen müssen.«

»Genau das Gegenteil würde er sagen. Panik bringt einen um. Handelt man überstürzt, macht man Fehler. Und Sie versuchen, mich zur Eile anzutreiben.«

Sie lachte. Es war dieses angespannte Ich-habe-jetzt-genug-gehört-Lachen seiner Mutter, wenn sie sich stritten. »Ich versuche, dich auf Trab zu bringen, klar. Du bist schließlich mit einem *Killer* im Schlepptau zu mir gekommen. Und deshalb will ich verdammt noch mal weg von hier.«

»Zwei Killer«, korrigierte Jace. »Den anderen haben wir nur noch nicht gesehen.«

Das beunruhigte ihn schon seit einiger Zeit. Er wusste nicht viel über diese Kerle, aber irgendwie war er erstaunt, als er bemerkte, dass sie offensichtlich doch bereit waren, sich zu trennen. Er hatte den Eindruck gehabt, als kämen sie immer zusammen, ein aufeinander eingespieltes Team.

»Connor«, sagte Hannah, »wir können unterwegs weiterreden. Bitte. Der einzige Fehler, den wir im Augenblick machen können, ist, noch länger hier zu bleiben.«

»Fragen Sie meinen Vater – der muss jeden Tag Schmerztabletten nehmen, nur weil jemand es eilig hatte. Sie machen schon den ersten Fehler.« Er klopfte auf das Glas des Osborne-Peilgerätes und sagte: »Sollten wir nicht eine Karte mitnehmen?«

Sie stutzte, rang sich ein verrutschtes Lächeln ab, als hätte jemand einen Witz erzählt, und beendete die Diskussion.

»Okay«, sagte sie. »Wir nehmen eine Karte mit, eine sehr gute Idee. Ich muss zugeben, dass ich daran nicht gedacht habe. Das war ein Fehler. Erkennst du noch andere?«

Sie schien die Frage ernst zu meinen, und das gab ihm ein Gefühl von Stärke, das er schon seit einiger Zeit nicht mehr gespürt hatte. Es war nicht ganz so wie bei dem Lagerfeuer, das er entfacht hatte, aber ziemlich ähnlich. Und es rief die Erinnerung wach, dass er mehr konnte, als er gedacht hätte.

Er sah sich im Turm um und versuchte, die Dinge so zu sehen wie Ethan Serbin. Es war nicht einfach; er wusste, dass er Dinge übersah. Die Karte mitzunehmen hatte natürlich auf der Hand gelegen. Am liebsten wollte er seinen ganzen Rucksack mitnehmen, musste aber zugeben, dass er dann ein Problem mit dem Tempo bekäme.

»Karte, Wasser, ein paar Energieriegel«, sagte er. Er sprach langsam, während er überlegte, was sie unbedingt brauchten und was sie zurücklassen konnten. »Ich nehme die Folie und die Fallschirmschnur mit, damit wir ein Zelt aufschlagen können. Und den Feuerstahl.«

»Wir müssen in Bewegung bleiben. Wir werden kein Zelt bauen.«

»Das sagen sie alle, bevor sie dann ein paar Stunden später merken, dass sie ein Zelt brauchen.«

Sie lächelte wieder, nickte und sagte: »Okay. Ich habe Wasser, etwas Leichtes zu essen. Ich habe ein Messer und ein Multifunktions-Werkzeug. Du hast die Karte, den Kompass und alles andere, was du mitnehmen möchtest.«

Er nickte.

»Also fertig zum Abmarsch? Oder fehlt noch etwas?« Ihr Blick wanderte zu den Fenstern, die nach Osten gingen, in die Richtung, in die sie den Suchtrupp geschickt hatte. Sie hatte Angst, dass die Männer vielleicht zu früh zurückkämen, und er fragte sich, wie überzeugend sie wohl da unten vor dem Turm gewesen war.

»Lass mich einen Augenblick nachdenken.«

»Scheint dein Lieblingssport zu sein, Connor, oder? Du scheinst mir ja echt die Ruhe weg zu haben. Ein besonnener, geduldiger junger Mann.« Er vernahm die Enttäuschung in ihrer Stimme, ließ es sich aber nicht anmerken. Sie hatte ihm geholfen, und jetzt musste er ihr helfen. Denk wie Ethan. Denk wie ein Survivor. *Denk einfach nach.*

»Okay«, sagte Hannah, nachdem sie einen Augenblick geschwiegen hatten. »Wie es aussieht, hast du an alles gedacht. Lass uns gehen.«

»Lassen Sie das Licht an.«

»Wie bitte?« Sie drehte sich um und sah ihn verwirrt an. Es war ein strahlend heller Nachmittag, und wenn überhaupt, dann hätte man sich eher mehr Schatten in dem verglasten Raum gewünscht. Es sei denn, man dachte wie ein Survivor.

»Das Licht strahlte in der Nacht sehr hell«, sagte Jace. »Man kann es von Weitem sehen.«

»Bis dahin werden wir weit weg sein …«

»Die anderen vielleicht aber nicht«, unterbrach er sie, und sie verstummte. »Wenn die das Gefühl bekommen, dass Sie gelogen haben, dann sind sie sich spätestens dann sicher, wenn das Licht im Turm ausgeschaltet ist, richtig? Sie sind schon über Funk nicht zu erreichen, aber zumindest glauben die Leute, dass Sie noch hier oben sind. Und wenn der Turm heute Abend nicht beleuchtet ist, dürften sie sich wundern.«

Sie nickte langsam und sagte: »Okay, Kleiner. Weiter so. Du hast es drauf.«

Er ging neben seinem Rucksack auf die Knie, zog den Reißverschluss auf und holte die Karte, den Kompass und die Fallschirmschnur heraus. Dann hielt er inne und ihm entfuhr ein: »Scheiße.«

»Was ist?«

»Ich habe die Folie nicht dabei. Wir sind losgegangen, ohne die Zelte wieder zusammenzulegen. Haben Sie etwas, das funktionieren könnte? Ein paar Umhänge vielleicht? Etwas, das im Notfall als Unterschlupf dienen könnte?«

Ihr Gesicht nahm einen anderen Ausdruck an. Er verstand es nicht. Ihr Blick wurde traurig.

»Was ist los?«, fragte er.

»Nichts, schon gut. Und, ja, ich habe ein Schutzzelt. Und zwar ein richtiges. Ein Feuerschutzzelt. Wäre wohl wirklich gut, es einzupacken. Aber ich möchte, dass du mir eines versprichst. Hör bitte genau zu und widersprich mir nicht, okay?«

Jace nickte.

»Ich geh in das Ding nicht rein«, sagte Hannah. »Du kannst da reinkriechen, wenn es erforderlich ist, aber ich mache das nicht. Versuch gar nicht erst, mich zu überreden. Versprochen?«

»In Ordnung.«

Sie rieb sich mit einer Hand über das Gesicht und sagte: »Sonst noch was?«

Er hatte den Eindruck, sie hätten alles zusammen. Alles Unnütze holte er aus seinem Rucksack, ließ es unter der Pritsche verschwinden und steckte das Brandschutzzelt hinein. Es wog nicht viel und sah aus wie Alufolie.

»Und das soll dich davor schützen zu *verbrennen*?«

»Genau«, entgegnete sie. »Ist wirklich so.«

Er sah zu ihr hoch, aber sie wandte sich sofort ab.

»Waren Sie schon mal in so einem Ding?«

»Connor – pack das verdammte Ding einfach ein.«

Er gehorchte, stand auf und setzte sich den Rucksack auf, der viel leichter war als vorher, befreit von unwichtigen Dingen. Er war froh, dass er ihn hatte. Der Rucksack gab ihm das Gefühl, besser vorbereitet zu sein, und wie man sich fühlte, so handelte man auch. Seine Survival-Mentalität kam zurück. Ein gutes Gefühl, bald wieder unterwegs zu sein. Ein noch besseres allerdings war die Gewissheit, dass der Killer in der entgegengesetzten Richtung unterwegs war.

»Ich denke, ich bin so weit«, sagte er.

»Gut. Dann los.«

Er trat hinaus und zögerte – die Höhe des Turms überraschte ihn, obwohl er die ganze Zeit zum Fenster hinausgesehen hatte. Schließlich setzte er sich in Bewegung, einen Fuß vor den anderen, den Blick konzentriert nach unten auf die Stiefel gerichtet.

Plötzlich blieb er unvermittelt stehen, sodass Hannah fast in ihn hineingelaufen wäre.

»Was ist denn jetzt schon wieder?«, fragte sie.

»Welche Schuhgröße haben Sie?«

»*Wie bitte?*«

»Welche Größe?«

»41, Connor. Ich weiß, ich habe große Füße. Und die würde ich jetzt gern in Bewegung setzen.«

»Haben Sie noch andere Schuhe?«

»Connor, das ist nutzloses Gewicht. Wir brauchen keine zwei Paar Schuhe.«

Er drehte sich um, hielt sich mit einer Hand am Geländer fest und betrachtete ihre Füße. Sie waren groß für eine Frau. Er stellte seine eigenen daneben. Fast genauso groß.

»Haben Sie noch andere Schuhe?«, wiederholte er.

»Connor! Wir werden jetzt nicht …«

»Der Suchtrupp hat mich hier schnell aufgespürt«, sagte er. »Ich bin mir ziemlich sicher, dass sie meine Fußabdrücke kennen. Und vermutlich wäre es gut, wenn die nicht sehen, dass sie vom Turm wegführen.«

Wieder starrte sie ihn mit jenem Gesichtsausdruck an, den er langsam anfing, für normal zu halten. Dann machte sie kehrt und ging wortlos die Stufen hinauf in die Kabine zurück. Er folgte ihr. Sie ging ans Fußende der Pritsche und brachte ein Paar Stiefel zum Vorschein.

»Perfekt«, sagte er. »Ich probier sie gleich an.«

Sie betrachtete die Stiefel mit einem seltsamen Blick, als ob es ihr nicht recht wäre, dass jemand sie benutzte. Während sie weitersprach, fixierte sie immer die Stiefel und sah ihn nicht an.

»Ich nehme die hier«, verkündete sie und stellte sie neben das Bett. »Du die, die ich anhabe.«

»Warum?«

»Mach dir keine Gedanken.« Sie schnürte ihre Stiefel auf. Es waren wirklich eher Wanderstiefel. Die Stiefel neben dem Bett aber waren richtige Arbeitsstiefel. Er fuhr mit dem Zeigefinger über das glänzende, schwarze Leder. Stabile Schuhe. Die Schnürbänder reichten oben vom Ende der Zunge bis unten zu den Zehen.

»Woraus sind die Schnürbänder gemacht?«

»Kevlar.«

»Im Ernst? Wie diese kugelsichere Ausrüstung?«

»Ja.«

»Die sehen ziemlich stabil aus«, sagte er.

»Worauf du dich verlassen kannst, Kleiner. Jetzt probier diese an.«

Er zog die eigenen aus und schlüpfte in ihre. Ein klein wenig zu groß vielleicht, aber nicht schlecht.

»Sie passen. Sie haben wirklich sehr große Füße.«

»Das verschafft mir auch Vorteile, Connor. Bei Sturm werde ich nicht so leicht umgepustet.« Mit langsamen Bewegungen zog sie die neuen Stiefel an, als wäre mit ihnen etwas nicht in Ordnung. Als sie sie zugebunden hatte, waren ihre Augen geschlossen.

»Alles in Ordnung?«

»Ja, alles okay. Ich habe schon lange keine Stiefel mehr geschnürt.« Sie machte die Augen wieder auf und sagte: »Wenn wir nun schon so weit sind, dann lass deine Stiefel verschwinden. Das alles nützt wenig, wenn sie reinkommen und deine Stiefel hier auf dem Boden liegen sehen.«

Sie hatte recht. Er ärgerte sich über sich selbst; natürlich war das ein Problem, und er hatte es übersehen. Er nahm seine Stiefel und sah sich nach einem Versteck um. Erst als er seinen Blick etwas gründlicher durch den Raum schweifen ließ, fiel ihm der Holzofen auf. Er öffnete die Tür. Nichts als kalte Asche. Er stellte die Stiefel hinein und machte die Tür wieder zu.

»Sehr gut«, sagte Hannah. »Wirklich schlau.«

Sie machten sich auf den Weg und vergewisserten sich, dass das Licht auch wirklich eingeschaltet war, um die Dunkelheit willkommen zu heißen. Unten vor dem Turm hielten sie sich Richtung Westen und überquerten die Anhöhe. Von dem Jungen, der am Morgen hier heraufgekommen war, war nichts mehr zu sehen.

25

Ein Wust an wirren Vorwürfen riss Allison am Nachmittag aus dem Schlaf. Hätte ich doch das Gewehr mit auf die Veranda genommen. Meine Vorbehalte gegenüber Jamie Bennett ernster nehmen sollen. Ich hätte Ethan erlauben sollen, den Jungen zu suchen, ich hätte mit ihm in die Berge gehen sollen, hätte …

Plötzlich war sie wach, hellwach.

Und allein.

Im Krankenhauszimmer war es schummrig, aber nicht dunkel. Ethans Stuhl war leer. Kein Problem. Er wird einen Grund gehabt haben und würde sicher bald zurück sein. Sie hatte schließlich lange geschlafen.

Doch die Minuten verstrichen, und er war immer noch nicht zurück. Allmählich wurde sie unruhig, so allein in dem Raum. Sie drückte auf die Patientenklingel, die über dem Bett hing. Sekunden später erschien eine Krankenschwester und fragte, ob sie Schmerzen hätte.

»Ein wenig, ja. Aber … es geht schon. Ich frage mich, wo mein Mann geblieben ist.«

»Ich weiß es nicht, Mrs. Serbin. Er ist schon vor einer ganzen Weile gegangen.«

»Was soll das heißen, ›gegangen‹?«

»Ich kann es Ihnen nicht genau sagen. Wie stark sind Ihre Schmerzen? Wenn Sie sie auf einer Skala von eins bis zehn einstufen müssten …«

»Er war die ganze Zeit über gar nicht hier?«

Die Krankenschwester sah sie verunsichert an. »Ich kann es Ihnen wirklich nicht sagen. Er hat mir nicht Bescheid gesagt, und ich habe ihn auch nicht gesehen. Möchten Sie ihn vielleicht anrufen?«

»Ja. Aber ich werde ihn wohl kaum erreichen. Würden Sie mir bitte das Telefon bringen? Ich rufe bei der Polizei an.«

Allison sah auf Ethans Stuhl. *Du hast es versprochen. Du hast meine Hand gehalten, mir in die Augen gesehen und es versprochen.* Die Krankenschwester kam mit einem Telefon in der Hand zurück. Sie wählte für Allison, reichte ihr das Gerät und verließ den Raum.

Allison fragte nach Roy Futvoye. Die Person, die den Hörer abgenommen hatte, zeigte sich zunächst wenig geneigt, sie zu verbinden, also legte sie nach: »Sagen Sie ihm bitte, dass Allison Serbin aus dem Krankenhaus anruft und dass ich mit ihm über den Brand und die Männer reden möchte, die mich überfallen haben.«

Wirklich erstaunlich, was so ein paar Schlagwörter auszurichten vermögen. Binnen kürzester Zeit wurde sie zu Futvoye durchgestellt.

»Allison, wie geht es Ihnen?«

»Könnte besser sein.« Das hätte sie nicht sagen sollen – das ›b‹ zerrte schmerzvoll an den geschundenen Lippen. Sie hasste ihre Stimme, so angeschlagen, wie sie klang.

»Das kann ich mir vorstellen. Aber wir kriegen sie. Das verspreche ich Ihnen. Darauf können Sie sich verlassen.«

Wenn sie das Wort *Versprechen* noch ein weiteres Mal zu hören bekäme, würde sie schreien. »Roy, wo ist mein Mann?«, fragte sie stattdessen nur.

Pause. »Hat er Ihnen nichts gesagt?«

»Was soll er mir nicht gesagt haben?«

»Hm … na ja. Ich weiß nicht genau, was mit ihm los ist, aber soviel ich weiß …«

»Wo ist er?« Die Worte klangen jetzt entschlossener, fester.

»In den Bergen. Ich habe gerade mit ihm gesprochen. Er sucht den Jungen, der weggelaufen ist.«

»Sie haben *gerade erst* mit ihm gesprochen?«

»Ja, ist noch keine Stunde her. Soll ich ihm etwas ausrichten?«

»Nein«, entgegnete sie. »Nein, ist schon gut.«

»Fühlen Sie sich fit genug für ein kurzes Gespräch, Allison? Ich hätte ein paar Fragen zu dem, was letzte Nacht passiert ist. Zu diesen beiden Typen. Sie könnten uns da weiterhelfen. Es ist wirklich wichtig.«

»Ich weiß«, sagte sie. »Aber ich bin noch nicht ganz in der Verfassung. Ich überlege es mir.«

Sie hatte aufgelegt, bevor er antworten konnte. Dann richtete sie sich auf und sah zu Ethans Stuhl hinüber.

Du hast es mir versprochen, Ethan. Warum hast du dich wieder für den Jungen entschieden?

Sie machte die Augen zu, holte tief Luft und merkte nach ein paar Minuten, dass sie zu weinen angefangen hatte. Sie öffnete die Augen und wischte sich mit der gesunden Hand die Tränen ab. Nachdem sie sich etwas gesammelt hatte, drückte sie erneut die Klingel. Ebenso schnell tauchte die Krankenschwester wieder auf.

»Ja? Alles in Ordnung?«

»Könnte ich bitte einen Spiegel haben.«

Das Zögern im Gesichtsausdruck der Schwester nahm sie als untrügliches Vorzeichen für das, was ihr das Spiegelbild zeigen würde, aber Allison hielt dem Blick stand, bis die Frau schließlich nickte und den Raum verließ. Sie kam mit einem runden Schminkspiegel zurück.

»Die bekommen das ganz schnell wieder hin«, sagte sie. »Sie glauben gar nicht, wie gut man Verbrennungen heutzutage wieder hinbekommt.«

Allison nahm den Spiegel, hielt ihn vor sich und machte die Augen im selben Moment wieder zu. Einen Moment später wagte sie noch einen Blick, dieses Mal, ohne sich abzuwenden.

Die schlimmsten Stellen waren sowieso unter dem Verband verborgen. Aber schon allein ihr Haar bot einen niederschmetternden Anblick – viel war nicht übrig geblieben, und selbst die spärlichen Reste waren abgeschnitten worden, vermutlich von den Sanitätern. Ihre Lippen waren von Nähten übersät, und über einem Riss am Kinn lag eine Art Film, der aussah wie angetrockneter Kleber. Die Augenbrauen waren verschwunden, ersetzt durch eine Reihe von Blasen, die anzeigten, wo einmal die Brauen gewesen waren. Sie sah sich lange im Spiegel an, bis sie sagte: »Wissen Sie, dass ich fast einmal Miss Montana geworden wäre?«

»Wenn die Ärzte mit der Behandlung fertig sind, sehen Sie bestimmt sogar noch besser aus«, sprach die Krankenschwester ihr Mut zu.

Allison nickte. »Ja, bestimmt. Mein Mann hat sich darüber immer lustig gemacht. Hat mich manchmal auch so genannt.« Sie kippte den Spiegel etwas und sah den fast vollkommen kahlen Bereich auf der linken Seite ihres Kopfes. »Den Scherz wird er sich in Zukunft vermutlich verkneifen. Dabei würde ich ihn vermissen. Ist das nicht verrückt?«

Die Krankenschwester sah sie mit prüfendem Blick an: »Geht es Ihnen gut, Mrs. Serbin? Vielleicht weniger Schmerzmittel? Oder etwas mehr? Auf einer Skala von eins bis zehn …«

»Neun«, sagte sie. »Neun hatte ich.«

Die Krankenschwester nickte, erfreut darüber, wieder beim Thema zu sein. »Hatten Sie. Und jetzt?«

»Ja, so geht das«, sagte Allison. »Mit zwanzig hatte ich eine Neun. Danach, mit dreißig, vielleicht immer noch eine Acht. Alles hat seine Zeit. Dann wurde ich vierzig, und schließlich kam letzte Nacht. Und jetzt … na ja, wir müssen abwarten, bis der Verband ab ist. Im Augenblick aber würde ich sagen, eine Zwei vielleicht.«

»Mrs. Serbin, machen Sie sich keine Sorgen, denken Sie an etwas anderes. Die Ärzte vollbringen heutzutage wahre Wunderwerke, Sie werden sehen.«

Sie sah in den Spiegel, lächelte und musterte den Kleber und die Nähte. Die Verbände, die ihren Körper bedeckten, waren weiß wie Gletscher unter der Wintersonne. Fast könnte man sie als wunderschön bezeichnen; jedenfalls, wenn man jemals einen Gletscher unter der Wintersonne gesehen hatte.

»Wenn du es bist, tust du so, als wäre es nicht so«, sagte sie, »aber ich frage mich, ob man sie vermissen darf, wenn sie vergangen ist. *Ich war mal eine Schönheit.*«

Die Schwester schwieg. Sie sah Allison nur an und wartete. Allison reichte ihr den Spiegel; die Schwester nahm ihn und ging. Die Bilder aber, die er zutage gefördert hatte, blieben. Allison versuchte, sie wegzuschieben. Dann sah sie auf den leeren Stuhl und wusste, warum Ethan gegangen war. Vielleicht gar nicht wegen des Jungen, sondern wegen ihr.

Er dachte wahrscheinlich, er könne sie kriegen.

Dabei hatte er nicht die leiseste Vorstellung, wer und was sie waren. Sie sah die beiden Männer wieder vor sich und, schlimmer noch, hörte sie. Diese monotonen Stimmen in der wunderbaren, friedvollen Nacht. Sie roch den kalten Rauch und das alte Blut. Dann das frischere.

Sie betete für ihren Mann, betete, dass er ihnen nicht begegnen, sie nicht hören, nicht riechen würde. Aber sie hatte das Gefühl, dass es zu spät war. Sie hatte zu lange geschlafen, und er hatte seinen Entschluss zu schnell gefasst.

26

Als er zum Ausgangspunkt des Pilot-Creek-Trails hinauf-
fuhr, verspürte Ethan Erleichterung. Sie kamen wieder nach
Hause. Aus dem schaurigen Wagen dieses verbrannten
Mannes raus in Ethans geliebte Berge, die sich allerdings
auch von einer nicht minder schaurigen Seite zeigen konnten, wenn man sie nicht respektierte.

»Von hier aus gehen wir los«, sagte Ethan. »Wir müssen
voranmachen.«

Scheinbar gelangweilt sah der verbrannte Mann aus dem
Fenster. Nichts als hohe Gipfel und steile Hänge um sie
herum. Ethan war sich sicher, dass der Mann keine Gefahr
sah. Es kam ihm gar nicht in den Sinn, dass er sich in eine
Lage begeben könnte, in der er absturzgefährdet war. Aber
Ethan glaubte, dass er ihn dahin bringen konnte.

Was Ethan brauchte, war ein Anstieg, der sich unvermittelt vor ihnen auftat, nicht aber zu lang war. Einen, der ohne
größere Anstrengung zu bewältigen war, bis sie plötzlich an
eine Stelle kamen, an der es doch einer kurzen Kletterpartie
zum Gipfel hinauf bedurfte. Gerade so, dass man die Waffe
ins Holster schieben und sich auf beide Hände konzentrieren musste.

Dafür war der Republic Peak wie geschaffen. Ein langer Marsch, der ordentlich in die Beine ging, mehr aber auch nicht. Man hatte die Hände frei. Jedenfalls bis in dreitausend Meter Höhe, wo sich ein ausgedehntes Plateau erstreckte und den Blick nach Westen auf einen Gletscher und nach Norden auf den Republic Creek freigab. Richtung Süden war der Blick durch den Gipfel selbst versperrt. Kein allzu gefährlicher Aufstieg, weshalb Ethan ihn oft für Amateure auswählte, die er mit in die Berge nahm. Weder Seile noch Klettererfahrung oder spezielles Geschirr waren erforderlich. Eine halbwegs gute körperliche Verfassung vorausgesetzt, schaffte jeder den Republic Peak – aber ein reiner Spaziergang war es nun auch wieder nicht. An einigen Stellen musste man sich auf Händen und Knien zwischen Felsen hindurchzwängen. Oben angekommen, bot sich jedoch ein atemberaubender Blick auf die Landschaft. Und wie überall in diesen Bergen gab es auch dort einen Steinhaufen, der den Gipfel markierte. Felsbrocken, von stolzen Gipfelstürmern zu einer Pyramide aufgetürmt, um ihren heroischen Aufstieg in diese schwindelnden Höhen zu bekunden. Auch Ethans Jungen hatten im Laufe der Jahre immer wieder daran mitgebaut. Schwere, runde Brocken, aber auch flachere, gezackte Bruchstücke. Tödliche Waffen, wenn man es richtig machte.

Aber kann ich schneller sein als Luke? Wie schnell tickt die Uhr?

Er schwitzte, obwohl sie noch nicht einmal losgegangen waren. Hier draußen hatte er alle Möglichkeiten. Mit dem Mann würde er schon fertig, wenn er mit ihm allein war.

Vielleicht aber war er das nicht. Er hatte Luke als Joker nicht auf der Rechnung gehabt. Er hoffte, dass Roy ihn über Funk verständigt hatte, dass er schnellstmöglich aus den Bergen verschwinden sollte.

Vielleicht triffst du ihn auf dem Rückweg. Und dann ...

»Ethan? Was haben Sie vor? Sie wirken abwesend. Woran denken Sie? An Allison vielleicht? Ja, wirklich ein süßes Ding, die einzige wahre Liebe. Aber lassen Sie uns bitte unser Ziel nicht aus den Augen verlieren.«

»Wir müssen da hoch, und zwar ziemlich schnell«, sagte er zu dem verbrannten Mann, als sie aus dem Wagen stiegen. »Wenn es dunkel wird, macht er bestimmt ein Licht an. Solange er in Bewegung ist, hat er die Stirnlampe oder eine Taschenlampe an. Bleibt er fest an einem Ort, macht er ein Feuer.«

»Warum sollte er ein Licht anmachen, wenn er sich versteckt, wie Sie vermuten?«

»Weil ich in den letzten Tagen nichts anderes getan habe, als ihnen Angst einzujagen. Ich erzähle ihnen immer ein paar Geschichten aus dem Krieg, damit sie die Sache auch wirklich ernst nehmen. Glauben Sie mir. Hier oben fühlt sich nachts keiner von denen wohl. Zuerst jedenfalls nicht. Und wenn er unterwegs ist, was durchaus möglich ist, dann braucht er das Licht, damit er sehen kann, wo er hintritt. Ich habe ihn beim Feuermachen beobachtet. Er ist sehr geschickt dabei und macht es mit Leidenschaft. Ich bin mir sicher, dass er eines macht. Feuer gibt ihm ein Gefühl von Stärke und Sicherheit. Sie glauben gar nicht, welche Gefühle sich beim Feuermachen einstellen können.«

»Oh, damit kenne ich mich ganz gut aus, Ethan.«

Ethan sah ihn nicht an, zeigte keine Reaktion. Er verbot sich, an Claude Kitna zu denken, auch nicht daran, woher der Rauch kam, an dem sie vorbeigefahren waren. Aber er dachte an das Feuer, das Allison gelegt hatte. Das Feuer einer Frau, die überleben wollte. Er musste gleichziehen.

»Wir müssen uns beeilen und ziemlich hoch hinauf«, sagte er. »Ich sag's Ihnen nur, damit Sie nicht ständig fragen, wohin wir gehen und was wir machen.«

»Ich darf Ihnen verraten, dass ich ein misstrauischer Mensch bin. Aber machen Sie weiter.«

Der Wind frischte auf und blies ihnen den warmen Staub ins Gesicht, den er auf dem Weg hierher über trockenem Land aufgenommen hatte. Zugleich führte er etwas Drückendes mit sich, eine Feuchtigkeit, die hier oben nicht hinzupassen schien und die Ethan verriet, dass ein Gewitter im Anzug war. Für diese Zeit, so früh im Sommer, war es schon zu lange heiß und trocken gewesen. Das hatte die Brände begünstigt. Und jetzt würde es Regen geben, der vielleicht half, vielleicht aber auch schadete. Ein kräftiger Regenguss wäre ein Segen für die Feuerwehrmänner, ein Gewitter die Katastrophe. Rettung schien dieser Wind jedoch nicht zu verheißen. »Spüren Sie das?«, fragte Ethan.

»Die Brise. Ja, Ethan, spüre ich.«

»Das ist keine Brise. Das ist eine Warnung.«

»Ach ja? Jetzt?«, fragte der verbrannte Mann noch immer mit der gleichen monotonen, gelangweilten Stimme, die eigentlich schon längst abgehackt und kurzatmig hätte klingen müssen. Er war verletzt, sie liefen ein zügiges Tempo,

280

und vermutlich hatte er schon eine ganze Zeit nicht mehr richtig geschlafen. Nichts davon ließ er sich anmerken. Das beunruhigte Ethan. Er hatte das dumpfe Gefühl, dass der verbrannte Mann selbst Spezialist in Überlebensdingen war, und das war ein Problem.

»Das ist typisch vor einem Unwetter«, sagte Ethan. »Und hier in dreitausend Metern Höhe hat es der Blitz nicht weit, um einen zu treffen.«

»Ein Feuer habe ich heute schon überstanden, Ethan. Da wird mich doch ein Gewitter nicht schrecken.«

Sie arbeiteten sich weiter voran. Die Dämmerung war inzwischen eingebrochen, sodass sie die Taschenlampen jetzt eingeschaltet hatten. Ethan bemerkte mit einem Lächeln, wie sich der verbrannte Mann laut, viel zu laut, vorwärtsbewegte. Nein, das war nicht seine Welt. Ethan hatte sich richtig entschieden. Sie würden zum Republic Peak kommen, und der Verbrannte wäre am Ende. Es war nur noch eine Frage von Stunden, mehr nicht. Zwei Stunden, vielleicht drei. Das war alles, was dem verbrannten Mann noch blieb. Und er ahnte es nicht einmal. Ethan hatte die richtige Entscheidung getroffen, und das würde einen Blutzoll erfordern.

»Sie haben doch gesagt, dass der Suchtrupp ihn nicht gesichtet hat, der Brandwachturm aber schon«, sagte der verbrannte Mann. »Warum gehen wir dann nicht zum Wachturm? Sie ignorieren eine wichtige Information. Das scheint mir nicht klug zu sein.«

»Ich ignoriere gar nichts. Jemand hat ihn gesehen. Und wie? Durch den Vorteil der Höhe. Wenn wir auf dem Republic Peak sind, sind wir ein gutes Stück höher als derjenige, der ihn gesehen hat. Was ist mit Ihrer Kondition? Haben Sie noch Reserven? Wenn Sie lieber warten möchten, gehe ich da auch gern allein hoch. Weglaufen würde mir kaum etwas nützen. Sie können sicher sein, dass ich wieder zurückkomme.«

»Sie sind ja geradezu rührend um mich bemüht«, antwortete der verbrannte Mann, »aber danke, ich schaffe das, Ethan. Machen Sie sich keine Gedanken. Geben Sie einfach das Tempo vor, ich folge Ihnen.«

Das war die Antwort, die Ethan erwartet hatte, und er war zufrieden damit. Er hatte ihn ein wenig provozieren wollen. Weiter oben würde Ethan noch einmal versuchen, ihm den Gipfel auszureden, und auch dann würde der verbrannte Mann sich darauf nicht einlassen, um Ethan gar nicht erst auf die Idee zu bringen, dass er keine Kraft mehr hätte.

»Sie glauben also, dass er sich vor dem Suchtrupp versteckt, Ethan?«

»Ja. Weil er nämlich denkt, dass Sie dabei oder zumindest in der Nähe sind. Ein normaler Junge würde versuchen, möglichst schnell aus den Bergen herauszukommen. Er würde Hilfe suchen. Connor – jedenfalls ist das der Name, unter dem ich ihn kenne – sucht aber keine Hilfe, denn er traut niemandem. Und solange er davon ausgeht, dass Sie in der Nähe sind – und das tut er –, gibt er nicht freiwillig auf. Das hat er klargemacht, als er sich letzte Nacht von der Gruppe abgesetzt hat.«

»Glauben Sie wirklich, dass Sie ihn finden?«

»Natürlich.«

»Und was geschieht dann mit ihm?«

Ethan zögerte. »Ich weiß es nicht.«

»Doch, Sie wissen es, Ethan. Sie wissen es genau. Geben Sie es zu. Wenn Sie ihn finden, was geschieht mit ihm?«

Ethan schwieg, und der verbrannte Mann setzte nach: »Sie vergeuden wertvolle Zeit. Beantworten Sie meine Frage.«

»Wahrscheinlich werden Sie ihn umbringen.«

»Ich werde ihn ganz sicher umbringen. Das ist keine Frage der Wahrscheinlichkeit. Es ist eine Frage der Gewissheit. Und Sie wissen das. Und trotzdem wollen Sie ihn für mich finden. Also wollen Sie auch, dass er stirbt.«

Ethan drehte sich um und sah ihn an. Der verbrannte Mann lächelte. Sein Gesicht schimmerte blass im Schein der Taschenlampe.

»Ich will das nicht«, entgegnete Ethan. »Aber ich kenne ihn nicht. Ich liebe ihn nicht. Ich liebe meine Frau. Wenn ich ihn opfere und dadurch meine Frau rette ...«

»Was für ein edelmütiger Mensch Sie sind.«

Ethan wandte sich von ihm und diesem Lächeln ab. Er blickte zur Silhouette des Republic Peak hinauf und dachte, dass sie gar nicht schnell genug dort hinaufkommen konnten.

»Na los, weiter«, sagte er. »Wir haben keine Zeit zu verlieren.«

Die Stimme, die aus dem Dunkel zu ihnen drang, war so ruhig, dass Ethan sich nicht einmal erschrak, obwohl das die normale Reaktion gewesen wäre. Fast unbemerkt schlich sie sich in die Unterhaltung ein, als gehörte sie dazu.

»Darf ich mich Ihnen anschließen, oder wäre es Ihnen lieber, wenn ich bei den anderen bleibe?«

Ethan sah in die Richtung, aus der die Stimme kam, im Gegensatz zu dem verbrannten Mann, der Ethan nicht aus den Augen ließ.

»Wenn die ihn bis jetzt noch nicht gefunden haben«, sagte der verbrannte Mann, »dann werden sie ihn wohl auch nicht mehr finden. Und ich habe vollstes Vertrauen in meinen Freund Ethan hier. Also würde ich vorschlagen, dass du mitkommst.«

»Mit Vergnügen.«

Die Art, wie sie reden. Als wären sie allein auf der Welt. Als wäre die Welt nur für sie beide geschaffen worden, und sie wären Herrscher über sie, hatte Allison gesagt. Und dann hatte sie angefangen zu weinen.

Lautlos trat der zweite Mann aus dem Gebüsch hervor. Er war mit einem Gewehr bewaffnet. Ethan beobachtete seinen Gang, und ihm fiel auf, dass er ihn erst gehört hatte, als der Mann wollte, dass man ihn hörte. In dem Moment wurde ihm schlagartig klar, dass diese Männer auf eine grauenhafte Art gleich und auf dieselbe Art und Weise auch wieder verschieden waren. Der verbrannte Mann kannte sich in der Wildnis nicht aus, sein Partner aber durchaus. Dass sie jetzt zu zweit waren, war schlimm genug. Noch schlimmer aber war, genau zu wissen, wie der andere Mann war. Alle Vorteile, die Ethan geglaubt hatte, für sich in Anspruch nehmen zu können, waren dahin.

Der zweite Mann trat auf sie zu und blieb etwa drei Meter vor ihnen stehen. Er war kleiner, muskulöser und hatte kurz geschnittenes Haar. Im Wesentlichen aber sah er genauso aus wie der verbrannte Mann. Brüder, dachte Ethan. Sie waren Brüder.

»Schön, Sie kennenzulernen, Mr. Serbin«, sagte er. »Hatte letzte Nacht schon das Vergnügen, die Bekanntschaft Ihrer Frau zu machen. Sie waren ja leider nicht zu Hause.«

Ethan schwieg. In der Ferne hob sich der Republic Peak vom Nachthimmel ab. Der perfekte Ort, um *einen* umzubringen.

Aber nicht zwei.

27

Vollkommen dunkel wurde es nie in einem Krankenhauszimmer. Irgendwo leuchtete immer der Schein eines Monitors, das Nachtlicht im Bad, ein helles Band unter der Tür. Allison beäugte die Schatten und hoffte vergebens auf Schlaf. Dann lösten sich die alten Schatten auf und neue tauchten auf, als die Tür sich einen Spalt breit öffnete.

Einen Augenblick blieb sie stehen, gab ein leises Quietschen von sich, und wer immer auf der anderen Seite stand, schwieg. Allison wusste in dem Moment, dass sie es waren, wusste, dass sie mit Ethan fertig und wieder zu ihr gekommen waren, und sie fragte sich, wie sie das noch überraschen konnte, denn natürlich war das nicht die Sorte Männer, die einen davonkommen ließ. Deine Verbrennungen und Prellungen reichten ihnen nicht. Am Boden wollten sie dich haben, aber da war sie noch nicht.

Ein Schrei steckte ihr in der Kehle fest, als die Tür weiter aufgeschoben wurde und erneut stehen blieb. Aber die Bewegung hatte etwas dermaßen Zaghaftes, Zögerliches an sich, dass es, da war sie sich sicher, weder Jack noch Patrick sein konnten, ihre Besucher in der letzten Nacht. Deren Bewegungen waren seltsam, aber niemals zögerlich.

Die Tür wurde weiter geöffnet, ließ ein breites Lichtband in den Raum fallen, und Allison blinzelte, als eine große blonde Frau den Raum betrat.

»Sie Miststück«, empfing Allison sie.

»Ich weiß«, entgegnete Jamie Bennett und machte die Tür hinter sich zu.

Einen Moment lang war es still im Raum, dann wieder dunkel, und Allison dachte: *Sagen Sie nicht, dass es Ihnen leid tut. Ich will das nicht hören. Wagen Sie nicht, das zu sagen.*

Jamie Bennett sagte: »Darf ich das Licht anmachen?« Ein Druck auf den Schalter, und sie stand da. Groß, blond, sehr hübsch. Keine Verletzungen, keine Verbrennungen.

»Wissen Sie, wo mein Mann ist?«, fragte Allison.

»Ich dachte, dass Sie mir das sagen könnten.«

»Kann ich aber nicht.«

Jamie nickte. Allison sah sie an, sah die roten Augen und die große Müdigkeit und war zufrieden. Wenigstens hat auch sie einen Preis gezahlt. Nicht genug, aber wenigstens etwas.

»Wegen Ihnen sind sie gekommen«, entfuhr es Allison. »Weil Sie es versaut haben.«

»Ich weiß.«

»Ach ja?«

»Ja, Mrs. Serbin. Mehr noch als Ihnen ist mir bewusst, das ich dafür verantwortlich bin.«

»Nein«, entgegnete Allison. »Sie haben doch keine Ahnung. Haben Sie die beiden miteinander reden hören?«

Jamie Bennett schwieg.

»Dachte ich mir, denn das können Sie erst wissen, wenn Sie sie mal erlebt haben.«

Sie war gleichermaßen überrascht wie enttäuscht, dass die andere Frau angefangen hatte zu weinen.

»Er war Ihr Problem«, sagte Allison, auch wenn sie ihren Kampfmodus innerlich schon abgeschaltet hatte, was sie hasste, denn, verdammt, sie hatte alles Recht der Welt, zornig zu sein. »*Sie* waren für seine Sicherheit verantwortlich, niemand sonst. Sie sollten Ihren Job machen wie ein Profi. Und jetzt sehen Sie, wie weit Sie mit Ihren Spielchen gekommen sind.«

»Ich konnte nicht wie ein Profi handeln«, sagte Jamie Bennett.

»Sieht ganz danach aus.«

»Ich wollte es. Auch wenn Sie es nicht glauben, ich wollte es wirklich. Aber es geht nicht mit dem eigenen Sohn.«

Allison machte den Mund auf, spürte ein Stechen an den Nähten, machte ihn wieder zu und versuchte es erneut. Jetzt leiser. »Ihr Sohn?«

Jamie Bennett nickte. Eine Träne lief ihr die Wange hinab.

»Der Junge, der vermisst wird und hinter dem sie her sind, das ist Ihr Kind?«

»Richtig, das ist mein Kind.«

Allison brachte eine Weile kein Wort hervor. Draußen wurde ein Rollstuhl quietschend vorbeigeschoben, irgendjemandem entfuhr ein zu lautes Lachen, und der Patient im Raum nebenan sonderte ein feuchtes Husten ab, während zwei Frauen dasaßen und sich schweigend ansahen.

»Warum?«, fragte Allison schließlich.

»Warum was? Warum ich hier bin? Ich versuche ihn zu finden. Das ist das Einzige, was ich …«

»Warum sind die hinter ihm her?«

Jamie Bennett ging durch den Raum und ließ sich auf dem Stuhl nieder, auf dem Ethan vorher gesessen hatte.

»Er hat gesehen, wie sie einen Mann umgebracht haben. Er hat eine Leiche gefunden, und dann hat er gesehen, wie die Männer mit einem anderen Mann auftauchten. Auch den haben sie umgebracht, und Jace hat alles mit angesehen.«

»Jace.«

»So heißt er, ja. Als er zu Ihnen kam, hieß er Connor Reynolds.«

»Ja. Ethan sucht ihn. Er hat mich hier allein gelassen und ist zurück, um ihn zu suchen.«

»Ich habe versucht, Ethan zu erreichen, bin aber nicht durchgekommen.«

»Da draußen gibt es kein Netz, Jamie.«

»Und die Männer, die … Ihnen das angetan haben, haben sie noch nicht gefunden?«

»Nein.« Sie fuhr sich mit einem Finger über das Gesicht und den Verband und fragte: »Wer sind die?«

»Ich weiß es nicht. Ich habe eine Beschreibung und kenne die Namen, so wie sie sich gegenseitig anreden, aber darüber hinaus … nichts.«

»Es sind Brüder«, sagte Allison.

»Ich weiß, dass sie sich ähnlich sehen.«

»Mehr als das. Sie sind Brüder. Die Namen müssen nicht stimmen, aber dass sie Brüder sind, ist sicher. Sie gehören zusammen. Durch die Adern fließt das gleiche Blut.«

»Ich würde Ihnen gern versprechen, dass wir sie finden«, sagte Jamie Bennett. »Aber ich habe es satt, Versprechungen zu machen.«

»Wen haben sie umgebracht? Wen hat ... Jace gesehen?«

»Augenzeugen. Meine Augenzeugen. Für einen Strafprozess, der sieben Leute ins Gefängnis bringen sollte. Darunter drei Polizeibeamte. Ich sollte mich um den Zeugenschutz kümmern und habe versagt.« Sie holte tief Luft, strich sich das Haar aus dem Gesicht und sagte: »Meine Zeugen ... wurden nicht einfach umgebracht. Man hatte sie nach Indiana verfrachtet, dorthin, wo mein Sohn mit meinem Exmann lebt, und dort umgebracht. Den Ort hatten sie mir in einer Botschaft genannt. Ich sollte die Leichen entdecken oder dafür sorgen, dass sie entdeckt werden. Stattdessen hat mein Sohn sie gefunden. Und jetzt ... jetzt müssen sie die Sache aus der Welt schaffen.«

»Warum haben sie das getan? Den Mann umgebracht und die Leichen in der Nähe Ihrer Familie abgelegt?«

»Um mir zu zeigen, dass sie unangreifbar sind, und ich nicht«, sagte Jamie Bennett. »Die Nachricht war mit Sicherheit eine Drohung, und zwar eine, die ihnen Freude machte. Soviel wir wissen, ist das ihr Muster. Sie sind sehr gut in dem, was sie tun, und um einiges erfindungsreicher als normale Auftragskiller. Um ehrlich zu sein, sind sie eher Soziopathen als Profis. Sie unterhalten sich gegenseitig bei der Arbeit. Die Zeugen umbringen, die zu beschützen ich versprochen hatte, und sie dann in der Nähe meines Sohnes abzulegen ... ich glaube, das hat ihnen richtig Spaß gemacht.«

»Sie wissen, dass er sie gesehen hat.«

»Ja.«

»Haben ihn aber nicht umgebracht. Warum?«

»Sie haben ihn nicht gefunden. Er hatte sich gut versteckt, und ihnen lief die Zeit davon. Von dort habe ich ihn dann weggebracht. In einen geheimen Unterschlupf. Wie den, von dem ich ihnen erzählt habe und dem seine Mutter nicht trauen würde. Erinnern Sie sich an die Nacht, als ich bei Ihnen war? Als es so stark geschneit hatte? Es war keine Lüge. Seine Mutter traute diesem geheimen Unterschlupf nicht. Seine Mutter hatte gerade zwei Zeugen verloren. Wissen Sie noch, wie ich Ihnen gesagt habe, ich würde den Jungen auch umsonst beschützen, wenn ich der Überzeugung wäre, ich könnte es?«

Ihre Stimme brach, und sie drehte sich von Allison weg. Mehr ließ sie nicht erkennen, schien sich aber weiter in sich zurückzuziehen.

»Seine Mutter war nie eine sehr gute Mutter«, sagte sie. »Deshalb lebte er bei seinem Vater. Aber seine Mutter liebt ihn trotzdem. Sie liebt ihn mehr als ...« Sie hielt inne, lachte kurz auf und sagte dann: »Ihnen gefällt das? Wie ich immer noch über mich reden muss, als wäre ich nicht seine Mutter?«

»Zumindest verstehe ich das.«

Sie wandte sich wieder Allison zu und sagte: »Es tut mir leid, Mrs. Serbin. Wirklich. Ich hätte Ihren Mann da nie mit hineinziehen dürfen. Oder Sie. Ich wusste mir nicht mehr zu helfen. Da fiel mir Ihr Mann ein, das Training, und wie gut er war. Und ich dachte daran, wie abgelegen die Gegend war, und dann dachte ich … ich dachte, es könnte funktionieren. Eine Zeit lang zumindest. Jedenfalls so lange, bis sie geschnappt würden. Es tut mir so leid, dass Sie für meinen Fehler zahlen mussten.«

Allison sah an ihr vorbei zum Fenster hinaus auf die Lichter der Stadt. Hinter dem Lichtermeer erhoben sich im Dunkel die Berge. Und dort irgendwo waren Jamie Bennets Sohn und Allisons Mann und die beiden Männer, denen der Geruch von Rauch und Blut anhaftete.

»Kann sein, dass Sie eine Menge Fehler gemacht haben«, sagte Allison. »Aber zu Ethan zu kommen, war keiner. Das kann ich Ihnen versprechen. Dass er Ihren Sohn heil wieder zurückbringt, allerdings nicht. Aber Sie können sicher sein, dass niemand sonst eine größere Chance hat.«

»Ich werde ihn suchen.«

»Nein, das werden Sie nicht.«

»Dafür bin ich doch hergekommen. Er ist mein *Sohn*, Sie haben es ja gehört. Und Sie sind die Einzige, die das weiß. Ich werde beim Suchen helfen.«

»Nein, das tun Sie nicht«, wiederholte Allison. »Sie wissen doch gar nicht, wie. Wenn Sie bei Ethan wären, vielleicht. Ohne ihn … werden Sie nichts ausrichten.«

»Dann helfen Sie mir. Sagen Sie mir, wo Ethan hingegangen ist.«

»Ich weiß es nicht! Wenn ich es wüsste, wäre ich selbst dort. Um ihm zu sagen, dass er aufgeben soll.«

»Wie hatte Ethan es denn angefangen? Bisher weiß ich nur, dass er sich auf die Suche gemacht hat. Sie *müssen* doch mehr wissen. Was hat er Ihnen erzählt, wie er vorgeht?«

Er wäre zu der Stelle gegangen, wo er den Jungen zuletzt gesehen hatte. Er würde den Pilot-Creek-Trail wieder hinauf zum Lager gehen, und dort würde er anfangen, ihn aufzuspüren.

»Hätte er immer zugehört?«, fragte Allison.

»Was?«

»Ihr Sohn. Wäre er einer von den Jugendlichen, die immer auf das hören, was Ethan sagt? Hätte er zugehört und sich alles gemerkt, oder wäre er zu ängstlich gewesen? Hätte er sich nur darauf konzentriert, unter falscher Identität dort zu sein, in der bangen Hoffnung, nie gefunden zu werden?«

»Er hätte zugehört. Das ist einer der Gründe, weshalb wir ... weshalb *ich* auf die Idee gekommen bin. Natürlich wollte ich, dass er von der Bildfläche verschwindet, ja. Außerdem dachte ich, dass Ihr Mann ihm helfen würde. Mental und emotional. Damit er nicht so einsam wie in anderen Situationen gewesen wäre.«

Allison sah wieder zu den dunklen Bergen hinaus und sagte: »Vielleicht ist es schon zu spät.«

»Ich muss es versuchen. Mrs. Serbin. Wenn Sie eine Idee haben, dann müssen Sie mir eine Chance geben. Sagen Sie mir einfach, wohin ich gehen soll oder mit wem ich sprechen muss, dann lasse ich Sie in Ruhe. Ich werde ...«

»Wir gehen zusammen.«

Jamie Bennett schwieg und sah Allison von oben bis unten an, als wollte sie ein Inventar jeder einzelnen Verletzung erstellen.

»Ich habe Verbrennungen, ja, und mir tut alles weh. Aber zerbrochen bin ich nicht. Ich kann mich noch bewegen.«

293

»Sie müssen nicht …«

»Dummes Zeug. Ihr Sohn ist da draußen und mein Mann auch. Und ich hasse Krankenhäuser.«

»Sie sind nicht ohne Grund hier.«

Allison setzte sich mühsam auf. Ein qualvolles Unterfangen – Schmerzen brandeten an Stellen auf, von denen sie gar nicht wusste, dass sie lädiert waren –, aber sie schaffte es. Jetzt musste sie sich nur noch hinstellen. Das war alles. Tango hatte drei Wochen lang gestanden. Wie vielen Menschen musste sie das erklären? Nur sich selbst.

»Halt«, sagte Jamie Bennett mit verhaltener Entschlossenheit.

»Ethan hat Ihnen diesmal Ausweichrouten gezeigt«, sagte sie. »Jede Nacht, in jedem Lager. Er sagte, dass Connor – Entschuldigung, ich meine *Jace*, – letzte Nacht zurückgeblieben ist. Wenn man ihn noch nicht gefunden hat, dann befindet er sich auch nicht auf einem Weg. Sonst hätten sie ihn. Wenn er sich ins Hinterland zurückgezogen hat und einer von denen ist, die immer aufmerksam zugehört haben, dann könnte er versucht haben, über die Ausweichroute zu entkommen. Das wäre die einzige Möglichkeit, die er kannte.«

»Und wo wäre er dann?«

»Er würde versuchen, auf der rückwärtigen Seite eines Berges nach Silver Gate zu gelangen.«

»Silver Gate«, sagte Jamie Bennett. »Das ist doch … da, wo es brennt.«

»Ja.«

»Wäre das in seiner Nähe?«

»Ich kann Ihnen nicht sagen, was dort in den Bergen los ist. Aber ich weiß, dass Sie schnell fahren können. Den Beweis dafür haben Sie ja bereits geliefert. Also fahren Sie jetzt wieder schnell, aber diesmal bitte, ohne von der Straße abzukommen, okay?«

DRITTER TEIL
DIE TODGEWEIHTEN

28

Erst als Hannah und Connor keuchend und verschwitzt das Hochplateau unterhalb des Republic Peak erreichten, erblickten sie das Feuer zum ersten Mal. Es war kein leichter Aufstieg gewesen. In der Ferne konnten sie das Amphitheater sehen, den nächsten Gipfel, und unter sich, ein gutes Stück weit weg das orangerote, purpurne Flimmern, das aussah wie die verlöschende Glut des größten Lagerfeuers, das die Welt je gesehen hatte. Hannah aber war nur zu klar, dass es weit davon entfernt war, zu verglühen. Was von hier oben wie Fackeln wirkte, waren mit hoher Wahrscheinlichkeit Flammen, die gierig in die Spitzen fünfzehn Meter hoher Kiefern hinaufloderten. Die Mannschaften, die dort unten ihren Dienst versahen, hatten das Flammenmeer dem Wind überlassen und sich über Nacht vermutlich zurückgezogen. Hannah hatte keine Helikopter gehört, was angesichts der Dunkelheit und des herannahenden Unwetters auch nicht überraschend war. Auch den ganzen Tag über war nicht ein Hubschrauber zu hören, woraus sie schloss, dass sie es ohne Unterstützung aus der Luft in den Griff bekommen wollten. Jetzt zogen sie sich zurück, gönnten sich eine Pause, hofften auf Regen und konnten nur abwarten, was die Gewitterfront mit dem Feuer machen würde.

»Das ist es?«, fragte Connor fast ehrfürchtig, als er auf die farbenprächtige Glut blickte.

»Das ist es.«

»Ich wusste gar nicht, dass wir wirklich Flammen sehen würden. Ich dachte, es wäre nur Rauch. Ich weiß, dass man so etwas nicht sagt, aber von hier oben sieht es doch eigentlich ganz toll aus.«

»Ja«, sagte sie und musste ihm in beiden Punkten recht geben – so etwas sagte man nicht, aber faszinierend war der Anblick trotzdem. Eigentlich war er sogar großartig. »Du solltest es von unten aus sehen«, sagte sie. »Wenn die Flammen sich zu Wolken ballen. Wenn das Feuer auf dich zurast wie ein vorzeitliches Ungeheuer, und du es sehen, fühlen und hören kannst. Der Lärm, den es macht ... ein hungriges Brausen. Das ist genau das richtige Wort dafür. Hungrig.«

»Woher wissen Sie so viel über Feuer?«

»Ich hab ganz schön viel Zeit mit ihm verbracht, Connor. Beim Löschen.«

»Wirklich?« Er drehte sich zu ihr um. »Frauen dürfen das auch machen?«

»Ja.«

»Und Sie waren da unten?« Er zeigte mit dem Finger in die Richtung. »Ich meine, *genau da unten* wären Sie jetzt?«

»Ja. Normalerweise hätten wir Schneisen gelegt und den Wind im Auge behalten, uns dann zurückgezogen und bis Sonnenaufgang gewartet. Aber nicht immer. Es hängt vom Wetter ab, den Umständen und der Zeit, die einem bleibt.

Manchmal haben wir Tag und Nacht gearbeitet. Bei einem solchen Unwetter im Anmarsch hätten wir aber gewartet. Wir hätten uns in sicherer Entfernung aufgehalten und abgewartet, was mit dem Feuer passiert.«

»Hat das Spaß gemacht?«

Diese offene, ehrliche Art zu fragen gefiel ihr an ihm. Erwachsene würden niemals so fragen: Sie würden andere Worte wählen, fragen, ob *sich der Einsatz lohnt,* ob es *anstrengend* war oder etwas Ähnliches. Im Grunde aber würden sie nichts anderes wissen wollen als dieser Junge: Hat es Spaß gemacht? Sie antwortete nicht gleich, starrte hinab auf das Flirren in der Dunkelheit, auf die Formen, die sich wie tiefrote Schatten in einer ständigen Umkehrung von Licht und Dunkelheit hin und her zu wälzen schienen.

»Ich habe mit sehr guten Leuten gearbeitet«, sagte sie. »Und ich habe ganz … besondere Dinge erlebt. Es war einzigartig. Und manchmal, ja, manchmal hat es auch Spaß gemacht. Es gab Tage, an denen es wirklich bereichernd war. Wenn es dich dazu brachte, darüber nachzudenken, wer man auf der Welt eigentlich war.«

»Warum haben Sie aufgegeben?«

»Weil ich auch andere Tage erlebt habe.«

»Was meinen Sie damit?«

»Manchmal muss man sich geschlagen geben.«

»Dem Feuer?«

»Ja.«

»Ist jemand verletzt worden?«

»Viele Leute wurden verletzt.«

Die Blitze zuckten in regelmäßigen Abständen und waren

ein ganzes Stück näher gekommen. Der warme Wind wechselte unschlüssig zwischen verhaltenem Wehen und lautem Heulen. Im Westen zogen sich die Sterne hinter immer dichter werdende Wolken zurück, die sich unaufhaltsam näherten. Die Luft war schwer und feucht. Eine unmissverständliche Warnung, eine gebieterische Parole, die die Berge ausgaben: *Haltet euch unten, haltet euch unten, haltet euch unten.* Sie sah zum Feuer zurück. Es war noch Meilen entfernt. Ausgeschlossen, dass es zu ihnen heraufkam. Und wenn das Unwetter losbrechen würde und sie wären da oben …

»Wir gehen noch eine Viertelmeile weiter«, sagte sie. »Vielleicht eine halbe, aber mehr nicht. Und dann legen wir für die Nacht eine Pause ein. Es wird stürmisch werden, und vielleicht gibt es Regen. Aber wir bleiben oben, wo wir besser im Blick haben, was passiert. Morgen früh überlegen wir, wie wir Hilfe holen können.«

»Ethan hat gesagt, dass man sich bei Gewitter immer vom Gipfel fernhalten soll. Dass man in dieser Höhe schon fast auf einem Aluminiumdach sitzt und auf keinen Fall noch die Aluminiumleiter hinaufsteigen sollte.«

»Ethan scheint sich ja wirklich gut auszukennen«, sagte sie und griff nach ihrem Rucksack. »Aber vielleicht ist Ethan auch noch nie bei einem Brand verletzt worden, Connor. Mir ist das nämlich passiert, und deshalb bleiben wir hier oben.«

Widerspruchslos ging er weiter, auch wenn sie wusste, dass er nicht ganz unrecht hatte. Ein Unwetter nahte, soviel war sicher. Der Wind blies weiter in starken Böen, war aber inzwischen schwül-heiß geworden und hatte auf Südwest gedreht, jaulte mit jeder Böe auf. Sah man zum Turm zurück, glich der Himmel einem Sternenmeer. Nirgendwo sonst präsentierte sich die Milchstraße in ihrer ganzen bezaubernden Pracht wie nachts in Montana. Nach Westen war jedoch kein Stern mehr zu sehen, und das war kein gutes Zeichen. Die Front, die die heiße Luft vor sich hergetrieben und den Brand angefacht hatte, würde sich bald als das Monster zu erkennen geben, das sie war. Hannah machte sich auf ein extremes Unwetter gefasst, denn es hatte sich schon zu lange aufgebaut, um noch einen anderen Weg einzuschlagen.

Die Frage war nur, wie lange es noch dauern würde, bis es losging. Keinesfalls wollte sie in Gipfelnähe sein, wenn es über sie hereinbrach. Nachts die steilen Geröllpfade hinabzulaufen schrie doch geradezu danach, sich den Knöchel zu brechen. Würde sich nur einer von ihnen verletzen, wären sie am kommenden Morgen beide tot.

In die baumbestandenen Bachläufe wollte sie allerdings auch nicht gehen. Das Feuer war zwar noch weit weg, aber nicht weit genug, um sich in Sicherheit zu wiegen. Und bei dem Wind hinter der Feuersbrunst? Nein. Sie blieb bei ihrer Meinung. Sie würden hier oben bleiben, solange es ging, und ein Lager aufschlagen, wenn es sein musste. Wenn es anfing zu regnen, dann würde das den Flammen vielleicht sogar Einhalt gebieten.

Vielleicht wirst du aber auch vom Blitz erschlagen.

Ihr war klar, dass diese Gefahr größer war als durch das Feuer. Aber trotzdem …

Hau ab oder stirb, Hannah! Mach, dass du wegkommst oder stirb!

Noch wollte sie nicht mit ihm in die Schluchten hinuntergehen. Erst wenn sie wusste, wie sich der Wind entwickelte. Die Felsen hier oben boten dem Feuer keine Nahrung. Unter ihnen todgeweihtes Land, auf dem brennende Bäume funkelten wie ein riesiges Kerzenmeer, ein Tribut an den Tod bis dorthin, wo die Feuersbrunst tobte, und das war mehr als eine Meile unter ihnen. Der Wind und das Gelände würden dafür sorgen, dass das Feuer dort unten blieb.

»Wie lang sind Ihre Beine?«

Hannah blieb stehen und sah Connor verdutzt an. Er war die ganze Zeit vorausgegangen – nachdem er ihr erklärt hatte, wie wichtig es war, immer im Wechsel voranzugehen, damit man sich nicht erschöpfte - und hatte nicht viel geredet, bis sie die erste Meile hinter sich hatten und es allmählich dunkel wurde.

»Was meinst du?«

»Sind sie gleich lang?«

»Ich weiß nicht, was du meinst, Connor.«

»Bei einigen Menschen ist das eine Bein ein bisschen länger als das andere. Ob das bei mir so ist, weiß ich nicht. Sie scheinen gleich lang zu sein, und wenn, dann ist es nur ein ganz kleiner Unterschied. Wie ist das bei Ihnen?«

»Ich bin mir ziemlich sicher, dass sie gleich lang sind.«

»Na ja, wenn sie es nämlich nicht sind, dann müssen wir das wissen.«

»Ach ja?«

»Wenn man unterschiedlich lange Beine hat, zieht es einen

304

nämlich in eine bestimmte Richtung. Ganz unbewusst geht man in diese Richtung und kommt dadurch vom Weg ab.«

»Connor, wir können doch immer noch sehen, wohin wir gehen. Wir verlaufen uns nicht.«

»Ich sage das nur, damit wir es nicht vergessen«, brachte er mit dem Unterton einer Entschuldigung hervor. Er sprudelte über von derlei Weisheiten. Wenn auch vieles davon – etwa die Beinlänge von Menschen – ziemlich nutzlos war, musste sie zugeben, dass die Idee mit den Stiefeln ausgezeichnet gewesen war. Auch der Einfall, das Licht anzulassen und die Karte mitzunehmen, war so naheliegend gewesen, dass es ihr peinlich war, nicht selbst darauf gekommen zu sein. Ihr entging nicht, dass er Trost in dieser Sammlung kleiner Erkenntnisse über die Wildnis fand. Dort war er schließlich hingegangen, um sich die Gewissheit zu verschaffen, dass es richtig war, von der Bildfläche zu verschwinden und wegzulaufen, um die Angst nicht an sich herankommen zu lassen.

»Sonst noch was?«, fragte sie.

»Nein, nichts.« Er war verstimmt, und das gefiel ihr nicht.

»Nein«, sagte sie. »Ich meine es ernst. Gibt es noch etwas, woran wir denken müssen?«

Er schwieg einen Moment, dann sagte er: »Wir gehen bergauf.«

»Ja.«

»Im Prinzip eine gute Idee, wenn nicht das Unwetter im Anzug wäre.«

»Warum?«

305

»Weil die meisten Leute den Berg hinuntergehen, wenn sie vom Weg abkommen. Wie viele es in Prozent sind, kann ich nicht sagen. Aber es sind viele. Wir haben uns zwar nicht verlaufen, aber wir versuchen trotzdem, von hier wegzukommen, und das läuft fast auf das Gleiche hinaus. Und die, die den Weg aus den Bergen hinaus suchen, gehen größtenteils bergab.«

»Klingt aber doch logisch.«

»Nicht unbedingt. Wenn Leute einen suchen, ist man für sie viel leichter zu sehen, wenn man oben läuft, als wenn man sich im Tal aufhält. Von oben kann man besser Signale absetzen. Außerdem kann man von oben besser sehen. Wie von Ihrem Turm. Von dort aus war die Route leichter zu finden als vom Boden aus, wenn man auf die Karte sieht.«

»Stimmt.« Sie war beeindruckt und wollte, dass er weitererzählte. Je näher sie dem Brand kamen, desto beißender wurden die Erinnerungen daran. Ablenkung tat gut.

»Skiläufer, die sich verfahren haben, fahren fast immer bergab«, sagte er. »Bei Bergsteigern ist es anders. Wenn die sich verstiegen haben, wollen sie nach oben. Und irgendwie ist das ja auch logisch. Einfach aus Gewohnheit. Geraten sie in Schwierigkeiten, können sie immer noch auf ihre Gewohnheiten zählen. Die lassen sich schwer ablegen.«

»Richtig.«

»Es ist eine Art Profil. Wie das Profil, das man erstellt, um herauszufinden, wer der Serienmörder ist. Hat sich jemand verirrt, erstellt man zuerst ein Profil der Person. Und genau das machen sie, um uns zu finden. Sie versuchen, sich in uns hineinzuversetzen. Ich frage mich, zu welchem Schluss sie kommen. Ich meine, was wissen sie über uns? Wir haben kein Profil. Ich vielleicht, und Sie vielleicht auch – aber wir beide zusammen? Das dürfte sie verwirren.«

»Das will ich hoffen.« Sie waren extrem langsam vorangekommen, aber genauso musste es sein. Der Weg war schwer zu gehen, und im Gegensatz zu Connor hatte Hannah keine Stirnlampe, sondern behalf sich mit einer Taschenlampe. Man musste sehr genau hinsehen, wohin man trat, und traute man sich, den Blick ein Stück weiter nach vorn zu richten, führte die plötzliche Lichtbewegung schnell zu einem unsicheren Tritt. Also gingen sie langsam, den Blick zu Boden gerichtet, wie zwei Glühwürmchen in dunkler, stürmischer Nacht. Genau dreizehn Monate war es her, seit sie das letzte Mal nachts in den Bergen gewandert war – ohne Mannschaft jedenfalls. Zu Anfang der letzten Saison war sie mit Nick nachts zu einem See gewandert, der vom Schmelzwasser eines Gletschers gespeist wurde, und dort, nahe dem eiskalten Wasser, hatten sie ihr Zelt aufgeschlagen.

In jener Nacht hatte sie das einzige Mal in ihrem Leben einen Puma schreien hören. Sie waren gerade dabei gewesen, ihr Zelt aufzuschlagen. Der glühende Schein des Abendrots lag auf dem See, als würde es vom Grund aufsteigen. Still und traumhaft schön hatte er da gelegen, und alles war still – bis zu diesem jähen Schrei.

Nick hatte die Wildkatze entdeckt – sie saß am gegenüberliegenden Seeufer auf einem Vorsprung, wo sie sich nur schemenhaft von den Felsen abhob. Im schwindenden Tageslicht schien sie schwarz zu sein, aber schwarze Berglöwen gab es nicht. Eine vom Licht hervorgerufene optische

Täuschung. Hannah fragte, ob sie nicht besser gehen sollten. Nick wollte davon aber nichts wissen und meinte, es genüge, wenn sie sich dem Tier nicht näherten. Es war ein Weibchen, das seine Jungen beschützte.

»Sie hätte sich ja auch einfach ruhig verhalten können«, hatte er gesagt.

Die Wildkatze behielt sie eine ganze Weile im Auge, ohne sich von der Stelle zu rühren, bis ihre Silhouette schließlich mit der Umgebung verschmolz und die Nacht den Felsvorsprung und dann den ganzen Berg in sich aufnahm. Allein das Wissen, dass sich das Tier noch da draußen befand, ließ Hannah keine Ruhe. Aber das spielte eigentlich keine Rolle, denn viel schliefen sie sowieso nicht.

»Soll ich langsamer gehen?«

Erschrocken riss Hannah sich von der Vergangenheit los und starrte in das Licht von Connors Stirnlampe. Er stand ein gutes Stück weit vor ihr.

»Nein, alles in Ordnung.«

»Wir können eine Pause machen. Sie sind ziemlich außer Atem.«

In Wirklichkeit hätte sie heulen können.

»Okay«, sagte sie. »Lass uns eine Pause machen.« Sie löste die Feldflasche vom Gürtel, nahm einen Schluck und sagte: »Ich war auch schon mal besser in Form.«

»So alt sehen Sie gar nicht aus«, sagte Connor.

Sie musste lachen. »Danke.«

»Nein, ich meine nur ... so, wie ein alter Mensch aussehen würde. Wie alt sind Sie?«

»Achtundzwanzig, Connor. Ich bin achtundzwanzig.«

»Sag ich doch, das ist doch immer noch jung.«

Sicherlich war das so. Das Leben läge noch vor ihr, hatte man ihr gesagt.

An ihrem siebenundzwanzigsten Geburtstag hatte Nick ihr eine Uhr geschenkt, zusammen mit einer Karte, auf der eine Zeile aus einem alten Song von John Hiatt stand. *Time is our friend, because for us there is no end.*

Neun Tage später war er tot.

Weil es für uns kein Ende gibt.

Die Stimmung an diesem Tag war traumhaft gewesen. Sie hatte ihn geküsst und ihm gesagt, wie recht er hatte. Und dann hatte es sich auf diese schreckliche Weise bewahrheitet. Es gab kein Entkommen – ihre Zeit zusammen war nicht abgelaufen und würde auch nicht ablaufen.

»Ich wollte Sie nicht verletzen«, sagte Connor.

»Hast du nicht.«

»Warum weinen Sie dann?«

Ihr war nicht aufgefallen, dass ihr die Tränen gekommen waren. Sie wischte sich durch das Gesicht und sagte: »Tut mir leid. Es war einfach ein langer Tag.«

»Schon gut.«

Dann dachte sie daran, wie Connor in der Dunkelheit zu ihr gekommen war, an das Auf und Ab seiner Stirnlampe in der Schwärze der Nacht. Stundenlang war er unterwegs gewesen, als er bei ihr ankam, und er hatte seitdem nicht geschlafen. Und sie stand da und beweinte einen Toten, während ein Lebender, der direkt vor ihr stand, Hilfe brauchte.

»Ein kleines Stück gehen wir noch«, sagte sie. »Ich denke,

es ist besser, wenn wir etwas weiter vom Turm entfernt sind. Dann können wir eine Weile ausruhen.«

»Ist das nicht zu gefährlich?«

Sie deutete vor sich, in die Dunkelheit. »Es gibt noch ein paar schwierige Stellen, wo wir klettern müssen. Hoch oder runter, es sind anspruchsvolle Stellen. Bergab ist wahrscheinlich gefährlicher, besonders im Dunkeln. Also müssen wir uns noch ein wenig ranhalten. Danach können wir eine Pause einlegen.«

»Gut. Sind Sie sicher, dass Sie das schaffen?«

Sie klemmte die Flasche wieder an den Gürtel. »Es geht schon, Connor. Alles in Ordnung. Lass uns gehen.«

29

Sie redeten genauso, wie Allison es beschrieben hatte: Ethan stand im Mittelpunkt, war aber nicht an ihrer Unterhaltung beteiligt. Das eine, was er beim Zuhören erfuhr, waren ihre Namen, oder zumindest die Namen, mit denen sie sich anredeten. Das andere war die Gewissheit, dass sie die kaltblütigsten Typen waren, denen er je begegnet war. Zunächst glaubte er, es läge daran, dass nicht ein Hauch von Furcht in ihnen steckte. Dann aber kam er zu dem Schluss, dass rein gar nichts in ihnen steckte. Punkt.

»Ethan sagt, dass der Suchtrupp keine Spur von dem Jungen gefunden hat. Und bisher neigte Ethan dazu, die Wahrheit zu sagen. Meinst du, dass ich es richtig verstanden habe, Patrick?«

»Durchaus, Jack. Es stimmt. Ich war fast den ganzen Tag in ihrer Nähe. Weit und breit keine Spur. Sie haben eine Weile an einem Brandwachturm zugebracht und mit einer Frau gesprochen, die dort Dienst hat. Dann sind sie mit einem neuen Ziel weitergegangen. Als hätte sie ihnen einen wichtigen Hinweis gegeben.«

»Das spricht doch sehr für Ethan. Wie ich schon gesagt habe, ich glaube, er ist ein anständiger Kerl.«

»Ein ehrbarer Charakter.«

»Ja, das sehe ich genauso. Und großmütig. Er begleitet uns, nur um seine Frau zu beschützen. Dabei hätte er viele Gelegenheiten gehabt, mich in Schwierigkeiten zu bringen, ja, vielleicht sogar zu flüchten. Und trotzdem ist er jetzt hier, läuft mit uns und führt uns sogar. Was bringt einen Mann dazu, so etwas für unsereins zu tun?«

»Ich würde sagen, er möchte, dass seiner Frau nichts zustößt.«

»Auch wieder richtig. Und Ethan, das kann ich dir sagen, ist wirklich ein treuer Ehemann. Er bemüht sich wirklich, und das unter Zeitdruck. Nur ihretwegen.«

»Um sie zu beschützen.«

»Genau. Der Mann scheint in dieser Gegend fast schon eine Art Legende zu sein. Und weißt du was? Ich glaube, diesen Ruf hat er sich wirklich redlich verdient. Ein mustergültiges Exemplar.«

»Ich stimme dir zu, sehr großmütig und natürlich treu. Genau da stellt sich mir eine Frage, Jack. Aber glaub nicht, dass ich auch nur den leisesten Zweifel an seinem Charakter habe.«

»Natürlich nicht.«

»Wir sind uns darin einig, dass Ethan ein großherziger, mutiger und kluger Mann ist. Und treu. Und natürlich würde er alles tun, um seine Frau zu retten. Dennoch, Jack, möchte ich bezweifeln, dass er den Jungen einfach aufgeben will.«

»Interessanter Gedanke.«

»Er hat sich einen Ruf dafür erworben, Menschen zu beschützen, ihr Leben zu retten, richtig? Trotzdem sollen wir glauben, dass er uns zu einem Jungen führt, von dem er weiß, dass wir ihn töten wollen?«

»Du stellst die Verbindlichkeit seines Eheversprechens infrage?«

»Außerdem habe ich den Eindruck, dass er mich mit Hass in den Augen ansieht. Mit Verachtung, ja, geradezu Abscheu. Und warum? Weil ich jemanden umgebracht habe. Und trotzdem, wie gesagt, führt er uns zu dem Jungen. Er hat also mit dem Tod eines Kindes zu tun und kann das verdrängen, weil er glaubt, seine Frau zu beschützen. Das könnte ich so gelten lassen. Vielleicht.«

»Und was stört dich daran?«

»Er weiß, warum wir hinter dem Jungen her sind. Er weiß, dass der Junge eine Bedrohung für uns ist. Und so klug, wie er ist, dürfte Ethan inzwischen auch etwas anderes wissen. Kannst du dir denken, was, Jack?«

»Wenn ich es mir recht überlege, dann vielleicht, dass auch Ethan und seine Frau eine Bedrohung für uns sind.«

»Du erkennst also die Schwachstelle?«

»O ja.«

Ethan vernahm Donnergrollen, das gedehnt von Westen heranzog. Irgendwo über ihnen brach ein Zweig aus einem Baum und stürzte zwischen den Ästen hindurch zu Boden. Seit sie aufgebrochen waren, war der Wind gleich stark geblieben, jetzt aber frischte er auf, begleitet von dem immer stärker werdenden Geruch von Rauch. Er hatte eine Taschenlampe, die er aus dem Wagen des verbrannten Mannes mitgenommen hatte, und ihr Schein war nicht besonders hell. Hinter ihm in der Dunkelheit gingen die Brüder.

Sein Plan war nicht aufgegangen. Der Republic Peak bot nicht mehr die Chance, auf die er gesetzt hatte. Er versuchte, sich damit abzufinden, aber es fiel ihm schwer. Sie waren bewaffnet und zahlenmäßig überlegen. Das war schwierig.

Wo ist Luke Bowden, fragte er sich. Vorhin hatte er Roy aufgefordert, Luke aus den Bergen zu holen. Hilfe hatte er nicht haben wollen, weil er einen Plan im Kopf hatte. Jetzt hatte er nichts und brauchte Hilfe.

Vielleicht ist Luke der Aufforderung nicht gefolgt, sagte er sich. *Das kann sein, ist sogar wahrscheinlich. Er steckt es nicht so einfach weg, wenn er eine Spur verliert. Genau wie du. Er wird zurückgegangen sein, um sie wiederzufinden, und er wird dich kommen hören, wird wissen, dass du eigentlich allein sein solltest.*

Luke würde eine Waffe bei sich haben, und er würde sich bewegen wie eine Katze in der Nacht. Vielleicht beobachtete er sie schon. Dann wäre es nicht mehr wichtig, ob er den Jungen gefunden hatte oder nicht. Wichtig wäre nur, dass er die Verfolger des Jungen rechtzeitig sah.

Er muss hier entlangkommen. Entweder ist er immer noch vor uns, was bedeutet, dass wir auf ihn stoßen, oder er kommt hier vorbei, wenn er auf dem Rückweg ist. Er wird uns sehen, und er wird wissen, was zu tun ist.

Besser noch wäre, wenn Ethan ihm *sagen* könnte, was zu tun ist. Ethan bemerkte, dass er sich anstellte, als wäre er hilflos. Aber das war nicht nur gefährlich, sondern auch unnötig. Er war nicht hilflos. Er wusste, dass es einen Ausweg gab, und die Blackwell-Brüder wussten das nicht. Er könnte Luke Zeichen geben; er könnte etwas tun, das nur jemandem auffallen würde, der Ethan und die Berge kannte. Lärm machen wäre gut. Er könnte aber auch Lichtsignale geben. Er hatte nur ein Licht, aber dessen Schein könnte eine Geschichte erzählen.

Als der verbrannte Mann wieder anfing zu reden, lag eine gewisse Freude in seiner Stimme.

»Er scheint zu dem Schluss gekommen zu sein, dass es aus unserer Sicht keinen Unterschied zwischen ihm, seiner Frau und dem Jungen gibt. Er wird sich bestimmt auch gefragt haben, wohin das Ganze führen wird. Ich bin überzeugt, dass er sich diese Frage schon seit Stunden stellt. Vermutlich schon, seit wir zusammen unterwegs sind. Wie ich bereits gesagt habe, hätte er Gelegenheit gehabt, die Route zu ändern. Stattdessen hat er sich entschieden, weiterzumachen, wohlwissend, dass seine Frau mit jeder Stunde und der Junge mit jedem Schritt dem Tod ein Stück näher rücken. Das zu beobachten, ist sehr interessant. Ein ausgesprochen faszinierender Gedanke. Denn alles ist wohlüberlegt. Er hat die Möglichkeiten sondiert und dann seine Entscheidung getroffen. Er sucht den Jungen, weil wir, wenn er es nicht tut, nur umso schneller das Unvermeidliche tun. Wir werden ihn umbringen, weil er gelogen und uns die Zeit gestohlen hat, und was würde das seiner Frau nützen?«

»Und welchen Schluss ziehst du daraus? Was glaubst du, in Anbetracht all dessen, denkt Ethan jetzt?«

»Nun ja, er hat weder die Absicht, den Jungen zu finden, noch will er, dass seine Frau stirbt.«

Ethan ignorierte das Gerede und ging weiter. Dabei fuhr er mit der Handfläche durch den Lichtkegel der Taschenlampe. Flink und zuckend bewegte er die Hand, wie ein Kartengeber am Blackjack-Tisch in Las Vegas. Immer dreimal. Jemand mit Erfahrung wusste, was das bedeutete: Gefahr. Luke Bowden war erfahren.

»Dem kann ich nur zustimmen«, bemerkte Patrick Blackwell. »Und das bedeutet …«

»Dass er mich umbringen wollte.«

»Das sehe ich genauso. Er hat nicht mit mir gerechnet. Ich bin ihm in die Quere gekommen. Daher seine offensichtliche Abneigung gegen mich.«

»Du scheinst ihm nicht gefallen zu haben, richtig.«

»Das fünfte Rad am Wagen sozusagen. Scheint wie eine Art Fluch auf mir zu liegen.«

»Ich habe aber trotzdem nicht den Eindruck, dass er aufgegeben hat. Unzufrieden ist er, ja, und verstimmt darüber, dass du dich unserer Suche angeschlossen hast, aber aufgegeben hat er nicht. Und deshalb versucht er es vielleicht immer noch, Patrick. Ich sage dir eins, es würde mich nicht sonderlich überraschen, wenn er versuchen würde, uns beide umzubringen.«

Ethan blieb stehen und sah sich nach ihnen um. Der verbrannte Mann lächelte, und als er Ethans Gesicht sah, weitete sich sein Lächeln zu einem offenen Lachen aus. Laut, echt und voller Freude.

»Sie werden es versuchen«, sagte er. »Nur zu, Ethan. Versuchen Sie es.«

Ethan schüttelte den Kopf. »Nein«, entgegnete er. »Aber ich werde es schaffen.« Er musste ihre Aufmerksamkeit weiter auf sich lenken. Durfte sie nicht auf die Idee kommen lassen, dass es vielleicht einen Beobachter in der Nähe gab.

Der verbrannte Mann wandte sich wieder dem anderen zu und sagte: »Hörst du das? Er wird es schaffen.«

»Das zu sehen wird uns ein Vergnügen sein, meinst du nicht?«

»Davon bin ich überzeugt. Aber lass uns weitergehen, mal sehen, wie lange seine Zuversicht hält.«

Ethan war sich über die Bedeutung dieser Bemerkung zunächst nicht im Klaren. Was sich schlagartig änderte, als er Luke Bowdens Leiche zwischen den Felsen entdeckte, nachdem sie eine Viertelmeile weitergegangen waren.

30

Er lag am Wegrand, ausgestreckt auf dem Rücken, von einer Blutlache umgeben, den Blick zu den Sternen gerichtet. Als die Leiche in sein Blickfeld kam, blieb Ethan stehen. Er erkannte ihn sofort, wollte aber nicht glauben, was er da sah. Nicht Luke, nein, Luke konnte es nicht sein. Luke war zu gut, und Luke war der Joker, der Ethans Lage zum Besseren wenden konnte. Seine letzte und einzige Hoffnung.

Als Erstes kam ihm etwas vollkommen Törichtes in den Sinn – er wollte helfen. Er ging zu dem Toten, kniete sich neben ihn und ergriff seine Hand in der Hoffnung, einen Puls ertasten zu können. Fände er ihn, gab es noch eine Chance. Er hielt Lukes kalte Hand und riskierte schließlich einen Blick auf die Stelle, aus der das Blut heraussickerte. Ein diagonaler Schnitt durch Lukes Kehle, im Schein der Taschenlampe erkannte Ethan den freiliegenden Kehlkopfknorpel. Das Blut um ihn herum war schon angetrocknet und überzogen von dem Staub, den der unaufhörliche Westwind herantrug.

»Ein wenig spät für medizinische Hilfe«, bemerkte Patrick Blackwell. »Lassen Sie uns keine Zeit verschwenden. Es ist zwecklos. Ich versichere Ihnen, dass Sie den nicht mehr zum Leben erwecken werden.«

»Zum Teufel mit Ihnen«, entfuhr es Ethan leise. »Das war nicht nötig. Sie waren doch nur wegen …«

»Was ich vorhatte, weiß ich, danke. Und Ihrer Ansicht, dass das nicht nötig war, möchte ich entschieden widersprechen. Er war zu neugierig, und außerdem hatte er ein Funkgerät bei sich. So leid es mir tut, aber in meinen Augen war das keine gute Kombination.«

Ethan schwieg. Es hatte keinen Sinn. Alles, was er sagte, würde nur wieder Bemerkungen ihrerseits heraufbeschwören, und die würden ihn zum Wahnsinn treiben. Er betrachtete den toten Körper seines alten Freundes. Luke war nicht mehr zu helfen; er hätte zusammen mit den anderen aufhören können. Das hatte er aber nicht getan, denn er wollte helfen. Nachdem die Suche erfolglos geblieben war, war er nach einem langen, anstrengenden Tag zurückgegangen und hatte im Dunkeln weiter nach dem verschwundenen Jungen gesucht.

Nach Ethans verschwundenem Jungen.

»Das war vollkommen unnötig«, sagte er erneut. Er konnte den Blick nicht von der Wunde am Hals lassen, während er darüber nachdachte, wie maßlos das alles war. Er dachte an Lukes Frau, die noch vor wenigen Wochen mit ihrem Mann im Miner's Saloon getanzt und gelacht hatte. Immer lachte sie, sodass man schon dachte, sie würde nie aufhören.

Jetzt würde sie nicht mehr lachen.

»Haben Sie ihm noch etwas Nützliches entlocken können?«, fragte Jack Blackwell. Er war in den staubigen Felsen neben Ethan getreten und sah auf die Leiche hinab, wie auf eine weggeworfene Zigarettenkippe. »Oder hatten Sie keine Gelegenheit mehr zu einem kleinen Plausch?«

»Tut mir wirklich leid, aber er wollte das große Wort führen. Ich habe nur verstanden, dass er den Jungen suchte. Wie ich schon sagte, er stellte zu viele Fragen. Insbesondere zu meiner Waffe. Ich dachte, ich könnte ihm ein wenig von seinen Sorgen nehmen, das können Sie sich vielleicht denken ...«

»Natürlich.«

»... und deshalb habe ich ihm die Waffe angeboten, um ihn ein wenig zu beruhigen. In dem Moment wollte er auf einmal mit ein paar Leuten über Funk sprechen, wobei ich den Eindruck hatte, dass das alles andere als ideal wäre.«

»Verständlich.«

»Dann hatten wir kaum noch Gelegenheit zu einem Gespräch. Aber da er diesen Weg zurückgekommen ist, denke ich mir, dass er davon ausging, dass der Suchtrupp vorher den falschen Weg eingeschlagen hatte.«

»Ethan glaubt das auch.«

»Inzwischen habe ich weiter darüber nachdenken können. Deshalb meine Frage: Wie schafft es ein Vierzehnjähriger, der sich in den Bergen kaum auskennt, einem spezialisierten Suchteam zu entkommen, das die Gegend sehr gut kennt?«

»Willst du damit sagen, dass Ethan mehr weiß, als er sagt?«

»Zumindest mache ich mir da so meine Gedanken. Es sieht doch ganz danach aus, als hätte der Junge einen Ausweichplan, oder? Und wenn es einen solchen Plan gab, dann wäre sehr wahrscheinlich Ethans Expertenwissen vonnöten.«

»Ethan, was sagen Sie dazu?«

Die Frage kam von dem verbrannten Mann, dem, der sich Jack nannte, und Ethan war so benommen von dem Geschwätz der beiden, dass er fast nicht reagierte. Er dauerte eine Weile, bis er bemerkte, dass die Frage an ihn gerichtet war. Er hielt immer noch Lukes Hand.

»Sie wollen wissen, was ich denke?«, fragte er.

»Genau.«

»Ich denke, dass ich Ihnen einen langsamen Tod wünsche. Mit jedem Schmerz auf der Welt ein bisschen.«

Der verbrannte Mann lächelte traurig und seufzte. »Ethan, für so etwas bleibt uns keine Zeit.«

»Dem stimme ich zu«, sagte Patrick. »Ich denke auch, dass wir weitergehen sollten.«

Jack richtete sich auf, legte Ethan eine Hand auf die Schulter und drückte ihm mit der anderen die Waffe an den Hinterkopf. Er zog Ethan am Hemd hoch. Ethan setzte ihm keinen Widerstand entgegen, ließ einfach Luke Bowdens Hand los und trat zurück. Er wünschte sich, Lukes Augen wären geschlossen. Die Toten schienen aber immer sehen zu wollen. Das hatte er in all den Jahren immer wieder bei Leichen gesehen. Fast immer schienen sie zu guter Letzt nach etwas zu suchen.

»Ich weiß nicht, wo der Junge ist«, sagte er. »Auch Luke

nicht. Er hätte ihn für Sie finden können, genauso wie ich. Ist Ihnen das nicht klar? Sie hätten ihn benutzen, mich umbringen können; es wäre auf dasselbe hinausgelaufen. Niemand weiß, wo er ist.«

»Sie werden sicher Verständnis dafür haben, wenn ich sage, dass ich das nur schwer glauben kann.«, sagte Patrick Blackwell. »Ich war den ganzen Tag in den Bergen unterwegs, Ethan. Ich habe ein ordentliches Stück zurückgelegt und ständig durch das Zielfernrohr gesehen. Entweder legt der Junge eine bemerkenswerte Geschwindigkeit und Ausdauer an den Tag, oder er hat es tatsächlich geschafft, sich spurlos aus dem Staub zu machen, nachdem er in den ersten paar Stunden seiner Tour eine eindeutige Spur hinterlassen hatte.«

Durch das Zielfernrohr gesehen. Ethan warf einen Blick auf die Waffe, das Vehikel, das seinem Gegenüber zur Macht verhalf. Ethan war nicht der Typ, der sich gern mit Waffen abgab. Natürlich hatte er sie schon benutzt. Schließlich hatte er bei der Air Force mit ihnen trainiert, und er besaß inzwischen auch welche. Ein Experte war er deshalb aber noch lange nicht. Es war eine leistungsstarke Waffe, soviel war sicher, ein Repetiergewehr vom Kaliber .300 Magnum vielleicht. Sie war mehrschüssig und hatte eine hohe Treffsicherheit. Und mit dem Zielfernrohr hatte sogar ein Anfänger eine gute Chance zu treffen. Und der Typ war alles andere als ein Amateur.

Sie gingen weiter, und Ethan trottete benommen voran. Seine Pläne hatten sich in Luft aufgelöst; und er schien nicht mehr in der Lage zu sein, neue Pläne zu machen. Sie gingen weiter und ließen Luke in seinem angetrockneten Blut liegen.

In kurzen Abständen gingen sie hintereinander her. Jack folgte Ethan, Patrick ein paar Meter hinter ihnen. Die Reihenfolge war nicht geplant, sie hatte sich einfach ergeben, und das war gut. Patricks Stimme verriet Ethan, dass er immer wieder sein Tempo änderte, immer wieder stehen blieb, was Ethan darauf zurückführte, dass er in die Dunkelheit hineinhorchte und auf das reagierte, was er hörte, spürte oder sah. Patrick kannte sich im Nachhalten von Spuren aus, daran bestand kein Zweifel.

Trotzdem war es ihm nicht gelungen, den Jungen ausfindig zu machen. Kein unwichtiger Punkt, dachte Ethan. Ganz und gar nicht. Ethan hatte einige Zeit mit Connor zugebracht. Der Junge war in Form. Und er würde um sein Leben laufen, auch wenn er sich sonst nicht unbedingt auskannte. Wie also konnte er verschwinden?

»Ein kleiner Hinweis, den ich ihm entlocken konnte, bevor die Dinge diese unschöne Wendung nahmen«, sagte Patrick, »war, dass der Herr beschlossen hatte, zum Wachturm zurückzugehen.«

»Und warum?«

»Das zu erläutern, hatte er leider keine Gelegenheit mehr. Soviel ich gesehen habe, war die Spur des Jungen aber bis zum Wachturm, wo der Suchtrupp von der Wache in eine andere Richtung geschickt wurde, klar und deutlich zu erkennen.«

»Dann dürfte der Wachposten gelogen haben.«

»Ich schlage vor, dass wir zum Wachturm gehen und uns

dort ein wenig umsehen. Vielleicht gewinnen wir andere Erkenntnisse als der Suchtrupp heute Morgen.«

»Ja, das ist eine gute Idee«, sagte Jack. »Ethan? Was halten Sie davon?«

Einen Augenblick lang war er nicht geneigt zu antworten. Er war zu dem Schluss gekommen, dass er es müde war, ihnen Rede und Antwort zu stehen. Dann aber dachte er an die Frau vom Wachturm und daran, dass sie vielleicht recht haben könnten. Dass sie vielleicht gelogen hatte. Und für diese Lüge konnte es nur einen Grund geben. Connor hatte sie dazu überredet. Wenn sie gelogen hatte, um ihm zu helfen, ergab das durchaus einen Sinn.

»Wir müssen nicht zum Wachturm gehen«, sagte er. »Das wäre albern. Es reicht doch, davon auszugehen, dass sie gelogen hat.«

»Um definitiv zu wissen, ob sie gelogen hat, müssen wir sie aber fragen«, sagte Patrick. »Bei allem Respekt vor Ihren außerordentlichen Fähigkeiten möchte ich doch bezweifeln, dass Sie das richtige Gespür für die Situation haben und mehr über diese Lüge wissen als die Frau vom Wachturm, Ethan.«

»Das ist albern«, wiederholte er. »Völlig überflüssig und ein Risiko noch dazu. Wie Sie schon sagten, wenn sie gelogen hat, wird sie ihre Gründe dafür gehabt haben. Das bedeutet, dass sie auf irgendetwas reagiert hat. Niemand erzählt einem Suchtrupp grundlos die Unwahrheit über ein vermisstes Kind. Was *glauben* Sie, warum sie das tut?«

Jack sprach mit einem höhnischen Flüstern. »Ethan scheint uns nahelegen zu wollen, dass der Junge die Dame vor unserer Ankunft gewarnt hat, Patrick.«

»Wie verdammt klug er doch ist. Dieses Talent in seinem derzeitigen Beruf, pure Verschwendung. Er hätte Detective werden sollen. Denk an die vielen Menschen, die er hätte retten können.«

»Na ja, eines versucht er heute Nacht ja zu retten. Geben wir ihm eine Chance.«

»Würde ich gern. Trotzdem … ich habe das Gefühl, dass wir direkt mit ihr sprechen sollten. Verstehst du das?«

»Sicher. Erlauben Sie uns, die Führung zu übernehmen.« Jack räusperte sich und sprach mit klagender Stimme weiter. »Ich glaube, dass wir uns in diesem Punkt nicht ganz einig sind, Ethan. Ihre Meinung in Ehren, aber Sie müssen meinem Bruder und mir einen kleinen Handlungsspielraum einräumen. Irgendwie neigen wir zu anderen Methoden als Sie. Aber wir werden einen Weg finden, wie wir zusammenarbeiten können. Für den Augenblick aber ist es ein gegenseitiges Geben und Nehmen, meinen Sie nicht auch? Nur ein wenig Geduld.«

»Ist nicht nötig«, sagte Ethan wieder.

»Geduld«, flüsterte Jack und stieß ihn mit der Waffe an.

31

Mehr als Allisons Unterschrift war nicht erforderlich, um aus dem Krankenhaus entlassen zu werden. Immer wieder hörte sie etwas von *Risiko* und *Haftung*, während sie mit einem Kopfnicken bestätigte, alles verstanden zu haben. Mehrmals setzte sie mit ungelenker, ungewohnter Schrift mühsam ihren Namen unter ein Dokument. Dazu musste sie ihre linke Hand nehmen.

Sie hatten ihr Schmerzmittel gegeben, von denen sie aber noch keine nahm. Nicht sofort. Sie wusste ja nicht, wie stark die Schmerzen noch werden würden, und außerdem war ihr immer eingeschärft worden, nicht gleich alles Pulver zu verschießen, sondern ein wenig Munition zurückzubehalten.

»Warum hat er nicht für eine Möglichkeit gesorgt, mit ihm in Verbindung treten zu können?«, fragte Jamie Bennett, als sie das Krankenhaus verließen. »Das sieht Ethan gar nicht ähnlich.«

Allison mochte nicht, wie sie das sagte – sie hatte doch keine Ahnung von Ethan –, andererseits aber konnte sie ihn auch nicht widersprechen. Ethan sah das tatsächlich *nicht ähnlich.*

»Ich nehme an, er hat geglaubt, dass er schnell wieder zurück sein würde«, sagte sie.

»Das hat wohl nicht ganz geklappt.«

»Nein.«

Dieses Mal hatte Jamie einen Toyota 4Runner statt eines Chevy Tahoe gemietet. Sollte sie aber tatsächlich weniger geneigt sein, einen ausländischen Wagen von der Straße abzubringen als einen einheimischen, dann ließ sie sich davon nichts anmerken. Dreimal zog sich Allison der Magen zusammen, als Jamie wenig reifenschonend durch die Kehren heizte, bis sie endlich sagte: »Was glauben Sie, wie Jace sich fühlt, wenn er gerettet wird und nach Hause kommt, und dort erfährt, dass seine Mutter tot ist.«

»Was?«

»Fahren Sie langsamer, Jamie. Gehen Sie um Himmels Willen runter vom Gas.«

»Entschuldigen Sie.« Im fahlen Schein der Instrumententafel sah Allison, wie sich die Kiefermuskeln der blonden Frau anspannten. »Es ist nur, weil ich einfach nicht weiß, was los ist«, sagte Jamie. »Er ist da draußen, allein, und … oder vielleicht ist er auch gar nicht allein. Vielleicht nicht mehr.«

So, wie sie das sagte, schien sie nicht davon auszugehen, dass ihr Sohn gerettet worden war.

»Ethan wird ihn finden«, sagte Allison. Aber ihre Worte klangen banal. Sie wusste nicht mehr über die Lage ihres Mannes als diese Frau über die Situation, in der sich ihr Sohn befand.

»Richtig.«

»Wir bringen Sie zu ihm.«

»Er wird nicht erfreut sein, mich zu sehen.«

»Wie bitte?«

Sie nahm die nächste Haarnadelkurve, dieses Mal aber etwas zurückhaltender, indem sie sogar das Bremspedal betätigte. Aus ihrem Blick war in der Dunkelheit nichts herauszulesen.

»Glauben Sie mir«, sagte sie. »Es wird ihn nicht freuen. Wo immer er jetzt ist und was immer auch geschieht, er gibt mir die Schuld. Und er hat recht. Es war meine Idee. Und es war eine dumme Idee zu glauben, dass er hier oben in Sicherheit ist. Ich habe ihn weggeschickt, ihn alleingelassen und ihm weisgemacht, dass er in Sicherheit ist.«

»Wichtig ist allein, dass er Sie sieht. Alles andere soll uns jetzt nicht kümmern.«

»Okay.«

Mehr war Allison nicht eingefallen. Was sagte man einer Frau, deren Sohn hier irgendwo in den Bergen steckte und dem Killer auf den Fersen waren. Und das alles nur wegen ihr? Alles, was Allison dazu einfiel, klang nach einer phrasenhaften Beruhigungsfloskel. Sie fragte sich, ob es anders wäre, wenn sie selbst Mutter wäre. Kannte man dann den Code, hatte man dann die richtigen Schlüssel für die richtigen Schlösser? Es hatte Tage gegeben, meistens, wenn sie sich am Ende eines Sommers von einer Jungengruppe verabschiedete, an denen sie sich wünschte, diese Erfahrung gemacht zu haben. Andererseits aber stand sie auch zu der Entscheidung, die Ethan und sie vor Jahren getroffen hatten – dass sie selbst keine Kinder haben mussten, um das

Leben anderer Kinder positiv beeinflussen zu können. Jahr für Jahr hatten sie das unter Beweis gestellt.

Dann kehrten die Jungen nach Hause zurück, und sie waren wieder für sich, viele Monate lang. Sie wusste nicht, was diese Frau fühlte, konnte es nicht wissen, und würde es auch nie wissen. Und irgendeine dunkle Seite in ihr war erleichtert darüber.

»Wo ist sein Vater?«, erkundigte sich Allison.

Jamie antwortete nicht gleich. Sie befeuchtete ihre Lippen, schob das Haar hinter das Ohr, hielt den Blick nach vorn gerichtet und sagte dann: »In Indiana. Telefoniert mit seinen Anwälten und der Polizei, um sicherzustellen, dass, wenn … wenn Jace gefunden wird, ich keinen Einfluss mehr auf das haben werde, was danach kommt.«

»Kann er das?«

»Ich werde keinen Einspruch einlegen. Wenn ich ihn finde, geht er nach Hause. Und das heißt, nicht zu mir.«

»Warum nicht?«

»Weil ich keine Mutter sein wollte, Mrs. Serbin. Ich habe die Geschichte schon unzählige Male unzähligen Menschen erzählt, und ich habe es nie gesagt. Ich habe mich immer gewunden, vernünftige Gründe vorgeschoben und Lügen erzählt. Niemandem außer meinem Exmann habe ich je gesagt, dass ich nie schwanger werden wollte, und dass ich die Monate, nachdem ich erfahren hatte, dass ich schwanger war, damit zugebracht habe, mir einzureden, Mutter sein zu wollen. Ohne Erfolg. Ich dachte, es würde einfach passieren, vielleicht. Dass der Körper den Geist mit der Zeit und dem Verlauf der Schwangerschaft überreden würde. Das pas-

329

sierte aber nicht. Ich hatte ein Kind, wollte aber nie Mutter sein. Ist das nicht furchtbar?«

Sie fuhren weiter, immer höher hinauf, und beide schwiegen, bis sie die Rücklichter eines anderen Wagens sahen und Jamie gezwungen war, vom Gas zu gehen. Das langsamere Tempo schien die Stimmung im Auto zu verändern, und Allison sagte: »Weiß Ihr Exmann, dass Sie hier sind? Weiß irgendjemand, dass Sie hier sind?«

»Sie wissen es.«

»Nur ich?«

»Ja.«

»Dann haben Sie seine Anrufe ignoriert. Oder ruft er gar nicht an ...«

»Ich bin hergekommen, um Jace nach Hause zu bringen. So oder so, egal wie. Ich werde Jace nach Hause bringen.«

»Vielleicht sollten Sie Jaces Vater anrufen. Ihm wenigstens sagen, dass ...«

»Hören Sie auf.«

»Was?«

»Ich will nur eins, Jace finden. Können wir uns einfach darauf konzentrieren, wie wir das tun?«

»Schon gut«, sagte Allison, aber sie dachte an Jace und Ethan und an die zwei Männer, die vermutlich schon in den Bergen waren, die beiden, die redeten, als würde die Zeit für sie stillstehen, wenn sie jemanden umbrachten, um danach in aller Seelenruhe weiterzumachen, und plötzlich war sie sich sicher, dass sie nicht dabei sein wollte, wenn Jamie Bennett ihren Sohn fand. *So oder so, egal wie*, hatte sie gesagt. Die Worte einer Frau, die redlich um Fassung bemüht

330

war. Aber Jamie war diesen Männern noch nicht begegnet und hatte keine Ahnung, was *egal wie* noch heißen konnte.

Der Hagel setzte ein, als sie sich auf dreitausend Meter hinaufgearbeitet hatten. Jace schnappte nach Luft und versuchte auch gar nicht zu verbergen, dass er außer Atem war. Auch Hannah blieb alle fünfzig bis sechzig Schritte stehen. Der warme Wind hatte ihnen unaufhörlich ins Gesicht geblasen. Ihm waren Donner und gelegentliche Blitze gefolgt, und jetzt kam Hagel hinzu. Es war ein heftiger Schauer, der ziemlich große Eiskörner mit sich brachte. Sie schlugen auf der Hochebene auf und prallten von den Felsen ab. Der Wind nahm zu und fing an zu heulen.

»Wir müssen eine Pause machen«, sagte Jace.

»Wo denn?«, fragte Hannah. Sie musste ihn anschreien, obwohl er nur wenige Meter von ihr entfernt stand.

Er hätte gern eine Antwort darauf gehabt, hatte jedenfalls das Gefühl, dass er eine parat haben sollte. Was hatte Ethan darüber gesagt? Nichts; das war das Problem.

»Ich könnte einen Unterstand bauen«, schlug er vor. Aber das konnte er nicht. Er hatte die Folie nicht, und es gab keine Bäume in der Nähe. Selbst wenn es welche gegeben hätte – wie wollte er bei diesem Sturm etwas aufbauen? Die Zweige würden ihm aus den Händen gerissen. Ethan würde etwas einfallen, aber Ethan war nicht da.

»Wir bleiben oben«, sagte Hannah zu ihm. »So ein Sturm zieht schnell vorbei.«

Der Hagel prasselte auf sie hernieder. Hannah hielt sich eine Hand schützend vor das Gesicht, und Jace bemerkte, dass sie ohne Zuversicht war. Auch sie wusste nicht, wie man sich in einem solchen Sturm verhielt. Das schien seine Aufgabe zu sein, aber er wusste nur, dass sie während eines Sturms nicht auf die Gipfel gehörten. Großartig. Sich aus der Höhe wieder *hinunter* zu arbeiten, war aber nicht so leicht.

»Ich schlage das Schutzzelt auf, das Sie mir gegeben haben. Da können wir hinein …«

»Das werden wir *nicht*. Und außerdem schützt es vor Feuer, nicht vor Blitzen. Uns wird nichts anderes übrigbleiben als weiterzugehen, Connor.«

Er drehte sich in die Richtung um, aus der der Wind kam, und musste den Kopf senken, um sich vor den stechenden Eiskristallen zu schützen. Ihre Entscheidung, in der Höhe zu bleiben, gefiel ihm nicht. Blitze waren das erste, worüber Ethan eine Menge zu erzählen wusste, als sie den Berg hinaufwanderten. Unten aber flirrte es leuchtend rot am brennenden Berghang, und Rauchgeruch drang zu ihm, sodass ihm die Augen tränten. Er wusste nicht, was von beiden schlimmer war. Er wünschte sich, jemanden dabeizuhaben, den er fragen konnte. Er wollte es von sich schieben, am liebsten keine Entscheidung treffen. Dazu waren Eltern da. Vielleicht mochte man ihre Entscheidungen nicht, aber man musste mit ihnen leben. Hier oben aber, den Sturm vor sich und die Männer, die ihn töten wollten, hinter sich, war keinesfalls gewiss, ob selbst seine Eltern die richtige Entscheidung treffen könnten.

»Ich frage mich, ob mein Vater weiß, wo ich bin«, sagte er.

Hannah stutzte. Sie drehte sich um und sagte: »Ich dachte, sie haben dich hierhergeschickt, um dich zu verstecken?«

»Ich meine, jetzt, in diesem Augenblick. Ich frage mich, ob meine Eltern hiervon wissen. Ob Ethan es nach unten geschafft hat und ihnen etwas sagen konnte. Weil, wenn sie es erfahren ...« Seine Stimme brach, und er räusperte sich. »Wenn sie es wissen, warum kommt niemand, um mich zu holen?«

»Die Leute suchen dich doch. Aber wir haben uns entschieden, sie wegzuschicken.«

Natürlich hatte sie recht. Aber diese Leute meinte er nicht. Von seinen Eltern hatte er gesprochen, in Begleitung bewaffneter Polizei, so wie damals, als er die Morde gesehen hatte. Er hatte Angst damals, aber er war am richtigen Ort gewesen, mit den richtigen Leuten. Alles war so passiert, wie es sein sollte, jedenfalls zuerst. Aber dann konnte die Polizei die Männer nicht finden, die er gesehen hatte, und jetzt ...

»Niemand wird je erfahren, wie das war«, sagte er.

Ein Blitz zuckte und ließ Hannahs Gesicht in grellem Weiß aufleuchten. Ihre Augen bildeten einen Kontrast zu der hellen Haut, wie dunkle Höhlen in einem Schädel.

»Ich werde es wissen«, sagte sie. »Connor, deine Eltern haben dich hergeschickt, weil sie es für richtig gehalten haben, verstehst du das?«

»Wohin das geführt hat, sehen Sie ja. Ist das das Richtige?«

Er wollte wieder aufgeben, genauso wie in der vergangenen Nacht, und genauso wie in dem Moment, als er durch

333

das Fernglas den Mann mit dem Gewehr entdeckt hatte. Eine Weile hatte er sich tapfer geschlagen. Als sie im Wald unterwegs gewesen waren, hatte er versucht, seine Survival-Mentalität unter Beweis zu stellen. Nun aber ließ sie ihn im Stich, schwand immer mehr dahin, als wäre seine Batterie aufgebraucht. Und während er gegen den Rauch in der Luft blinzelte und die Eiskristalle in sein Gesicht prasselten, war er sich gar nicht sicher, ob er sie wieder aufzuladen vermochte.

»Die richtige Entscheidung muss nicht immer die richtigen Folgen haben«, sagte Hannah zu ihm. »Das kannst du dir gar nicht vorstellen.«

Er setzte sich und griff nach seiner Wasserflasche. Er hatte Durst, und durstig werden durfte man nicht, denn das bedeutete, dass man schon zu lange unterwegs gewesen war, ohne etwas zu trinken. *Schluck für Schluck, Schluck für Schluck,* hatte Ethan gesagt. *Nicht hinunterstürzen, nicht zu gierig, immer nur ganz langsam trinken.*

Doch er stürzte das Wasser hinunter, trank, so viel er konnte. Selbst das Wasser schmeckte nach Rauch. Der Wind war voll davon, und er war froh, dass es in den Augen stach, denn so würde Hannah vielleicht nicht merken, dass er Mühe hatte, nicht zu weinen. Er blickte zurück in die Dunkelheit, dorthin, woher sie gekommen waren, und fragte sich, wo die Männer aus dem Steinbruch waren.

»Hätten Sie es getan?«, fragte er.

»Dich hierhergeschickt?«

Er nickte.

»Wenn ich es für den sichersten Ort gehalten hätte.«

»Wirklich? Dann hätten Sie mich allein hierhergeschickt?«

Sie antwortete nicht.

»Es war die Idee meiner Mutter«, sagte er. »Und sie ist
gegangen, als ich drei war. Ich besuche sie in den Ferien und
im Sommer. Das ist alles. Und mein Dad hat sie machen
lassen.«

»Hör auf zu jammern«, sagte Hannah.

»*Wie?*«

»Du bist hier. Du bist nicht glücklich darüber, wie du hergekommen bist. Das bin ich auch nicht. Aber das ändert
nichts an den Tatsachen. Und Tatsache ist, dass ich nicht zulassen werde, dass du dir hier oben auf einem Berg den
Arsch platt sitzt und auf den Tod wartest. Und jetzt steh
auf.«

Wieder ließ ein Blitz ihr Gesicht aufleuchten, sodass er
ihren entschlossenen, fast wütenden Blick sah.

»Du gibst nicht auf«, sagte sie. »Ich krieg dich aus den
Bergen raus, aber aufgeben tust du nicht. Du wirst nach
Hause kommen und ihnen sagen, was du denkst, und ich
hoffe, sie bekommen dann eine leise Vorstellung davon, was
du durchgemacht hast. Und jetzt *steh auf.*«

Er stand langsam auf.

»Und sag mir, welchen Fehler du gerade machst«, forderte sie ihn auf. »Du bist immer sehr aufmerksam, wenn es
um meine Fehler geht. Jetzt beobachte dich mal selbst. Welchen Fehler hast du gerade gemacht?«

»Ich wollte aufgeben.«

»Du wolltest gar nicht wirklich aufgeben. Das weiß ich

335

besser als du. Sag mir, was du tatsächlich falsch gemacht hast.«

Jace hatte keine Ahnung, was sie meinte.

»Dir wird das Wasser ausgehen«, sagte sie. »Wenn wir uns dem Brand nähern, wird es richtig heiß werden, und du wirst dir wünschen, nicht das ganze Wasser hier oben ausgetrunken zu haben. Füll also Wasser nach, wenn wir am Bach sind, und teile es dir danach gut ein. Denk, was du willst, aber wir werden zum Feuer hinuntergehen.«

32

Eine Meile waren sie noch vom Turm entfernt, als sie Licht entdeckten. Ethan entdeckte den Schein und blieb stehen, wurde aber gleich mit der Pistole weitergedrängt.

»Ich nehme an, sie ist zu Hause«, sagte Jack. »Wunderbar, findest du nicht auch? Ich würde nur ungern feststellen müssen, dass wir unsere Chance verpasst haben.«

Ethan blickte zum Licht und dachte an die Frau, die dort Wache hielt. Er versuchte, sich ein Szenario zurechtzulegen, wie er dafür sorgen konnte, dass ihr nichts geschah.

Ihm fiel nichts ein.

Der Weg lag jetzt deutlich vor ihnen. Sie würden ihn auch so finden, er war verzichtbar. Trotzdem gaben sie ihn nicht frei, für den Fall, dass sie ihn später brauchten, wenngleich ihr Interesse, ihn am Leben zu lassen, in dem Augenblick vergehen würde, in dem er sich zu einem riskanten Manöver hinreißen ließ. Und alle Optionen, die ihm geblieben waren, bargen ein Risiko. Kämpfe oder mach, dass du wegkommst, das war die archaische Wahl, vor der er stand. Und er hatte schon bessere Gelegenheiten verstreichen lassen, um sich für eine der beiden Alternativen zu entscheiden. Er hatte bis zum Republic abgewartet, nur um dann an das erinnert zu werden, was jeder Survivor immer beachten musste – die Katastrophe war nie beabsichtigt, sondern stellte sich immer auf Umwegen ein.

»Am besten lassen Sie mich mit ihr reden,« sagte er. »Ich kenne den Jungen schließlich, und über mich dürfte sie inzwischen Bescheid wissen.«

»Interessanter Vorschlag, meinst du nicht auch, Patrick?«

»Außerordentlich interessant. Trotzdem muss ich sagen, dass mich das wenig kümmert.«

»Sie meinen also, Sie wollen von Anfang an dabei sein, verstehe ich das richtig?«

»Na ja, schließlich bin ich den ganzen Weg hier hochgelaufen.«

»Das ist wahr. Wäre schade, all das durchzumachen, um dann aus der Ferne mit anzusehen, wie Ethan die Lorbeeren erntet.«

»Stimmt.«

»Wir sollten abstimmen. Sind alle dafür, dass wir zusammenbleiben?«

Beide Männer antworteten: »Ja.«

»Jemand dagegen?«

Ethan schwieg, während er weiter auf das Licht zuhielt.

»Zwei dafür und eine Enthaltung. Kein einstimmiges Ergebnis, aber immerhin.«

Als sie schließlich aus dem Wald heraustraten und das letzte Stück die Anhöhe hinauf zum Beobachtungsturm in Angriff nahmen, blieb Ethan nur die Hoffnung, dass die Frau sie kommen sah. Wenn das Licht an war, war sie vermutlich noch wach. Wenn sie gelogen hatte, was den Jungen betraf, dann wusste sie, dass er in Gefahr war, und vielleicht … vielleicht war Connor da oben. Möglich, dass sie ihn dort versteckte, solange sie nach einem Weg suchte, wie sie ihm helfen konnte. Vielleicht wartete sie auf Hilfe. Irgendetwas. Und vielleicht war sie nicht allein.

Jack ging gleich hinter Ethan, gefolgt von Patrick etwa fünfzehn Schritte weiter rechts. Unten an den Stufen angekommen, warfen sie einen prüfenden Blick zur Kabine hinauf, in der sich nichts zu rühren schien. Sie gingen hinauf, bis zum ersten Absatz, dann weiter zum nächsten und wieder weiter.

Bitte verzeihen Sie mir, flehte er die Frau über ihnen lautlos an. *Das Ganze war anders gedacht.*

Oben angekommen, blies der Wind so stark, dass er sich am Geländer festhalten musste. Er konnte einen ersten Blick hineinwerfen und sah einen Tisch, einen Ofen und ein leeres Bett. Nichts rührte sich.

»Machen Sie die Tür auf und gehen sie aus dem Weg«, wies Jack ihn an. Der melodische, freundliche Ton war aus seiner Stimme gewichen. Jetzt ging es nur noch ums Geschäft.

Ethan machte die Tür auf, trat zur Seite und blickte sich in der Erwartung um, Jack mit der Pistole im Anschlag zu sehen. Stattdessen stand Jack in lässiger Haltung da. Den Hut tief in die Stirn gezogen hielt er sich mit einer Hand am Geländer fest. Es war Patrick, der mit dem Gewehr im Anschlag auf dem Absatz unter ihnen stand.

»Gehen Sie rein und sagen Sie guten Tag«, forderte Jack ihn auf.

Ethan trat ein und rief laut hallo. Dass keine Antwort kam, hatte er erwartet. Nicht aber hatte er mit dem gerechnet, was er sah.

Das Funkgerät war zerstört.

»Irgendetwas stimmt hier nicht«, sagte er ehrlich überrascht. Einiges hatte er erwartet – zum Beispiel, dass Connor da war –, aber nicht das. Er nahm ein zerbrochenes Plastikstück auf, dann ein offensichtlich durchgeschnittenes Kabel. Warum sollte sie ihr Funkgerät zerstört haben? Die einzige Chance, Hilfe zu holen.

»Sind Sie sicher, dass nicht auch andere den Jungen suchen?«, fragte er. »Außer denen, die ihn von Gesetzeswegen suchen, meine ich?«

Außer Luke Bowden, dessen Blut im Bergwind trocknete. Außer Ethan.

»Wirklich interessant«, entfuhr es Jack. »Sie ist nicht mehr da, Bruderherz. Und vorher hat sie noch das Funkgerät unbrauchbar gemacht. Sieht so aus, als wollte sie verhindern, dass wir eine Meldung darüber absetzen, dass sie ihren Job nicht gemacht hat.«

Ethan sah sich im Raum um. Dort stand das Osborne-Peilgerät, und ihm fiel auf, dass die Karte unter der Glasscheibe verschwunden war.

»Sie sind unterwegs«, sagte er. »Nicht *sie* hat das Funkgerät zerstört, er war es.«

Jetzt verstand er. Das zerstörte Funkgerät, die Lüge gegenüber dem Suchtrupp. Connor glaubte nicht an Hilfe. Connor traute niemandem.

»Was macht Sie so sicher?«, fragte Jack.

340

»In ihrem Job dreht sich alles um dieses Funkgerät. Es gehört zu ihrer Arbeit, und unter Umständen hängt ihr Leben davon ab. Aber was ihn betrifft? Für ihn wäre es das bedrohlichste Gerät im Raum. Er hat hierhergefunden, weil es einfach war. Wenn sie das Licht angelassen hatte, kann man es von Weitem sehen. Deshalb hat auch er es gesehen und ist hergekommen. Und sie wollte es melden. Jedenfalls wäre das eine vernünftige Reaktion gewesen.« Er deutete auf die Überbleibsel des Funkgeräts. »Das aber spricht für eine unnatürliche Reaktion. Das dürfte Connor gewesen sein, der verhindern wollte, dass sie seine Position durchgab.«

»Und warum tischt sie dem Suchtrupp eine Lüge auf?«, fragte jetzt Patrick.

»Darüber bin ich mir nicht ganz im Klaren.« Ethan ging zum Fenster und ließ den Blick hinaus in die dunkle Berglandschaft schweifen. Unter sich sah er gewundene rote Bänder dort, wo das Feuer wütete. »Aber sie hat es ihm abgenommen. Er hat ihr erzählt, wovor er wegläuft, und sie hat es ihm geglaubt.«

»Lange kann das Licht noch nicht an sein«, mutmaßte Jack. »Sie können noch nicht weit gekommen sein.«

Ethan sah das Spiegelbild seines Gesichts in der Scheibe, das sich mit dem Gewirr aus nachtdunklen Bergen und rotglühenden Flammenbändern zu vermischen schien. Er bemerkte, wie sein Mund anfing zu lächeln, als hätte er ihn nicht mehr unter Kontrolle.

»Ich finde sie«, sagte er.

»Das will ich hoffen. Anderenfalls würden Sie uns nicht viel nützen.«

»Ich finde sie«, wiederholte er. Und erneut flüsterte er dieser unbekannten Frau aus dem Wachturm stumm etwas zu. Aber dieses Mal war es keine Entschuldigung. *Danke. Ich lasse Sie jetzt nicht im Stich.*

Jack sah auf. Seine Verbrennungen glänzten im Licht. Ethan hatte sich daran gewöhnt, ihn im Dunkeln zu sehen und die Intensität seiner harten, blauen Augen vergessen.

»Dann kümmern Sie sich darum, wenn Sie wollen. Wenn nicht ...«

»Wir finden sie sicher nicht, wenn wir hier herumstehen«, sagte Ethan.

»Da gebe ich Ihnen recht. Aber bevor wir in die Nacht hinausgehen, Ethan, wüsste ich doch gern, was Sie wirklich denken. Die beiden haben sich aus dem Schutz des Wachturms herausgewagt, was darauf schließen lässt, dass sie fürchteten, wir würden kommen. Was glauben Sie, wohin sie unterwegs sind?«

»Zum Republic Peak.«

Jack sah ihn lange schweigend an. Patrick, der mit erhobener Waffe in der Tür stand, brach das Schweigen.

»Sie meinen wirklich, die steigen da hinauf?«

Ethan nickte. »Es ist der höchste Punkt, den sie erreichen können. Dort oben haben sie morgen früh zwei Möglichkeiten: Erstens können sie sehen, ob ihnen jemand folgt, und zweitens können sie sich nach einer geeigneten Stelle umsehen, um Hilfe zu rufen.«

Jack deutete mit der Hand auf das Funkgerät. »Einen Hilferuf abzusetzen, scheint nicht ihr sehnlichster Wunsch zu sein.«

342

»Vielleicht hat sie es sich anders überlegt. Auch eine Nacht allein in der Wildnis kann zu einem Sinneswandel führen. Aber davon abgesehen, wird er hinaufgehen wollen, nicht hinunter. Das hat er schon allein dadurch unter Beweis gestellt, dass er er hierher kam. Er will sehen können, wo die Gefahr lauert.«

Der Republic Peak hatte schon lange nicht mehr den Ruf des Todesgipfels, den er einst hatte, verlangte seinem Bezwinger aber dennoch einiges ab. Das dürfte genügend Abstand zwischen sie und den Jungen bringen. Connor wollte raus aus den Bergen. Die Frau aus dem Wachturm wollte raus aus den Bergen. Und man kam nicht raus, wenn man weiter aufstieg. Also würden sie sich weiter unten aufhalten, und wenn Ethan diese Kerle dazu brachte, hinaufzugehen, dann standen die Chancen, auf sie zu treffen, bei null. Außerdem ging es nicht darum, jemanden umzubringen, auch wenn er das sicherlich mit Vergnügen tun würde. Es ging darum, Zeit totzuschlagen. Dass Ethan von der Existenz des Bruders wusste, hatte der verbrannte Mann ausgenutzt, um Ethan dazu zu bewegen, ihn zu dem Jungen zu bringen. Er hatte ihm die Geschichte aufgetischt, der andere wäre im Krankenhaus und würde vor Allisons Tür nur darauf warten, als Killer in Aktion treten zu dürfen. Jetzt waren sie alle zusammen, und das bedeutete, dass niemand vor Allisons Tür wartete. An der Geschichte von der tickenden Zeitbombe war nichts dran. Es gab nur zwei Brüder, und beide waren bei Ethan. Er musste sie nicht umbringen, er musste sie nur überleben. Unten in Billings musste etwas passieren. Neue Suchtrupps mussten zusammengestellt und neueste

Informationen zusammengetragen werden. Jamie Bennett dürfte inzwischen informiert worden sein. Aus Vermutungen wurden Fakten. Die Zeitbombe tickte für diese Männer, nicht für Ethan.

»Wie weit ist es zum Republic?«, erkundigte sich Jack.

»Ein paar Meilen. Es ist aber kein einfacher Weg.«

»Das war es bisher auch nicht.«

»Dahin sind sie jedenfalls unterwegs«, sagte Ethan noch einmal. »Nicht nur, weil es einleuchtet, sondern weil es genau das ist, was ich ihm beigebracht habe. Hierher kommen, die Anhöhe finden, den Rückweg prüfen und sich in die hineinversetzen, die ihm auf den Fersen sind. Er hat meinen Rat befolgt. Und vom Republic wieder zurück? Er weiß, wie man runterkommt, ohne einer markierten Route zu folgen.«

»Wie denn?«

»Genauso, wie wir es geplant haben. Das war unsere Ausweichroute. Die eine Route zum Republic hinauf und über die andere wieder runter. Er wusste genau, was zu tun war. Und jetzt, wo Sie ihn beim ersten Mal verpasst und ihm diesen Ausweg eröffnet haben, nutzt er seine Chance.«

Das war mehr, als Ethan ihnen eigentlich hatte sagen wollen, würde aber reichen, um sie genau dorthin zu bringen, wo er sie bei Sonnenaufgang haben wollte. Verhaltensregel 101 für Personen, die vom Weg abgekommen sind: Menschen, die in den Bergen Hilfe brauchen, entscheiden sich in den meisten Fällen dafür, abzusteigen, obwohl es besser ist, aufzusteigen. Warum? Weil man dort für die Suchtrupps besser zu sehen ist.

344

Viel zu lange schon waren diese beiden Männer unsichtbar gewesen.

Jack Blackwell drehte sich nach seinem Bruder um. Die verbrannte Seite seines Gesichts war Ethan zugewandt, der mit Befriedigung die dunkle Verfärbung der blasenüberzogenen Haut zur Kenntnis nahm.

»Also, Patrick?«

»Zu zweit unterwegs in der Dunkelheit hinterlassen sie mit Sicherheit Spuren. Die könnte ich natürlich suchen. Aber lass uns mal sehen, ob Ethan das nicht schneller kann. Wenn er recht hat, dann dürfte ihm das keine Schwierigkeiten bereiten. Andernfalls …«

»Wäre er wenig hilfreich für uns.«

»Eigentlich sogar wertlos, ja.«

»Du meinst, das wird die Nagelprobe?«

»Genau das meine ich.«

Patrick trat von der Tür weg und gab Ethan ein Zeichen, der in den Nachtwind hinaus und seiner zweiten Chance entgegenging. Es war der alte Test, seine Lieblingsübung im Training, und die Rolle, die ihm am vertrautesten war: Er war es wieder, der alle in die Irre führte.

Jetzt war es kein Killerspiel. Jetzt war es das Spiel eines Survival-Experten.

33

Ganze neun Minuten brauchte Ethan, um herauszufinden, welchen Weg sie eingeschlagen hatten.

Er wusste es so genau, weil die Blackwell-Brüder die Zeit stoppten. Fünf Minuten hatte Patrick Ethan gegeben. Jack hatte mit fünfzehn Minuten dagegengehalten, bis sie sich schließlich auf zehn geeinigt hatten. Und all das wieder in diesem für sie typischen Geschwafel, mit dem sie Ethan berieselten. Tatsächlich hatte er den Weg in fünf Minuten gefunden, wollte aber nicht den Eindruck erwecken, zu gut und zu schnell zu sein.

Die Route zu finden war nicht das Problem, ihr unverzüglich zu folgen jedoch schon. Das Plateau war mit hohem Gras bewachsen, das zu einer Baumlinie und schließlich zum Felsen hin ausdünnte. Und mit jeder Vegetationsstufe wurde es komplizierter. Grasbewachsene Flächen mochte Ethan am liebsten, wenn es darum ging, Spuren zu suchen. Zwar fand man dort keine deutlich ausgebildeten Abdrücke, wie man sie auf lehmigem und selbst trockenem Grund entdecken konnte, aber man kam schnell voran, denn Gras hielt die Einwirkungen länger fest. Es legte sich zur Seite, knickte um oder blieb flach liegen. Geschichten, die es zu erzählen wusste, erzählte es schnell. Je höher das Gras, desto leichter ließ es sich deuten.

Zwei Spuren führten vom Wachturm ins Gras, und Ethan untersuchte sie mit der Taschenlampe, um herauszufinden, welche die richtige war. Dabei erfuhr er eine Menge über Patrick Blackwell, der irgendeine Art von Training absolviert zu haben schien; er war besser als sein Bruder, wenn auch nicht Meister seiner Klasse. Entweder war ihm kein besonders guter Ausbilder vergönnt gewesen, oder er hatte alles Gelernte rasch wieder vergessen, was häufig passiert, wenn frisch erworbenes Wissen nicht ständig aufgefrischt wird.

Die erste der beiden Spuren, die vom Wachturm ins Gras führten, hob sich durch eine hellere Farbe von der Umgebung ab. Ein blasser Streifen Richtung Westen. Bei der zweiten war es genau umgekehrt: Sie war geringfügig dunkler als das Gras um sie herum. Die Abweichung war nur minimal und für das ungeübte Auge fast nicht erkennbar. Einem geübten Fährtenleser sprang sie jedoch sofort ins Auge.

Patrick Blackwell nahm sie in Augenschein, jede einzelne mit gleich hoher Konzentration.

Mehr musste Ethan nicht wissen. Jemand, der die dunklere Spur überhaupt eines Blickes würdigte, hatte vom Spurenlesen keine Ahnung. Seine Kenntnisse mochten ausreichen, sie zu finden, ja. Nicht aber, um sie zu deuten. Die dunkle Spur hatte jemand hinterlassen, der auf den Wachturm zugegangen war. Das war Elementarwissen und einer der simpelsten Tricks überhaupt, einer, den Ethan von einem britischen SAS-Mitglied gelernt hatte. Es war nichts

347

anderes als eine Lichtreflexion, die jedem schon einmal aufgefallen ist, der sich aus unterschiedlichen Perspektiven die Bahn angesehen hat, die ein Rasenmäher hinterlässt. Solche einfachen Dinge fielen einem aber nicht ein, wenn man unter Druck stand und so etwas nicht immer wieder geübt hatte.

»Hier entlang sind sie gegangen«, stellte Ethan fest, als die Stoppuhr neun Minuten anzeigte. Dabei deutete er auf die helle Spur. »Da bin ich mir sicher.«

»Sicher«, sagte Jack. »Diese Selbstsicherheit klingt doch vielversprechend, findest du nicht auch, Patrick?«

»Absolut«, entgegnete Patrick. Er bedachte die Spur mit einem verächtlichen Blick, den Ethan zu deuten wusste – er war nicht davon überzeugt, dass es die richtige Spur war.

»Sie führt nach Südwesten«, sagte Ethan. »Richtung Republic Peak. Genau, wie ich gesagt habe. Die andere ist älter und stammt vermutlich von irgendeinem Rucksacktouristen, der hier vor ein paar Tagen vorbeigekommen ist. Stimmen Sie mir zu?«

Patrick nickte.

Ausgezeichnet, du Idiot, dachte Ethan. *Du hast keine Ahnung, was du verpasst hast. Kann sein, dass du erkennst, dass es eine ältere Spur ist, aber du hast zu lange gebraucht, um es zu verstehen, wenn überhaupt.*

Sie gingen weiter durchs Gras auf die Blitze zu, die in immer kürzeren Abständen am Himmel zuckten. Der Wind, der über den Tag gleichmäßig geweht hatte, fegte jetzt in ruppigen Böen über das Land, wie ein Motor, der anfängt zu stottern, weil ihm der Kraftstoff ausgeht. Nicht gerade ideale

Bedingungen für die Spurensuche, denn bei starkem, regelmäßigem Wind stellte sich das Gras schnell wieder auf. Ein Unwetter zog auf. Eines von denen, die schnell herankamen und sich mit voller Kraft entluden. Gegen die frühsommerliche Trockenheit würde es vermutlich nicht viel ausrichten, aber in den höheren Lagen der Berge konnte es durchaus gefährlich werden. An jedem anderen Tag hätte Ethan jetzt Vorkehrungen getroffen. Er hätte alles getan, um weiter runterzukommen und irgendwo Schutz zu suchen. Heute aber ging er einfach weiter, immer höher hinauf.

Nachdem sie das Hochplateau und die Grasfläche hinter sich gelassen hatten, näherten sie sich einem dichten Kiefernbestand, in dem ein unerfahrener Wanderer sofort die Orientierung verlieren würde. Erneut blieb Ethan stehen und suchte mit der Taschenlampe das Gelände ab. Und wieder ließ er Patrick Blackwell nicht aus den Augen, um zu beobachten, was er tat. Dieses Mal machte er keinen Fehler – seine Aufmerksamkeit galt nicht dem Boden, dieses Mal sah er sich die Bäume an.

Das war wichtig, denn das hätte auch der Verfolgte als erstes getan. Wenn jemand, der vom Weg abgekommen war, an eine Stelle kam, an der sich die Geländeform veränderte und ihm kein Weg die Richtung wies, blieb er in aller Regel stehen, um sich ein Bild von der neuen Lage zu machen und um sich dann, in neun von zehn Fällen, für den Weg des geringsten Widerstandes zu entscheiden. Oder für den Weg, der ihm den geringsten Widerstand entgegenzusetzen *schien*.

Eine Kiefer, vermutlich schon vor einiger Zeit bei einem

Unwetter, das dem, dem sie gerade entgegengingen, in nichts nachstand, vom Blitz niedergestreckt, lag quer. Niemand stieg über einen Baum, wenn es nicht unbedingt erforderlich war. Daher konzentrierte Ethan sich auf das Areal rechts und links von dem Baum. Die Landschaftsform war unverändert, und auch der Abhang war auf der einen Seite nicht steiler als auf der anderen. Also entschied er sich, nach rechts zu gehen. Die meisten Menschen auf der Welt waren Rechtshänder, und er wusste, dass auch Connor einer war. Der Richtung seiner Schreibhand zu folgen war zwar nicht immer der erste Impuls, wenn jemand die Orientierung verloren hatte – im Unterschied zum Weg des geringsten Widerstandes –, im Allgemeinen aber konnte man darauf zählen. Außerdem war die Gefahr, im Straßenverkehr beim Linksabbiegen mit dem Gegenverkehr zu kollidieren, höher als beim Rechtsabbiegen, was Ethan in seiner Auffassung bestärkte, dass die meisten Menschen den Hang haben, nach rechts zu gehen, solange es keinen triftigen Grund gab, die andere Richtung einzuschlagen.

Daher ging er rechts an der umgestürzten Kiefer vorbei. Der Boden dort war von Flechten bedeckt, in denen er Fußabdrücke entdeckte. Vorsichtig trat er zur Seite, um sie nicht zu zerstören, kniete sich auf den Boden und untersuchte sie mit der Taschenlampe.

Sie waren zu zweit, zwei unterschiedliche Abdrücke. Er stellte seinen eigenen Fuß neben jeden einzelnen von ihnen, was eigentlich nicht erforderlich war – wodurch er aber wertvolle Zeit gewann. Denn das war sein Plan: Zeit gewinnen und bis Sonnenaufgang durchhalten. Er zeigte den

Blackwell-Brüdern, dass jeder der Abdrücke deutlich kleiner war als sein eigener.

»Frau und Junge«, stellte Jack Blackwell in einem melodischen, fast heiteren Singsang fest. »Das bedeutet es doch, oder?«

»Sieht so aus, ja«, sagte sein Bruder.

Sie gingen ein paar Schritte. Die Flechten wurden dünner und wichen immer mehr der Erde, je mehr sie sich den Felsen näherten. Die Abdrücke wurden deutlicher, und Ethan kniete sich wieder hin. Zum ersten Mal, seit sie den Wachturm verlassen hatten, war er jetzt wirklich überrascht.

Das hier waren nicht Connor Reynolds Fußabdrücke.

Die Größe stimmte in etwa überein, und an der Tiefe des Abdrucks konnte er erkennen, dass die Person etwa gleich schwer war, aber keine der Spuren passte zu Connors Stiefeln. Ethan hatte immer sehr genau auf das Schuhwerk geachtet. Es gehörte zur Ausrüstung, die sie mitbringen sollten, obwohl die meisten Jungen trotzdem in Turnschuhen oder Trainingsschuhen anreisten. Er musste sie dann immer mit geeignetem Schuhwerk ausstatten, weil man sich am Berg sonst schnell die Knöchel brach. In diesem Jahr hatten alle Jungen Stiefel dabei, nur Connor hatte keine gute Wahl getroffen. Seine waren zum Wandern nicht geeignet. Billige, schwarz glänzende Nachbildungen von Armeestiefeln, die mit Sicherheit bald Probleme machten, wenn man sie nicht richtig eingelaufen hatte. Ethan hatte extra dickes Baumwolltuch eingesteckt und dabei an Connor gedacht, weil er damit rechnete, dass er sich rasch Blasen laufen würde.

Doch keiner der Abdrücke, die er vor sich sah, passte zu

Connor. Der eine stammte offensichtlich von einem Wanderschuh, der andere aber eindeutig von einem hochwertigen, schweren Schuh.

»Wenn wir ihm noch ein wenig Zeit geben, dann untersucht er vielleicht auch noch den Fußgeruch«, bemerkte Jack. »Ein richtiger Bluthund, unser Ethan.«

»Zu schade aber auch, dass wir so viel Zeit nicht haben«, entgegnete Patrick. »Wir sollten weitergehen, meinst du nicht auch?«

»Ich stimme dir zu. Könnte es sein, dass wir der falschen Spur folgen?«

»Nein. Die Größe stimmt, aber noch wichtiger ist, dass die Spuren frisch sind. Ich wage zu bezweifeln, dass zwei Menschen von etwa gleicher Statur beschlossen haben, den Wachturm in der Nacht zu verlassen, um einen kleinen Ausflug in die Berge zu unternehmen.«

»Zugegeben. Und trotzdem habe ich das Gefühl, dass unser Spürhund irgendwie unsicher geworden ist.«

»Ja, und ich glaube, ich weiß auch warum. Ich fange nämlich an, mir Gedanken über sein Tempo zu machen.«

»Du meinst, er vergeudet unsere Zeit? *Ethan?*«

»Ich sage nur, dass ich mich wundere.«

»Das geht natürlich nicht. Zeit ist für uns viel wichtiger als für Ethan.«

Er ließ sie eine Weile reden, bis er schließlich aufstand und sich zu ihnen umdrehte. Patrick stand am nächsten, Jack ein Stück entfernt. Sie hatten die Positionen getauscht, denn Patrick konnte Ethans Arbeit besser beurteilen. Glaubten sie jedenfalls.

»Sie sind es«, sagte Ethan wider besseren Wissens und ohne sich anmerken zu lassen, wie willkommen ihm die neue Erkenntnis war. Hier waren andere Wanderer entlanggekommen, was in dieser gottverlassenen Gegend selten genug vorkam, und sie waren in derselben Richtung unterwegs. Das kam ihm sehr entgegen, denn er musste ihnen jetzt nicht mehr vorgaukeln, einer Spur zu folgen, die es gar nicht gab. Er musste einfach nur der falschen Fährte folgen.

Und er musste nicht einmal mehr das Tempo drosseln.

34

Ein Polizeiband war quer über die Zufahrt zu Allisons Haus gespannt. Alles dahinter lag im Dunkeln, nichts deutete darauf hin, dass dort überhaupt jemand wohnte. Im Gras waren frische Reifenspuren von den Einsatzwagen der Feuerwehr und der Sanitäter zurückgeblieben, die vor nicht einmal vierundzwanzig Stunden hier eingetroffen waren, um ihr das Leben zu retten.

Zum ersten Mal, seit sie das Krankenhaus verlassen hatte, dachte Allison an die Möglichkeit, auf jene Männer zu treffen, die in der Nacht still und leise in ihr Haus gekommen waren und die Ofenzange erhitzt hatten, um sie ihr ins Fleisch zu pressen. Bis dahin waren sie Phantome gewesen, gegenwärtig, aber noch nicht nah. Beim Anblick des Absperrbandes sah sie die beiden wieder vor sich, konnte sie hören. Und riechen.

Jamie Bennett machte keine Anstalten, vor dem Band zu bremsen. Sie fuhr heran und weiter, bis es sich spannte, schließlich riss und im böigen Wind flatternd hinter ihnen zurückblieb. Vor ihnen zeichneten sich die Überreste des Hauses ab. Verkohlte Mauern, Löcher, wo einmal Fensterscheiben gewesen waren, das zusammengesunkene Dach.

»Willkommen im Ritz«, sagte sie.

»Tut mir leid«, sagte Jamie kaum hörbar. Sie beäugte den Schaden nur aus dem Augenwinkel, als könnte sie es nicht ertragen, direkt hinzusehen.

Allison antwortete nicht. Sie sah das Haus an und dachte an die Schindeln, die sie Ethan hinaufgereicht hatte, als im Frühherbst ein Schneesturm über sie hereingebrochen war. Sie hatten in dieser Nacht im Zelt geschlafen, und danach weitere Nächte, bis das Dach wieder repariert war. Sie wollten nicht eher wieder im Haus schlafen, bis es fertig war. Das aber war, als es noch warm gewesen war und ihnen von der schweren Arbeit noch nicht alle Knochen wehtaten. Sie hatten es in der letzten Phase beide bedauert. Aber als das Dach dann endlich fertig war, ergab alles plötzlich wieder einen Sinn.

»Wohin soll ich fahren?«, fragte Jamie.

Allison kurbelte das Fenster herunter, und rauchgeschwängerte Luft strömte in den Wagen. Zum Teil war es abgestandener Rauch, Rückstände des Feuers, das hier gelöscht worden war. Aber es war auch frischer Rauch dabei. In den Bergen wütete ein Brand, und der Wind trug die Botschaft weiter.

»Sie werden die Straße gesperrt haben«, sagte sie.

»Wir kommen schon an ihnen vorbei.«

»Eine Viertelmeile, ja, dann ist Schluss, Jamie.«

»Was haben Sie denn vor?«

»Haben Sie schon mal auf einem Pferd gesessen?«

Jamie Bennett drehte sich im Halbdunkel des Wagens zu ihr um und sagte: »Ist das Ihr Ernst?«

355

»Ja.«

»Nein, ich bin noch nie geritten.«

»Das wird sich ändern.«

Jamie stieg auf die Bremse, ohne das Getriebe in Parkposition zu stellen. Die Scheinwerfer ruhten auf der ausgebrannten Behausung. Im Dunkel dahinter befand sich der Stall, und darin – vorausgesetzt, niemand hatte ihn geholt, was sich Allison nicht vorstellen konnte – stand Tango.

»Das ist doch verrückt«, sagte Jamie. »Wir müssen doch nicht …«

»Sie sind in den Bergen«, sagte Allison. »Und nicht auf einem Campingplatz. Das ist kein Park, verstehen Sie? Das ist die pure Wildnis. Sie können die Straße runterfahren. Aber dort ist niemand.«

Jamie machte den Motor aus. Die Scheinwerfer blieben an.

»Wir müssen da rauf«, fuhr Allison fort. »Und ich kann nicht gut laufen. Ich habe schon über einen Geländewagen nachgedacht, aber das würde uns nicht weiterbringen – auch damit braucht man zumindest eine halbwegs befahrbare Straße. Wir kämen nicht weiter. Wir kommen nicht hinter das Feuer, jedenfalls nicht mit dem Wagen, und auch nicht mit einem Geländewagen. Mit einem Pferd aber schon.«

Konnten sie das wirklich? Tango war seit Monaten nicht mehr geritten worden. Und jetzt verlangte sie von ihm, dass er gleich zwei Reiter trug, den Berg hinauf und in den Rauch?

»Okay«, sagte Jamie Bennett, machte die Wagentür auf

und stieg aus. Allison folgte ihr. Sie gingen durch die Asche über den Hof zum Stall. Als die Scheinwerfer ausgingen, war es stockdunkel auf dem Hof. Nur die immer häufiger werdenden Blitze im Westen erhellten den Weg. Noch bevor sie Tango sah, konnte sie sein zufriedenes Schnauben hören.

»Lassen Sie mir bitte etwas Zeit«, sagte sie.

Jamie blieb im Hof zurück, während Allison in den Stall ging. Mit der gesunden Hand tastete sie sich am Regal an der Innenseite der Tür entlang, bis sie die Taschenlampe gefunden hatte, die dort lag. Sie knipste sie an, hielt den Strahl auf den Boden gerichtet und schirmte das Licht mit der Hand ab, um das Pferd nicht zu blenden. Er sah sie aus der Dunkelheit heraus an. Seine Augen reflektierten den Lichtschein, und der Atem stand ihm in einer schwachen Wolke vor den Nüstern.

»Hallo, mein Junge«, begrüßte sie ihn. »Da bin ich wieder.«

Tango ließ ein leises Schnauben vernehmen, hob den Kopf und senkte ihn wieder. Wie immer neigte er ihn dabei leicht zur Seite. Sie hatte sich gefragt, ob er vielleicht mit dem einen Auge schlecht sehen konnte, denn er schien einen immer nur von einer Seite anzusehen. Aber die Tierärzte hatten ihn untersucht und gesagt, dass er bestens sehen könne. Er war eben ein Pferd, das großen Wert auf eine andere Sichtweise legte.

»Schaffst du das?«, fragte Allison. »Schaffst du noch einen letzten Ritt, Kleiner?«

Das klang nicht gut, es klang sogar schrecklich, und sie korrigierte sich sofort, als könnte es ihn beleidigt haben.

357

»Wie wär's mit einem Ausritt«, sagte sie. »Ich wollte sagen, noch einem Ausritt, mein Kleiner.«

Er schnaubte und verlagerte sein Gewicht, so weit es das Geschirr zuließ, schien zu wollen, dass sie näher kam, ihn berührte. Sie ging zu seiner Box und strich ihm mit der gesunden Hand über die Nüstern.

»Sei stark«, sagte sie und sah sich sein Bein an. »Bitte sei wieder stark genug.«

Draußen vor dem Stall ging Jamie Bennett ein paar Schritte. Allison sah ihren Schatten und erschauderte. Die Erinnerung an die Schatten, die in der letzten Nacht im Hof aufgetaucht waren, wurde wieder lebendig.

Sie nahm ihm das Mundstück aus dem Maul und lockerte die Gurte, die ihn drei Monate lang daran gehindert hatten, sich hinzulegen. Scheinbar erleichtert über die neu gewonnene Freiheit warf Tango den Kopf zurück. Dann beugte sie sich zu seinem Bein hinunter und redete dem Pferd leise zu. Sie wusste nur zu genau, dass die Berührung des verletzten Vorderbeins unangenehm sein konnte, ob es nun schmerzhaft war oder nicht. Sie nahm den weichen Verband ab, der dem Gips gefolgt war, und dann stand er frei und ungeschützt da. Tango sah sie ruhig an, ohne Anzeichen von Schmerz zu zeigen.

»Zeig mal, wie du gehen kannst«, ermunterte sie ihn. Im Prinzip nicht schwierig, aber es war schon so lange her.

Sie legte ihm das normale Zaumzeug an, öffnete die Tür der Box und führte ihn hinaus. Sein Gang war ruhig und gleichmäßig. Er lahmte nicht, wenngleich eine gewisse Unentschlossenheit nicht zu übersehen war.

»Das machst du gut«, sagte sie. »Das machst du sehr gut.«

»Was ist los?«, rief Jamie Bennet von draußen, und Allison ärgerte sich auf eine unbestimmte Weise über die Störung dieses ganz privaten Moments, den sie mit Tango hatte.

»Alles in Ordnung«, sagte sie. »Nur noch eine Minute.«

Sie führte Tango von einem Ende des Stalls zum anderen und verfolgte aufmerksam seinen Gang. Nicht die Spur von Schwäche. Man hatte ihr gesagt, dass es so sein würde, ihr auch versprochen, dass der Knochen gut verheilt war, trotzdem tat es gut, es mit eigenen Augen zu sehen.

Aber konnte er auch einen Reiter tragen? Ganz zu schweigen von zweien? Immerhin durfte er über Wochen keine schweren Lasten tragen. Und der Heilungsprozess ging langsam voran, da man nichts überstürzen durfte, um das Pferd nicht zu gefährden. Wenn das Vorderbein noch einmal brach …

»Du musst es versuchen«, flüsterte sie. Sie legte ihr Gesicht an den Hals des Pferdes, spürte, wie das Herz schlug, und dachte daran zurück, wie Tango sie gewarnt hatte, als die Blackwell-Brüder in der Nacht aufgetaucht waren. Was wäre passiert, wenn er das nicht getan hätte? Was wäre passiert, wenn ihr keine Zeit geblieben wäre, wenigstens das Pfefferspray mitzunehmen? Einmal hatte er ihr schon das Leben gerettet, sagte sie sich, und jetzt verlangte sie es noch einmal. Sie hatte Angst davor, dass es mehr sein könnte, als er zu leisten vermochte.

»Mir tut auch alles weh«, sagte sie zu dem Pferd, und das war weiß Gott die Wahrheit. Die Schmerzen waren immer schlimmer geworden, seit sie das Krankenhaus verlassen hatte, und waren mittlerweile überwältigend stark. Allein nur stehen, durchflutete ihren Körper bereits mit stechendem Schmerz. Sie stellte sich die Erschütterungen vor, die sie auf dem Pferderücken zu erleiden hätte, und war sich nicht sicher, ob sie das aushalten würde.

Wenn er es aber schaffte ... wenn Tango sie tragen konnte, dann wusste sie, dass auch sie es schaffte. Waren die eigenen Reserven erschöpft, musste man sich die Kraft anderswo holen.

»Lass es uns versuchen«, sagte sie. »Wenn du es nicht schaffst, zeig es mir. Bitte gib mir ein Zeichen.«

Ihre Stimme brach, und sie ging, um einen Sattel zu holen. Er schien zufrieden, ihn wieder auf dem Rücken zu spüren, und seine Freude zu sehen, machte es irgendwie sogar noch schwerer. Sie hatte Tango mit einem Kind hinter sich geritten, wusste daher, dass er sich nicht unbedingt gegen einen zweiten Reiter wehren würde, wie manche Pferde es taten. Aber zwei Erwachsene waren natürlich etwas anderes.

Sie führte ihn aus dem Stall hinaus in die Dunkelheit, wo Jamie Bennett wartete.

»Ich steig zuerst auf«, sagte Allison und versuchte, sich ihre Erregung nicht anmerken zu lassen. »Sehen Sie genau hin, wie ich das mache.«

»Okay.«

Allison reichte ihr die Taschenlampe. Dann setzte sie ihren linken Fuß in den Steigbügel, wartete einen Augenblick ab, um zu sehen, ob Tango sich vielleicht widersetzte. Er zeigte jedoch keine Reaktion. Dann schwang sie ihr rech-

360

tes Bein über seinen Rücken, wobei die Schmerzen sie aufstöhnen ließen.

»Alles in Ordnung?«, fragte Jamie. »Wenn Sie es nicht schaffen, dann müssen Sie …«

»Alles in Ordnung. Wir werden sehen, ob das Pferd es schafft.« Sie rutschte im Sattel ein wenig nach vorn und sagte: »Sind Sie bereit?«

»Ich glaube schon.«

»Wir schaffen das«, sagte Allison.

»Ich habe keine Angst vor ihm.«

Allison hatte eigentlich mit Tango gesprochen. In der sicheren Erwartung, das hölzerne Knacken seines brechenden Vorderbeins zu hören, schloss Allison die Augen, als Jamie Bennett sich mit ihrem Gewicht auf den Rücken des Pferdes schwang.

Aber es geschah nichts. Tango verlagerte nur ein wenig sein Gewicht, war aber ruhiger als Jamie, die im Sattel hin und her rutschte, der für nur eine Person ausgelegt war, und fast vom Pferd glitt.

»Und wie soll ich mich hier oben halten?«

»Halten Sie sich an mir fest.«

Unsicher streckte Jamie die Arme aus und legte Allison die Hände locker um die Taille, wie ein schüchterner Junge bei seinem ersten Tanz.

»Ich hatte gesagt, Sie sollen sich an mir *festhalten*. Sie fallen sonst runter.«

»Ich habe das Gefühl …«

»Was?«

»Na ja, all die Verbände.«

361

»Natürlich habe ich überall Verbände«, sagte Allison. »Und na klar, es fühlt sich nicht gut an. Aber wir haben keine Zeit. Wir müssen weiter.«

Sie drückte Tango die Fersen sanft in die Flanke, und schon lief er im Schritt los. Schon bei diesem langsamen Tempo rutschte Jamie hin und her und merkte, dass sie herunterfallen würde, wenn sie sich nicht festhielt. Sie rutschte näher an Allison heran, schlang die Arme um sie und klammerte sich fest. Die Schmerzen kehrten mit voller Wucht zurück. Allison atmete langsam aus und versuchte, sich die Qual nicht anmerken zu lassen. Sie beobachtete Tango, der sicher durch die Dunkelheit schritt. Aber seit Monaten hatte seine einzige Aktivität darin bestanden, ein paar Übungen zu machen, um eine Rückbildung der Muskulatur zu vermeiden, sodass sie sich fragte, wie lange er sie tragen konnte. Sie war sich überhaupt unsicher, ob das Ganze funktionieren würde. Was, wenn Ethan sich geirrt und der Junge die Ausweichroute gar nicht genommen hatte?

Sie brachte Tango vom Schritt in den etwas schnelleren Trab und zuckte mit jedem Schritt zusammen, sowohl wegen ihrer eigenen Schmerzen als auch bei der Vorstellung, dass auch er sich quälen würde. Während das Pferd schneller wurde und die Blitze im Westen zuckten, klammerte Jamie Bennett sich noch fester an Allison. Sie spürte, wie sich etwas Hartes in ihren Rücken drückte.

»Haben Sie eine Waffe dabei?«

»Natürlich.«

»Können Sie schießen? Ich meine, können sie *gut* schießen? Abdrücken kann jeder.«

362

»Ich kann gut schießen, Mrs. Serbin.«

»Vielleicht müssen Sie das auch. Wenn wir auf sie treffen … die beiden gehören nicht zu den Leuten, denen man entkommt. Sie gehören zu denen, die man umbringen muss.«

»Es wäre mir ein Vergnügen«, sagte Jamie Bennett. »Sie finden die zwei, und ich bringe sie um. Sie haben recht – weglaufen und sich verstecken ist nicht die Lösung. Davon habe ich genug.«

Was sie sagte, klang nicht nur richtig, sondern auch kämpferisch und mutig. Und vielleicht glaubte Jamie sogar daran. Allison wollte das auch, konnte es aber nicht. Wenn sie die Männer wiedersehen würde, das wusste sie, würde sie nicht weglaufen. Nicht ein zweites Mal.

Grundvoraussetzung für eine echte   Survival-Mentalität: Dankbarkeit.

Selbst unter widrigsten Bedingungen musste man für kleine Dinge dankbar sein, denn nicht immer trug das Große – die einfache, selbstverständliche Erkenntnis: *Ich lebe* – den Sieg davon. Es gab Momente, in denen man sich nicht wünschte, *am Leben* zu sein. Während sie sich zu dritt den Republic Peak hocharbeiteten, schärfte Ethan sich ein, dass er denjenigen dankbar sein musste, die hier entlanggegangen waren und die Spuren hinterlassen hatten, die er gefunden hatte. Sie führten den Hang hinauf, als wäre es der Weg zum Himmel. Selbst in der Nacht war es nicht schwer, der Spur zu folgen, denn beim Laufen über loses Gestein verschoben sich mit jedem Schritt unweigerlich Steine, die dann mit ihrer dunklen, feuchten Unterseite nach oben lagen. An den Stellen, an denen man mit den Füßen etwas abgerutscht war, entstanden lange Spuren, und die Stellen mit Erde zwischen den Felsen hielten deutlich Spuren fest. Einer der Wanderer war mit Stöcken ausgestattet, die rechts und links der Abdrücke Löcher im Boden hinterließen.

Die Blackwells hatten sich mit der Route zufriedengegeben, denn sie kannten Connors Stiefel nicht. Sie folgten willig, sodass Ethan jetzt schneller gehen konnte. Er musste keine Zeit mehr schinden, denn er verlor nun genug davon, solange er der falschen Fährte folgte.

Der Mond und die Sterne hatten sich vollkommen zurückgezogen. Der legendäre Big Sky gab sich der Dunkelheit geschlagen, während die Wetterfront näher rückte. Zwei Drittel des Aufstiegs hatten sie zurückgelegt, als Ethan in der Nähe des Amphitheaters, des benachbarten Gipfels im Westen, einen Einschlag sah. Dem hektischen Züngeln einer Schlange gleich schnellte ein grellweißer Blitz vom Himmel herab. Vor ihnen vernahmen sie das Rauschen eines Wolkenbruchs, und er glaubte zu hören, dass es ein wenig weiter oben hagelte.

»Mir ist schon klar, dass Sie schnell vorankommen möchten«, sagte er. »Im Augenblick aber ist es da oben ziemlich gefährlich. *Sehr* gefährlich. Eine Pause von zwanzig Minuten würde ausreichen. Lassen Sie uns die Blitze abwarten und dann weitergehen. Wenn wir weiter aufsteigen, dann …«

»Wir gehen weiter«, sagte Jack Blackwell schwer und stoßweise atmend. Ethan nahm es mit Befriedigung zur Kenntnis, kostete jedes Anzeichen von Mühsal aus.

»Passen Sie auf«, sagte er. »Die beiden gehen jetzt bestimmt auch nicht weiter. Sie tun das einzig Vernünftige und bringen sich in Sicherheit, wenn sie es nicht schon längst getan haben, wovon ich ausgehe. Wir verlieren keine Zeit.«

In Wahrheit wurde er langsam richtig neugierig, wollte herausfinden, wer die beiden Wanderer waren und wo zum Teufel sie ihr Lager aufgeschlagen hatten. Er wusste, wie er die Spuren zu deuten hatte – höchstwahrscheinlich zwei Frauen, oder eine Frau und ein Junge oder ein sehr kleiner Mann, auf keinen Fall aber war es Connor Reynolds. Die Route, die sie gewählt hatten, konnte er sich allerdings nicht erklären. Welches Ziel hatte ein normaler Rucksacktourist vor Augen, wenn er in diese Richtung ging? Zum Republic Peak oder Amphitheater gab es bessere Wege. Dieser hier war ungewöhnlich.

»Wie stehen deiner Meinung nach die Chancen, dass Ethan vom Blitz getroffen wird?«, sagte Jack Blackwell.

»Eher gering. Unmöglich ist es nicht, im Augenblick aber doch eher unwahrscheinlich.«

»Und wie schätzt du die Chancen ein, dass er stirbt, für den Fall, dass er uns unnötig hinzuhalten versucht?«

»Oh, die sind beträchtlich. Ich würde nämlich sagen, dass das Hochdruckgebiet von den Bergen abzieht. Und ich nehme an, dass Ethan das weiß und das Unwetter nur als Vorwand nutzt.«

Ethan blieb stehen. Die Beobachtung war ausgesprochen interessant, und zwar aus zwei Gründen. Erstens, weil Patrick sie gemacht hatte und nicht viele Menschen in der Lage waren, den Weg eines Hochdrucksystems vorherzusagen, wenn sie in der Wildnis unterwegs waren, und zweitens, weil er sich irrte.

Es ging um das sogenannte Buys-Ballot-Windgesetz. Steht man mit dem Rücken zum herrschenden Wind, dann liegt das Tiefdruckgebiet in der nördlichen Hemisphäre auf der linken Seite und das Hochdruckgebiet auf der rechten, denn der Wind dreht sich immer gegen den Uhrzeigersinn in das Zentrum des Tiefdruckgebietes hinein. Auf der südlichen Halbkugel ist es genau umgekehrt. Patrick hatte die richtige Beobachtung gemacht, aber den falschen Schluss daraus gezogen.

Ein Fehler, sagte sich Ethan. *Bist du vielleicht gar nicht von hier?*

Dann fielen ihm ihre Stimmen wieder ein. Fehlerfreies Englisch, ohne Akzent, als kämen sie von nirgendwo her.

Südliche Hemisphäre, dachte er. *Ihr kommt von ziemlich weit her, Jungs.*

Patricks Welt lag weit weg. Seine Beobachtung zu dem Sturm wäre vielleicht nicht zu seinem Schaden, vielleicht würden sie aber auch alle einen Preis dafür zahlen – jedenfalls war es gut, das zu wissen. Wenn Ethan recht hatte, sogar sehr gut.

»Du sprichst mir aus der Seele«, sagte Jack. »Stimmen wir ab, oder überlassen wir Ethan die Entscheidung? Ich bin ein Verfechter demokratischer Prozesse.«

»Das weiß ich doch.«

»Manchmal aber bedarf es klarer Führung. Zum Wohl der Allgemeinheit. Also vielleicht …«

Ethan ging weiter, bevor sie ihre Entscheidung getroffen

hatten. Das Prasseln weiter oben wurde lauter, und er spürte erste Nadelstiche auf der Haut. Es war Hagel. Im Schein der Taschenlampe sah er, wie sich die Eiskristalle sammelten und schmolzen.

Die Männer gingen hinter ihm her, und oben auf der Geröllhalde angekommen, sagte niemand ein Wort; ihr Keuchen erfüllte die Nacht und mischte sich in das laute Prasseln der Hagelkörner, die auf den Felsen aufschlugen, und in das Pfeifen und Jaulen des Windes, der sie umtoste. Immer wieder erhellten gleißende Blitze die Welt um sie herum. Oben auf dem Hochplateau am Fuß des Republic Peak hörte der Hagel auf. Nur die Blitze waren geblieben, und alles, was sie mit sich brachten.

Aber nicht das Unwetter beschäftigte Ethan, sondern die Wanderer vor ihnen. Der falsche Weg, die Lockvögel. Je höher hinauf sie kamen, desto weniger konnte er sich einen Reim auf ihr Verhalten machen. Die Spuren hier oben waren frisch. Nicht nur vom selben Tag, sondern höchstens eine Stunde alt.

Das Gras war an einer Stelle niedergedrückt, wo zwei Menschen ihren Rucksack abgesetzt hatten. Diese Druckstellen waren trockener als die Umgebung. Sie mussten mit ihrem Körper den Hagel abgehalten haben. Sie konnten also nicht weit sein.

Wer wanderte im Dunkeln und bei Hagel auf eine Bergspitze? Wer kletterte eine Leiter hinauf, um vom Blitz getroffen zu werden?

Er ist es nicht, redete Ethan sich gut zu. *Ich kenne seine Stiefel, und diese Spuren sind nicht seine.*

Grundvoraussetzung für eine echte Survival-Mentalität: ein freier Kopf. Mangelnde Flexibilität war der erste Schritt ins Verderben.

Ethan sah sich die niedergedrückte Stelle genauer an. Als eine Reihe schnell aufeinanderfolgender Blitze stroboskopartig alles erhellte, erkannte er seinen Fehler. Er hatte sie unterschätzt.

Er trägt neue Schuhe. Er trägt ihre Schuhe.

Ein kluger Winkelzug, eine ausgezeichnete Idee, die auch funktioniert hätte, wenn jemand anderer hinter ihnen her gewesen wäre. Zumindest hätten sie dann Zeit gewonnen. Ein guter Fährtensucher hätte diese Spuren gesehen und ignoriert, weil es nicht die des Jungen gewesen wären.

Das Problem war nur, dass sowohl Ethan als auch der Junge schlau sein wollten. Der Junge wollte sich in Sicherheit bringen und hatte darum eine andere Route gewählt, und Ethan wollte ihn schützen, indem er einer Spur folgte, von der er annahm, dass es nicht die des Jungen war. Jetzt hatte er nicht nur die Killer auf die Spur des Jungen geführt, sondern auch noch den Abstand zwischen ihnen deutlich verkürzt.

35

Ein verstörendes Geräusch riss Hannah aus ihren Gedanken. Ein schrilles, elektrisches Surren, ähnlich dem eines Weckers, holte sie Schritt für Schritt in die Realität zurück.

»Was ist das?«, schrie Connor. »Was ist das für ein Geräusch?«

Es glich einem Choral, der sich in den zerklüfteten Spalten der Berge verfangen hatte, etwas, auf das man in einer Gegend zufällig stieß, in der Menschen nichts verloren hatten. Als wären sie auf einen unsichtbaren Stolperdraht gestoßen und hätten die Wildnis auf den Plan gerufen, die nun auf die Störenfriede reagierte. Das geheimnisvolle Sirren einer Sirene, die ihre Anwesenheit auf den Gipfeln verkündete.

»Das ist eine Koronaentladung«, erklärte Hannah ruhig. Und obwohl sie wusste, dass sie es sich nicht leisten konnte, Zeit zu verlieren, war ihr das jetzt nicht wichtig. Die Entscheidung war längst gefallen, die Ausweichrouten hatten sie außer Acht gelassen.

»Was ist das? Was hat das zu bedeuten?«, schrie Connor erneut.

»Das sind elektrische Entladungen«, sagte sie. »Die Luft ist voll davon.«

Aber das war nicht alles. Es bedeutete auch, dass eine enorme Feldstärke vorlag und ein Blitz in den Berg eingeschlagen hatte. Die Erde war mit dem Himmel verbunden, und Hannah und Connor befanden sich genau dazwischen, in der Nähe des Gletscherrandes, der zwischen den Gipfeln lag. Immer noch glühten die purpur- und scharlachroten Feuerbänder in der Ferne, aber das schreckte sie nicht mehr. Plötzlich waren sie von einem leuchtend blauen Schein umgeben, der wie eine Hülle über den Felsen schwebte. Das Weiß des Gletschers sah aus, als hätte sich eine Glaskuppel über die Südsee gelegt.

Elmsfeuer. Eine geisterhafte Lichterscheinung, die Seeleute über viele Jahrhunderte in Angst und Schrecken versetzt hatte, weil es mitten auf dem Ozean die Masten großer Schiffe durch Blitzschlag spaltete. Hier, tief im Landesinneren, rief es ein Knistern an den hohen Felsen zu ihrer Linken hervor, schwang sich in einer kobaltblauen Wolke hinauf und wurde bei dem ehrgeizigen Versuch, in den Himmel emporzusteigen, von der Dunkelheit verschluckt.

Und um sie herum nichts als dieses verstörende Surren. Das Geräusch war nicht statisch. In energetischen Wellen nahmen die Höhen zu und fielen wieder ab. Aber die Luft war ruhig und klar. Blitze zuckten auf, verschwanden wieder, zuckten erneut auf, und der Berg bebte unter dem Donner. Dann spürte sie ein Prickeln, aber nicht das Prickeln, das man einer Panik verdankt, sondern jenes, das einen erst in Panik versetzt. Als sie Connor ansah, bemerkte sie, wie sich sein Nackenhaar aufstellte, wie das Fell einer sich sträubenden Katze.

»Los, lauf«, sagte sie.

Aber er konnte nicht laufen. Sie waren zu weit oben, und es war zu steil, sodass er schon nach drei unsicheren Schritten mit dem Fuß hängen blieb und auf die Knie fiel. Die blau leuchtende Welt um ihn herum vibrierte bei jedem Donner, und auf einmal entfaltete sich das aggressive Weiß eines Blitzes, bevor es sich wieder in dieses irisierende Blau verwandelte. Hannah hatte sich nicht von der Stelle gerührt, nicht einen Schritt gemacht, und weiter unten versuchte Connor immer noch, auf Händen und Füßen bergab vorwärtszukommen.

Sie musste an den Jungen denken, der bei dem Versuch, sie zu erreichen, im Fluss gekocht worden war.

Mit aller Kraft auf seine Wanderstöcke gestützt, versuchte Connor sich hochzudrücken. Hannah starrte ihn an: In beiden Händen ein Aluminiumstock, in beiden Händen ein Blitzableiter.

»Connor!«, schrie sie. Jetzt riss sie sich endgültig von ihren Gedanken los und stürzte stolpernd und rutschend auf ihn zu. »Lass die Stöcke fallen! Sofort! Lass sie fallen!«

Er drehte sich zu ihr um, verstand schließlich, was sie von ihm wollte und schüttelte die Schlaufen von den Händen, bis die Stöcke sich lösten und davonflogen. Sie machte noch einen Satz auf den nächsten Stein in seine Richtung.

Dann lag sie auf dem Rücken.

Den Blick zum Nachthimmel gerichtet, sah sie ihre Stiefel, die in den Himmel ragten. Warum sah sie ihre Stiefel? Warum lag sie verkehrt herum? Sie lag verkehrt herum auf dem Berg, und Connor war seltsamerweise über ihr,

371

wo er doch vorher noch unter ihr gewesen war. Auch er lag. Das durchdringende Sirren war wieder da – war es überhaupt verschwunden gewesen? –, und ihr ganzer Körper schmerzte.

Das war's dachte sie. *Der Blitz hat dich getroffen.*

Sie versuchte, sich zu bewegen, obwohl sie erwartete, dazu nicht in der Lage zu sein. Aber ihr Körper reagierte, und sie sah, dass auch Connor sich bewegte. Nicht sie waren getroffen worden. Der Blitz war wieder in den Berg eingeschlagen. Wieder hatte der Berg den Schlag für sie abgefangen. Das ging bestimmt nicht wieder gut.

Sie kroch zu Connor und streckte die Hand nach ihm aus: »Komm.« Als sich ihre Hände berührten, durchfuhr sie ein elektrischer Schlag. Sie zog ihn zu sich, und zusammen machten sie sich auf den Weg den Hang hinab. Zunächst kriechend, dann stolpernd, bis sie schließlich nur noch rutschten und sich unter Schmerzen der Schwerkraft geschlagen gaben, der sie sich den ganzen Weg hinauf mühsam widersetzt hatten. Sie wusste, dass es nicht lang dauern würde, bis sie in einem Bachlauf landeten, und war auf den Schlag vorbereitet.

Der Aufprall war weniger schmerzhaft als der Sturz selbst. Sie stürzten in einen Spalt zwischen den Felsen, und Connor federte das meiste ab. Zwölf Meter unterhalb der Gipfelhöhe fanden sie sich in einer Felsspalte wieder. Connor versuchte sofort, sich wieder herauszuarbeiten, aber sie hielt ihn zurück.

»Bleib unten«, sagte sie. »Beweg dich nicht, und bleib unten.«

Sie kauerten zwischen den Felsen, während die Welt über ihnen dröhnte und immer wieder grell aufleuchtete.

Der Regen blieb aus.

Es war nicht die Sorte Unwetter, die Rettung bringt. Es war eines, das alles nur noch schlimmer macht. Weiter unten hielten die Löschmannschaften Wache und warteten auf Regen, auch wenn ihnen inzwischen vermutlich schon klar war, dass es keinen geben würde. Der Wind brachte nichts als trockene Blitze herbei – das Schlimmste, was an einem Tag mit höchster Warnstufe passieren konnte. Vermutlich würden jetzt auch noch neue Brandherde entstehen.

Sie hielt sich an Connor fest und drückte sie beide gegen die Felsen, während sie die elektrischen Entladungen beobachtete und Hass in sich aufkommen spürte. Sie hatte auf das Unwetter vertraut, aber es hatte sich gegen sie gewandt und war zum Feind geworden. In ihrem Leben war sie schon auf genug Feinde gestoßen, die sie verfolgten oder ihr auflauerten. Von oben mussten nicht auch noch welche dazubekommen.

»Ein Blitz hat uns getroffen«, sagte Connor. Er war eine ganze Weile still gewesen und hatte nur zugesehen. Das Zentrum des Sturms schien weiterzuziehen. Aber Hannah wusste, dass man sich darauf nicht verlassen konnte, jedenfalls nicht, solange er tödliche Geschosse vom Himmel schickte, die zwar nur ein paar Zentimeter breit, aber fünf Meilen lang waren.

»Nein, nicht uns. Den Berg hat es getroffen.«

»Aber ich hab's doch gespürt.«

»Ich weiß. Ich auch. Alles okay bei dir?«

»Ich kann mich bewegen. Und Sie?«

»Ja, ich auch.«

Sie sah ihn an und ließ den Blick dann zu den glühend-roten Gebilden wandern, die sich weiter unten schlangen-artig weiterfraßen. Da unten war ein Hotshot-Team im Ein-satz. Vielleicht hätten sie es vor Tagesanbruch erreichen können, wenn sie wirklich gewollt hätte. Stattdessen war sie oben geblieben, um dem Feuer zu entgehen, und hätte sie dadurch beide fast umgebracht.

»Wenn wir beide laufen können«, sagte sie, »dann sollten wir das tun. Wir sollten machen, dass wir hier rauskommen, Connor.«

»Da runter?«

»Genau.«

»In den Bachläufen lässt es sich nur schwer laufen«, sagte er, widersetzte sich ihr ausnahmsweise aber nicht, obwohl er recht hatte.

»Ich weiß. Aber wir haben schon ein paar Schwierig-keiten gemeistert. Du schaffst das, ich weiß es. Und auch du weißt es, okay?« Sie ließ nicht locker, als er nicht antwortete: »Connor?«

»Ich kann weiter. Dann gehen wir also direkt zum Feuer hinunter?«

»Ja.«

»Und treffen dort auf die Löschmannschaften?«

»Genau. Und die bringen uns schnell raus.«

Sie drückte sich auf den Handballen hoch und beäugte den langen, sich windenden Bachlauf, der vor ihnen lag. Es war ein sehr anspruchsvolles Stück, steil und gespickt mit

374

gefährlichen Stellen. Aber der Weg war nicht nur der kürzeste, man konnte ihm auch im Dunkeln folgen.

»Wir müssen direkt an das Feuer heran.«

»Ja.«

»Ich kann es selbst von hier aus schon riechen. Ist es nicht zu gefährlich, so nah heranzugehen?«

Ein Baum entfaltete sich explosionsartig zu einer feuerroten Blüte, die gleich wieder in sich zusammenfiel. Vereinzelte Brände loderten in dem verbrannten Gebiet erneut auf. Sie schienen dem Hauptbrand zu folgen, als wären sie von ihrer Herde getrennt worden und müssten nun vergehen, weil sie keine Nahrung mehr bekamen.

»Nichts ist ohne Risiko«, sagte Hannah. »Was in der Richtung da liegt, kenne ich. Über die Männer, die hinter dir her sind, weiß ich nichts.«

»Ich aber.«

»Na also. Und du glaubst, dass sie uns umbringen werden.«

»Mich auf jeden Fall. Von Ihnen habe ich nichts gesagt.«

»Entweder du oder ich gibt es nicht mehr, Connor. Jedenfalls nicht hier. Es gibt nur noch uns, und ich halte es für das Beste, zum Feuer zu gehen.«

Vielleicht hatte er genickt, sicher war sie sich in der Dunkelheit nicht. Eine Antwort kam jedenfalls nicht.

»Wir schaffen das, Connor«, sagte sie. »Hör zu, ich verspreche dir, wir schaffen es dort hinunter. Du kommst hier raus und musst nie wieder zurück. Nicht, wenn du es nicht willst. Bist du bereit?«

»Ja.«

»Ich auch.«

Vor ein paar Stunden erst hatten sie den Wachturm verlassen und waren mit einem Plan losgelaufen. Als sie sich jetzt aufmachten, krochen sie. Während das Unwetter allmählich nachließ und die Morgendämmerung einsetzte, verließen sie ihre alte Welt auf dem Weg in eine neue, als hätte der Blitz ihnen eine Brücke gebaut und sie in ein anderes Land geführt. Und in dieser Welt war alles grau, sowohl das Licht der Sonne, die sich immer noch hinter den Bergen verbarg, als auch der Rauch, der zu ihnen emporstieg. Als sie das Bachbett verließen, betraten sie ein flaches Stück, und Connor begriff, was das bedeutete.

»Das ist der Weg«, sagte er. »Der Trail zum Republic Pass.«

So war es. Noch vier Meilen zu laufen. Etwa dieselbe Entfernung, die sie hinter sich gebracht hatten, seit sie den Turm verlassen hatten. Und trotzdem würde es sich anfühlen wie gerade mal ein Zehntel davon. Ab hier würden sie auf einem richtigen Weg laufen, ohne sich über Berggipfel oder durch Unwetter kämpfen zu müssen.

»Wir haben es bald geschafft«, sagte Hannah. »Und immer noch ist niemand hinter uns her.«

36

Als immer mehr Blitze in die Gipfel einschlugen, dämmerte es sogar den Blackwell-Brüdern, dass es Zeit wurde, sich zurückzuziehen.

»Nicht mehr lang«, sagte Jack im flötenden Singsang, als wollte er ein krankes Kind dazu bringen, sich auszuruhen. »Nur noch ein paar Minuten.«

Sie hatten unter einem Vorsprung Schutz gesucht, den vor Urzeiten ein Meer in den Fels gewaschen hatte, und zum ersten Mal waren sie alle nicht weiter als eine Armlänge voneinander entfernt.

Grundvoraussetzung für echte Survival-Mentalität: Nutze die Gelegenheiten, die dir die Umgebung bietet.

Wo aber fand er diese Gelegenheiten? Ethan konnte sich einen der Brüder schnappen, nur damit der andere ihn dann umbrachte.

Der Berg erbebte von krachendem Donner, und in schnell aufeinanderfolgenden Abständen wurde alles um ihn herum in gleißendes Licht getaucht. Ein paar Hundert Meter weiter war ein Blitz in eine Banks-Kiefer eingeschlagen, die sich zu einem lodernden Ball aufblähte. Ein Teil von ihr stürzte zu Boden und brannte langsam aus, während die an-

377

dere Hälfte stehen blieb. Waldbrandsaison. Die meisten Brände fingen so an. Heftige Gewitterfronten wie diese, die nicht einen Tropfen Regen brachten, und dann traf der Blitz auf ausgedörrtes Land.

»Es scheint abzuziehen«, sagte Patrick.

»Das Schlimmste ist vorbei«, antwortete sein Bruder. »Ein bisschen kommt noch.«

»Genug, um Zeit zu vergeuden?«

»Irgendwann kommt der Zeitpunkt, an dem man das Risiko abwägen muss. Glaubst du, wir sind an diesem Punkt angelangt?«

»Wir haben ihn fast. Es ist immer noch dunkel. Ich würde so eine Gelegenheit nur ungern verstreichen lassen. Seit heute Morgen ist schon so viel passiert. Wenn die morgen nach ihm suchen, kommen sie mit großem Aufgebot.«

»Dann lass es uns jetzt zu Ende bringen.«

Ethan sah, wie sie unter dem Vorsprung hervortraten, sich auf ihre typische Art voneinander trennten, und begriff, dass er, wenn es denn eine gewesen war, seine Chance vertan hatte. Er verharrte unter dem Felsen, sah den Blitzen zu, roch den Rauch und dachte daran, wie nah sie dem Jungen jetzt waren.

»Ethan?«, sprach Jack Blackwell ihn freundlich an. »Ich möchte Sie wirklich nur ungern bedrängen, aber uns bleibt nicht viel Zeit.«

Er kam unter den Felsen hervor. Erneut krachte Donner hernieder, wenn auch nicht mehr mit ganz so bedrohlichem Grollen, während die Unwetterfront in Richtung Osten weiterzog. Weitere Blitze zuckten am Himmel, es wurden weniger, aber sie waren noch da. Und nicht ein einziger Tropfen Regen war gefallen.

»Das ist der Gipfel, auf den Sie wollten«, sagte Patrick Blackwell und deutete auf den Republic, der von einem erneuten Blitz erleuchtet wurde. »Richtig?«

»Ja. Aber jetzt dort hinaufzugehen, ist zwecklos.«

»Aber Sie waren sich doch so sicher, dass sie dorthin wollten. Und die Spur scheint Ihnen recht zu geben.«

»Sie dürften sich von den höchsten Stellen ferngehalten haben, als die Blitze einsetzten.«

»Wenn ich mich kurz einmischen darf«, sagte Jack. »Hatte Ethan nicht etwas von der guten Sicht gesagt, die sich einem hier oben bietet, und dass man jeden sehen könne, der sich in der Nähe aufhält?«

»Das ist richtig, genau das hat er gesagt, Jack.«

»Dann würde sich ein Gang bis ganz nach oben doch sicher lohnen, oder?«

Ethan wusste nicht, wo Connor und die Frau vom Wachturm waren, hatte aber keinen Zweifel, dass sie vom Republic Peak aus gut zu sehen waren und schnell ins Fadenkreuz des Zielfernrohrs von Patricks Gewehr gelangen würden.

Ethan dachte wieder an seinen Vater und hatte zum ersten Mal eine Antwort auf die Frage, die er ihm damals gestellt hatte. *Woher soll ich wissen, dass das funktioniert? Connor Reynolds kann es ihnen sagen. Wenn er lebend aus den Bergen herauskommt, kann er ihnen sagen, dass es funktioniert.*

»Gehen Sie vor«, sagte er zu Patrick mit einer Kopfbewegung in Richtung des steilen Anstiegs, der jetzt in tiefem Schatten lag, wohl wissend, was er antworten würde.

»Nein, nein. Wir haben Ihnen die Führung anvertraut. Wir lassen Ihnen deswegen gern den Vortritt. Keine Sorge, Ethan, wir bleiben dicht hinter Ihnen.«

Wo der Weg zum Republic Peak sich von einem steilen Anstieg zu einer anspruchsvollen Kletterpartie wandelte, schlang Patrick Blackwell sich das Gewehr über die Schulter und blieb direkt hinter Ethan, nur Jack fiel ein Stück zurück. Dabei sagten sie kein Wort, aber Ethan verstand, warum sie es taten. Natürlich hatten sie wieder genau das Richtige getan, schließlich machten sie nie Fehler. In diesem Gelände mit dem Gewehr zu schießen, wäre umständlich und schwierig. Eine Pistole, die sich mit einer Hand bedienen ließ, war praktischer.

Ethan begriff, was sie damit bezweckten und dass damit auch seine letzte Chance vertan war. Die ohnehin nur vage Hoffnung, sie beide unschädlich machen zu können, war dahin. Aber einen konnte er kriegen, und wenn Ethan starb, dann wenigstens nicht als Einziger.

Von den Brüdern kam ausnahmsweise kein Wort, so sehr waren sie darauf konzentriert, sich im Dunkeln mit Händen und Füßen haltsuchend voranzutasten, dem Himmel entgegen.

Im Osten zeichnete sich am Horizont ein zart rosafarbenes Band ab, der düstere Unwetterhimmel hatte sich zu einem blassen Grau gelichtet, sodass sie jetzt besser sehen konnten. Die Berge lagen zwar noch im Schatten, waren aber klar und deutlich zu sehen. Sie ließen die bewaldeten Hänge hinter sich und arbeiteten sich in über dreitausend Metern Höhe dem bleigrauen Himmel entgegen. Unzählige

Male hatte Ethan diesen Anstieg schon gemacht und ihn immer genossen. Und auch jetzt würde er sich gerne mehr Zeit nehmen, denn es war sein letzter Anstieg, und er brauchte Zeit, um nachdenken zu können. Stoßgebete, Wünsche und Träume gingen ihm durch den Kopf. Aber sie waren zu schnell unterwegs, als dass er sich mit ihnen hätte aufhalten können. Nicht einmal das Bild seiner Frau konnte er sich vor Augen rufen. Immer wieder ein neuer Fels, an dem er sich mit der Hand Halt verschaffte, während sie sich dem Gipfel und damit dem Ende näherten.

Und das war gut so. Mit einer Hand am Stein würde es sowieso enden, also konzentriere dich darauf, beschloss er, denk an nichts anderes: Hand an den Stein, Stein an den Schädel – mehr blieb nicht zu tun. Er hoffte, dass sein eigener Stein noch dort oben auf dem Steinhaufen lag, der letzte, den er in der Hand gehabt hatte, der Stein, der ihm auf diesem Gang immer wieder durch den Kopf gegangen war, als Patrick Blackwell plötzlich nach links ausscherte und an ihm vorbeistolperte.

Der Spurt kam unvermittelt und ohne jede Vorwarnung. Den ganzen Weg über hatte Patrick sich damit zufriedengegeben, hinter ihm zu bleiben, sich an Ethans Fersen zu heften und ihm einfach zu folgen. Doch dann, je näher sie dem Gipfel kamen, war er auf einmal ausgeschert, auf einem schwierigeren Pfad weitergegangen, auf dem er sogar schneller war, und nun hatte er sich vor ihn gesetzt, sodass Ethan jetzt zwischen den beiden Brüdern lief. Patrick sah sich nicht um, sondern ging sogar noch schneller, als ginge es um einen Wettstreit, wie bei den Jungs, die Ethan unter seiner Obhut gehabt hatte, wenn jeder als Erster oben ankommen wollte.

Nein, dachte Ethan, *verdammt noch mal. Ich muss als Erster oben sein. Du hast genau das gemacht, was du tun solltest, du warst genau an der richtigen Stelle …*

Er versuchte ihn einzuholen, an ihm vorbeizukommen. »Patrick«, rief Jack Blackwell, dem das nicht entgangen war. Mehr nicht, nur seinen Namen.

Patrick Blackwell sah sich zu Ethan um und fragte: »Wozu die Eile?«, während er sich an einem Vorsprung unterhalb des Gipfels hochzog und das Gewehr wieder von der Schulter nahm.

Den Gewehrlauf nur wenige Zentimeter vor seinem Gesicht, blieb Ethan stehen. Patrick stand da, die Hand lässig am Abzug, mit dem Rücken an den Fels gelehnt, sodass er leicht abdrücken konnte. Auch Jack hinter ihnen war stehen geblieben.

»Alles in Ordnung, Ethan?«, rief er. »Ich dachte schon, ihr würdet euch einen Wettlauf liefern. Warum lassen wir meinen Bruder nicht zuerst den Gipfel erstürmen? Er war schon immer ein sehr strebsamer Mensch. Es würde ihm wirklich viel bedeuten.«

Patrick Blackwell lächelte Ethan an. Er begriff so ungefähr, wenn auch nicht alles.

»Vielleicht ruhen Sie sich einen Moment aus?«, schlug Patrick vor. »Sie müssen mal eine Pause machen.« Er trat ein paar Zentimeter zur Seite, sodass das Gewehr nicht mehr in Ethans Reichweite war, drehte sich um und zog sich mit einer einzigen flinken Bewegung am Felsen über ihm hoch. Die Waffe schleifte über den Fels. Und schon war er oben, und hinter ihm lag der Haufen loser Steine, auf den Ethan all seine Hoffnungen gesetzt hatte.

»Kommen Sie, das letzte Stück schaffen Sie auch noch«, sagte er.

Ethan betrachtete den Stein, auf dem gerade seine Hand lag. Eine Steinplatte, gut, um sich daran festzuhalten, aber nichts, um sich damit zur Wehr zu setzen. Seine Waffen lagen oben für ihn bereit, und er war unten, und er hatte das Gefühl, dass es schon immer so gewesen war.

Er kletterte das letzte Stück hinauf, und jetzt standen sie beide hoch oben in der dunklen Welt. Patrick Blackwell hielt das Gewehr auf ihn gerichtet, bis auch sein Bruder oben angekommen war. Dann trat er ein paar Schritte zurück, presste ein Auge an das Zielfernrohr und fing an, die Hänge abzusuchen. Mit gezogener Pistole sah Jack Ethan amüsiert an.

»Sie wirken ein wenig nervös«, bemerkte er. »Sollten wir Sie verunsichert haben?«

Ethan bewegte sich auf den Steinhaufen zu, die Pyramide, die Zeugnis darüber ablegte, dass man sich 3173 Meter über dem Meeresspiegel befand. Vor sich hatte er den Yellowstone, hinter sich die Beartooths und sein Zuhause. Er betrachtete die Steine und dachte, dass es auch dann unmöglich gewesen wäre, wenn er als erster den Gipfel erreicht hätte und alles nach Plan gegangen wäre.

Es wird eine zweite Chance geben, sagte er sich. *Auf dem Rückweg vielleicht. Es wird sich eine neue Gelegenheit bieten, irgendeine, eine bessere.*

»Jace, alter Freund«, sagte Patrick Blackwell, während er durch das Zielfernrohr sah. »Wie schön, dich zu sehen, sehr schön.«

Jack wandte seinen Blick von Ethan weg und sah seinen Bruder an. Das freundliche Lächeln wich aus seinem Gesicht.

»Siehst du ihn?«

»Ja. Er ist in Begleitung einer Frau. Seine Freundin aus dem Wachturm, nehme ich an.«

»Bist du sicher, dass er es ist?«, fragte Jack.

»Es sollte mich sehr wundern, hier noch ein anderes Pärchen anzutreffen, das wie die beiden dort unten auf einen Waldbrand zuläuft. Aber komm, sieh selbst. Wir bekommen ihn hier immerhin das erste Mal lebend zu Gesicht. Es steht dir zu, Bruderherz.«

Jack ließ Ethan stehen und ging zu seinem Bruder. Patrick kniete, das Gewehr auf den Felsen aufgestützt, und sah zum nördlichen Hang hinüber.

Warum sind sie hinaufgegangen?, überlegte Ethan. Warum zum Teufel ist sie mit ihm so weit oben unterwegs? Ich sollte ihnen Zeit verschaffen. Ich sollte das Rennen machen.

Jack kniete sich neben seinen Bruder, nahm das Gewehr und reichte Patrick die Pistole, sodass sie beide bewaffnet waren. Wieder an alles gedacht. Sie machten keine Fehler.

Außer mit den Augen. Zum ersten Mal, seit er mit ihm das Krankenhaus verlassen hatte, ruhte Jack Blackwells Blick nicht auf Ethan. Er sah durch das Zielfernrohr, und auch Patricks Blick war nicht auf Ethan, sondern nach Norden gerichtet. Er sah auf den Steinhaufen hinab und stellte fest, dass sein eigener Stein nicht mehr oben lag. Jemand war hier gewesen, und hatte einen größeren Stein mit Scharten obendrauf gelegt. Langsam, bemüht, jedes Geräusch zu vermeiden, hob er ihn auf. Die Blackwell-Brüder zeigten keine Reaktion.

»Es sieht tatsächlich so aus, als wäre er es«, sagte Jack. »Sie haben eine wirklich interessante Route gewählt. Warum geht man hinauf, um hinunterzugehen? Aber das ist jetzt nicht wichtig.«

»Ich kann sie beide erwischen.«

»Auf die Entfernung?«

»Klar.«

Während sie weiter den Hang hinuntersahen, war Ethan fast lautlos an sie herangetreten, obwohl er nicht wusste, ob ein Geräusch überhaupt noch eine Rolle gespielt hätte. Auf ihr eigentliches Ziel konzentriert, sahen sie in ihm keine Bedrohung mehr. Und sie befanden sich endlich einmal direkt nebeneinander.

»Es widerstrebt mir, es von hier oben zu tun«, sagte Jack Blackwell. »Aber für den Jungen dürfte das egal sein. Hauptsache, seine Mutter erfährt es.«

»Genau.«

»Pass auf, dass du nicht danebenschießt, sonst können sie möglicherweise noch in Deckung gehen. Das würde die Sache nur unnötig hinauszögern und uns in Schwierigkeiten bringen.«

»Keine Angst, ich treffe schon.«

»Gute Arbeit sollte belohnt werden. Ich gebe dir einen Dollar für jeden.«

»Verbindlichsten Dank.«

Sie würden die Waffen wieder tauschen müssen. Jack würde die lange Waffe natürlich lieber seinem Bruder überlassen. Also würde der Moment kommen, in dem sie wieder wechseln mussten. Der Moment, in dem beide zwar bewaffnet, nicht aber in der Lage wären, einen Schuss abzufeuern. Das war alles, woran Ethan dachte. Keine zwei Meter stand er von ihnen entfernt. Der Stein in seiner Hand war schwer, nicht aber so schwer, dass er ihn behindern würde, wenn er sich auf sie stürzte. Er könnte ausholen, er könnte sogar mit aller Kraft ausholen.

Nimm die Pistole, sagte er sich, denn die konnte im Durcheinander schnell abgefeuert werden. Er atmete ruhig, während sein Puls raste, und konzentrierte sich auf den Hinterkopf von Patrick Blackwell, denn genau dort musste er anfangen. Alles würde dort seinen Anfang nehmen und auch enden müssen, wo Ethan den Stein gegen diese Knochen schmetterte.

»Na los, tu was für dein Geld«, sagte Jack und richtete sich auf, beide Knie auf dem Felsen. Er reichte Patrick das Gewehr, der die Pistole schon senkte, um die Waffen zu tauschen. Und da war der Augenblick, in dem beide nicht nur ahnungslos und schutzlos waren, sondern endlich, endlich auch so nah beisammen, dass sie zur gleichen Zeit angreifbar waren. Als er ansetzte, war Ethan beinahe erstaunt darüber, dass sich eine solche Gelegenheit fast von allein ergeben hatte. Mehr als eine zu bekommen, hatte er sich nicht vorstellen können. Und trotzdem, da war sie, und er musste sie nutzen.

Geräuschlos zu handeln, war ihm nicht mehr wichtig, auf

Schnelligkeit kam es an, als er über die letzten anderthalb Meter zum Sprung ansetzte, mit der Faust ausholte, in der er den Stein trug, und ihn auf den Schädel schleuderte, den er im Visier hatte, bereit, ihn zu zerschmettern.

Doch der Schädel war nicht mehr da, als er ihn hätte treffen müssen.

Sie waren schnell, die Männer, unglaublich schnell.

Vollkommen unerwartet aus dem Hinterhalt erwischt, wussten sie dennoch immer, was zu tun war; instinktgesteuert löste sich das unüberwindbare Bollwerk, das die zwei bildeten, rechtzeitig auf. Patrick rollte sich nach links weg, Jack nach rechts, sodass wieder Raum zwischen ihnen war. Irgendwo dazwischen lagen die Waffen. Ethans Faust mit dem Stein verfehlte Patrick und schoss durch die Luft, sodass Ethan den Schwung und das Gleichgewicht verlor. Eine Hand holte aus und packte ihn am Hals, zweifellos in der Absicht, ihn zu töten oder zumindest außer Gefecht zu setzen, erwischte ihn im Fallen aber nicht an der Kehle, sondern nur an der Seite.

Im Bruchteil einer Sekunde musste er sich entscheiden, ob er nach links oder nach rechts sehen sollte, denn beides zugleich war unmöglich. Fest entschlossen, zu Ende zu bringen, wofür er hergekommen war, holte er mit dem Stein noch einmal aus. Dieses Mal traf er Patrick Blackwell mitten ins Gesicht. Er spürte das Bersten der Kieferknochen und die Verletzung an der eigenen Hand, als sie zwischen den zerschmetterten Zähnen hindurch in die Mundhöhle geriet. Der Stein fiel zu Boden, und Patrick lag reglos am Boden, als er irgendwo hinter sich Jack umherkriechen hörte.

Die Waffen, ging es ihm schlagartig durch den Kopf, *da liegen die Waffen, und du brauchst eine.*

Aber er fand keine, und im selben Augenblick wurde ihm klar, wie flink und gefährlich Jack war. Instinktiv schlang er einen Arm um Patrick Blackwell, rollte sich mit ihm weg und zog ihn hoch, in der Hoffnung, auf der sicheren Seite zu sein, wenn er einen der Brüder zwischen sich und den anderen brachte. Er spürte den Metalllauf des Gewehrs, der an Patricks schlaffen Körper anlag, unter seinem Arm und überlegte, dass er vielleicht nicht nur einen Ausgleich herstellen, sondern die Lage sogar zu seinen Gunsten wenden könnte, wenn er den Abstand vergrößerte und nur ein klein wenig mehr Zeit gewann.

Er hatte sich noch nicht ganz aufgerichtet, als schon der erste Schuss fiel und ihn etwas glühend heiß an der Seite streifte und wieder zu Boden warf. Er riss Patrick mit sich, der auf ihn fiel. Der zweite Schuss ließ auf sich warten, denn Ethan hatte unabsichtlich sein Ziel erreicht – er hatte sich ein Schutzschild geschaffen, denn Jack sah im Dämmerlicht nur zwei Köpfe dicht nebeneinander, von denen einer der seines Bruders war. Er würde den Todesschuss nicht abgeben, solange er nicht sicher war, auf welchen der beiden er zielte. Beim ersten Schuss hatte er Ethans Körper klar erkennen können und sich deshalb getraut, abzudrücken. Das war jetzt unmöglich, solange Ethan mit seinem Bruder am Boden lag. Und so machte er Ethan das wertvollste Geschenk: Zeit – zwar schmolz sie dahin, aber erst einmal gab es sie.

Los, steh auf, trieb Ethan sich an, während ihm das Blut

heiß die Seite hinunterlief. *Steh auf und sieh zu, dass du weg-kommst.*

Es wurde Zeit für den anderen Urinstinkt, die Flucht, denn den Kampf hatte er schon hinter sich. Wo die Gefahr lauerte, wusste er, auch, dass er sich ihr entziehen musste und nur so lange eine Chance hatte, wie er Patrick bei sich behielt.

Es gab nur ein Problem: Hinter sich hatte Ethan keinen Boden mehr.

Erst als er zum zweiten Mal versuchte, sich hochzurappeln, bemerkte er, wie nah am Abgrund er stand und dass es abwärts gehen würde, und zwar ein langes Stück, wenn er auch nur einen Schritt zurück machte. Er hielt seinen Kopf an Patricks gepresst. Wange an Wange, ein Tanz in den Tod; der einzige Weg, sich die Kugeln vom Hals zu halten.

»Ethan.«

Aus dem Schatten der Felsen heraus vernahm er Jack Blackwells Stimme, ruhig und unglaublich fest. Eiskalt.

»Legen Sie ihn hin, dann können wir uns wieder ums Geschäft kümmern. Ich mache schnell, oder ganz langsam. Die Entscheidung liegt ganz bei Ihnen. Sie scheinen es langsam zu wollen, und das ist sehr dumm.«

Ethan hatte Schwierigkeiten, seinen Kopf an Patrick zu pressen. Es schränkte seine Sicht ein, aber trotzdem konnte er Jack Blackwells Umriss erkennen. Er war aufgestanden und zeichnete sich als riesige Silhouette vor dem rosaroten Band ab, das der Sonnenaufgang am Horizont zeichnete. Die Waffe auf Ethan gerichtet, kam er langsam näher. Gut für Jack, denn er hatte keine Eile. Er hatte die Waffe, die Zeit und den Raum, während Ethan nichts davon geblieben war. Nur der Abgrund hinter ihm war ihm geblieben.

Also traf er seine Wahl und riss Patrick Blackwell mit sich.

VIERTER TEIL
BEGRABT SIE GANZ OBEN

37

Tango ging etwas langsamer, aber immer noch sicher, als sie in das Gebiet kamen, auf dem das Feuer schon gewütet hatte. Als sie die Berge erreichten, kamen Allison und Jamie in einer Welt an, die auf zwei Seiten von jeweils unterschiedlichen tödlichen Lichtquellen erleuchtet wurde. Über ihnen gingen die Blitze zuckend auf den Bergkuppen nieder. Unten, zu ihrer Rechten, flammte der Waldbrand südlich von Silver Gate, vom Wind geschürt, der ihnen ätzenden Rauch entgegentrieb. Allison konnte auch die Lichter eines großen Lagerplatzes erkennen, bei dem es sich um den Stützpunkt der Löschmannschaften handelte. Dort waren vermutlich die Bodenmannschaften, die Löschfahrzeuge und all die stationiert, die bereit waren, Silver Gate und Cooke City vor der Bedrohung zu beschützen.

»Da unten ist sicher Polizei«, sagte Allison. »Vermute ich jedenfalls. Vielleicht auch nicht. Vielleicht sind es nur Feuerwehrleute. Aber auch die können helfen.«

»Nein«, sagte Jamie Bennett.

Allison zog an den Zügeln und brachte Tango zum Stehen.

Die Pause schien er dankbar anzunehmen. Sie betrachtete sein Vorderbein und wartete einen Augenblick, um zu sehen, ob er versuchte, es zu entlasten. Aber er rührte sich nicht.

»Tut mir leid«, sagte Jamie. »Aber ich habe es Ihnen erklärt. Ich dachte, Sie hätten es verstanden …«

»Habe ich auch.«

Ja, sie hatte verstanden. Das falsche Wort ins falsche Ohr – zum Teufel, vielleicht sogar ins richtige –, und schon kamen nachts zwei Wölfe an deine Tür. Menschen waren ums Leben gekommen, gute Leute in den Bergen verbrannt, Jungen verschwunden. Für Jamie Bennett gab es eine Menge Gründe, niemanden mehr Vertrauen zu schenken. Schließlich war sie Teil des Systems, das eigentlich in der Lage sein sollte, Leben zu schützen. Aber nicht einmal ihren eigenen Sohn hatte sie schützen können. Nicht vor diesen beiden.

Wie sollen wir das schaffen, dachte Allison, *wenn das Beste, was sie ausrichten konnte, uns in diese Lage gebracht hat?*

»Sie müssen nicht mitkommen«, sagte Jamie, als hätte Allison ihre Zweifel laut ausgesprochen. »Sie können dort runtergehen. Aber bitte lassen Sie mich einfach weitermachen.«

Sie schwiegen, und Allison überlegte, während sie das Pferd ausruhen ließ und das Feuer unter sich und die Blitze über sich beobachtete. Dann bedeutete sie Tango weiterzugehen. Langsam trottete er los.

»Wie schnell ist so ein Feuer?«, fragte Jamie Bennett, während sie sich zu den Flammen umsah. Sie musste nicht mehr aufgefordert werden, sich festzuhalten – der Anblick des Feuers hatte genügt, damit sie sich krampfhaft an Allison klammerte. Und bei jedem Schritt von Tango durchfuhr Allison ein stechender Schmerz. Sie versuchte sich abzulenken, indem sie sich auf sein Vorderbein konzentrierte und besorgt auf kleinste Anzeichen von Schwäche achtete. Tango ging nicht schnell, trat aber mit jedem Schritt fest und kraftvoll auf.

»Ich weiß es nicht«, sagte Allison. »Aber hier scheint es ziemlich schnell durchgezogen zu sein.«

»Uns kann also nichts passieren? Und es kommt auch nicht zurück, selbst wenn der Wind dreht?«

»Es würde hier keine Nahrung mehr finden. Aber dort, wohin wir unterwegs sind, schon.« Sie deutete auf die noch unversehrte Baumreihe weiter oben, über der jetzt die Flammen wüteten.

»Und da oben ist Jace?«

»Ich weiß es nicht, Jamie. Die Route, die er im Notfall nehmen sollte, verläuft dort oben. Ob er …«

Sie verkniff sich zu sagen ›Ob er es geschafft hat‹ und bemerkte stattdessen: »Ob er beschlossen hat, sie zu nehmen, weiß ich nicht.«

Jamie antwortete nicht. Schweigend ritten sie weiter, und Allison versuchte sich vorzustellen, wo Ethan sein könnte. Wenn er am Pilot Creek losgegangen war, könnte er jetzt schon ziemlich weit oben sein, dort wo die Blitze ihr Unwesen trieben.

Sie löste ihren Blick von den Bergen, als Tango plötzlich scheute. Es war das erste Mal, dass er in seinem Gang stockte. Zunächst dachte sie, dass sein verletztes Bein die Ursache war. Als sie aber hinabsah, stand er mit allen vier Hufen sicher auf dem Boden. Er wollte rückwärtsgehen. Sie dachte an Schlangen und fragte sich, ob er vielleicht eine Diamantklapperschlange gesehen hatte, obwohl es die in dieser Höhe eigentlich gar nicht gab. Schließlich entdeckte sie eine blasse Wolke, die vor seinen Hufen aufstieg.

Vor Kurzem hatte es hier noch gebrannt, sodass die Asche noch warm war.

Sie ermunterte ihn weiterzugehen, achtete aber sehr genau darauf, ob es nicht vielleicht zu heiß war, sodass er sich verbrannte oder Angst bekam. Die Glutnester schienen ihn jedoch nicht zu beeindrucken.

»Hier hat es gestern noch gebrannt«, sagte sie. »Wir reiten weiter hinauf und dann die Kammlinie entlang.«

Sie zuckte zusammen, als Tango plötzlich vom Weg abkam und auf loses Gestein trat, auf dem er wenig Halt hatte.

Aber auch das schien ihn nicht zu stören. Ungerührt ging er weiter bergauf. Gefallenen Soldaten gleich, lagen die verkohlten Baumstämme auf den Hängen. Und als gäbe es noch Verwundete unter ihnen, die mit ihren Schreien auf sich aufmerksam machten, war überall dort ein lautes Knacken und Knallen zu vernehmen, wo kleine Schwelbrände auf Taschen trafen, in denen sie Nahrung fanden. Mit jedem Schritt wirbelte Tango Asche auf, die der Wind sofort weitertrug.

»Was, wenn Jace hier gewesen ist?«, fragte Jamie. »War er vielleicht hier, als das Feuer durchgezogen ist?«

Schon möglich, dachte Allison, *aber dann reiten wir gerade über seine Asche hinweg. Mehr dürfte nicht übrig geblieben sein.* Laut sagte sie: *»So weit kann er in der Zeit eigentlich nicht gekommen sein. Nicht mal, wenn er den Rucksack abgelegt und gerannt ist. Wenn er diese Route genommen hat, müsste er jetzt auf dem Weg hinunter sein.«* Sie hielt inne und fügte dann hinzu: *»Sie haben bitte immer Ihre Waffe schussbereit, ja?«*

»Sie müssen mich nicht begleiten«, sagte Jamie. »Ich komme mit dem Pferd schon allein klar.«

»Sie wissen doch nicht mal, wo Sie hinmüssen.«

»Dann sagen Sie es mir. Sagen Sie mir einfach, wo ich hin soll. Und Sie müssen wirklich nicht mitkommen.«

»Ich möchte aber dabei sein, wenn Sie Ihren Sohn wiedersehen«, erwiderte Allison.

Und wie sie das wollte. Nichts wünschte sie sich sehnlicher, als dieses Zusammentreffen zustande zu bringen. Und während sie sich den Berg hinaufarbeiteten und Tango langsam anfing, sich unter ihrer Last zu quälen, fing Allison an zu begreifen, dass sie mindestens *ein* Wiedersehen auch zustande bringen würden.

Entweder das zwischen Jamie und Jace, zwischen Mutter und Kind. Oder das zwischen ihr und den Brüdern des Blutes und des Rauchs.

Jace warf sich zu Boden, als er den Schuss hörte, wartete auf den Einschlag, als ließe sich die Kugel Zeit, bis sie ihn traf. Aber nichts traf ihn, und so wartete er auf den nächsten Schuss.

»Connor«, sagte Hannah, »alles in Ordnung?«

»Das sind sie! Sie schießen!«

»Das sind die Baumstümpfe«, sagte Hannah leise, aber bestimmt. »Hast du verstanden? Es sind nur die Baumstümpfe.«

»Was meinen Sie damit?«

»Hör hin«, sagte sie.

Es dauerte einen Moment, bis ein unterdrückter Knall ertönte und eine Rauchwolke über einem der verkohlten Baumstümpfe aufstieg.

»Sie halten die Hitze fest«, erklärte sie ihm. »Sie kapseln das Feuer in sich ein, auch wenn der Brand schon lange weitergezogen ist. Dann platzt es auf einmal heraus, und das hört sich dann so an.«

Er glaubte ihr nicht. Was er gehört hatte, klang eindeutig nach einem Gewehrschuss. Dann aber entlud sich ein weiterer Baumstumpf mit einem dumpfen Knall, und er stand langsam wieder auf.

»Sind Sie sicher?«

»Ich habe auch gedacht, es sei ein Schuss«, sagte sie. »Aber wenn wirklich jemand geschossen haben sollte, warum hört er dann einfach wieder auf?«

Darauf hatte er keine Antwort. Er drehte sich um und sah den Weg zurück, den sie gekommen waren. Aber außer dunklen Schatten und Rauch im blassen Licht der Dämmerung war nichts zu sehen. Hoch über ihnen zeichnete sich die Silhouette des Republic Peak ab, aber die Schatten bewegten sich nicht. Sollte außer ihnen noch jemand hier oben sein, gab er das zumindest nicht zu erkennen.

»Wir müssen uns beeilen«, sagte er. Plötzlich beschlich ihn ein ungutes Gefühl. Er versuchte sich einzuschärfen, dass es nur der Schreck gewesen war, ein unerwartetes Geräusch, nichts Schlimmeres als die Fehlzündung eines Motors, und dass er einen kühlen Kopf bewahren musste. Dennoch raste sein Puls. »Also los, weiter.«

»Schon gut. Wir sind bald da.« Hannah hatte einen Schluck getrunken. Ihr Gesicht war von ihm abgewandt, als sie in die Schlucht hinunter sah, wo das Feuer sich unkontrolliert weiterfraß. Jace mochte nicht, wie sie in das Feuer hinabstarrte.

»Wie weit ist es noch?«, fragte er.

»Das siehst du doch genauso gut wie ich.«

»Ich meine, wie weit noch bis zu den Feuerwehrmännern.«

Sie nahm das lose Ende ihres Hemds und wischte sich damit den Schweiß vom Gesicht. Ihr Bauch war einen kurzen Moment entblößt, und er war überrascht, wie dünn sie war. Ihre Hose wurde von einem Gürtel gehalten, als hätte sie diese Größe nicht immer gehabt.

»Eine halbe Meile noch bis zum äußeren Rand«, sagte sie. »Dann gehen wir um das verbrannte Gebiet herum weiter zum Fluss hinunter. Dort werden sie ihr Lager aufgeschlagen haben. Ich vermute, dass sie den Fluss als natürliche Grenze nutzen und von dort aus den Brand bekämpfen. Wie weit sie sich heranwagen, hängt davon ab, was der Wind macht. Ich würde sagen, noch eine Dreiviertelstunde, höchstens eine, mehr nicht. Wir haben es fast geschafft, Partner.«

»Okay.«

Sie gingen weiter, und Jace nahm einen seltsamen Geruch wahr. Es erinnerte ihn an den Sommer, in dem ein paar

399

Jugendliche Müll in den Steinbruch gebracht und versucht hatten, ihn zu verbrennen. Dabei war es zu einem Schwelbrand gekommen, und Jaces Vater hatte sich schließlich darum gekümmert. Dicker, schwarzer Rauch war aus einem Stapel Autoreifen hervorgequollen, und das Feuer wollte sich nicht geschlagen geben. Dieser Geruch war es, der ihm jetzt in die Nase stieg. Er sah zu seinen Füßen hinunter und blieb stehen.

»Sehen Sie sich meine Schuhe an«, sagte er.

Hannah drehte sich um. »Was soll damit sein?«

»Kommen Sie, sehen Sie es sich an.«

Sie ging neben seinen Füßen in die Hocke und sah genauer hin. Dünne Rauchfahnen stiegen von seinen Schuhen auf, die Gummisohlen schmolzen. »Vorsicht!«, rief er, als sie eine Hand ausstreckte, aus Sorge, sie könnte sich verbrennen. Sie berührte nacheinander seine Füße, stand auf und sagte: »Sie schmelzen, aber nicht so schnell.« Angesichts der Tatsache, dass seine Füße brannten, klang das etwas sehr beiläufig.

»Was soll ich tun?«

»Du spürst es noch nicht, oder?«, sagte sie.

»Nein, ich habe es nur gesehen. Aber … sie schmelzen.« Ihre Stiefel waren hingegen in Ordnung. Er wollte tauschen, aber der Gedanke war so kindisch, dass es ihm peinlich war.

»Ich hab doch nichts gemacht«, sagte er.

»Natürlich nicht. Das kann passieren. Aber sie werden kein Feuer fangen, sie sind …«

»Nein«, sagte er. »Das meine ich nicht. *Ich habe doch nichts gemacht.*«

Sie starrte ihn an. Verstand nicht. Er versuchte zu schlucken, hustete, schmeckte noch mehr Rauch. Er hatte Durst, er war müde, seine Schuhe waren im Begriff sich aufzulösen, und diese Frau verstand nicht.

»Ich hab doch nur … gespielt«, sagte er. Er rieb sich die Augen, hustete erneut und spuckte in die Asche. »Ich bin von der Schule nach Hause gekommen und zum *Spielen* rausgegangen. Das war alles. Mehr habe ich nicht gemacht. Und jetzt …« Er sah ihr direkt in die Augen: »… wollen sie mich umbringen.«

Hannah nahm ihn bei den Schultern. Ihr Griff war fester, als er gedacht hätte, bei jemandem, der so dünn war.

»Connor, wir haben es bald geschafft. Nein. Verdammt, sieh nicht weg, sieh mich an.«

Ihre Augen glänzten feucht.

»Wo willst du sein?«, fragte sie. »Na los, sag es mir.«

»Zu Hause«, sagte er. Er war kurz davor, in Tränen auszubrechen, obwohl er das nicht wollte. Er musste genauso stark sein wie sie. Dann dachte er daran, dass auch sie geweint hatte. Er hatte es gesehen, auch wenn sie es geleugnet hatte. »Ich will zu meinem Dad«, sagte er. »Ich will zu meiner Mom. Ich will nach Hause.«

Noch nie hatte er das laut gesagt. Noch nie.

»Okay«, sagte Hannah. Sie drückte ihn an sich. Es war das erste Mal, dass er so gedrückt wurde, seit seine Eltern ihn nach Montana gebracht hatten. Gegen seine Absicht erwiderte er ihre Umarmung. Er wollte nicht, dass sie ihn für einen Schwächling hielt.

»Bis hierhin hast du es schon geschafft«, sagte sie mit

sanfter Stimme, die Lippen nah an seinem Ohr, ihr Kopf gegen seinen geneigt. »Du bist fast da, ich *verspreche* es dir, du bist fast am Ziel. Wir gehen zum Fluss, überqueren ihn und dann … dann gehst du nach Hause.«

»Tut mir leid«, sagte er. »Ich bin einfach nur müde, und ich weiß nicht …«

»Connor? Hör auf, dich zu entschuldigen.«

»Jace«, sagte er.

»Wie?«

»Ich heiße Jace. Ich bin Jace Wilson. Connor Reynolds ist mein falscher Name.«

»Jace«, sagte sie langsam. Sie lächelte ihn an und schüttelte den Kopf. »Tut mir leid, Kleiner, aber dafür ist es, glaube ich, jetzt zu spät. Für mich bist du Connor. Also sehen wir mal zu, dass du dorthin zurückkommst, wo die Leute dich als Jace kennen.«

Er nickte. »Eine Dreiviertelstunde?«

»Höchstens.«

»Dann lass uns keine Zeit verlieren. Wir müssen weiter.«

»Dann gehen wir eben weiter«, sagte sie. »Das Schlimmste haben wir hinter uns, den Rest schaffen wir auch noch. Ich verspreche es. Und mach dir über deine Schuhe keine Gedanken. Sie verheißen etwas Gutes.«

»Wieso etwas Gutes?«

Sie wandte sich um und deutete auf das Feuer.

»Je heißer es wird, desto näher sind wir am Ziel«, sagte sie.

38

Jack Blackwell fand seinen Bruder auf halbem Weg die Westseite des Republic Peak hinunter an einen Felsen gelehnt. Ethan Serbin war nicht bei ihm. Aber eine deutlich sichtbare Fährte aus losgetretener Erde, kleinen Steinen und Blut zeigte ihm, wo er, offenbar immer schneller, den Berg hinuntergeschlittert war. Angestrengt sah Jack sich nach ihm um, konnte aber nichts entdecken. Das Gefälle war erschreckend steil, sodass er nur unter größten Mühen zu seinem Bruder gelangt war. Noch schwieriger aber würde es sein, Serbin zu verfolgen.

»Patrick, hörst du mich? Patrick.«

Patrick Blackwells Augen öffneten sich. Sein Blick war matt, aber er lebte.

»Beschissen«, sagte er. Er wollte ausspucken, brachte aber nur schaumiges Blut hervor. »Ganz schön beschissen, oder?«

Jack hockte sich vor ihn hin und betrachtete ihn ausgiebig. Patricks Gesicht sagte alles: Der Kiefer war gebrochen, die Zähne waren eingeschlagen, und auf der rechten Seite war vom Wangenknochen kaum noch etwas übrig geblieben, das zerfetzte Fleisch angeschwollen. An der linken Hand lugte kalkig-weißer Knochen hervor; er musste versucht haben, den Sturz abzufangen, und hatte sich dabei die Hand umgeknickt, sodass der Knochen schon gebrochen war, bevor er auf dem Boden aufschlug.

»*Ganz schön* ist gar kein Ausdruck«, sagte Jack. »Aber vielleicht ist es doch nicht ganz so beschissen. Aber nur vielleicht.«

Patrick hustete, noch mehr Blut quoll ihm aus dem Mund, und das war wirklich schlimm. Jack verschaffte sich Halt und beugte sich näher zu ihm hinunter, legte die Pistole weg und berührte seinen Bruder vorsichtig mit der Hand. Er drehte ihn behutsam ein kleines Stück auf die Seite und schloss die Augen, als Patrick schreien wollte, aber nur ein gequetschtes Jaulen hervorbrachte. Jack tastete die Rippen ab und erkannte das Problem. Sein Bruder hatte höchstwahrscheinlich innere Verletzungen davongetragen. Schon äußerlich sah es schlimm aus, aber das konnte Patrick ertragen. Jack wusste, dass er es konnte. Aber die schartigen Kanten der gebrochenen Rippen hatten womöglich größeren Schaden angerichtet. Er war sich nicht sicher, ob selbst jemand vom Patricks Kaliber es überleben konnte, wenn da drinnen etwas kaputt gegangen war.

Erst als er die Hand wieder wegzog und sich zurücklehnte, fiel sein Blick auf den Unterschenkel. Knochen waren nicht zu sehen, aber Patricks linker Fuß war so verdreht, dass ihm jegliche Kontrolle darüber abhandengekommen zu sein schien. Die Schwellung war stark fortgeschritten und bot ein groteskes Bild.

Jack setzte sich auf den Boden, sah seinem Bruder in die

blauen Augen und sagte: »Wirklich ganz schön beschissen.«

Patrick nickte. »Mit dem Fuß stimmt was nicht«, sagte er. »Und im Brustkorb …« Er hielt inne. Blut sickerte ihm aus dem Mund und nahm ihm die Stimme. Der Kiefer bereitete ihm große Schmerzen, aber trotzdem stieß er die Worte hervor, zusammen mit einer Menge Blut. Er leckte sich den Mund ab, und sie redeten erst weiter, als er sich die Lunge frei gehustet hatte, so gut es ging. »Im Brustkorb sieht's richtig übel aus, stimmt's?«

»Es dürfte ziemlich schwer werden, dich auf die Beine zu kriegen«, räumte Jack ein.

»Vermutlich geht es gar nicht.«

»Vielleicht kann ich dich tragen. Aber du wirst Schmerzen haben, und wir werden nur langsam vorankommen. Aber es wird schon gehen.«

»Wohin denn?«, fragte Patrick, der es jetzt schaffte, etwas von dem Blut auszuspucken. »Den Berg da hoch, oder die anderen runter?«

Jack antwortete nicht.

»Wir sind weit weg von zu Hause«, sagte Patrick.

»Ja.«

»Was glaubst du, wie viele Menschenleben es gekostet hat, bis hierherzukommen? Und für wie viel Geld?«

»Weiß ich wirklich nicht.«

»Dann sag irgendwas. Sag, was ich hören möchte.«

»Was willst du denn hören?«

»Wie viele Kämpfe wir verloren haben.«

»Keinen, Patty, nicht einen.«

Patrick nickte. »Das Leben ist schon seltsam«, sagte er.

»Haben uns aber immer genommen, was wir kriegen konnten.«

»Klar. Hätte aber nicht gedacht, dass sich jemand mal was zurückholen würde.«

Jack wandte sich von seinem Bruder ab und suchte die Felshänge nach Serbin ab.

»Siehst du ihn?«, fragte Patrick, der wusste, was sein Bruder suchte.

»Nein. Du bist auf der falschen Seite des Berges abgestürzt.« Die Sonne war noch nicht über den Gipfel gestiegen, sodass die Westseite noch im Halbdunkel lag. Eine Stunde noch, vielleicht auch nur eine halbe, und es wäre hell. Jetzt aber war es noch dunkel.

»Ich werde ihn suchen«, sagte Jack. »Ich bringe ihn zurück, dann kannst du ihn selbst sehen.«

»Dafür ist es zu spät.« Wieder stand Patrick schaumiges Blut vor dem Mund, als er sagte: »Du weißt, wie sehr ich mir jetzt wünsche, den Jungen tot zu sehen?«

»Ich persönlich würde viel lieber Serbin tot sehen. Und seine Frau.«

»Mit dem Jungen hat alles angefangen«, sagte Patrick. »Bring es auch mit ihm zu Ende. Nimm ihn dir als ersten vor.« Er ließ den Kopf hängen und brachte nach längerer Pause mühsam ein paar Atemzüge zustande. »Zum Teufel, bring sie alle um, Jack. Jeden von ihnen«, entfuhr es ihm schließlich.

»Kannst dich auf mich verlassen.«

»Dann sieh zu, dass du loskommst.«

»Wird höchste Zeit.«

Schweigend saß Jack Blackwell neben seinem Bruder.

»Eine Sache musst du noch erledigen«, sagte Jack schließlich.

»Ja.«

»Sag's mir.«

»Du hast es in der Hand.«

Jack wandte den Blick ab, malte mit dem Kiefer, brachte aber kein Wort heraus.

»Du, nicht sie«, sagte Patrick. »Mit mir ist es vermutlich zu Ende, bevor sie kommen. Aber ich wäre allein.«

Jack schwieg noch immer.

»Bitte«, sagte Patrick. »Lass mich nicht allein gehen. Nicht nach all den Jahren. Nach diesem Leben.«

Jack nahm die Pistole und stand auf. Er klopfte sich den Staub von der Hose, drehte sich um und sah zu dem Waldbrand hinüber, den sie entfacht hatten und dessen Rauch sich allmählich vor die aufgehende Sonne schob. Er wandte seinem Bruder die verbrannte Gesichtshälfte zu und sagte: »Ich nehme mir den Jungen zuerst vor, aber ich kriege sie alle. Das verspreche ich dir. Hast du verstanden?«

»Ja.«

»Ich bin aber noch nie gern allein unterwegs gewesen. Nie.«

»Musstest du ja auch nicht. Aber du schaffst das. Du wirst es schaffen.«

Jack nickte: »Du auch.«

»Klar.«

»Sicher?«

»Ja.«

»Dann trennen sich unsere Wege jetzt für eine Weile.«

»Ich liebe dich, Bruderherz«, sagte Patrick Blackwell.

»Ich dich auch«, brachte Jack Blackwell mit kratziger Stimme hervor. Er hustete, spuckte zwischen die dunklen Felsen und holte tief Luft. Bis auf das Rauschen des Windes war es still am Berg. Als er sich umdrehte, hatte Patrick die Augen geschlossen und machte sie auch nicht wieder auf, als ihm Jack eine Kugel mitten in die Stirn und dann zwei weitere direkt ins Herz schoss.

Jack nahm den schwarzen Stetson ab, den er getragen hatte, seit er Ethan Serbins Holzhaus betreten hatte, und legte ihn seinem Bruder aufs Gesicht, damit die Sonne, wenn sie über den Gipfel kam, nicht auf das Blut oder die toten Augen schien. Er öffnete die Trommel seines Revolvers und nahm die drei leeren Hülsen heraus. Sie waren noch warm. Jede einzeln berührte er mit den Lippen und steckte sie in seine Brusttasche.

Dann setzte er neue Patronen ein und machte sich auf den Weg zum Feuer und neuen Bluttaten entgegen, die er noch verrichten musste.

39

Ethan gehörte nun zu denen, die sterben würden. Und er wusste es. Sein ganzes Leben hatte er damit zugebracht, anderen zu zeigen, wie man genau das vermied, und trotzdem lag er jetzt hier, während sein Blut zwischen die Felsen sickerte.

Grundvoraussetzung für eine echte Survival-Mentalität: positive Einstellung. Wenigstens einen von ihnen hatte er umgebracht.

Hoffte er jedenfalls. Hier aber, von der Schattenseite des Berges aus, konnte er nicht sehen, wo Patrick Blackwell gelandet war. Er hatte lange Ausschau gehalten, ob er nicht irgendwo eine Bewegung entdecken konnte. Dann aber wurde es dunkel um ihn herum, und er ließ es geschehen. Als er die Augen wieder aufmachte, war er sich nicht sicher, ob er überhaupt in die richtige Richtung, geschweige denn auf die richtige Stelle sah.

Dem habe ich's gezeigt, dachte er. *Richtig gegeben hab ich's ihm.*

Konnte er darauf nicht sogar stolz sein? Trotz aller Fehler, die ihm unterlaufen waren, hatte er zumindest ausgeholt, als es nötig war.

Er fragte sich, wo das Gewehr geblieben war. Die todbringende Waffe, vor der der Junge am meisten Angst hatte, und wenn sie den Jungen kriegten, dann wäre alles … Daran konnte er nicht denken. Nicht jetzt. Er würde die Zeit verstreichen und das Ende in der Gewissheit kommen lassen, dass er sein Bestes getan und trotzdem verloren hatte, dennoch ein wenig stolz darauf sein konnte.

Er wünschte sich, schneller zu verbluten. Jedesmal wenn er die Augen schloss, erwartete er nicht, sie noch einmal zu öffnen. Aber das geschah trotzdem immer wieder. Der Schmerz und die Einsicht in die Ausweglosigkeit gruben sich in sein Bewusstsein, und er wollte nur noch weg, weit weg von all dem. Er war weit genug gekommen und hatte sich etwas Frieden verdient.

Aber seine Augen öffneten sich immer wieder wie von selbst. Er bekam sie verdammt noch mal nicht unter Kontrolle. Und plötzlich war er wach, beinahe hellwach, und er sah die Sonne über den Gipfel steigen, von dem er herabgestürzt war. Endlich war es hell genug, dass er sich ein Bild vom Ausmaß seiner Verletzungen machen konnte.

Eine Menge Blut. Er sah es gleich, und das machte ihm Hoffnung. Man blutete nicht lange so stark, ohne dass es zu Ende ging. Es konnte nicht mehr lange dauern. Er musste sich nur noch ein wenig gedulden.

Von all dem Blut abgesehen, sah es so schlecht jedoch gar nicht aus. Prellungen, ja. Knochenbrüche, vielleicht. Das rechte Handgelenk glich eher einem Nadelkissen, und irgendwo darunter war auch seine Hand. Das aber war jetzt nicht wichtig, denn für die Hand hatte er keine Verwendung mehr, bis das Ende kam. Die rechte Schulter schmerzte, und er hatte das Gefühl, dass sie gebrochen war, aber er bewegte sich nicht, um es unter Beweis zu stellen, denn auch die Schulter würde er nicht mehr brauchen.

Zum Teufel mit der Sonne. Sie stieg immer höher und brannte in den Augen, selbst wenn er sie schloss. Immer wieder blinzelte er sich ins Bewusstsein zurück und sah das rote Band im Osten immer breiter werden, und die Silhouetten der Gipfel, die sich davor abzeichneten.

Mein Gott, was für eine traumhaft schöne Gegend.

Er roch die Tannen und Kiefern, selbst die Felsen und die kühle Frische des Morgens. Er spürte die leichte Brise, die ihm ins Gesicht blies. Sie war schon wärmer als die umgebende Luft und versprach einen weiteren feuchtheißen Tag. Auch den Gletscher glaubte er riechen zu können. Kälter als alles, was man sich in modernen Zeiten vorstellen konnte, etwas, das jeder Generation aufs Neue zugesetzt hatte, bis der Mensch das Feuer entdeckte, der Gletscher keine Chance mehr hatte und schmolz, bis nur noch Gestein und Gerüchte über das übrigblieben, was er einst bedeckt hatte. Er starb in einem Land, das von Ozeanen geformt worden war, die er nie gesehen hatte, und nun durch Flammen zu neuem Leben erweckt wurde.

Er schloss die Augen wieder, aber die Sonne stand hoch und heiß am Himmel, sodass er die Hoffnung auf ein friedvolles dunkles Ende begrub. Es war nicht jedem vergönnt, und warum sollte es ihm besser gehen als anderen. Lass die Sonne am Himmel steigen, lass den Rauch herbeiziehen, lass ihn die sauberen, klaren Düfte und Aromen tilgen. Er machte die Augen auf. Immerhin würde er hier in seinen Bergen sterben, und das war gut so.

Nur für Allison nicht.

Er wünschte, er hätte nicht an sie gedacht, kniff die Augen zu und versuchte, den Gedanken an sie abzuschütteln. Er konnte sie nicht gebrauchen, nicht wenn es mit ihm zu Ende ging, denn er wusste, in welcher Lage er sie zurückließ, und das erzeugte ein Gefühl von Schuld und Trauer, das ihm unerträglich war. Sie hatte überlebt. Sie hatte es geschafft, und er war hier, bereit zu sterben und nicht einmal unglücklich darüber, jedenfalls solange er nicht an sie denken musste.

Er öffnete die Augen und betrachtete zum ersten Mal sich statt die Berge und die aufgehende Sonne. Er musste sich ansehen. Es war wichtig, denn so würden die Suchtrupps ihn finden. Sie würden ihr sagen, wie sie ihn gefunden hatten, und damit würde sie für den Rest ihres Lebens leben müssen.

Er lag mit dem Kopf nach unten an einer umgestürzten Fichte. Die Füße zeigten den Hang hinauf zum Himmel. Er blutete aus der linken Seite, ein Handgelenk war gebrochen und vielleicht auch eine Schulter. Das würden sie ihr sagen. Denn sie würde fragen. Natürlich würde Allison es wissen wollen.

Es quälte ihn. Er blinzelte, leckte sich über die Lippen, veränderte nur ein klein wenig seine Position und wurde jäh von quälenden Schmerzen übermannt, die ihn von allen Seiten zu durchdringen schienen. Er hielt inne, holte ein paarmal tief Luft und fluchte. Sie würde die ganze Geschichte sowieso erfahren, und sie würde auch erfahren, wie sie ihn gefunden hatten. Luke Bowden oder jemand anderer würde es ihr erzählen. Moment – Luke war tot. O Gott, Luke war tot. Ethan hatte seine Leiche gefunden. Wie konnte er das nur vergessen? Jetzt würden andere seine Leiche finden und die ganze Geschichte erzählen. Mit gezogenem Hut und gesenktem Kopf würden sie erzählen, wie er hier an diese Stelle auf den Berg gekommen war. Und wie er Allison kannte, die stärkste Frau, der er je begegnet war, würde sie Fragen stellen. Sie würde weinen und Fragen stellen, allem Schmerz zum Trotz.

War er schon tot, als er auf dem Boden aufschlug?

Nein.

Wie lange hat es gedauert, bis er starb?

Ziemlich lange.

Hat er gelitten? War er bei Bewusstsein?

Die Chancen standen gut, dass sie ihr die Wahrheit sagten, so wie auch Ethan es immer getan hatte. Und Allison, die sich selbst angezündet hatte, um ihr Leben zu retten, würde wissen, was für ein Mann Ethan gewesen war.

Ein Todgeweihter.

Nein, schlimmer.

Einer, der aufgab.

Survivor, hatte Ethan dieser letzten Gruppe von Jungen gesagt, während seine Frau vom Stall aus zugehört hatte, *geben nicht auf. Niemals. Sie halten inne, denken nach, überlegen genau und machen einen Plan. Das, Jungs, bedeutet innehalten. Alles andere ist aufgeben, und aufgeben bedeutet sterben. Gehört ihr zu denen, die überleben, oder zu denen, die sterben? Wir werden es herausfinden.*

Verdammt noch mal.

Geschenkt. Dann hatte sie all das eben überstanden, war besser, stärker als er und hatte ihm noch dazu genommen, wonach er sich jetzt am meisten sehnte, nämlich in Ruhe und ohne Scham sterben zu können.

Doch sie hatte ein Anrecht auf etwas. Mochte es noch so sinnlos sein, er wollte ihr etwas hinterlassen, damit, wenn Luke Bowden und die anderen – nein, nicht Luke, warum vergaß er das immer wieder, warum konnte er es einfach nicht glauben? – an ihr Bett traten, sie ihr sagen konnten, dass Ethan alles gegeben hatte. Denn woher, wenn er keinen Beweis für das Gegenteil hinterließ, sollte jemand wissen, dass er sich nicht einfach damit abgefunden hatte, einen Berg hinunterzustürzen?

Er hatte einen blutstillenden Wundverband in der Hosentasche. Den hatte er immer dabei, denn mit den Jungs hier draußen in den Bergen fürchtete er nichts mehr als eine stark blutende Verletzung. Ein Sturz, ein Ausrutscher mit dem Messer, ein in Wut geratener Bär. Verletzungen durch solche Zwischenfälle führten zu heftigem Blutverlust, und darauf war er immer vorbereitet.

Dann gib Allison wenigstens das. Wenigstens den Verband. Dann würden sie sagen können: ›Allison, er hat alles gegeben. Bis zum letzten Atemzug hat er gekämpft.‹

Mühsam und unter Schmerzen bekam er den Reißverschluss der rechten Tasche endlich auf und zog das Verbandspäckchen heraus. Er hatte vergessen, dass er zwei davon dabeihatte, hielt aber eines für ausreichend. Verdammt, allein es aufzubekommen war Beweis genug, dass er nicht aufgegeben hatte.

Mit der rechten Hand führte er das Päckchen zum Mund, riss es mit den Zähnen auf und zerrte den mit einem Gerinnungsmittel versehenen Gaze-Verband umständlich heraus. Blut enthält eigene Gerinnungsstoffe, die aber nicht ausreichen, wenn es gilt, eine starke Blutung schnell zum Stillstand zu bringen. Ein oder zwei Mal hatte Ethan einen solchen Verband schon eingesetzt, aber noch nie bei sich selbst. Er beugte sich zur Seite. Vor Schmerz zuckte er zusammen und sog scharf Luft durch die Zähne ein. Er öffnete zwei Knöpfe seines Hemds, legte das Verbandpaket auf die Einschussstelle und drückte fest darauf.

Er schloss die Augen wieder, wenngleich dieses Mal nicht freiwillig. Aber er hielt den Verband fest, und als die Welt um ihn herum wieder Gestalt annahm, war er in der Lage, die Wunde zu betrachten. Es sah schlimm aus, aber der gleichmäßige Blutstrom ebbte allmählich ab.

Vielleicht doch noch das andere, überlegte er, *nicht weil es etwas ändern würde, sondern weil ich ihr so zeigen kann, dass ich wirklich alles versucht habe.*

Er holte das zweite Päckchen heraus, riss es mit den Zähnen auf und drückte auch diesen Verband auf den noch unversorgten Teil der Verletzung. Dann fiel ihm der Gürtel ein. Er öffnete die Schnalle, zerrte ihn mühsam aus den Schlaufen, legte ihn langsam – das linke Handgelenk und die rechte Schulter verweigerten ihm den Dienst – um den Verband herum und zog zu.

Der Blutstrom versiegte.

Einen Moment war er sehr zufrieden mit sich. Wenn sie ihn fanden, würden sie ihr nicht nur sagen können, dass er den Sturz überlebt hatte, sondern auch, dass er es geschafft hatte, die Blutung selbst zum Stillstand zu bringen.

Aber eine Sache trieb ihn weiter um. Die Vorstellung, dass man ihn dort fand, wo er lag. Seine Frau hatte noch versucht, wegzukommen, als sie ihr Ende vor Augen hatte. Sie war in Bewegung geblieben, und das hatte ihr das Leben gerettet. Ethan hatte keinen Ort, an dem er sich vor dem Tod verstecken konnte, aber vielleicht konnte er versuchen, sich zu bewegen, sich aufzurichten.

Steh wenigstens auf, für sie, dachte er. Er lehnte sich gegen den Baum, drückte sich mit den Handballen hoch – und sackte im selben Moment wieder zu Boden.

Okay. Noch einmal, diesmal etwas langsamer, und nimm die Beine zu Hilfe. Die Beine schienen stärker zu sein als die Arme.

Beim vierten Versuch stand er, und ein wunderbares Gefühl überkam ihn. Nur allein aufzustehen fühlte sich an, als wäre es etwas lange Vergessenes, eine aus der Mode geratene Kunstfertigkeit.

Er stand da, atmete, betrachtete seine Seite und stellte fest, dass der Verband gehalten hatte und das Blut zurückhielt. Er betrachtete auch die Blutlache am Boden neben der umgestürzten Kiefer, wo man ihn vielleicht gefunden hätte, und er war sehr zufrieden, sich aufgerafft zu haben.

Er machte einen ersten Schritt, dann einen zweiten, und es ging nicht einmal so schlecht. Es tat weh, aber es war ein süßer Schmerz, der ihm vor Augen führte, dass sein Körper sich bewegte und dass Schmerzen nur der verspürte, der am Leben war.

Er bewegte sich langsam, aber er bewegte sich, und er nahm die Umgebung um sich herum auf. Der Republic Peak erhob sich über ihm, und zwischen sich und dem Gipfel sah er einen Adler seine Bahnen ziehen. Weiter unten gingen die Berge in den Wald über, und alles darum herum erstrahlte in pinkfarbenem Glanz. Ein wundervoller Tag für eine Tour, dachte er, selbst wenn es deine letzte ist. Vielleicht umso schöner, wenn es so ist. Die Luft war rauchgeschwängert, eine Schande, aber er kannte das. Die Landschaft würde sich wieder erholen. Diese Berge hatten schon mehr Brände gesehen, als er Tage auf der Welt zugebracht hatte, und sie würden auch diesen überstehen.

Er war glücklich, einfach nur zu gehen, und zufrieden mit sich, weil er nicht aufgegeben hatte. Vor lauter Glück hätte er das Gewehr fast übersehen.

Es lag auf den Felsen, etwa zehn Meter über ihm. Um dorthin zu gelangen, galt es ein steiles Stück zu überwinden, eine enorme Anstrengung, aber wozu? Wen sollte er damit erschießen?

Aber trotzdem, es war da.

Ein Mann, der sich glücklich schätzen durfte, im Gehen zu sterben, sinnierte er, sollte vielleicht noch glücklicher sein, beim Klettern sterben zu dürfen. Aufstehen zu können war schon etwas, ein paar Schritte zu gehen war großartig, aber klettern? Was er hier draußen zurücklassen wollte, war die Geschichte von einem Mann auf Klettertour. Von einem Mann, der abgestürzt war, das ließ sich nicht bestreiten, aber auch von einem, der bis zum letzten Augenblick geklettert war.

Er blieb stehen, um ein wenig Luft zu holen und nachzusehen, ob die Verbände richtig saßen. Beide hatten sich leicht verfärbt, waren aber nicht durchweicht. Dann nahm er all seine Kraft zusammen, konzentrierte sich auf das Gewehr und machte sich mit unsicheren Schritten auf den mühsamen Weg hinauf.

40

Der Wind drehte bei Sonnenaufgang. Er blies aus Nordwesten und holte sich die Kraft zurück, die er bei dem Unwetter eingebüßt hatte.

Mit ihm änderte auch das Feuer die Richtung, und Hannah wurde klar, dass sie ihm viel näher kommen würden, als sie gedacht hatte. In ihrer Vorstellung hatte sie immer einen Abstand von mindestens einer halben Meile zwischen sich und dem Feuer eingehalten, einen großen Bogen oberhalb des Brandgebietes und zum Bach hinunter gemacht, so dass sie beide vor der gefährlichen Hitze und den Geistern sicher waren, die in den Flammen lauerten.

Bald hätten sie keine halbe Meile mehr, vielleicht nicht einmal mehr die Hälfte dessen oder sogar noch weniger, wenn der Wind weiter so kräftig ging.

Lass es dir nicht anmerken, sagte sie sich. *Zeig ihm nicht, dass du Angst hast.*

Sie hatten zu lange gebraucht, um den Berg hinunterzukommen. Eine halbe Meile war es noch bis zum Fluss, von der Mannschaft aber, die sie zu treffen gehofft hatte, keine Spur. Und das war schlimm, denn es bedeutete, dass sie ihr Lager weiter nördlich aufgeschlagen hatten, als sie gedacht hatte. Bei diesem Wind waren das keine guten Aussichten. Er würde das Feuer die Schlucht hinauftreiben, was den Einsatzkräften am Boden in die Hände spielte, denn genau in dieser Richtung wollten sie es haben. Weg vom Wald und von neuer Nahrung, hin zum kahlen Gestein, das den Flammen mehr entgegenzusetzen hatte als der Mensch. Die Berge passten am Ende immer auf sich selber auf; man konnte dabei nur Hilfe leisten.

Für die Feuerwehrleute versprach es, ein guter Morgen zu werden, denn der Wind war ihnen zu Hilfe gekommen. Sie würden im Norden bleiben und dankbar dafür sein, dass es weiter oben in der Schlucht nichts gab, was zu verteidigen sich lohnte. Ein guter Hektar Fichten, dahinter ein Grasstreifen und dann nichts als kahler Fels.

Und Hannah und Connor.

»Es ist schon sehr hoch«, sagte Connor.

Sie dachte, er meinte das Feuer selbst, dem sie jetzt schon so nahe gekommen waren, dass sie deutlich sahen, wie die Flammen die Kiefern emporkletterten, unersättlich weiter hinaufzüngelten und schließlich an der Luft leckten, um zu erkunden, ob es weiter oben nicht auch noch Verzehrbares gab. Sie erinnerte sich an ihre erste Brandsaison, wie überwältigt sie gewesen war, die Axt geschwungen hatte und immer bemüht war, ruhig zu erscheinen und so zu tun, als könnten meterhohe Flammen ihr nichts anhaben.

Auch der Lärm, den das Flammenmeer vor sich hertrug, war nicht mehr zu überhören. Vom Wind aufgehetzt, nahm das Tosen zu und klang wie das nicht enden wollende Grollen eines Gewitters, wie ein in der Ferne vorbeirasender Zug.

»Das macht die Sache nicht einfacher«, sagte sie.

»Was meinen Sie?«

»Der Scheißwind«, sagte sie und sah ihn an. »Entschuldigung.«

»Ist mir egal, wie Sie es nennen«, sagte er.

Sie nickte, wischte sich den Schweiß aus dem Gesicht und betrachtete ihre rußverschmierte Hand. Die Augen brannten von dem Rauch und den ständigen Tränen.

Je heißer das Feuer, desto kühler der Kopf; je heißer das Feuer, desto kühler der Kopf. Das war eines der Mantras, die Nick ihnen bei der Arbeit immer vorgebetet hatte, und es bedeutete nicht nur, dass man genug trinken und sich vor der Hitze der Flammen schützen sollte, sondern, wichtiger noch, dass man die Nerven bewahren sollte. Benutze deinen Verstand und bleib ruhig.

»Ich sag dir, was das Feuer macht«, sagte sie zu Connor. »Es springt über den Bach und trifft auf den Wald. Warum? Weil es auf der Suche ist, genau wie wir. Wir sind auf der Suche nach Hilfe, das Feuer nach Nahrung. Und ich sag dir auch, was der Wind tut: er befiehlt ihm, arbeite dich die Schlucht hinauf. Das Feuer weiß aber nicht, was wir wissen. Es weiß nicht, dass es ein Fehler ist, sich die Schlucht hinaufzufressen. Das weiß es erst, wenn es auf den blanken Stein trifft.«

Er starrte sie an. »Warum erzählen Sie mir das alles? Als könnte das Feuer denken.«

»Genau das kann es.« Sie fuhr sich mit der Zunge über die Zähne, um in dem Verlangen nach Wasser etwas Speichel aufzunehmen. Die Trinkreserven waren ihnen inzwischen ausgegangen. »Jedenfalls hat es Verlangen und weiß sich zu holen, was es braucht. Es weiß auch, was zu tun ist, wenn sich ihm etwas in den Weg stellt. Und jetzt ... Connor, sind wir im Begriff, genau dasselbe zu tun.«

»Es ist doch noch ziemlich weit weg.«

Man konnte tatsächlich diesen Eindruck haben. Es schien sich in aller Ruhe durch das Holz zu fressen, während sie sich in einiger Höhe und Entfernung darüber befanden. Der Bachlauf zeichnete sich schimmernd im Sonnenaufgang ab.

»Sie haben doch gesagt, dass wir nur noch über den Bach müssen, stimmt's?«

»Richtig.«

»Zum Bach ist es nicht mehr weit. Das schaffen wir. Wir rennen.«

Großer Gott, er glaubte immer noch, rennen zu können. Wie lange war er schon unterwegs? Seit wann hatte er nicht mehr geschlafen?

»Hannah?«, sagte er. »Wir schaffen das, wenn wir rennen.«

»Da gibt's nur ein Problem«, sagte sie. »Auch das Feuer kann rennen, mein Freund. Du hast es noch nicht erlebt, aber glaub mir, es kann rennen.«

Die Temperatur im Brandherd lag bei gut sechshundertfünfzig, vielleicht sogar achthundert Grad. Das Feuer fand ausreichend Nahrung und wurde vom Wind reichlich mit Sauerstoff versorgt, sodass die Temperatur immer weiter stieg. Und je heißer es wurde, desto nervöser wurde es. Dann war es bereit zu rennen.

Je heißer das Feuer, desto kühler der Kopf.

Ihre Entscheidung, oben zu bleiben, war sie teuer zu stehen gekommen. Das zu erkennen war eines. Wichtig aber war auch die Einsicht, dass es jetzt kein Fehler mehr war, noch weiter hochzugehen. Natürlich war der Bachlauf eine Verlockung, aber sie war sich nicht sicher, ob sie es bis dorthin schafften, selbst wenn sie rannten. Aber wenn sie dem Tod entrinnen konnten, indem sie weiterkletterten, dann mussten sie das tun. Aber allein der Gedanke daran, fühlte sich wie eine Niederlage an.

»Wir gehen ein Stück zurück«, sagte sie. »Tut mir leid, aber es geht nicht anders. Wir gehen das Ablaufgebiet wieder hinauf und da drüben über die Kammlinie weiter. Siehst du sie?«

Er folgte ihrem Zeigefinger und nickte.

»Der können wir folgen. Es ist nicht zu steil, und außerdem gibt es dort genug Platz für den Fall, dass das Feuer ausbrechen und beschließen sollte loszulaufen. Über die Felsen kommt es nicht, und davon gibt es eine Menge zwischen uns und der Baumgrenze. Es dauert zwar etwas länger, aber dafür sind wir sicherer. Wir gehen einfach über die Kammlinie dort und dann weiter durch den Bach.«

Er antwortete nicht, gab ihr aber mit seiner Miene zu verstehen, dass er nicht einverstanden war. Dieser Gesichtsausdruck war ihr vertraut. Sie selbst hatte ihn aufgesetzt, damals, als sie Nick davon zu überzeugen versuchte, dass sie noch genug Zeit hätten hinunterzugehen, die Familie zu retten und wieder zurückzukehren.

»So hoch kommt es wahrscheinlich nicht«, sagte sie. »Aber wir sind schon zu weit, um es darauf ankommen zu lassen. Es dauert nicht mehr lange, bis …«

Sie verstummte, als ein Pferd mit zwei Reitern aus dem Rauch auf sie zugeritten kam.

Die Sonne war über der Rotglut der Flammen aufgestiegen. Trotzdem konnten sie nichts entdecken, und Allison wollte Tango nicht länger antreiben. Das Gelände war zu steil, und sie waren dem Feuer schon zu nah gekommen. Wenn Jamies Sohn es auf der Rückseite des Republic Peak hinunter geschafft hatte, dann hätten sie ihn schon sehen müssen. Seit einer Viertelstunde ging ihr dieser Gedanke im Kopf herum, und sie hätte ihn auch gern ausgesprochen, es dann aber nicht über sich gebracht. Denn wie erklärte man einer Mutter, dass es Zeit war, die Suche nach ihrem Sohn einzustellen? Also ritten sie weiter, während sie Tango anhielt, langsamer zu gehen. Das Feuer machte ihn nervös, und er versuchte, sich von ihm fernzuhalten. Das wiederum bedeutete einen steileren und unsicheren Grund, weshalb sie ihn auf der Kammlinie hielt. Dann blieb er stehen, und sie sah als erstes wieder nach seinem Bein, während Jamie ihren Blick weiter nach vorn gerichtet hielt. »Wer ist das?«, fragte sie.

Allison blickte auf und machte in einiger Entfernung zwei Gestalten aus. Und da es zwei waren, fuhr ihr ein kalter Schauer der Angst über den Rücken – sie war ihnen direkt in die Arme geritten.

Aber die Größe stimmte nicht. Es waren nicht die Brüder – die hätte sie selbst auf die Entfernung todsicher erkannt. Die beiden standen auf der anderen Seite eines steilen, von Totholz übersäten Ablaufgebietes und rührten sich nicht von der Stelle. Sie sahen einfach nur geradeaus.

»Wer ist das?«, fragte Jamie erneut, halblaut, als müsste sie sich zur Ruhe zwingen. Allison versuchte, es ihr gleichzutun, und sagte: »Lass uns mal sehen.«

Sie trieb Tango weiter an – *nur noch ein bisschen, mein Guter, bitte, nur noch ein bisschen* – und sah, wie sich die Konturen langsam immer klarer abzeichneten. Ihre Angst wich einem Gefühl von Euphorie, als sie glaubte, eine Frau und einen Jungen zu erkennen.

»Ist er es?«, fragte sie ungläubig.

»Ich weiß es nicht. Reiten Sie rüber und sehen Sie nach.«

»Mit dem Pferd geht das nicht.« Das Gelände vor ihnen fiel schroff ab, und die Gefahr, dass er sich etwas brach, wenn er zwischen all dem Totholz in Spalten und Fugen geriet, war zu groß.

»Dann steige ich ab. Bleiben Sie hier und lassen Sie mich runtergehen.«

Allison brachte Tango zum Stehen. Umständlich versuchte Jamie, vom Pferd herunterzukommen und wäre fast von seinem Rücken gerutscht, als Allison sie rasch am Arm packte. »Immer langsam.« Schließlich bekam Jamie den Haltebügel zu fassen, schwang sich runter und wäre fast gestürzt, während sie versuchte, die Waffe aus dem Holster zu ziehen, bevor sie überhaupt richtig auf dem Boden stand.

»Nur die Ruhe«, sagte Allison. »Sie sind es nicht. Vor denen müssen Sie keine Angst haben.«

»Wer ist es dann?«

Das war eine gute Frage. Es war eine Frau, soviel konnte

Allison von hier aus erkennen. Aber wer? Mit gezogener Waffe machte Jamie sich zu Fuß auf den Weg, ohne auf Allison zu warten.

»Moment mal!«, rief Allison, aber warum sollte sie sie aufhalten? Der andere musste Jamies Sohn sein. Sie stieg ebenfalls ab, ohne auch nur einen Gedanken daran zu verschwenden, Tango anzubinden. Er würde nicht weglaufen. Das hatte er noch nie getan. Dankbar legte sie ihm eine Hand auf die Nüstern und zog sie schweißnass zurück.

»Bin gleich wieder da, mein Guter«, raunte sie ihm zu. »Und dann machen wir, dass wir hier wegkommen.« Gleichzeitig aber fragte sie sich, wie das gehen sollte – sie war sich nicht sicher, wie lange er es mit einem Reiter auf dem Rücken noch aushalten würde, ganz zu schweigen von zweien. Mit vieren zu reiten, wäre vollkommen ausgeschlossen.

Es war nicht die Rettung, die Hannah erhofft hatte. Sie waren durch die Berge gelaufen und dann wieder zurück auf das Feuer zu, in der Erwartung, dort auf Männer und Frauen zu stoßen, die mit Pferden und Äxten, Löschfahrzeugen, Geländewagen und vielleicht sogar einem Helikopter ausgestattet waren.

Stattdessen aber traf sie auf zwei Frauen auf einem Pferd.

»Kennst du sie?«, fragte sie. »Connor? Weißt du, wer das ist?«

»Ich bin mir nicht sicher.« Er zögerte und ging ein paar Schritte auf die Senke zu. Von dem Verlangen angetrieben, sich zwischen ihn und die Fremden zu stellen, selbst wenn diese harmlos waren, ging Hannah ihm nach.

»Hallo!«, rief Connor. »Hallo!«

Die Frauen waren abgestiegen und kamen auf sie zu. Die eine trug einen Verband, die andere ging voraus. Und plötzlich sah Hannah die Waffe in der Hand der Frau, die vorausging. Sie packte Connor am Arm und riss ihn zurück.

»Bleib stehen. Wir wissen doch gar nicht …«

»Das ist Allison!«, sagte er.

»Wer?«

»Ethans Frau. Das ist Ethans Frau!«

»Dein Trainer?«

»Ja, seine Frau.« Er winkte ihnen zu und rief: »Allison! Allison! Ich bin's.«

»Und wer ist die Frau bei ihr?«

»Keine Ahnung«, sagte Connor. »Aber wenigstens hat sie eine Waffe.«

Allison kam kaum hinter Jamie Bennett her – das Reiten war ihr schon schwergefallen, aber Laufen war noch schlimmer. Der Junge rief ihnen etwas zu. Im Getöse der Flammen, das der Wind die Schlucht hinauftrug, ging es zunächst unter, bis sie schließlich ihren eigenen Namen hörte.

Er war es. Es war Connor, Jamies Sohn. Sie hatten ihn tatsächlich gefunden.

»Wir haben ihn gefunden«, sagte sie zu Jamie. »Er ist gesund, und er hat genau das getan, was er sollte. Er hat die Ausweichroute genommen, obwohl sie ihn zum Feuer führte.« Die Frau, die bei ihm war, kannte sie nicht, aber weder schien er sich bedroht zu fühlen, noch schien ihm etwas zu fehlen. Allison war erleichtert und glücklich. »Wir haben

Ihren Sohn gefunden«, sagte sie, als ihr plötzlich dämmerte, dass irgendetwas nicht stimmte.

Allison! Allison!

Sie hatte er gerufen. Warum nicht seine Mutter?

»Erkennt er Sie nicht?«, fragte sie, auch wenn sie die Antwort auf ihre Frage bereits kannte. Sie ahnte bereits, was das bedeutete, als Jamie Bennett sich zu ihr umdrehte.

»Er kennt Sie gar nicht«, sagte Allison. »Warum haben Sie mir das nicht gesagt? Er weiß gar nicht, dass Sie seine Mutter sind.«

»Es wäre mir sehr lieb, wenn Sie jetzt vorgehen würden. Es ist besser, wenn Sie vor mir stehen.« Die Waffe in Jamies Hand war auf Allison gerichtet, die aussah, als hätte sie immer noch nicht begriffen, was das bedeutete.

»Was soll das?«

»Bitte gehen Sie vor.«

Allison sah zu Jace und sagte: »Er ist gar nicht Ihr Sohn.«

»Leider nicht. Und jetzt gehen Sie bitte zu ihm. Er hat einen langen Weg hinter sich und ein Anrecht darauf, Sie zu sehen, meinen Sie nicht auch? Alles Weitere wird sich finden.«

Allison starrte sie fassungslos an. Der Junge und die Frau aber gingen ungerührt weiter. Sie kamen näher und in Reichweite. *Ich kann gut schießen,* hatte Jamie Bennett gesagt.

»Was geht hier vor?«, fragte Allison. »Was zum Teufel geht hier vor?«

Jamie sah sie mitleidsvoll an und zuckte mit den Schultern. »Nicht alles, was ich erzählt habe, war gelogen. Ich bin wirklich hergekommen, um Leute aus den Bergen zu holen, Mrs. Serbin. Aber nicht meinen Sohn. Ich bin hergekommen, um meine Brüder abzuholen.«

41

Zum ersten Mal, seit Ethan ihn in der Nacht geweckt hatte, war Jace sich sicher, dass er aus den Bergen herauskommen würde. Nicht nur, dass es möglich war, sondern, dass es tatsächlich *passierte*. Irgendwie hatte Ethan es geschafft, Allison zu ihm zu schicken, und sie hatte jemandem dabei, der ihm helfen würde.

»Wir können das Pferd nehmen«, sagte er, während er sich durch das Geäst einer am Boden liegenden Fichte kämpfte, in dem er mit dem Fuß immer wieder hängen blieb. Der Baum war knochentrocken und würde im Nu lichterloh in Flammen stehen, sobald sie an ihm leckten. Aber wie alles andere auch, war das nicht mehr wichtig, denn wenn das passierte, würden sie nicht mehr hier sein. Ihre Reise war zu Ende.

»Connor, langsam«, rief Hannah ihm nach.

Aber er ließ sich nicht aufhalten. Er musste nicht langsam gehen, jetzt nicht mehr, denn es war *vorbei*, sie würden hier rauskommen. Hannah hatte nicht gelogen – er würde seine Eltern wiedersehen. Es würde tatsächlich so kommen.

»Connor. Jace! *Jace!*«

Erst als sie ihn bei seinem richtigen Namen rief, und das

hatte sie vorher nie getan, drehte er sich zu ihr um. Sie stand unten auf der Sohle des Abflussgebietes, und an ihrem Gesichtsausdruck erkannte er, dass etwas nicht stimmte. Warum konnte er keine Freude sehen? Stattdessen lag etwas Düsteres in ihrer Miene. Als würde ihr nicht gefallen, was sie sah.

»Komm zurück«, rief sie.

»Was?« Auf Händen und Knien hatte er sich den halben Hang hinaufgearbeitet und hielt sich an einer Baumwurzel fest, an der er sich nur noch hochziehen musste, um auf der anderen Seite zu seinen Rettern zu gelangen.

»Komm wieder hier runter«, rief Hannah noch einmal. In dem Moment rief auch Allison Serbin. Aber sie rief nicht, sie schrie.

»Jace, lauf. Mach dass du wegkommst!«

Weg von Hannah? Warum traute Allison Hannah nicht? Wenn Hannah ihm etwas antun wollte, hätte sie genug Gelegenheit dazu gehabt. Allison musste etwas falsch verstanden haben, genauso wie Hannah. Aber Jace ahnte, dass er das hier nicht klären konnte – dazu waren alle viel zu konfus. Er zog sich an der Wurzel hoch über den Rand der Senke und war auf der anderen Seite. Die Frau, die er nicht kannte, stand nur ein paar Meter entfernt und sah ihn ruhig an. Außer ihm war sie die einzige, die keine Furcht zeigte.

Wie jemand, der im Umgang mit Waffen nicht unerfahren war, hielt sie die Waffe auf ihn gerichtet; mit beiden Händen, wie ein ausgebildeter Schütze. Aber warum auf ihn?

»Wer sind Sie?«, fragte Jace.

Statt zu antworten, trat sie langsam zwei Schritte zurück, um Hannah und Allison gleichzeitig im Auge behalten zu können.

»Allison«, sagte sie. »Sagen Sie ihm nicht, dass er weglaufen soll. Das ist kein guter Rat. Sagen Sie ihm, dass er sich setzen soll.«

Jace blickte sich um und sah Hannah scheinbar verzweifelt an derselben Stelle in der Senke stehen. Sie nahm den Blick nicht von der Frau mit der Waffe und sagte: »Jace, setz dich. Bitte, tu, was sie sagt.«

Er setzte sich. »Danke«, sagte die Frau. »Wenn die Damen sich bitte dazusetzen mögen, dann kommen wir alle ein wenig zur Ruhe.« Einen Moment war es still, bis sie fortfuhr: »Schon klar, dass wir uns nicht unbedingt entspannen müssen. Sie sagen, wo es langgeht.«

Allison setzte sich neben Jace. Er konnte jetzt sehen, wie schwer sie verletzt war. Die dicken Verbände und die dunklen Stiche um die Lippen. Hinter ihr lief das Pferd nervös hin und her. Es war genauso verstört wie er, und Jace konnte sehen, dass es Angst hatte, als es zum Feuer sah.

»Jetzt sind erst zwei hier oben«, sagte die fremde Frau. »Ich warte gern, bis alle zusammen sind.«

Das war an Hannahs Adresse gerichtet, die sich langsam aus der Senke den Weg hinaufarbeitete, den auch Jace gekommen war, und sich dicht neben ihn setzte. »Nicht zwischen uns,« griff die Frau ein. »Das ist zwar sehr tapfer von Ihnen, aber Sie werden verstehen, dass ich gern alle im Auge behalte.«

Hannah rückte ein kleines Stück ab. »Es wird Ihnen nicht

viel nützen, wenn Sie uns hier festhalten. Das hier ist nicht gerade der Ort, an dem man sich einfach niederlässt und verweilt. Ist Ihnen das eigentlich klar?«

Die Frau reagierte nicht und sah Jace an. »Wo sind sie?«

»Wer?«

»Die Männer, die gekommen sind, um dich zu töten. Hast du sie gesehen?«

Jetzt begriff er, dass sie zu ihnen gehörte. Sie war nicht hier, um ihm zu helfen; sie war hier, um *ihnen* zu helfen. Er sah Hannah an, dann Allison, auf der Suche nach einer Erklärung, als die Frau ihn erneut anfuhr: »Jace, du sagst mir jetzt die Wahrheit, und zwar sofort. Wo sind sie?«

»Hinter uns«, erwiderte er. »Wir haben sie aus den Augen verloren.«

»Ich glaube dir kein Wort. Sind sie mit Ethan zusammen?«

»Weiß ich nicht.«

Jamies Blick ging zu Hannah: »Also, was ist passiert, Lady? Wer zum Teufel sind Sie eigentlich?«

Hannah schwieg. Sie hatte sich von der Frau abgewandt, als würde die Waffe sie nicht im Geringsten beeindrucken. Sie sah zu den Flammen hinunter und sagte: »Sie werden keine Zeit mehr haben, sie zu suchen. Verstehen Sie das?«

»Das sind also Ihre *Brüder*«, warf Allison ein. »Und Sie haben den Jungen hier hinaufgeschickt, um ihn umbringen zu lassen?«

»Mrs. Serbin, niemand hat das so gewollt. Die Eltern des Jungen sind sehr misstrauisch. Sie hatten meinem Plan zwar zugestimmt, waren aber trotzdem nicht bereit, ihn mir

433

übergeben. Sie bestanden darauf, ihn selbst nach Montana zu bringen. Und ich kann nur sagen, alle Achtung. Ihn unter falschem Namen herzuschaffen, das war eine beachtliche Leistung. Natürlich hätte man ihn in Billings am Flughafen in Empfang nehmen können. Aber das Risiko war zu hoch. In den Bergen schien es um einiges leichter. Hätte Ihr Mann nicht den übereifrigen Musterschüler gespielt, dann wäre die Sache für den Jungen mit einer Kugel aus einer Waffe, die niemand je zu Gesicht bekommen hätte, erledigt gewesen. Das war der Plan. Für Sie beide wäre das natürlich schlimm gewesen, aber sonst wäre niemandem etwas geschehen. Jetzt aber ist die Situation ein wenig aus den Fugen geraten. Zu viele wollten unserem Freund Jace hier helfen.«

Ihre Brüder. Jace sah sie prüfend an und konnte es jetzt auch erkennen. Groß, schlank, blond und eiskalt. Noch aber schoss sie nicht. Ihre Brüder hätten nicht lange gefackelt, davon war er überzeugt. Das war der Unterschied.

»Sie haben ihn hergeschickt, damit sie ihn finden konnten?«, fragte Allison mit einer Wut in der Stimme, wie Jace es schon lange nicht mehr gehört hatte, sodass er schon dachte, sie würde sich trotz der Waffe auf die Frau stürzen, um sie eigenhändig umzubringen. »Sie haben Ethan gebeten, gut auf ihn aufzupassen, nur um zu erfahren, wo er war? Was für ein übles Miststück Sie doch sind. Sie haben ihn tatsächlich hergeschickt, um ihn …«

»Wenn ich ehrlich sein darf, Mrs. Serbin, Ihr Mann hat sich das selbst zuzuschreiben. Er hat des Guten zu viel getan. Niemand hat das von ihm verlangt. Es tut mir leid für sie alle, aber so war es nicht geplant. Nur unser Jace hier, nur ihn wollten wir …« Sie blinzelte ein paar Mal – als Einzige stand sie mit dem Gesicht zum Rauch, der inzwischen stark zugenommen hatte, auch das Tosen der Feuersbrunst war lauter denn je – und sagte: »Jace, möchtest du, dass ich diese Frauen laufen lasse?«

Er nickte, Tränen stiegen ihm in die Augen. Aber er wollte sich keine Blöße geben in Gegenwart dieses üblen Miststücks. So hatte Allison sie genannt, und genau das war sie. Ihn am Ende weinen zu sehen, diese Genugtuung wollte er ihr nicht geben. Genau das erwartete sie schließlich von ihm.

»Bitte«, sagte er leise. »Bitte lassen Sie sie gehen.«

Hannah beugte sich zu ihm, um ihn zu umarmen, als die Frau abdrückte. Jace duckte sich weg und riss einen Arm in die Luft, als könnte er sich dadurch vor der Kugel schützen. Aber sie hatte über sie hinweg hinaus in den Rauch geschossen.

»Der nächste Schuss ist keine Warnung mehr«, sagte sie. »Jetzt, mein lieber Jace, können die beiden gehen. Wenn du mir die Wahrheit sagst und mitmachst, dann können sie gehen. Die Entscheidung liegt ganz bei dir.«

»Ja«, wiederholte er.

»Sehr gut. Wie weit sind sie entfernt? Wo hast du sie das letzte Mal gesehen? Oder hast du sie gar nicht gesehen?«

»Sie sind hinter uns«, sagte er. »Das ist alles, was ich weiß.« Er deutete mit der Hand den Berg hinauf und entdeckte in dem Augenblick den Mann in Schwarz, der auf sie zukam. Es musste an seinem Gesicht abzulesen gewesen sein, denn die Frau drehte sich um, sah den Mann und erkannte ihn selbst auf die Entfernung sichtlich erfreut sofort.

»Na, sieh einer an. Wir müssen nirgends mehr hingehen, Jace. Wir können alle brav hierbleiben und warten.«

»Sie haben doch gesagt, sie könnten gehen«, erhob er wütend seine Stimme. *»Sie haben gesagt, sie könnten gehen!«*

»Das zu entscheiden, überlasse ich anderen. Bis dahin bleiben wir hier und warten.«

»Dann werden wir alle sterben. Nicht nur die, die Sie töten wollen, sondern auch Sie selbst«, bemerkte Hannah ruhig.

Die Frau drehte sich um und sah den Hang hinunter, wo die Bäume bereits in Flammen standen. »Ich glaube, wir haben noch genug Zeit.«

Jace blickte nicht ein einziges Mal zum Feuer. Er ließ den Blick nicht von dem Mann, der den Berg herunterkam, allein und auf ihrer Route. Es war einer von ihnen, da war er sich ganz sicher.

»Ich hab's Ihnen doch gesagt«, sagte er zu Hannah. »Die geben nicht auf.«

Allison war kurz davor gewesen, sich trotz der Waffe auf Jamie Bennett zu stürzen, so erbost war sie über das falsche Spiel, das sie mit ihr getrieben hatte. Sie war wild entschlossen, sich zu opfern und dieses üble Miststück umzubringen, aber jetzt war dieser Andere aufgetaucht, und sie begriff, was geschehen würde.

»Auf so ein schnelles Wiedersehen war ich nicht gefasst«,

rief der Mann in Schwarz ihnen zu. Wen er meinte, wurde Allison klar, als Jamie antwortete.

»Ich konnte ja nicht wissen, dass ich gebraucht würde. Die Dinge scheinen etwas außer Kontrolle geraten zu sein.«

»Es ist nicht alles nach Plan gegangen.«

Er war jetzt nah genug, um sich auch ohne Schreien verständlich zu machen. Sein Blick wanderte von einem zum anderen, bis er bei Allison verharrte.

»Mrs. Serbin. Den ganzen Tag und die ganze Nacht sind Sie mir nicht aus dem Kopf gegangen. Sehen Sie, was Sie mir angetan haben?« Er deutete mit der freien Hand auf sein von Blasen übersätes Gesicht. »Sie sehen aber auch nicht gut aus, auch wenn Sie wenigstens medizinisch versorgt worden sind. Ich habe starke Schmerzen und bin in keiner guten Verfassung.«

Dann wandte er sich dem Jungen zu und sprach ihn freundlich, fast zärtlich an, wie ein frischgebackener Vater, der sich voller Bewunderung über sein Neugeborenes beugt.

»Jace, was für ein prachtvoller Bursche du bist. Ich habe mir große Sorgen um dich gemacht. Du bist jetzt lang genug unterwegs, meinst du nicht? Für den Fall aber, dass es dich tröstet, kann ich dir versichern, dass du mich Nerven gekostet hast, mein Sohn. Viele Nerven.«

»Wo ist Patrick?«, wollte Jamie Bennett wissen.

Dasselbe hatte Allison sich auch gefragt. Einer von ihnen war schon schlimm genug, aber sie waren zu zweit.

Jack Blackwell wurde einen Moment still. Dann wandte er sich von Jamie ab, sah Jace an und sagte: »Unser Bruder ist tot.«

437

Jamie schien ihm nicht zu glauben. Wortlos schüttelte sie fast unmerklich den Kopf.

»Mrs. Serbins Mann«, fuhr Jack fort, »hat sich leider nicht als die Hilfe erwiesen, die ich mir erhofft hatte.« Zu Allison gewandt, sagte er: »Auch er ist tot, und Sie können mir glauben, dass ich darüber nicht glücklich bin.«

Ethan war tot. Er war in seinen Bergen gewesen, und niemals hätte man es für möglich gehalten, dass er dort auch sterben würde.

Jack Blackwell wandte sich von ihnen ab und starrte in die Flammen, die weiter unten wüteten. Er stand da, als wäre er allein, aller Sorgen ledig.

»Da geht es hin«, sagte er wie zu sich selbst. »Das war Pattys Plan, seine Idee. Und sie scheint zu funktionieren, auch wenn er es nicht mehr erlebt. Es gilt, Leichen verschwinden zu lassen und über einige Geschichten Stillschweigen zu bewahren. Keine einfache Aufgabe, aber durch sein Feuer ist sie zu meistern.«

Plötzlich drehte er sich wieder um und sah die Frau an, die Jace bis hierher begleitet hatte. »Wer sind Sie?«, fragte er.

Sie antwortete nicht.

»Ich weiß, was Sie *machen*«, sagte er. »Sie passen auf. Sie sorgen dafür, dass sich so etwas wie das da unten« – er machte eine Handbewegung zum Feuer hin – »nicht ausbreitet. Aber ich wüsste auch gern Ihren Namen. Würden Sie uns den vielleicht mitteilen, bevor wir weitermachen?«

Sie zögerte und sagte dann: »Hannah Faber.«

Jack Blackwell nickte und formte den Namen tonlos mit

438

dem Mund. Langsam und gedehnt, als wollte er ihn sich für die Ewigkeit ins Gedächtnis brennen.

Dann hob er die Pistole und schoss.

Allison hatte in ihrem ganzen Leben noch keinen Laut gehört, wie den, den Jace Wilson ausstieß, als er zu der Frau kroch. Irgendetwas zwischen Schreien und Jaulen. Hannah fiel hintenüber, helles Blut quoll zwischen den Fingern hervor, während sie sich die Wunde an ihrem Knie hielt. Jack Blackwell senkte die Pistole und sagte: »Kümmere dich ein wenig um sie, Jace. Na los, kümmer dich. Wir haben zwar nicht viel Zeit, aber drängeln will ich auch nicht. Nicht nach einer so langen Reise.«

»Beeil dich«, sagte Jamie Bennett. »Sonst kommen wir hier nicht mehr weg.«

»Möchtest du es zu Ende bringen?«

»Kann ich machen.«

»Nein.« Er schüttelte den Kopf und sah zu Hannah Faber hinunter, deren Füße über die Steine scharrten, als suchte sie verzweifelt Halt, um wieder aufzustehen. »Nein, das zu beenden, ist meine Aufgabe. Und am Ende wird Patty sie kriegen. Schließlich hat er das Streichholz angezündet, verstehst du. Ich werde seine Arbeit vollenden.«

Er senkte den Kopf und sah Hannah eindringlich an. »Jace, geh bitte zur Seite.«

Jace Wilson rührte sich nicht von der Stelle, bis Jack Blackwell seufzte, die Pistole hob und noch einmal abdrückte. Dieses Mal war es Allison, die schrie.

Er hatte um Haaresbreite an dem Jungen vorbei noch einen Schuss auf Hannah Faber abgegeben, dieses Mal in den linken Fuß. Blut rann ihr aus dem Stiefel, und ihr Kopf sank zurück, während sie tonlos den Mund öffnete. Lautlos wand sie sich vor Schmerzen.

»Ich glaube, jetzt ist sie für das Werk unseres Bruders bereit«, sagte Jack. »Ich denke, so bringen wir es jetzt zu einem schönen Ende.«

»Beeil dich«, sagte Jamie Bennett noch einmal. Sie sah in die nahenden Flammen unter ihnen, das Gesicht schweißüberströmt. Jack Blackwell sah Allison schweigend an, hob die Pistole, senkte sie wieder und schüttelte den Kopf.

»Wir zwei sollten es etwas intimer gestalten, finden Sie nicht auch?«, sagte er und wirbelte die Waffe gekonnt herum, bis er sie wie einen Knüppel am Lauf hielt. Dann ging er auf sie zu.

»Ich bin so froh, dass er Ihren Bruder umgebracht hat«, sagte Allison mit zittriger Stimme.

»Ach, sind Sie das wirklich?«, fragte er. »Gefällt Ihnen das?« Der sanfte, melodische Ton war aus seiner Stimme gewichen. »Ich werde …«

Der Rest des Satzes und der größte Teil seines Gesichts lösten sich in Nichts auf. Explosionsartig stob der Kopf in einer roten Wolke davon. Er kippte zur Seite und blieb dort liegen, wo er auf dem Felsgestein aufschlug.

Ethan war einen Moment lang nicht klar, was passiert war. Ihm brummte der Schädel, Blut lief ihm die Wangen hinunter und überzog metallisch warm die Lippen, bis es an der Stelle auf die Felsen tropfte, wo das Gewehr lag.

Habe ich den Scheißkerl erledigt? Dann fasste er sich mit

der rechten Hand an die Stirn, betrachtete die blutver-
schmierte Handfläche und dachte: *Wie kannst du dich nur
so dämlich anstellen?*

Er hatte das Auge gegen das Zielfernrohr gepresst. Direkt
an den Metallring eines Zielfernrohrs mit großem Augen-
abstand, bei dem man mit dem Gesicht gar nicht nah heran-
gehen musste, denn natürlich hatte das Ding einen enormen
Rückschlag, wenn man damit eine Kugel von der Größe
eines Zeigefingers Hunderte von Metern durch die Gegend
beförderte.

Er hatte sie abgefeuert. Aber hatte er auch getroffen?

Der Notverband hatte sich dunkel verfärbt; kein gutes
Zeichen, das war ihm klar. Im Augenblick aber, hier oben
auf dem Dach der Welt, wo sich Montana und Wyoming vor
seinen Augen meilenweit in alle Richtungen erstreckten,
gab es aber keine Möglichkeit, sich behandeln zu lassen. Er
musste nur wissen, was der Schuss angerichtet hatte.

Er saß an die Felsen gelehnt, wo mit dem Sturz alles angefangen hatte und bekam langsam wieder Luft, während ihm
der salzige Schweiß in den offenen Mund lief. Dann sah er
hinunter, wo er hergekommen war, und fing an zu lachen.

So weit war es gar nicht. Jedenfalls sah es von hier oben
gar nicht so weit aus. Ein Mann mit einer guten Wurfhand
übertrieb vermutlich nicht mal, wenn er behauptete, einen
Baseball so weit werfen zu können.

Der Mann wäre vermutlich aber nicht blutend und schwer
verletzt von dort hier heraufgeklettert. Eine Entfernung
kannte man erst, wenn man sie überwunden hatte.

Er rollte sich auf den Bauch, fand das Gewehr dort, wo er

es hatte fallen lassen, und hob es auf. Erneut legte er das Auge an das Zielfernrohr – derselbe dumme Fehler, nur mit dem Unterschied, dass er diesmal nicht abdrückte –, um festzustellen, dass er nichts sehen konnte. Er wischte sich das Blut aus dem vollkommen verschmierten Auge. Dann machte er noch einen Versuch, vermochte aber außer Rauch und Flammen nichts zu erkennen. Alles brannte, der Wind trug die Hitze zu ihm herauf. Über die Felsen hinweg würde es ihn jedoch niemals erreichen. Er schwenkte das Zielfernrohr ein Stück zur Seite und sah sie wieder, seine Frau.

Als er sie das erste Mal durch das Zielfernrohr gesichtet hatte, wollte er seinen Augen nicht trauen. Unzählige Geschichten hatte er schon darüber gehört, was man sah, wenn man dem Tode nahe war. Und das Bild passte dazu, eine Fata Morgana seiner Frau, bis sich auch die anderen deutlicher abzeichneten, Connor Reynolds, Jamie Bennett und noch eine Frau, die er nicht kannte. Die Frau vom Wachturm, dachte er. Sie leben. Und Jack Blackwell war auch dabei.

Er hatte keine Zeit mehr gehabt, sich Gedanken darüber zu machen, wie sie dort hingekommen waren und welche Route sie genommen hatten, – nicht als Jack Blackwell anfing zu schießen. Ethan hatte sofort reagieren wollen, aber ihm war klar, dass das nicht klug war, denn, wie Jack seinem mittlerweile toten Bruder schon gesagt hatte, würde ihn ein Fehlschuss aus dieser Entfernung teuer zu stehen kommen. Schließlich hatte er kein Sturmgewehr in der Hand. Er würde keine Salve abfeuern können, deren Treffgenauigkeit sich auf dem Weg zum Ziel noch korrigieren ließ. Ein Schuss, ein Treffer. Er hatte sich auf das Zielen konzentriert und an die grundlegenden Dinge gedacht, die es zu beachten galt, wenn ein Ziel so weit unten war. Und von all dem, was er einmal darüber gelernt hatte, war etwas hängen geblieben, das wenig plausibel klang, aber trotzdem stimmte: Egal, ob man nach oben oder nach unten schoss, Kugeln hatten immer einen Drall nach oben, der jedoch stärker ausgeprägt war, wenn man nach unten schoss. Dafür gab es einen einfachen Grund: Die Schwerkraft stellte sich einer Kugel weniger stark entgegen, wenn sie auf dem Weg nach unten war.

Er hatte zuerst auf Jack Blackwells Taille gezielt, sich dann aber überlegt, dass das vielleicht nicht weit genug unten war. Der Hang war ziemlich steil, und die Kugel würde womöglich über das Ziel hinwegsausen, sodass es besser war, ihn an der Hüfte zu treffen als gar nicht. Also zielte er weiter unten auf die Knie, legte den Finger an den Abzug, holte tief Luft und atmete langsam aus. Er versuchte, sich locker zu machen, so gut es ging, denn ein zu schneller Schuss ging meist daneben. Das hatte ihn sein Vater gelehrt. Anspannung übertrug sich auf den Abzug, und ein verrissener Schuss brachte lediglich eine verirrte Kugel hervor.

Dann trat Jack auf Allison zu, und Ethan hatte seine Knie im Fadenkreuz, legte den Zeigefinger ruhig an den Abzug, zog ihn zurück – und die Welt um ihn herum löste sich in ihre Bestandteile auf.

Als er wieder durchs Zielfernrohr sah, hatte die Welt wieder Gestalt angenommen, wenngleich hinter einem roten Schleier, und er erkannte seine Frau, den Jungen und ... er sah Jack Blackwell.

Jack Blackwell lag am Boden.

Ethan musste lachen, ein Lachen, das, wie er selbst bemerkte, etwas von einem Schluchzen hatte, das er vergeblich zu unterdrücken versuchte.

Treffer! Ich hab ihn erwischt. Ich hab sie beide erwischt.

Doch hinter den Überlebenden türmte sich eine scharlachrote Wolke auf. Das Feuer arbeitete sich schnell und unerbittlich voran. Sie mussten weg.

Sekundenlang brachte niemand ein Wort hervor. Dann entfuhr Jamie Bennett ein leises Stöhnen. Sie sank auf die Knie und streckte die Hände nach ihrem Bruder aus, als könnte sie so die Stücke wieder zusammenfügen. Sie ließ die Waffe fallen, und Allison kam der alberne Gedanke, dass jemand sie an sich nehmen sollte, rührte sich aber nicht von der Stelle. Jace hockte immer noch am Boden. Obwohl er begriffen hatte, dass Jack Blackwell tot war, schien er in katatonischer Starre zu verharren. Er konnte den Blick nicht von der Frau lösen, die Jack niedergeschossen hatte. Er flüsterte ihr etwas zu, was Allison nicht verstehen konnte. Die Frau hatte die Augen geschlossen und atmete zischend durch die Zähne ein.

»Wer hat ihn erschossen?«, fragte Jamie Bennett. »Von wem kam der Schuss?«

Weit und breit war in den Bergen niemand zu sehen.

Jack Blackwell war tot, das Feuer aber lebte, und das Tosen war lauter denn je, ein gewaltiges Röhren unter schwarzem Rauch, der aus den Bäumen unter ihnen emporquoll. Die Hitze wurde von Minute zu Minute stärker.

Jamie Bennett stand auf, sah Allison an, dann die andere Frau.

»Das war so nicht gedacht«, sagte sie. »Es sollte viel einfacher gehen.«

Niemand antwortete. Mit unsicheren Schritten entfernte sie sich, wäre fast gestürzt, konnte sich gerade noch an einem Baum festhalten. Niemand rührte sich, alle schwiegen, keiner versuchte, sie aufzuhalten. Der tödliche Schuss aus dem Nichts hatte sie handlungsunfähig gemacht. Jamie fing sich wieder und ging zu Tango. Das Pferd drehte sich um und kam auf sie zu.

Jetzt robbte Allison sich am Boden auf die beiden Waffen zu, die im Blut lagen. Sie ergriff die Pistole und sah sich zu Jamie um, als Tango wieherte. Jamie wollte aufsteigen. Drei Versuche brauchte sie, bis sie im Sattel saß und gleich anfing, ihm im in die Flanke zu treten, um ihn dazu zu bringen, bergab zu gehen.

Das Feuer hatte ihn nervös gemacht, nur wegen Allison war er noch da. Einen anderen Reiter würde er nicht akzeptieren. Er versuchte, Jamie Bennett wieder loszuwerden; als hätte er verstanden, was Allison nicht verstanden hatte. Keine fünfzig Meter vermochte Jamie sich auf seinem Rücken zu halten, dann hatte er sie abgeworfen. Sie fiel auf den nackten Fels, das Bein gab unter ihr nach, und sie schrie vor Schmerz bei dem Versuch, sich aufzurichten. Das Pferd zögerte; als wäre es sich seiner Schuld bewusst, sah es sich um – Tango war wirklich ein gutes Pferd – und galoppierte schließlich davon, auf die Bäume zu, bis es nicht mehr zu sehen war.

Jamie Bennett versuchte erneut, sich aufzurichten, schrie noch lauter und sank im selben Moment wieder zu Boden. Dann war sie still. Sie sahen sie nicht mehr. Nun waren sie nur noch zu dritt, während Jack Blackwells Blut sich den Hang hinunter in Richtung des Feuers ergoss.

Allison betrachtete die Überreste seines Schädels, sah dann zu den Bergen hinauf und sagte: »Ethan lebt.«

42

Geister tauchten am Berg auf.

Hannah sah ihre alte Crew, alle, aber diesmal war es besser, besser als damals. Keine Schreie, und niemand rannte. Und sogar Brandon war wieder wohlauf – er hatte nicht aufgegeben, groß und stark stand er da.

Und beobachtete sie.

Alle sahen sie an.

Nick kam herunter, sah sie ruhig an und sagte: »Hannah? Stell dein Brandschutzzelt auf oder stirb.«

Das letzte Mal, als sie diese Aufforderung gehört hatte, hatte er geschrien. An diesem Morgen aber war er ruhig. Sie alle waren ruhig. Das gab ihr Sicherheit. Sie waren schließlich die Besten, die Leute vom Hotshot-Team. Und wenn die ruhig blieben, dann auch sie. Sie waren die Besten.

Nick sagte es noch einmal, mit ernstem Blick aus seinen blauen Augen, flehend: »Hannah? Hannah?«

Dann ließ er sie stehen, nur der Name blieb, aber die Stimme und das Gesicht waren anders. Der Junge. Hannah sah ihn an und dachte: *Gott sei Dank, er hat es durch den Bach geschafft. Ich hätte nicht gedacht, dass er es schafft, hätte nicht gedacht, dass er eine Chance hätte.*

»Hannah?«

Falscher Junge, falscher Berg, falscher Tag. Hannah blinzelte und sah in ein tränenüberströmtes Gesicht. »Ja«, brachte sie krächzend hervor. Sie befeuchtete ihre Lippen und machte einen weiteren Versuch. Diesmal ging es etwas leichter. »Ja, Connor. Alles okay.«

»Sagen Sie mir, was ich tun soll«, sagte er. »Ich habe das Erste-Hilfe-Paket dabei, aber es sieht schlimm aus. Ich weiß nicht, wie ich es anwenden soll. Ich habe keine Ahnung, was ich tun soll, Sie müssen mir sagen, was …«

»Stopp«, sagte Hannah.

Er verstummte. Hannah blinzelte und atmete tief ein. Erst jetzt sah sie die Frau, die hinter ihm stand. Im ersten Moment bekam sie es mit der Angst zu tun, denn die Frau hielt eine Waffe in der Hand. In ihrem Blick aber lag nichts Böses. Das Gesicht der Frau war von Verbänden überzogen, und sie sah zu Hannah hinunter. »Wir bekommen das alles wieder hin«, sagte sie. »Sie werden nicht sterben.«

»Natürlich nicht«, sagte Hannah, ohne die Stellen in Augenschein zu nehmen, die die anderen sahen und die sich anfühlten, als stünden ihre Beine in Flammen. Das war eine der Grundregeln bei Verletzungen: Lass jemand anderen nachsehen. Man musste es nicht selbst sehen.

Dann war also alles gut. Alles war in Ordnung.

Nein.

Nicks Stimme vielleicht. Die von Brandon? Sie wusste es nicht. Die Stimme war so schwach.

Sieh hin.

Wer sprach da? Aber wer immer es auch sein mochte, er

448

irrte sich. Sie sollte nicht hinsehen, es würde nichts nützen. Sie wünschte sich, ihn besser zu verstehen. Die Stimme war zu leise, und das Tosen der Flammen hatte sich zu einem ohrenbetäubenden Brausen entwickelt, das durch das Gehölz näher kam, und –

Das war es. Ja, das war es.

»Ich muss das Feuer sehen«, sagte sie. »Helfen Sie mir.«

»Nein«, sagte die Frau. »Sie bleiben hier liegen. Ich sehe mal nach, was ich …«

»*Ich will das Feuer sehen.*«

Sie stützten sie, während sie sich umdrehte. Der Schmerz war so heftig, dass sie fast das Bewusstsein verlor. Unwillkürlich fiel ihr Blick auf die Verletzungen. Sie konnte es gerade noch vermeiden, auch einen Blick auf das Knie zu werfen, wo der Schmerz und die Blutung am stärksten waren. Den linken Fuß aber sah sie. Den wunderschönen Stiefel von White's mit dem ausgefransten Loch im schwarzen Leder und dem daraus hervorquellenden Blut. Übelkeit stieg in ihr auf, aber sie sah weg und konzentrierte sich auf die Flammen. Nicht der Schmerz, aber wenigstens die Übelkeit ließ nach.

Das Feuer hatte jetzt die Baumgrenze erreicht. Dahinter kam offenes Gras, und dann waren sie dran. Hannahs Plan, sich hoch in die Felsen zurückzuziehen, war hinfällig. Sie hatten so viel Zeit verloren, dass das Feuer die Ablaufsenken inzwischen erreicht hatte und diese schnell überwinden würde.

Wenn man in einem Feuer umkam, starb man in zwei Geschwindigkeiten, hatte Nick Hannah mehr als einmal gesagt. Die eine ließ sich mit der Uhr messen, die andere nur mit der Stoppuhr. Das Sterben begann mit falschen Entscheidungen, die einen dorthin brachten, wo man nichts verloren hatte, und endete mit falschen Entscheidungen, die man traf, wenn man versuchte, sich aus dieser Lage zu befreien. Sie waren jetzt dabei, die Zeit mit der Stoppuhr zu messen, und die lief verdammt schnell.

Time, time is our friend, because for us, there is no end …

»Hannah?«

Dann dämmerte ihr, dass Connor sie immer wieder beim Namen gerufen hatte. Sie blinzelte angestrengt, besann sich und sagte schließlich: »Alles in Ordnung. Ich denke nur nach.«

»Wir gehen doch zurück, oder?«, fragte Connor. »Hatten Sie das nicht gesagt? Ich kann Sie tragen. Wir können Sie …«

»Wir werden nicht hoch genug hinauf kommen, nicht schnell genug.«

»Wir rennen«, sagte er.

»Es rennt schneller.«

Auf dem Weg nach oben wurde ein Feuer immer schneller. Das war einer der fiesen Tricks, die ein Waldbrand zu bieten hatte. Sie befanden sich an einem Hang mit einem Gefälle von vierzig Grad. Schon bei dreißig Grad verdoppelte sich die Geschwindigkeit des Feuers. Auch dem Wind war es dann stärker ausgesetzt, denn bis jetzt hatten die Bäume, durch die es sich fraß, den Wind ein Stück weit abgehalten. Traf das Feuer oberhalb der Baumgrenze auf trockenes Gras, würde aus dem Marathonläufer ein Sprinter, dem sie zuvorkommen müssten.

Keine Chance.

Irgendwo hinter ihr – sie konnte ihn nicht sehen, aber er war nah genug, dass sie seinen Atem an ihrem Ohr spürte – sagte Nick: »Hannah? Stell das Schutzzelt auf oder stirb.«

»Ich hatte ein Schutzzelt dabei«, sagte Hannah. Ihr schwanden die Sinne, Ort und Zeit lösten sich vor ihren Augen auf. Sie berichtete ihnen von einem anderen Tag, von einem anderen Feuer. Und verärgert bemerkte sie, dass Connor seinen Rucksack öffnete, ohne ihr zuzuhören. Sie brauchte einen Augenblick, um zu begreifen, dass er das Schutzzelt herausholte, das er vom Turm mitgenommen hatte und in das sie niemals hineingehen wollte.

»Das soll funktionieren?«, fragte die Frau, die Allison hieß. Sie klang mehr als skeptisch. Hannah verstand das. Jeder, der schon einmal ein solches Schutzzelt zu Gesicht bekommen hatte, verstand das.

»Es funktioniert.«

Allerdings nicht immer. Sie zu belügen war nicht richtig; in solchen Situationen durfte man nicht lügen. Ob das Schutzzelt funktionierte oder nicht, hing von der Hitze und der Geschwindigkeit ab. Raste das Feuer schnell genug über sie hinweg, würde das Zelt sie retten. Zog es aber nur langsam weiter, dann endete es schlimm, so schlimm, dass es jegliche Vorstellungskraft sprengte. In dem Fall war man besser dran, wenn man einfach nur dasaß und es geschehen ließ, wie Brandon es getan hatte.

Hannah drückte sich auf den Handballen hoch und schloss die Augen, während der Schmerz sie durchfuhr. Als sie sie wieder öffnete, war sie klarer im Kopf, der Schmerz jedoch präsenter denn je.

»Connor?«, sagte sie. »Hör jetzt gut zu. Tu genau, was ich dir sage. Du musst dieses Zelt aufbauen. Tust du das für mich?«

Er nickte. Seine Hände zitterten, aber er nickte.

Sie erklärte ihm, was zu tun war, und selbst mit zittrigen Händen hatte er es beim zweiten Versuch geschafft. Er war gut, aber diese Schutzzelte waren schließlich auch dafür gemacht, mit zittrigen Händen aufgebaut zu werden. So war es immer.

Noch während er es aufschlug, stellte sie fest, dass es nicht reichen würde. Ein solches Zelt war für eine Person gedacht. Sie waren aber zu dritt und hatten nur eines. Und sie hatte bisher erst von einem einzigen Fall gehört, bei dem drei Leute in einem solchen Ding überlebt hatten. Das war 2001 gewesen, bei dem verheerenden Waldbrand in der Nähe von Winthrop, Washington. Damals im South Canyon am Oberlauf des Missouri, wo der Brand dreizehn Menschenleben gefordert hatte, war der Versuch, mit mehreren Personen in ein Schutzzelt zu gehen, jedoch auf tragische Weise gescheitert. Soweit Hannah sich erinnerte, wurde immer noch ein Mann in den Bergen über Silver Gate vermisst.

»Das soll funktionieren?«, sagte Allison. »Ist das Ihr Ernst?«

Das hauchdünne, schlauchförmige Zelt sah ohnehin schon wenig vertrauenerweckend aus. Angesichts des feuerspeienden Infernos, das sich in ihrem Rücken abspielte, erst recht.

»Es funktioniert«, sagte sie, »und Sie gehen da rein und bleiben drin.«

Sie sah beide an, und Allison begriff, wo das Problem lag. »Jace, hör auf sie und geh da rein«, sagte sie zu Jace.

»Sie auch«, sagte Hannah.

»Wie bitte?«

»Es wird ein wenig eng werden, aber das hat auch vorher schon einmal funktioniert.«

»Und was ist mit Ihnen?«

»Machen Sie sich um mich keine Sorgen.«

»Ich soll mir keine Sorgen machen?«

Hannah sah weg. »Bitte gehen Sie da rein«, sagte sie. »Sie glauben nicht, was wir durchgemacht haben. Ich kann ihn nicht einfach hierlassen.« Ihre Stimme brach, und sie verstummte.

Allison starrte sie an. »Okay, ich geh rein.«

Hannah nickte. Tränen liefen ihr über das Gesicht, aber das war ihr egal. »Danke«, sagte sie. »Connor, ich meine Jace, bitte geh da rein.«

»Und was ist mit Ihnen?«

»Erinnerst du dich daran, was wir uns versprochen haben? Ich habe dir versprochen, dass du nach Hause kommst, und das habe ich ernst gemeint. Und was hast du mir versprochen?«

»Dass ich Sie nicht zwinge, da rein zu gehen.«

»Dann steh zu deinem Wort«, sagte sie.

»Das ist nicht fair«, protestierte er.

»Ich habe nicht gesagt, dass es fair ist. Aber wir haben eine Vereinbarung. Halte dich bitte dran.«

»Nein. Wir tragen Sie. Ich kann Sie tragen.«

Hannah sah zu Allison hinüber und sagte: »Helfen Sie mir bitte.«

Allison nahm ihn beim Arm, und der Junge gehorchte; auf allen vieren kroch er in die silbrig schimmernde Haut, die im Wind und in der Hitze raschelte. Auch Allison ging auf die Knie und schlüpfte hinein.

»Ziehen Sie es zu und warten Sie einfach«, sagte Hannah. »Es wird ziemlich unerträglich werden.« Jetzt weinte sie. »Schlimmer, als sie es sich vorstellen können, aber es funktioniert. Sie müssen mir versprechen, nicht zu früh wieder rauszukommen.«

Sie war so benommen, dass sie kaum in Worte fassen konnte, was sie sagen wollte. Sie war sich nicht einmal sicher, was sie schon gesagt hatte.

Das Feuer schleuderte ein funkensprühendes Geschoss keine dreißig Meter von ihnen entfernt auf den Grasstreifen. Ein Ast oder Pinienzapfen, der sich explosionsartig aus einem Baum gelöst hatte, als gälte es, etwas auszukundschaften. Das Grasstück neben ihr, in Richtung Fluss, fing im Nu Feuer und verglomm rasch. Genauso fing es immer an. Mit einem kleinen Funken. Sie verrichteten ihr hinterhältiges Werk, indem sie über Schneisen, Gräben und sogar Flussbetten hinwegsprangen. Sie sah dem kleinen Feuer zu, wie es erlosch. Das hier war noch nicht heiß, nicht stark genug, aber lange würde es nicht mehr dauern, bis ein richtiges Feuer entstand.

»Jetzt hast du es schon wieder getan«, flüsterte sie. Der Junge würde sterben – nach all dem, was er schon durchgemacht hatte, würde er verbrennen. Ihre zweite Chance war ihr aus der Wildnis in die Arme gelaufen, und auch diese würde sie vertun. Das Schutzzelt würde ihnen etwas Zeit verschaffen, mehr nicht. Es gab zu viel Nahrung in der Nähe. Um in dem Ding eine Chance zu haben, müsste das Feuer schnell vorbeiziehen, ein verzweifelter Jäger auf der Suche nach Nahrung. Aber sie hatten ihr Zelt im Gras aufgeschlagen, das kniehoch stand und knochentrocken war. Sie würden darin vergehen und einen langsamen Tod sterben.

Worte der Toten fielen ihr ein. Es waren Erinnerungen, keine Trugbilder, auch wenn es schwerfiel, das zu trennen. Das Letzte, was sie von Nick gehört hatte, war kein Schrei. Das Letzte, was er gewollt hatte – geschrien hatte – war, dass sie ihr Schutzzelt aufschlug. Das Zweitletzte aber war, das letzte, was er ruhig gesagt hatte, war, dass er sich wünschte, es wäre Gras um sie herum.

Am Fuß des Shepherd Mountain aber hatte es keines gegeben. Nichts als Totholz, Strauchkiefern und hier und da ein paar Büschel Rispengras. Eine zusammenhängende Grasfläche gab es nicht. Die hatte er sich gewünscht, und Hannah war die Einzige in der Mannschaft gewesen, die gewusst hatte, warum er sich nichts mehr gewünscht hatte, als inmitten schneller brennender Nahrung für das Feuer zu stehen.

Es muss schnell vorüberziehen.

Aber das würde hier oben nicht passieren. Es würde langsam brennen, und sie würden in diesem Zelt umkommen.

Sie rannten immer noch nicht. Was zum Teufel war mit ihnen los? Ethan hatte ihnen geholfen. Er hatte es geschafft, sich bis hierher durchgekämpft, und es vollbracht. Er hatte den Mistkerl zur Strecke gebracht, und sie hatten es nicht mal nötig, wegzulaufen? Der Lärm, der von dem Inferno ausging, war inzwischen zu einem nicht enden wollenden Donnern angewachsen, das den Fels unter ihm zum Vibrieren brachte. Die Vorstellung, dass es da unten noch viel schlimmer sein musste, bereitete ihm Sorge. Es überstieg seine Vorstellungskraft. Es war ihnen nicht damit geholfen, dass er Jack beseitigt hatte, denn gegen das Feuer konnte er nichts ausrichten. Sie schienen aufgegeben zu haben. Er konnte nichts mehr für sie tun. Ihm blieb nichts, als hilflos zuzusehen.

Aber er konnte und wollte nicht einfach zusehen. Er richtete das Fadenkreuz auf sie aus und bereitete sich darauf vor, Lebewohl zu sagen. Es auf diese Weise enden zu sehen, dazu war er nicht bereit. Doch er konnte den Blick nicht abwenden.

Sie hatten eine Art Zelt aufgeschlagen. Es war silbrig und sah aus wie die Rettungsdecken, die er in den Gruppen immer verteilte. Dann erkannte er, was es war: ein Feuerschutzzelt, wie es die Einsatzkräfte der Feuerwehr immer dabei hatten. Er hatte keine Ahnung, wie sie daran gekommen waren – zur Standardausrüstung eines Wachturms gehörte es jedenfalls nicht –, aber es war da.

Er sah, wie Hannah und Connor sich offenbar stritten, bis der Junge schließlich hineinkroch und seine Frau ihm folgte, während die andere Frau in ihrem eigenen Blut neben einem Toten saß und nur darauf wartete, ihm zu folgen.

456

Schieß, dachte Ethan. *Du musst schießen, es ist das Beste für sie. Es geht schneller.*

Doch er brachte es nicht über sich.

Das Zielfernrohr war wieder vollkommen blutverschmiert, sodass er die Frau nur noch verschwommen sah. Es war das Letzte, was er sah.

43

Es war die falsche Art zu sterben. Das wusste Jace, bevor er in das Zelt schlüpfte. Und als er drin war und Hannah nicht mehr sah, war er fest davon überzeugt. Es wäre besser für sie alle gewesen, einfach nur dazusitzen und zu warten. Dann wäre sie nicht allein. Keiner von ihnen wäre allein. Jetzt war es wie in dem Steinbruch, Verstecken und Warten, und wenn er auf diese Weise sterben sollte, dann hätte er es vor langer Zeit schon geschehen lassen können.

»Ich geh raus«, sagte er.

»Nein, das tust du nicht.« Allison hatte ihre Arme eng um ihn geschlungen. Er riss sich los, trat um sich und wand sich. Sie hielt dagegen, bis sie Hannahs Stimme hörten.

»Connor! *Connor!* Komm raus. *Schnell.*«

»Hören Sie!«, sagte er. »Ich tu, was sie sagt!«

Entweder gab Allison Serbin auf und ließ ihn einfach los, oder er hatte sich losgerissen; er war sich nicht sicher, und es war auch nicht wichtig. Er war aus dem schrecklichen Ding wieder raus, zurück in der Welt, und obwohl es eine schreckliche Welt war, erfüllt von beißendem Rauch, Hitze und Blut, war das besser als im Zelt. Draußen sah er die Überreste von Jack Blackwells Kopf; viel war es nicht, und ein eigenartiges, unbändiges Glücksgefühl überkam ihn, obwohl ihm früher bei so etwas übel geworden wäre.

Jedenfalls hat er mich nicht gekriegt. Keiner von ihnen hat mich gekriegt.

Aber es war das Feuer seines Bruders. Hatte er ja selbst gesagt.

»Du hast mir erzählt, dass du ein Feuer machen kannst, dass du sehr geschickt dabei bist«, sagte Hannah.

Er hatte keine Ahnung, wovon sie redete. Er sah sie aber trotzdem an und nickte.

»Stimmt das wirklich?«, fragte sie in eindringlichem Ton. Zum ersten Mal, seit sie von den Kugeln in den Beinen getroffen worden war, hatte sie wieder klare Augen. »*Bitte sag mir die Wahrheit.* Kannst du ein Feuer machen, und das ganz schnell?«

»Ja.«

»Dann wirst du das jetzt tun.«

»*Was?*«

»Du hast eine Chance«, sagte sie. »Eine Chance, nicht nur dein, sondern auch ihr Leben zu retten. Aber nur dann, wenn du sicher bist, dass du es wirklich schnell kannst.«

Er nickte erneut. Er fühlte sich benommen und war froh, mit allen vieren fest auf dem Boden zu sein.

»Hör mir zu«, sagte sie. »Du gehörst doch zu denen, die keine Fehler machen, ja? Und du darfst jetzt auch keinen machen. Du hörst jetzt zu und tust, was ich dir sage. Wenn du genau das tust, kommst du nach Hause, das verspreche ich dir.«

»Ich höre.«

459

»Okay. Siehst du das Gras da unten? Auf dem kleinen Plateau da vorn?«

Sein Blick folgte ihrem Zeigefinger zu dem letzten Stück Gras, das zwischen ihnen und dem Feuer noch geblieben war und in Richtung des Felsens, auf dem sie jetzt saßen, immer spärlicher wuchs. Bis dort waren es nur knapp hundert Meter und von da bis zu den Flammen nur halb so viel.

»Ja.«

»Dort legst du jetzt ein Feuer«, sagte sie, »und sorgst dafür, dass es sich ausbreitet.«

Er sah sie ungläubig an. Stand sie unter Schock? War das die Reaktion von Leuten, die unter Schock standen?

»Es funktioniert«, sagte sie. »Du entziehst dem Feuer nämlich, was es braucht. Verstehst du das? Es braucht …«

»Brennmaterial und Sauerstoff«, sagte er und dachte an das Stück Holz, das man anheben musste, um frische Luft zuzuführen, wenn die Flamme größer werden sollte. Das hier war aber kein Lagerfeuer. Es war ein Monster.

»Ja. Du nimmst ihm die Nahrung.«

»Das wird nicht funktionieren. Nicht bei einem solchen Feuer. Es ist viel zu groß! Das brennt nie aus.«

»Nein«, sagte sie und wischte sich mit der Hand durchs Gesicht. Ein langer Blutstreifen zog sich quer über die Stirn. »Es brennt nicht aus. Das Feuer läuft schneller, und genau das ist der Plan. Es muss *schnell* über das Schutzzelt hinwegziehen, verstehst du das?«

Er war sich nicht sicher. Bevor er antworten konnte, fuhr sie fort: »Geh da runter und mach ein Feuer, Connor. Tust du das, bitte?«

460

»Ja, mach ich«, sagte er, nicht davon überzeugt, dass die Beine ihn tragen würden, wenn er aufstand, aber es ging. Er zog den Feuerstahl aus der Tasche und hielt ihn in seiner verschwitzten, zittrigen Hand. »Ich mach jetzt ein Feuer.«

Allison ging ihm nach, eigentlich um ihn davon abzubringen. Hannah Faber aber schrie sie an, so dass sie innehielt, sich umdrehte, ihr in die Augen sah und die Wahrheit erkannte.

»Es ist Ihre einzige Chance«, sagte Hannah ganz leise. »Wenn er es schafft, bringen Sie das Zelt genau dorthin und setzen es auf die Asche.«

»Schmilzt es nicht?«

»Da unten nicht. Nicht bei der Temperatur. Setzen Sie es einfach dort ab. Möglichst in die Mitte. Wenn das Feuer dort hinkommt, fängt es an zu laufen. Es kann gar nicht anders.«

Allison sah weg und wieder hinunter zu dem Jungen, der allein dort unten war und kleiner zu sein schien als je zuvor. Seine Silhouette zeichnete sich vor dem orangefarbenen Himmel ab.

»Glauben Sie das wirklich?«, fragte sie.

»Es ist die einzige Chance. Und wenn Sie mit ihm da wieder reingehen, halten Sie ihn ganz fest, ja? Halten Sie ihn ganz fest.«

Allison blickte auf Hannahs blutverschmiertes rechtes Bein und den zerschmetterten linken Fuß, dann wieder in ihre intensiven Augen und nickte. »Es soll nicht alles umsonst gewesen sein.«

Auf dem Weg entdeckte Jace ein Stück Totholz, ein perfektes Stück, und nahm es auf. Um Zündholz zu sammeln, würde ihm nicht genug Zeit bleiben, überlegte er. Aber dann fiel ihm ein, dass er das auch gar nicht brauchte. Er musste nur dafür sorgen, dass das Gras Feuer fing. Er wollte ja kein Lagerfeuer anfachen. Er wollte nur das Gras in Brand stecken.

Mit jedem Schritt wurde es heißer und lauter. Sein Mund war so trocken, dass die Zunge dick und geschwollen an den Lippen zu kleben schien.

Ich kann sie retten.

Er ging weiter bis in die Mitte des Grasrings und blieb stehen. Dann kniete er nieder, legte das Holzstück zur Seite – er brauchte es nicht, sondern lediglich ein paar Funken –, rupfte ein paar Büschel Gras aus und legte sie in einem lockeren Haufen vor sich zusammen. Dann nahm er den Feuerstahl, und fest davon überzeugt, dass er es schaffen würde, einen Funkenregen zustande zu bringen, fing er an, mit dem Metallplättchen zu schaben.

Aber seine Hände waren zu zittrig. Schon beim ersten Versuch ließ er das Werkzeug fallen.

Du wirst sie umbringen.

Er machte einen neuen Versuch, nahm das Werkzeug zur Hand und vernahm im selben Augenblick einen gellenden Schrei. Laut und nur von kurzer Dauer. Er kam von der Frau, die das Pferd abgeworfen hatte.

Die Flammen hatten sie gefunden.

So würde es passieren. So würde es sich anfühlen, Jace, so wirst du sterben.

Hör endlich mit diesem Jace-Gehabe auf. Sei das, wofür Hannah dich hält. Connor Reynolds konnte dieses Feuer anfachen; er hatte es schon einmal geschafft.

Er nahm den Feuerstahl in die Linke, den Schaber in die Rechte, dieses Mal ohne ihn fallen zu lassen. Er begann zu schaben, und ein wahrer Funkenregen ergoss sich ins Gras.

Und erlosch im selben Moment.

Er wurde nervös, erinnerte sich aber an den Tag, als Ethan ihm geraten hatte, langsamer vorzugehen. Er machte einen weiteren Versuch, noch einen, und noch einen. Und beim vierten Mal fing das Gras Feuer.

Er ging mit dem Gesicht näher heran, blies es behutsam an, bis weißer Rauch entstand. Dann blies er etwas stärker, und als es anfing, rot zu glimmen, gab er ganz vorsichtig etwas mehr Gras hinzu, um es nicht zu ersticken.

Aber das Feuer breitete sich schon aus. Es setzte sich sofort in Bewegung. Das von der Sonne verdorrte Gras fing im Nu Feuer, aus dem in Windeseile ein immer größerer Kreis wurde. Er stand auf und sah zu den Felsen hinauf. Hannah Faber hob eine Hand und reckte einen Daumen nach oben. Dann lief er los, aus seinem eigenen Feuer hinaus, zu den Felsen, zu ihr.

»Hab ich Ihnen ja gesagt, dass ich es kann«, sagte er, als er sie erreichte. Er war außer Atem und schnappte nach Luft.

»Ich habe nicht eine Sekunde daran gezweifelt, Kleiner. Du hast gerade einigen Menschen das Leben gerettet. Und jetzt geht ihr zwei dort hinunter und stellt das Zelt genau dort auf, wo du das Feuer gelegt hast.«

»Es kommt nicht bis hier hoch«, sagte er. »Hier gibt's doch nichts Brennbares. Genau wie Sie gesagt haben.«

»Richtig«, sagte sie. »Aber das sind die Vorschriften, Connor. Und an die halten wir uns und stellen es auf, nur zur Sicherheit.«

»Und warum gehen wir d…«

»Weil das die richtige Entscheidung ist«, sagte sie. »Mir passiert schon nichts. Sieh her! Hier gibt es nichts, was verbrennen könnte. Nichts als nackter Fels. Ich kann den ganzen Tag hier sitzen bleiben. Es wird vielleicht ein wenig heiß, aber das schaff ich schon.«

»Okay. Dann bleiben wir alle hier.«

»Connor? Du musst ihr helfen. Du *musst*.«

Er sah Allison an, anschließend Hannah, und betrachtete dann wieder sein Feuer. Vom Wind angefacht, arbeitete es sich den Hang hinauf und nahm Tempo auf, bis es auf die Felsen traf und ausging. Dahinter folgte, schon gefährlich nah, die Hauptfeuersbrunst.

»Bring zu Ende, was du angefangen hast«, sagte Hannah. »Du kannst nicht auf halbem Weg einfach aufgeben. Hilf ihr, das Zelt aufzustellen.«

Er wusste nicht, was er sagen sollte, und hätte sowieso kein Wort herausgebracht. Aber dass sie log, wusste er. Zumindest hatte sie ihm nicht die ganze Wahrheit gesagt.

»Geh da wieder rein«, sagte sie. »Connor, geh wieder ins Zelt, und diesmal *bleibst du drin.* Ich komme schon klar, glaub mir. Und danke. Du hast Menschenleben gerettet. Du verstehst es noch nicht, aber ich kann dir versichern, dass es so ist.«

»Dann müssen wir doch gar nicht runter ...«

»Du bist der Grund, warum ich hier bin, verstehst du?«, sagte sie. »Ich bin hier, um dafür zu sorgen, dass du in das Zelt gehst und drin *bleibst*. Ihr beide. Hört mit gut zu. Ihr verlasst das Zelt, erst, wenn ihr meine Stimme hört. Das musst du mir versprechen. Einen Moment wird es so aussehen, als wäre alles vorbei, aber das kann täuschen. Jedenfalls so lange man da drin ist. Das ist ein trügerischer Moment. Deshalb wartet, bis der Teamchef euch freilässt, okay? Und hier, Kleiner, bin ich der Boss. Du wartest, bis du meine Stimme hörst.«

44

Noch bevor die Flammen die Baumgrenze durchbrachen, hatten sie das Zelt auf dem verbrannten Platz aufgestellt. Hannah sah, wie das Feuer herankam, und sie wusste, dass es jetzt nur noch auf den Wind ankam.

Sie hatte mit Nick nur einmal über die Möglichkeit gesprochen, bei einem Brand zu sterben. Es war an dem Tag, an dem er zugab, dass er nie ein Schutzzelt aufbauen würde, weil er von dieser Idee einfach nichts hielt. Darüber hatte sie sich mit ihm gestritten. Sie hatte ihm gesagt, wie dumm das war, und dass der Versuch, vor dem Feuer wegzulaufen, nichts anderes war als das Bemühen, sich der Hand Gottes zu entziehen – wenn man wusste, dass man keine Chance hatte, warum versuchte man es dann? Er würde nichts als ein weiteres Kreuz auf einem Berg dafür bekommen, hatte sie ihm gesagt. Und mit dem verschmitzten Lächeln, mit dem man ein Gespräch beendete, bevor daraus ein unversöhnlicher Streit wurde, sagte er nur, dass er das Kreuz an der höchsten Stelle bekommen wollte.

Irgendwann will ich das Rennen wenigstens gewinnen, hatte er gesagt. *Begrab mich ganz oben.* Da er aber darauf bestanden hatte, dass sie in das Zelt ging, war sein Kreuz am Shepherd Mountain schließlich das unterste geworden.

Sie hätte jetzt nicht weglaufen können, selbst wenn sie gewollt hätte, aber sie wollte auch nicht. Sie musste zusehen. Das war sie ihnen schuldig.

O Gott, es sah einfach fantastisch aus. Eine zehn Meter hohe Wand aus Tänzern in Orange und Rot. Insgeheim fragte sie sich, ob einer von ihnen am Shepherd Mountain dieses prachtvolle Schauspiel am Ende überhaupt hatte bewundern können. Nick vielleicht, dachte sie. Das war möglich.

Sie wusste, dass es schneller laufen würde, sobald es die Baumgrenze durchbrochen hatte, hatte aber vergessen, wie schnell. Sie war überrascht, wie schnell es den Hang heraufgerast kam. Fast alles auf der Welt unterwarf sich den Gesetzen der Schwerkraft, nur Feuer nicht. In Windeseile waren die Flammen durch die Baumgrenze gebrochen, um auf etwas zu stoßen, was einmal ein Grasfeld gewesen war.

Geblieben war nur Asche.

Das schien das Feuer zu erzürnen.

Ein Viertel des Wegs den Hang hinauf verdoppelte es die Geschwindigkeit, als folgte es gierig einer Zündschnur auf der Suche nach der Stelle, an der sich der Sprengstoff befand. In diesem Tempo traf es auf das Zelt, das sich sofort Hannahs Blick entzog. Sie spürte den Wind, und der war gut. Er kam in Böen, und das war genau das, was sie brauchten. Ein schneller, stetiger Wind. Es war nichts mehr da, was das Feuer hätte fressen können, und deshalb würde es auch nicht bleiben. Der Rauch war dicht, aber sie sah das silbrig

467

schimmernde Zelt, und sie wusste, dass der Junge dort drin lebte.

»Er wird es schaffen«, sagte sie. »Er schafft es nach Hause.«

Niemand widersprach. Stumm und ehrerbietig zogen sich die Geister hinter ihr zurück, sahen, wie die Flammen herankamen, schneller, als wenn das Gras noch dort gewesen wäre, von diesem wundervollen Wind über das Schutzzelt hinweggetragen, den Berg hinauf, zu ihr.

Nick kam und setzte sich neben sie, so nah, dass sie sich gerade eben berührten. Jene Art der Berührung, die beim ersten Mal die Schmetterlinge in ihrem Bauch tanzen ließ und nie aufhörte. Sie lehnte sich an ihn, spürte seine Wärme, und keiner von ihnen sagte ein Wort. Sie mussten nichts sagen. Sie konnten in Frieden zusehen.

Die Arbeit war getan, der Junge war gerettet.

45

Er beharrte darauf, ihre Stimme gehört zu haben. Und er blieb bei seiner Geschichte. Zuerst hatte niemand einen Sinn darin gesehen, ihn umzustimmen – wozu auch? Später fragte sich Allison, ob es nicht doch möglich war. Ob sie ihn am Ende tatsächlich hatte rufen können.

Allison hatte nichts als das Feuer gehört. Es war über sie hinweggebraust. Es war, als läge man zwischen den Schienen, während ein langer Güterzug über einen hinwegraste, dessen Räder auf wundersame Weise nicht mal den Boden berührten.

Jace hatte versucht, aus dem Zelt herauszukommen, und sie hatte ihn zurückgehalten. Ihn festzuhalten war nicht leicht; es war sehr schmerzhaft, aber sie hatte Hannah versprochen, ihn festzuhalten – und das hatte sie auch gemacht. Schließlich hatte er aufgehört, ihr Widerstand entgegenzusetzen, und auch sie festgehalten, als das Feuer herangedonnert kam und das Zelt sich immer mehr anfühlte wie ein brennender Sarg.

Der Lärm ebbte ab, verlor sich aber nicht ganz, und Allison schluchzte und fürchtete, keine Luft mehr zu bekommen; der Sauerstoff schien ihnen auszugehen.

»Luft«, sagte sie. »Luft. Wir müssen das Ding aufmachen.«

Wieder weigerte er sich, aber diesmal war es anders. Er hielt sie im Zelt, nicht umgekehrt. Allison wollte rauskriechen, nur damit sie Luft bekam, selbst auf die Gefahr hin, dass die Flammen auf sie warteten.

»Erst wenn wir ihre Stimme hören«, schrie er immer wieder.

Sie wollte zurückschreien, dass sie ihre Stimme nie hören würden, weil Hannah tot war und auch sie es wären, wenn er sie nicht das Zelt aufmachen ließ. Er blieb standhaft und dann, gerade in dem Moment, als sie glaubte, ersticken zu müssen, rief er: »Das ist sie. Das ist Hannah. Los, machen Sie auf.«

Außer dem Feuer und dem Wind hatte Allison nichts gehört, widersprach aber nicht, sie *musste* raus. Also riss sie es dankbar auf und stürzte hinaus, in eine Welt voller Rauch.

Das Feuer war vorüber. Die verkohlte Landschaft zeigte ihr, wo es über sie hinweg- und weitergezogen war. In den Ablaufsenken zu beiden Seiten züngelten noch die orangefarbenen Flammen. Am Hang aber, wo sie sich befanden, waren nur noch glimmende Aschereste geblieben.

Sie lebten.

Eine Stunde später wurden sie von den Löschmannschaften entdeckt, nachdem sie vom Helikopter aus gesichtet worden waren. Zwei von drei Überlebenden am Berg, sagten sie ihr.

»Drei?«

»Ja, Sie beide und ein Mann weiter oben. Er hat den Helikopter verständigt, sonst hätte es länger gedauert, bis wir Sie in dem Rauch gefunden hätten.«

»Ethan«, sagte sie.

»Ich weiß nicht, wer es war.«

Aber sie wusste es.

»Sie haben Glück gehabt«, sagte er. »Verdammt großes Glück. Drei Überlebende. Aber es gibt auch vier Tote.«

»Nein«, sagte Jace. »Vier haben überlebt. Wenn Ethan da oben ist, dann sind wir vier.«

Als der Feuerwehrmann darauf nicht reagierte, schrie Jace ihn an, dass sie vier gewesen wären. Er wusste, dass sie vier waren, denn er hatte sie gehört. Sie hatte ihn schließlich gerufen, um ihm zu sagen, dass er in Sicherheit war. Und dann hielt Allison ihn wieder fest und ließ ihn nicht eher wieder los, bis sie vom Berg herunter waren.

Die Leichen erzählten Geschichten, die Zeugen nie hätten erzählen können, auch wenn sie in die Berge gekommen waren, um Zeugen auszuschalten. Im Krankenhaus, gehüllt in einen Nebel aus Schmerz, geschwächt durch den Blutverlust und durch Medikamente in Halbschlaf versetzt, erzählte Ethan jedem, der es hören wollte, dass die Brüder keine Amerikaner waren. Und das wusste er, weil einer der beiden die Windrichtung falsch gedeutet hatte. Doch kaum jemanden interessierte das. Ethan erzählte einfach eine ganze Menge in diesen Stunden.

Die DNA brachte die Brüder mit Namen in Verbindung, die schon lange niemand mehr kannte, und die sie auch selbst schon lange abgelegt hatten. Thomas und Michael Burgess.

Sie waren Australier. Sie kannten die Gesetzmäßigkeiten eines anderen Himmels, obwohl sie schon lange nicht mehr unter dem Himmel agiert hatten, unter dem sie geboren worden waren.

Thomas war Jack, der ältere der beiden. Ein Mann aus dem kriminellen Milieu von Sydney. Um den Jahrtausendwechsel herum ging er nach Amerika, um einen Mann umzubringen, und blieb einfach dort, nachdem er den Job erledigt hatte. Sein Bruder, unehrenhaft aus der australischen Armee entlassen, begleitete ihn, zunächst nach Boston, dann nach New York und Chicago. Sie trugen in all den Jahren viele Namen, legten sich aber aus unbekannten Gründen auf Blackwell fest. Jack und Patrick waren Namen, die sie sich in ihrer Kindheit auf ihrer Odyssee durch verschiedene Pflegeheime gegeben hatten, nachdem ihr Vater ermordet worden war. Durch die Windschutzscheibe seines Autos hindurch war er mit einer Halbautomatik erschossen worden, als Jack neun und Patrick sechs war. Sie hatten von der Veranda ihres Hauses aus zugesehen.

Ihre Schwester war vor zehn Jahren zu ihnen gestoßen. Sie hatte – letztlich erfolglos – versucht, US-Marshal zu werden, was ihnen angesichts ihres Betätigungsfeldes nicht uninteressant schien. Bei den Marshals hatten sie einen Kontaktmann gehabt, einen Kerl namens Temple. Nachdem dieser das Zeitliche gesegnet hatte, brauchten sie Ersatz. Das funktionierte aber nicht. Deshalb versuchte sie es als private Beraterin im Personenschutzprogramm, ein Job, der sie an interessante Orte und einmal auch nach Montana führte. Dort lernte sie bei einem Survival-Training Ethan Serbin kennen, während sie heimlich einen Zeugen schützte, der später verschwand. Ein von Gerüchten umwobener, lukrativer Coup.

In Chicago trafen die Brüder auf einen Police Sergeant namens Ian O'Neil. Auch er musste ein paar Zeugen verschwinden lassen. Auch er landete schließlich selbst auf der Liste ungelöster Mordfälle.

Die Burgess-Brüder starben schließlich als die Blackwell-Brüder Jack und Patrick unterhalb des Republic Peak. Die Zuordnung ihrer DNA zu ungelösten Mordfällen begann zunächst schleppend, nahm aber beginnend in jenem Sommer, dann weiter im Herbst und Winter und selbst noch im folgenden Jahr immer mehr Fahrt auf.

Das Ritz war noch nicht ganz wieder aufgebaut, obwohl das im Bereich des Möglichen gelegen hätte. Ethan und Allison wohnten in der Baracke, während sie das Haupthaus wieder instand setzten. Zuerst hatte Ethan befürchtet, dass das Haus nur schrecklichste Erinnerungen wachrufen würde, und er hatte sich gefragt, ob sie nicht besser ganz woanders hinziehen sollten. Allison redete ihm das aus.

Körperlich waren sie gegen Ende des Sommers wieder hergestellt, und im Herbst, als die Touristen die Berge verließen, der erste Schnee die Hänge überzuckerte und die Türen der Brandwachtürme mit Vorhängeschlössern gesichert wurden, arbeiteten sie zusammen an ihrem Haus. Sie nahmen Maß, schnitten Bretter zu und nagelten sie zusam-

473

men. Beide erlebten Rückschläge, neue Schmerzen und die Arbeit war schwerer als vorher, an manchen Tagen aber auch ein wenig süßer. Sie arbeiteten, bis der Winter es nicht mehr zuließ. Im darauffolgenden Frühjahr setzen sie ihre Arbeit fort und vermochten allmählich besser umzugehen mit dem, wofür sie zunächst keine Worte gefunden hatten. Das Haus musste wieder aufgebaut werden, und es war wichtig, dass sie es selbst taten, denn auch das gehörte zur Heilung. Es gab nur zwei Wege: diesen oder weglaufen. Zu zweit richteten sie alles wieder her. Regelmäßig suchten sie Ärzte auf – Spezialisten für Brandverletzungen und plastische Chirurgie für Allison; Physiotherapeuten für Ethan –, und selbst in ihren Worten, in ihren Berührungen ging es nie um Wiederherstellung, sondern um Erneuerung. Vieles war zerbrochen, wenngleich nicht unwiederbringlich. Und so gaben sie sich dem Wiederaufbau hin. Das Haus gehörte dazu und rückte immer mehr in den Mittelpunkt, während die Arztbesuche allmählich seltener wurden, sie unbelasteter miteinander reden konnten und die Berührungen wieder vertrauter und unverzagter wurden.

Ethan begriff, was er in all den Jahren, in denen er sich Survivaltechniken angeeignet und sie anderen weitergegeben hatte, selbst nie verstanden hatte, nämlich dass das Überleben nicht aufhörte, wenn man gefunden worden war. Das Eintreffen von Rettungseinheiten war nicht das Ende. Gerettet werden, dankbar sein, wieder aufbauen. Den letzten dieser Schritte hatte er nie kennengelernt.

Es war wieder Sommer, die Sonne schien heiß vom Himmel. Ethan deckte mit freiem Oberkörper das Dach, und

Allison schliff die Trockenwandverbindungen an der Decke unter ihm, als sie Besuch von Jace Wilson und seinen Eltern bekamen.

Der Junge war auf jene verblüffende Weise groß geworden, wie sie Kindern in einem bestimmten Alter eigen ist. Seine Stimme war dunkler. Er sah gut aus, wirkte aber verschlossen, und Ethan kannte den Grund. Auch er befand sich in einer Art Wiederaufbauphase.

Sein Vater hieß Chuck. Seine Mutter, Abby, arbeitete bei einer Bank in Chicago. Dort kam letztes Jahr eine professionelle Personenschützerin auf sie zu. Eine Frau mit freundlichen blauen Augen, die ihr erzählte, dass sie über einen Kontaktmann bei der Polizei von der Situation gehört hatte, in der sich ihr Sohn befand. Da sei ihr der Gedanke gekommen, vielleicht helfen zu können. Jaces Eltern hatten sich scheiden lassen, als er noch klein war, aber an diesem Sommertag hatten sie gemeinsam die Reise angetreten und ihre Konflikte, welcher Art sie auch sein mochten, unter den Teppich gekehrt. Sie verbrachten einen schönen gemeinsamen Nachmittag und auch einen ruhigen Abend, und nachdem sich die Sonne hinter die Berge zurückgezogen hatte und Jace in der Baracke schlafen gegangen war, saßen die Erwachsenen noch bei einem Glas Rotwein auf der Veranda des unfertigen Hauses zusammen. Schließlich fragte Allison die Eltern von Jace, ob sie wissen wollten, was die Identifizierung der Leichen der beiden Männer ergeben hatte, die sich so skrupellos an die Fersen ihres Sohnes geheftet hatten. Also hörten sie ihr zu und erfuhren von den Umtrieben der Burgess-Brüder und ihrer Schwester. Soviel Ethan wusste, war nur herausgekommen, welche Männer wie viel Geld dafür bekommen hatten, bestimmte andere Leute umzubringen. Jaces Eltern interessierte das, denn es war Teil ihres Wiederherstellungsprozesses, und deshalb hörte Ethan zu, als Allison berichtete, was sie zu der Geschichte beitragen konnte, obwohl er wusste und sicher war, dass auch sie es wusste, dass sie alle mit den Ereignissen am Republic Peak an einem heißen Junitag abgeschlossen hatten, als der Westwind das Feuer über die Berge trieb.

Am nächsten Morgen ritten sie zu der Stelle, an der Jace und Allison das Feuer überlebt hatten. Sie hatten sich Pferde bei einem Freund geliehen, aber Allison ritt Tango. Die Verbrannten ritten die Verbrannten. Sie sagte Ethan, dass sie gespannt sei, ob das Pferd sich an die Stelle erinnern würde. Ethan fragte sie nicht, woran sie das erkennen würde, hatte aber keinen Zweifel, dass sie es konnte.

Gleich nach Sonnenaufgang ritten sie die brandgeschwärzten Hänge unterhalb des Republic Peak hinauf. Ethan machte sich Gedanken über den optischen Eindruck und suchte nach einem Weg, es positiv zu sehen, als Jace sagte: »Das Gras kommt schon wieder.«

Er hatte recht. Inmitten der verbrannten Waldfläche gab es einen Flecken Grün, etwa einen halben Hektar groß. Das Gras war den Flammen schneller zum Opfer gefallen als die Bäume, aber auch schneller nachgewachsen. Jace betrachtete es lange, dann fragte seine Mutter mit sanfter Stimme, ob das die Stelle sei, an der er das Kreuz aufstellen wolle. Es war das erste Mal, dass es angesprochen wurde, obwohl Jace das Kreuz während des ganzen Ritts dabeihatte.

476

»Hier ist niemand gestorben«, sagte er. »Sie war noch höher.«

Daher ritten sie weiter hinauf, an den verdorrten, rußgeschwärzten Baumresten vorbei, über einen Felsgrad auf ein kleines Plateau. Dort stiegen sie ab, und Ethan wusste, dass der Junge sich die Karte genau angesehen hatte, die im Laufe der Ermittlungen über den Brand veröffentlicht worden war. Er wusste genau, wo sie umgekommen war. Auch Ethan war sich sicher, denn er hatte im Herbst selbst schon eine Tour hier herauf gemacht, eine lange, ruhige Wanderung. Er hatte sich allein in die schwarzen Felsen gesetzt und Hannah Faber laut dafür gedankt, dass sie seine Frau gerettet hatte.

Das war kurz bevor der erste Schnee gefallen war.

Jace machte eine Stelle frei, nahm einen Hammer und schlug das Kreuz in den Boden. Die Erde war hart, und es bereitete ihm Schwierigkeiten. Als ihm sein Vater und Ethan helfen wollten, bestand er jedoch darauf, es alleine zu machen. Er schaffte es, stellte aber fest, dass es nicht gerade stand. Schweigend sahen sie zu, bis er es so ausgerichtet hatte, dass es ihm gefiel. Er strich mit der Hand über das Holz, drehte sich um und sah den Hang hinab. »Sie hat hier etwas Großartiges getan. Etwas sehr Großartiges.«

Das konnten alle nur bestätigen.

Er saß noch lange da und betrachtete den verbrannten Berg unter sich, sagte aber kein Wort. Schließlich stand er auf und stieg wieder auf das Pferd.

»Es ist ein sehr guter Platz für ihr Kreuz«, sagte er. »Von hier aus kann man das Gras sehen. Man kann sehen, wo wir waren. Ich weiß, dass sie es gesehen hat. Sie war weit genug oben, um uns zu sehen.« Er sah Allison an und fragte: »Haben Sie Ihre Stimme wirklich nicht gehört?«

Ohne seinem Blick auszuweichen, fragte Allison zurück: »Hast du sie wirklich gehört?«

Jace nickte.

»Nur darauf kommt es an«, sagte Allison.

Sie ritten wieder zurück, über die Fläche mit gesundem, grünen Gras, und wenn man genau hinsah, sah man unter dem schwarzen Grund neues Leben entstehen. Die Narben würden noch lange zu sehen sein, aber der Heilungsprozess hatte bereits eingesetzt und würde langsam weitergehen.

Das war der Lauf der Dinge.

Danksagung

Dieses Buch wäre nie geschrieben worden, wenn mir nicht Michael und Rita Hefron die Berge gezeigt hätten. Erst in Geschichten und Bildern, als ich ein Kind war, und später, als sie mich nach Montana in die wunderschönen Orte Cooke City und Silver Gate eingeladen haben. Für ihre Freundschaft und die großartige Unterstützung, die sie mir all die Jahre zukommen ließen, werde ich ihnen immer dankbar sein. Mein besonderer Dank gebührt der Gruppe, mit der ich zum ersten Mal die Beartooths überwunden habe – Mike Hefron, Ryan Easton und Bob Bley.

Ganz herzlich bedanke ich mich bei Reggie Bennett und seiner Frau Dina Bennett für alles, was mit dem Überleben in der Wildnis zu tun hat, und für das Erdulden meiner dummen Fragen. Dich, Reggie, mag freuen, dass ich immer noch ein Feuer im Regen entfachen kann! Vielen Dank.

Mir war das einzigartige Privileg vergönnt, für dieses Buch mit den beiden herausragenden Lektoren Michael Pietsch und Joshua Kendall zusammenarbeiten zu dürfen. Beiden vielen Dank für die fantastische Arbeit.

Im Folgenden noch eine, wenn auch nicht ansatzweise vollständige Liste der Menschen, die zu diesem Buch beigetragen haben, nachdem ich den leichteren Teil der Arbeit beendet hatte: Reagan Arthur, Heather Fain, Marlena Bittner, Sabrina Callahan, Miriam Parker, Wes Miller, Nicole Dewey, Tracy Williams, Nancy Wiese, Tracy Roe, Pamela Marshall und alle anderen bei Little, Brown and Company. Sie sind die Besten in ihrer Branche, und es ist eine große Freude, mit ihnen zu arbeiten.

Richard Pine, David Hale Smith und allen anderen von InkWell Management gebührt der übliche Ritterschlag, außerdem Angela Cheng Caplan.

Der Löwenanteil meines Danks allerdings gebührt meiner Frau Christine. Sie erduldete eine Reihe von Outdoor-Trips, darunter auch einige, auf denen sie mich begleitete (im Nachhinein räume ich gerne ein, dass wir die Flussdurchwatung bis zur Hüfte und das Gewitter im Gebirge vielleicht nicht gleich an ihrem ersten Tag hätten durchmachen sollen), und sie hat mehr Seiten gelesen als so mancher Lektor.

Sehr viele Anregungen und Informationen zu diesem Buch verdanke ich zahllosen Berichten, die ich auf meiner Website (www.michaelkoryta.com) zusammengestellt habe.